KNAUR

Über die Autorin:
Paddy Richardson lebt als freie Schriftstellerin in der Nähe von Dunedin, Neuseeland. Ihre psychologischen Spannungsromane sind preisgekrönt und stehen jeweils wochenlang auf den ersten Plätzen der neuseeländischen Bestsellerliste.

PADDY RICHARDSON

Deine Schuld

PSYCHOTHRILLER

Aus dem Englischen
von Eva Bonné

KNAUR

Die englische Originalausgabe erschien 2011 unter dem Titel
»Traces of Red« bei Penguin Group (NZ).

Besuchen Sie uns im Internet:
www.knaur.de

FSC
www.fsc.org
MIX
Papier aus verantwortungsvollen Quellen
FSC® C083411

Deutsche Erstausgabe August 2015
Knaur Taschenbuch

Redaktion: Maria Hochsieder
Covergestaltung: ZERO Werbeagentur, München
Coverabbildung: FinePic®, München
Satz: Adobe InDesign im Verlag
Druck und Bindung: CPI books GmbH, Leck
ISBN 978-3-426-51449-8

2 4 5 3 1

Für meine Familie,
in Dankbarkeit und Liebe.

ERSTER TEIL

1.

Ich erinnere mich an das Flackern der anspringenden Straßenlaternen, an ihren blassgelben Heiligenschein vor dem schwarzblauen Himmel. Es wurde dunkel, und ich lief, so schnell ich konnte.

Ich war bei den Coulters gewesen. Mum hatte nicht gewollt, dass ich da hingehe. Sie konnte Meredith Coulter nicht leiden, weil sie, anders als meine anderen Freundinnen, nicht besonders aufgeschlossen oder wohlerzogen war. Aber als Teenager meint man, alles besser zu wissen, nicht wahr?

Meredith Coulter war neu in der Schule. Ihre Familie war aus Auckland zugezogen. Ich glaube, ich war einfach nur stolz, eine Freundin zu haben, die ganz offensichtlich so viel cooler und erfahrener war als ich.

An jenem Sonntag kam ich also viel später nach Hause, als abgemacht gewesen war; ich hatte mich von Meredith überreden lassen, noch eine DVD anzuschauen. Ehrlich gesagt hatte ich ein bisschen Angst vor Meredith Coulter. Ich wollte nicht, dass sie mich auslacht.

Im Ernst, Palmerston North ist der ödeste Ort, an dem ich je war. Wenn ich könnte, würde ich gleich morgen von hier verschwinden. Wie haltet ihr es bloß aus, hier zu leben?

Als ich sah, wie spät es war, versuchte ich, zu Hause anzurufen, erreichte aber nur den Anrufbeantworter. Ich schrieb eine SMS. Als ich auch darauf keine Antwort erhielt, war ich sicher, dass meine Mum furchtbar sauer auf mich war.

Auf keinen Fall später als drei. Drei Uhr, Katy, und keine Ausreden!
Ich schnappte mir meine Tasche und lief los.
Mum und ich hatten vor dem Wochenende darüber gestritten, dass ich mich mit Meredith verabredet hatte. Ich wusste, sie war wütend auf mich.
Ich hasse dich. Das ist nicht fair! Warum darfst du dir deine Freundinnen aussuchen und ich nicht?
Also gut. Wenn es unbedingt sein muss – bitte sehr. Aber ich bin nicht glücklich darüber, und über dein Benehmen bin ich auch nicht glücklich. Am Sonntagnachmittag bist du wieder zu Hause. Drei Uhr, Katy. Drei Uhr, und keine Minute später.
Sie hatte mir den Rücken zugekehrt und sich an der Arbeitsplatte um das Essen gekümmert. Ich hatte ein schlechtes Gewissen. Gleichzeitig spürte ich eine Art Triumphgefühl, weil ich mich durchgesetzt hatte. Aber als das Wochenende dann so anders verlief, als ich es mir erhofft hatte, musste ich einsehen, dass sie recht gehabt hatte.
Die Coulters bekamen Besuch von Freunden und deren Sohn, Mark. Die Erwachsenen tranken eine Menge. Meredith schlug vor, in ihr Zimmer zu gehen und eine DVD anzuschauen. Sie hatte die Ginflasche aus der Hausbar geklaut. Ich wollte nichts davon, aber sie und Mark saßen auf dem Bett und tranken und fingen irgendwann zu knutschen an. Ich tat so, als würde ich schlafen, aber ich konnte sie hören. Ich fing zu weinen an, nur ganz kurz, denn dann machte ich mir Sorgen, ich könnte die Wimperntusche, mit der Meredith mich geschminkt hatte, in Mrs. Coulters Kissenbezüge schmieren. Ich wollte nach Hause. Ich wollte zu meiner Mum.

Ich lief, so schnell ich konnte, aber die schwere Tasche mit den Klamotten für das Wochenende schlug mir gegen die Beine. Weit und breit war niemand zu sehen, der Spielplatz im Park lag verlassen da. Es war schon ziemlich dunkel, und die Schaukeln und die Wippe sahen unheimlich aus. Ich versuchte, noch schneller zu laufen.
Ich hatte es fast geschafft, aber die Henkel der Tasche schnitten mir in die Hände. Ich blieb kurz stehen, setzte die Tasche ab, schüttelte meine Hand, nahm die Tasche in die andere Hand und lief weiter.
Mum würde mich verstehen. Ich würde hineingehen, sie in den Arm nehmen und mich entschuldigen, und falls sie mich anknurren sollte, würde ich keine Widerworte geben. Ich würde mich einfach wieder und wieder entschuldigen. Ich würde sie erst loslassen, wenn sie lachte und alles wieder gut war. Und dann würde ich freiwillig mein Zimmer aufräumen.
Ich lief in die Einfahrt und stieß das Gartentor auf. Ich musste fest drücken, weil sich unter dem Tor Laub angesammelt hatte. Dad hatte sich schon länger vorgenommen, das Tor unten zu kürzen, aber er war nie dazu gekommen. Im Haus brannten die Lichter, alle Vorhänge waren zugezogen. Ich fragte mich, ob Mum sie heute früher geschlossen hatte als üblich (um mir zu demonstrieren, wie sehr ich mich verspätet hatte) oder ob Dad sich wieder einmal über die Energieverschwendung beschwert hatte. *Es bringt doch nichts, die Heizung aufzudrehen, wenn die ganze Wärme durch die Fenster entweicht.*
Dad ist ein Geizkragen. Keine Frage.
Jinny saß auf der Betontreppe der Veranda, und sie sprang auf, kam auf mich zugelaufen und strich mir winselnd um die

Beine. Ich ging in die Hocke und streichelte sie, und dann kratzte sie an der Terrassentür. Ich wusste, sie wollte rein zu Mum. Jinny ist in erster Linie Mums Hund.
Ich öffnete die Tür, schob den dicken Vorhang beiseite und trat ein.
Als Erstes nahm ich die Hitze wahr. Es war, als hielte mir jemand einen Föhn ins Gesicht. Im Zimmer schien kein Sauerstoff mehr zu sein. Der Fernseher lief in voller Lautstärke, und der Krach dröhnte durchs Wohnzimmer, als sich auf dem Bildschirm zwei Motorradfahrer eine Verfolgungsjagd lieferten.
Ich blieb an der Tür stehen, den dicken Vorhangstoff immer noch in der Hand. Auf dem Sofatisch lag eine geöffnete Chipstüte. Die hauchdünnen mit Wellenschnitt und Ketchupgeschmack. Die Tischplatte war rot, der Teppich und die Wände auch.
Blutrot.
Ich stieß einen seltsam heiseren, fremdartigen Laut aus. Meine Stimme schien sich auf dem Weg nach draußen in meinem Hals zu verdrehen. Ich war wie erstarrt. Ich konnte nicht glauben, was ich sah, und meine Arme und Beine waren wie gelähmt, während ich versuchte zu begreifen. Plötzlich fing mein Herz zu klopfen an, bis ich meinte, es würde zerspringen. Ich musste würgen. Ich rang nach Luft und würgte.
Wegen des Gestanks.

2.

Die Freitagabende verbrachte ich normalerweise bei David und Anna. Wir bestellten etwas zu essen, und dann brachte Tante Rebecca die Kinder ins Bett und las ihnen vor. Danach tranken wir Wein und schauten uns eine DVD an. Für eine einigermaßen attraktive Singlefrau Anfang dreißig mochte das ein ziemlich langweiliger Einstieg ins Wochenende sein, aber David, Anna, Lily und Ted waren nun einmal die Menschen, die mir am wichtigsten waren.

An einem dieser Abende hatte alles angefangen. Die Kinder waren schon im Bett. David öffnete eine zweite Flasche Wein, und ich jammerte über den Regen, der seit einer Woche anhielt, dabei war es erst März. Ich jammerte über Wellington, wo es unmöglich war, einen Regenschirm zu benutzen, weil der Wind ihn sofort umkrempelte. Ich jammerte über meinen Job.

»Noch einen Schluck?«, fragte David und hielt mir die Flasche hin.

»Nein, lieber nicht«, sagte ich, »ich habe schon drei Gläser getrunken und muss noch fahren.«

»Aber verteilt über mehrere Stunden«, sagte David, »und du hast etwas dazu gegessen.«

»Bleib über Nacht«, schlug Anna vor. »Ich kann nicht glauben, was du über deinen Job erzählst, Rebecca. Ich dachte immer, du bist glücklich dort.«

»Na schön, ich bleibe«, sagte ich und hielt David mein leeres Glas hin. »Vermutlich liegt es nur daran, dass wir seit Ewigkeiten keine gute Story mehr im Programm hatten. Ich fürchte, ich habe keinen Biss mehr.«

»Deinen Beitrag über Weiterbildungsmöglichkeiten und Wochenendseminare fand ich wirklich interessant«, sagte Anna.
»Ich habe genug von den ewigen Reportagen über Wahlbetrug und politische Missstände und, und, und«, sagte ich. »Ich brauche eine Story mit einem echten Verlierer.«
»Das klingt aber ziemlich herzlos«, sagte Anna.
»Rebecca Thorne, die Anwältin der Entrechteten«, warf David ein und kippte seinen letzten Schluck Pinot hinunter. »Loser der Nation, kommt alle zu mir!«
Ich ließ mir noch einmal nachschenken. Mir wurde angenehm schwummrig. Ich genoss es, mich in Davids und Annas gemütlichem Wohnzimmer auf dem komfortablen, breiten Sofa auszustrecken. Die wunderbare Anna, der wunderbare David. Die süßen Kinder. Ich freute mich auf das anstehende Wochenende; ich würde Freunde zum Kaffee treffen, ins Kino gehen, Mum und Dad besuchen. Am Sonntag ausschlafen. Am Montag wieder zur Arbeit gehen.
Mein Leben war fantastisch: Ich hatte Geld und ein schönes Haus, und ich hatte Menschen, die mich mit Wein und Essen versorgten, mit mir redeten und lachten. Ich hatte einen Job, für den die meisten Journalisten über Leichen gehen würden. Und obwohl die Herausforderung nicht mehr ganz so groß war und mein Herz nicht mehr so klopfte wie früher, wenn ich vor die Kamera trat, war ich immer noch Rebecca Thorne von *Saturday Night*. Ich war angekommen.
»Okay, ich bin eine selbstsüchtige, herzlose Zicke«, sagte ich, »aber ich brauche dringend eine Story. Eine gute. Wisst ihr, was wir für diesen Samstag gemacht haben? Zuerst berichten wir darüber, welche Auswirkungen die Wirtschaftskrise auf die Fashion Week hat. Und im zweiten Teil der Sendung geht es um Putenzüchter.«

»Putenzüchter?«
»Die ihre Puten schlecht behandeln. Stimmt schon, es ist wirklich traurig, dass es den Puten schlechtgeht, aber so richtig begeistern kann ich mich für sie nicht. Seien wir ehrlich, die sind ziemlich *hässlich*.«
»Begeisterst du dich wenigstens für die Auswirkungen der Wirtschaftskrise auf die Fashion Week?«
»Der Gedanke dahinter ist, dass Frauen in wirtschaftlichen Krisenzeiten besonders viel Wert auf ihr Äußeres legen. In Neuseeland wurde noch nie so viel Wimperntusche verkauft wie derzeit. Dazu kommt, dass Vintage-Mode hoch im Kurs steht und viele Frauen Gesichtsmasken nach dem Rezept ihrer Omas anrühren. In ein paar Wochen werden wir ausführlicher darüber berichten. Die Rezepte kann man online nachlesen!«
»Der Bericht über die freiwilligen Helfer, die den Garten des Blinden hergerichtet haben, war wirklich rührend«, sagte Anna.
David verdrehte die Augen. »Rührend?«
»Ja!«
»Früher habe ich meinen Job geliebt. Ich konnte es gar nicht erwarten, morgens in die Redaktion zu fahren. Inzwischen fällt es mir schwer, mich zu motivieren.« Ich zuckte die Achseln, um es weniger dramatisch klingen zu lassen. »Vielleicht ist es an der Zeit, etwas Neues anzufangen.«
»Was denn?«, fragte Anna.
»Keine Ahnung.«
Es war nicht ganz ernst gemeint, in erster Linie wollte ich David ärgern, der mal wieder den großen Bruder raushängen ließ. *Nun ist es so weit. Aus einer Laune heraus wirft Rebecca einen guten, sicheren Job hin.*

»Becks, du hast so viel Talent. Du darfst nicht wegen einer Durststrecke alles hinschmeißen.«
»Ja«, sagte ich, »aber wie soll sich irgendjemand für diese Geschichten interessieren, wenn nicht einmal ich es tue? Ich bin so ... ich weiß auch nicht. Ich bin so gelangweilt.«
Anna überlegte. »Vielleicht fehlt dir nur ein Mann?«
Dieses Gespräch hatten wir schon einmal geführt. »Keine Zeit«, sagte ich so unbekümmert wie möglich. »Keine Zeit und keine Lust.«
Anna leerte ihr Weinglas und hielt es David hin, damit er ihr nachschenkte. »Aber Lily und Ted wünschen sich kleine Cousins und Cousinen! Rebecca, wir zählen auf dich!«
»Sicher können sie noch ein bisschen warten«, sagte ich. »So wie ich auch.«
»Warte nicht zu lange«, sagte Anna mahnend. »Nichts geht über eine glückliche Familie.«
David saß neben ihr auf dem Sofa. Er zog ihre Füße auf seinen Schoß und fing an, sie zu massieren.
»Ich habe eine Story für dich«, sagte er. »Hast du schon einmal von Connor Bligh gehört?«

3.

Einsatzprotokoll
15. Mai 2002

Detective R. McDermid, leitender Ermittler
Notruf von Robert Struthers am 15. Mai, 18:48 Uhr, 22 Lincoln Court, mögliches Tötungsdelikt, Krankenwagen und Streifenwagen angefordert.

Erstes Opfer
Angela Ruth Dickson (39), Haarfarbe dunkelbraun, mittelgroß, aufgefunden im Wohnzimmer des Hauses. Bäuchlings am Boden liegend, mehrere Stichverletzungen in Brust, Gesicht, Hals und Unterleib, Kiefer vermutlich ausgerenkt.

Zweites Opfer
Rowan Kennedy Dickson (46), Haarfarbe blond, von normaler Statur, aufgefunden im Wohnzimmer in sitzender, halb vorgebeugter Position. Schnittverletzung am Hals. Hauptschlagadern und Luftröhre durchtrennt.

Drittes Opfer
Samuel Kennedy Dickson (10), Haarfarbe braun, schlank, aufgefunden im Kinderzimmer, auf dem Bauch am Boden liegend. Drahtschlinge um den Hals deutet auf Tod durch Strangulieren hin. Tiefe Stichverletzung im Rücken.

4.

Ich weiß nicht allzu viel über ihn«, sagte ich. »Sollte das Verfahren nicht neu aufgerollt werden?«

»Seine Unterstützer haben mir geschrieben. Der Fall ist faszinierend, und nach allem, was ich gehört habe, ist Bligh ein sehr interessanter Mensch.«

»Sue Cathall hat damals für seinen Verteidiger gearbeitet«, sagte Anna. »Ich habe sie letzte Woche zum Lunch getroffen. Sie arbeitet in Joe Faheys Kanzlei.«

»Und?«

»Sie meint, dass er möglicherweise unschuldig ist.«

»Wie kommt sie darauf?«

»Er beharrt darauf, nichts mit der Sache zu tun zu haben.«

»Klar. Tun sie das nicht alle?«

»Sue glaubt, dass er vielleicht die Wahrheit sagt.«

»Soll er nicht seine Schwester umgebracht haben?«

»Seine Schwester, seinen Schwager und seinen Neffen. Falls er der Täter war. Die Nichte hatte das Wochenende bei einer Freundin verbracht und die Leichen entdeckt, als sie nach Hause kam. Angeblich waren die Opfer da schon seit achtundvierzig Stunden tot.«

»O Gott. Das arme Mädchen. Wie sind sie auf Bligh gekommen?«

»Er war der einzige Verdächtige. Er hat sich oft dort aufgehalten, er hat sogar bei seiner Schwester gewohnt, bevor er sich eine eigene Bleibe suchte. Er kannte das Haus und die Gewohnheiten der Familie in- und auswendig.«

5.

Der Freitagabend verlief fast immer gleich. Angela Dickson schloss den Blumenladen ab und fuhr zum Supermarkt und dann zum Tanzstudio, wo Katy nach der Schule einen Kurs für Modern Dance besuchte.

Rowan Dickson beschloss seine Arbeitswoche mit einem Meeting im Lehrerzimmer. Er trank noch einen Becher Tee, fuhr zur Grundschule, wartete das Ende von Sams Fußballtraining ab und nahm den Jungen anschließend mit nach Hause. Unterwegs hielten sie bei Lenny's, der nächstgelegenen Imbissbude (deren Fish 'n' Chips als die besten weit und breit galten), um vier panierte Kabeljaufilets, einen Burger mit Schinken und Ei und drei Portionen Pommes frites zu kaufen.

Wenn Rowan und Sam zu Hause eintrafen, war Angela meistens schon dabei, den Wohnzimmertisch mit Tellern, Papierservietten, Butter, Brot und Ketchup zu decken. Das Wohnzimmer bekam nur vormittags etwas Sonnenlicht ab und kühlte zum Abend hin aus, deswegen drehte sie nach dem Nachhausekommen sofort die Heizung auf. Rowan öffnete eine Flasche Wein für sich und Angela und holte für die Kinder Cola aus dem Kühlschrank, und während Sam das mitgebrachte Essen auspackte, schenkte sein Vater die Getränke aus und schaltete den Fernseher ein. Sie luden sich die Teller voll. Rowan und Katy setzten sich mit dem Rücken zur Terrassentür aufs Sofa und Angela in den Fernsehsessel. Sam trug seinen Teller normalerweise ins Kinderzimmer, um dort am Computer zu spielen.

Die Haustür schlossen sie erst ab, wenn sie zu Bett gingen.

Nur freitags aßen sie im Wohnzimmer vor dem Fernseher. Alle anderen Mahlzeiten wurden im Esszimmer eingenommen, an einem ordentlich gedeckten Tisch mit frischer Tischdecke, Besteck und Geschirr. Angela bestand darauf.
An ihrem Todestag, einem Freitag, war alles so abgelaufen wie immer, außer dass Katy nach der Tanzstunde zu den Coulters gegangen war und Rowan bei Lenny's nur drei Fischfilets gekauft hatte. Die Ermittler waren überzeugt, dass der Täter mit den Gewohnheiten der Familie und dem Grundriss des Hauses vertraut war und wusste, dass der Freitagabend der günstigste Zeitpunkt für einen Überraschungsbesuch war.
Es hatte sich um keinen spontanen Überfall gehandelt. Der Killer hatte eine äußerst scharfe Stichwaffe und einen biegsamen Draht mitgebracht.
Er hatte abgewartet, bis die Eltern vor dem Fernseher saßen, und dann war er durch die Hintertür ins Haus eingedrungen. Er musste leise durch den Flur in das Zimmer von Sam schleichen, der vor dem Computer saß, und danach zurück zur Hintertür, die er von außen verriegelte. Er lief zur Vorderseite des Hauses. Er wusste, dass er die Terrassentür schnell aufstoßen und mit einem Satz bei Rowan sein musste, um ihn zu überwältigen. Dann fiel er Angela an.
Die blutigen Fußspuren überall im Haus verrieten, dass er noch jemanden gesucht hatte.
Eigentlich hätte Katy zu Hause sein müssen.

6.

Connor Bligh. Connor Bligh. Der Name ging mir nicht mehr aus dem Kopf. Er klang melodiös, wie der Name eines Dichters, fand ich, nicht wie der eines Mörders. In jener Nacht schlief ich kaum.

Ich wartete, bis Lily und Ted ihre Puffy Pops aufgegessen hatten und draußen auf dem Trampolin waren. Ich kochte eine zweite Kanne Kaffee und brachte Anna einen Becher.

»Also wurde Connor Bligh nur deswegen zum Tatverdächtigen, weil er bei der Familie ein und aus ging und ihre Gewohnheiten kannte?«

Sie zog die Augenbrauen hoch. »Dann interessierst du dich für den Fall? Okay, ich erzähle dir, was ich weiß. Bligh hatte für die Tatzeit kein überzeugendes Alibi. Er hat ausgesagt, er wäre an jenem Abend nach der Arbeit mit dem Auto durch die Gegend gefahren, um einen klaren Kopf zu bekommen. Anschließend habe er in einem Pub gegessen, woran sich aber niemand erinnern kann. Seine Schuhgröße entspricht den Abdrucken, die im Haus gefunden wurden. Er ist Linkshänder, was zu den Verletzungen der Opfer passt. Der Täter hat Handschuhe benutzt, deswegen gab es keine Spuren. Connor Blighs Fingerabdrücke waren jedoch überall im Haus zu finden, und ein Blutfleck in seinem Auto ließ sich mit neunzigprozentiger Wahrscheinlichkeit Angela zuordnen.«

»Dann sieht es ganz danach aus, als wäre er der Täter?«

»Ja, aber alle Indizien lassen sich entkräften. In dem Pub, den er angeblich besucht hat, ist freitagabends immer eine Menge los. Bligh trägt Schuhgröße dreiundvierzig, was so ziemlich dem Durchschnitt entspricht. Dazu kommt, dass die Linkshänderquote in der Bevölkerung bei etwa dreizehn Prozent liegt. Und er hat die Familie Dickson regelmäßig besucht – selbstverständlich waren seine Fingerabdrücke überall im Haus verteilt.«

»Was ist mit der Blutspur?«

»Er hat ausgesagt, er wisse nicht, woher sie stammt, jedoch habe er Angela oft mitgenommen, beziehungsweise habe sie sich sein Auto geliehen, wenn ihres in der Werkstatt war.«

»Und das Motiv?«

»Die Staatsanwaltschaft war der Meinung, Connor habe eine ungesunde Fixierung auf Angela entwickelt. Offenbar war es zu einem Streit gekommen. Den Zeugenaussagen zufolge hatten Bligh und seine Schwester ein sehr enges Verhältnis, bis sie den Kontakt abbrachen.«

»Was hat Bligh dazu gesagt?«

»Er sagt, er habe seine Schwester in den letzten Monaten ihres Lebens selten gesehen, dafür habe es aber keinen bestimmten Grund gegeben. Sie hätten lediglich beide sehr viel zu tun gehabt.«

»Also nichts Konkretes?«

»Hauptbelastungszeugin war Katy Dickson, die aussagte, sie habe am Freitagabend noch mit ihrer Mutter telefoniert. Kurz vor dem Auflegen hätte ihre Mutter so etwas wie ›Con‹ gesagt, dann wurde die Verbindung getrennt.«

»Gibt es Aufzeichnungen, die dieses Telefonat belegen?«

»Ja.«

»Wusste Katy von einem Streit zwischen ihrer Mutter und ihrem Onkel?«

»Ihre Mutter hatte ihr und Sam erklärt, dass es Ärger gebe, sie wollte aber nicht weiter darüber sprechen.«

»Also gab es ein Zerwürfnis?«
»Ja. Allerdings kann niemand mehr sagen, wie ernst es war.«
»Was weißt du über Bligh?«
»Er ist sehr intelligent. Vor dem Verbrechen sah es so aus, als würde er als Biochemiker Karriere machen. Er hatte in Rekordzeit seine Doktorarbeit geschrieben, und er hatte eine Forschungsstelle an der Massey University. Aber vor Gericht half ihm das wenig. Die Anklage stellte ihn als Eigenbrötler dar, der mit seinen Kollegen mehr schlecht als recht auskam. Einige sagten aus, er habe einen arroganten, unnahbaren Eindruck gemacht, was die Stimmung im Labor belastet habe. Bei dem Professor, der die Studien leitete, waren zahlreiche Beschwerden über ihn eingegangen.«
»Was für Beschwerden?«
»Offenbar gab es Probleme, sobald Bligh im Team arbeiten sollte. Sein Auftreten wurde als arrogant und manchmal sogar aggressiv beschrieben.«
»Das klingt nicht gut. Nicht gerade der Typ, für den ich mich öffentlich einsetzen möchte.«
»Nur zwei seiner Kollegen haben sich positiv über ihn geäußert und ein völlig anderes Bild gezeichnet. Nach seiner Verurteilung hat sich ein ziemlich reges Grüppchen zu seiner Verteidigung gegründet. Sie haben eine Petition abgefasst, schreiben Parlamentarier an und so weiter. David hat schon mehr als einen Brief bekommen, in dem sie ihn um Unterstützung bitten.«
»Trotzdem … arrogant und aggressiv?«
»Er war ein sehr ehrgeiziger Student und der beste seines Jahrgangs. Jedem war klar, dass er Karriere machen würde. Seine Unterstützer glauben, dass die Gruppe seiner Neider im Laufe der Jahre einfach immer größer wurde.«

»Was ist mit dem Professor? Der steht doch sicher darüber, oder?«
Anna zuckte die Achseln. »Wer weiß schon, was in diesem Haifischbecken namens Forschung vor sich geht?«
»Dennoch scheint dieser Bligh ein unangenehmer Zeitgenosse zu sein. Ich möchte über jemanden berichten, der liebenswert ist, den die Zuschauer auf Anhieb mögen.«
»So schlimm kann er nicht sein. Angeblich ist er beim Verhör zusammengebrochen. Er sagt, er habe seine Schwester sehr geliebt. Und selbst wenn er ein unangenehmer Zeitgenosse ist, beweist das noch lange nicht seine Schuld.«
»Willst du damit sagen, er hätte keine gerechte Verhandlung bekommen?«
»Ich sage nur, dass es sehr ungewöhnlich ist, wenn jemand aufgrund einer so löchrigen Beweislage verurteilt wird. Ich glaube, die Staatsanwältin konnte die Jury letztendlich davon überzeugen, dass sie es beim Angeklagten mit einem gefährlichen Soziopathen zu tun hat. Julia Wallace hat alle Klischees bemüht ... du weißt schon, dieses lächerliche Vorurteil, dass Genie und Wahnsinn Hand in Hand gehen und dass alle hochintelligenten Menschen tickende Zeitbomben sind.«
Ich schaute aus dem Fenster. Draußen auf dem Trampolin erklärte David gerade Lily und Ted den Rückwärtssalto. Der Kaffeerest in meinem Becher schmeckte bitter. Was hatte ich heute noch vor? Da waren die Schuhe, auf die ich ein Auge geworfen hatte, außerdem fing nächste Woche das Filmfest an. Ich sollte hingehen und Tickets holen. Vielleicht könnte ich Margo auf einen Kaffee treffen.
Ich stellte meinen Becher auf der Arbeitsplatte ab. »Ich muss los.« Ich umarmte Anna.

»Mach's gut, Liebes. Und denk noch einmal über die Sache mit Connor Bligh nach. Vielleicht ist es ja wirklich ein Thema, an dem du dich festbeißen könntest, oder?«

7.

Mich festbeißen. Aus irgendeinem Grund hatte ich das Gefühl, der Sache nicht gewachsen zu sein. Meine Güte, es war wirklich an der Zeit, etwas Besonderes zu machen, etwas Ungewöhnliches. Wenn ich früher schlechte Kritiken bekam, machte mir das nichts aus, weil ich der Überzeugung war, gute Arbeit abgeliefert zu haben. Aber inzwischen musste ich meinen Kritikern beipflichten: *Saturday Night* wurde immer trivialer und langweiliger.

Es war klar, dass die Sendung eine Veränderung brauchte. *Ich* musste mich verändern. Ich war eine geschickte Interviewerin, und ich traute mich, auch unbequeme Fragen zu stellen. Vielleicht war ich auch deswegen so erfolgreich, weil ich gelernt hatte, mich von meiner Schokoladenseite zu zeigen und mein Gegenüber in Sicherheit zu wiegen, um dann blitzschnell anzugreifen. Dennoch musste ich zugeben, dass ich in die Rolle der süßen Co-Moderatorin gerutscht war. Wenn ich in der Branche überleben wollte, musste ich mir dringend etwas einfallen lassen, um ernst genommen zu werden.

Bislang hatte ich immer Glück gehabt. Zu viel Glück vielleicht. Ich war clever genug, ich war hübsch genug, und ich konnte mit Menschen umgehen. Meine Eltern hatten meine zahlreichen Interessen gefördert, unterstützt und bezahlt, egal, ob es nun um Ballett, Klavier, Klarinette – meine große Liebe! –, Turnen oder Klettern gegangen war. Sie trotteten applaudierend hinter mir her und schimpften nicht, wenn ich der nächsten Laune folgte. Zwar war meine Mutter immer der Ansicht gewesen, ich würde irgendwann das Richtige für mich finden, in meiner Familie aber hatte ich den Ruf, nicht allzu lange an einer Sache dranzubleiben.

Nachdem ich zum Beispiel das Geschichtsstudium abgeschlossen hatte und mir eine Doktorandenstelle in Berkeley angeboten wurde, war ich wild entschlossen gewesen, eine akademische Karriere zu verfolgen. Aber sobald ich die Professoren und Dozenten, die ich als Halbgötter verehrt hatte, näher kennenlernte, schwand meine Begeisterung. Ich fand sie verstaubt, weltfremd und unsexy.

Seminarpläne. Stipendien. Veröffentlichen oder zugrunde gehen. Zu ernüchternd war die Vorstellung, die nächsten drei bis sechs Jahre meines Lebens mit dem Zusammenspiel von Besiedelungsstrukturen, Tauschsystemen und der Ausbreitung europäischer Krankheitserreger in Amerika zu verbringen (*Frühgeschichtliche kulturelle Anpassungsleistungen in Nordkalifornien*) und mich anschließend um eine Dozentenstelle bemühen zu müssen.

Ich machte spontan kehrt und schrieb mich für Journalistik ein. Ein Fernsehproduzent wurde auf mich aufmerksam und bot mir einen Job an.

Das Problem aller Glückskinder ist, dass sie es für selbstverständlich halten, dass es immer so bleiben wird. Vielleicht hätten mich die Schicksale, über die ich berichtete, darauf vorbereiten sollen, dass das Leben auch für mich Unfälle, Ungerechtigkeiten und Tragödien bereithielt. Aber ich hielt mich für immun. Das Schlechte passierte immer nur den anderen. Ich war die Frau, die alle aus dem Fernsehen kannten, die Frau mit den coolen Klamotten, dem fröhlichen Lächeln und den mutigen Fragen. Aber inzwischen war ich nicht mehr die junge Aufsteigerin, ich war seit fünf Jahren bei *Saturday Night*, und die jungen, ehrgeizigen Dinger, die neu im Sender anfingen, würden mich, wenn sich die Gelegenheit ergab, ohne mit der Wimper zu zucken, aus dem Weg räumen. Ich brauchte dringend eine Story, um wieder auf mich aufmerksam zu machen. Der Fall Bligh schien dafür aber wenig geeignet. Es brauchte mehr als einen verrückten Wissenschaftler.

Am Montagmorgen verschlief ich, und dann musste ich auf dem Weg zur Arbeit unbedingt anhalten, um mir einen Kaffee zu holen. Ich kam erst um halb zehn in die Redaktion. Mir war klar, dass ich mich zu oft verspätete, und Harry warf mir von seinem Schreibtisch aus einen kritischen Blick zu und zeigte auf die Uhr über seinem Kopf. *Okay, ich bin spät dran. Ja, ich kann die Uhr lesen, verdammt.* Ich schaltete den Computer ein und saß mit gesenktem Kopf davor, las meine E-Mails und dann die Skripte auf meinem Schreibtisch, bevor ich ein paar Anrufe erledigte. Sarah Devanney, meine Rechercheurin, kam vorbei, um mich über die Ergebnisse ihrer Nachforschungen zum Thema Altenheime zu informieren.

»Ziemlich deprimierend«, sagte sie und drückte mir eine Mappe in die Hand.

»Wie ist deine Einschätzung?«

»Sieht so aus, als sei wirklich alles dabei. Es gibt wahre Luxusheime und andere, in denen sich kaum jemand um die Bewohner kümmert. Am untersten Ende der Skala kommt es zu Vernachlässigung, wenn nicht gar Misshandlungen. Aber das Ganze hat natürlich zwei Seiten. Die meisten Pflegekräfte arbeiten unter unzumutbaren Bedingungen. Die Bezahlung ist skandalös, manchmal sind die hygienischen Zustände und die Versorgung mit Medikamenten mangelhaft, außerdem stimmt der Personalschlüssel fast nie. Die meisten Pflegerinnen und Pfleger, mit denen ich gesprochen habe, sind mindestens ein Mal körperlich angegriffen worden.«

»Die meisten?«

»Neunzig Prozent aller Befragten gaben an, schon einmal gebissen, geschlagen und beschimpft worden zu sein. Die Patienten wiederum liegen auch mal in ihrem eigenen Kot oder erbrechen die ganze Nacht ...«

»Vielleicht sollten wir zwei Sendungen draus machen und das Problem von beiden Seiten beleuchten.«

»Das Ganze hat mich zum Grübeln gebracht«, sagte Sarah. »Die Patienten tun mir unheimlich leid. Die Pflegekräfte kommen wenigstens irgendwann da raus, die können nach Hause gehen. Sich eine andere Arbeit suchen, wenn ihnen alles zu viel wird. Diese alten Menschen hingegen müssen bleiben, wo sie sind, bis sie sterben. Die haben keine Wahl. Das wäre das Allerschlimmste für mich, ohne einen Ausweg irgendwo eingesperrt zu sein.«

Als sie weg war, ging ich ihre Aufzeichnungen durch. Sarah arbeitete sehr gründlich. Ich konnte mich auf sie verlassen. Normalerweise gingen ihr die Recherchen nicht sonderlich nah; sie machte ihre Arbeit und überreichte mir die Ergebnisse mehr oder weniger kommentarlos. Aber irgendetwas an diesem Thema hatte sie aufgewühlt, keine Frage.

Das wäre das Allerschlimmste für mich, ohne einen Ausweg irgendwo eingesperrt zu sein.

Wieder musste ich an Connor Bligh denken. Ich konnte nach Hause fahren, den Fernseher oder das Radio einschalten, mich auf dem Sofa ausstrecken und essen, wann und worauf ich Lust hatte. Ich konnte gehen, wohin ich wollte, ich konnte treffen, wen ich wollte. So viele Freiheiten, die ich für selbstverständlich hielt. Unvorstellbar, irgendwo weggesperrt zu sein, während draußen das Leben weiterging, Jahr für Jahr. Jung, gebildet und ehrgeizig zu sein und das ganze Leben vor sich zu haben, bis es einem plötzlich genommen wurde. Und das galt auch für die Zeit nach der Haftentlassung, weil man nicht mehr der Gleiche war, sondern alt und kaputt und einsam.

Ich hatte von Berufs wegen schon mehrere Gefängnisse von innen gesehen, und immer machten sie mir Angst. Das Zuschnappen der Schlösser hinter meinem Rücken, das Krachen der zufallenden Stahltür, das von den Betonwänden widerhallt, bis man zur nächsten kommt, Zuschnappen und Krachen, Zuschnappen und Krachen. Der Geruch nach Desinfektionsmitteln und verkochtem Gemüse, die Stimmen der Eingesperrten. Sobald ich wieder draußen war, atmete ich die frische, gute Luft tief ein, und der Himmel kam mir unweigerlich blauer vor als vorher.

Vielleicht war es doch die Story, die ich brauchte.

Ich googelte Connor Bligh und stieß auf eine Chronik:

Mai 2002:	*Drei Mitglieder der Familie Dickson werden tot aufgefunden.*
Juni 2003:	*Connor Bligh steht wegen Mordes vor Gericht.*
29. Juni 2003:	*Die Geschworenen befinden Bligh des dreifachen Mordes für schuldig.*

Juli 2003:	*Connor Bligh wird zu einer lebenslangen Freiheitsstrafe verurteilt. Eine Freilassung ist frühestens nach fünfzehn Jahren möglich.*
Dezember 2003:	*Das Berufungsgericht lehnt Blighs Antrag auf Wiederaufnahme des Verfahrens ab.*
Juli 2004:	*Eine Petition an den Kronrat mit Bitte um Wiederaufnahme scheitert.*
Mai 2007:	*Der Fall wird an das Berufungsgericht zurückverwiesen.*

Das war jetzt einige Monate her. Er wartete immer noch auf einen Anhörungstermin vor dem Berufungsgericht, und danach würde er weitere Monate auf eine neue Verhandlung warten müssen. Falls es überhaupt zu einer neuen Verhandlung kam. Wie sich das anfühlen mochte? Die lange Warterei. Die vielen Tage, Stunden und Minuten in der engen Zelle. Warten auf den Anwalt, warten auf Neuigkeiten, warten darauf, dass sich der lange, träge Arm des Gesetzes endlich in Bewegung setzte.

Ja, vielleicht wäre die Geschichte doch das Richtige für mich. Ich scrollte nach unten, wo ich zwei Fotos entdeckte. Das erste war vor der Polizeiwache in Palmerston North aufgenommen worden, wo Bligh der Polizei *bei den Ermittlungen half*. Er stand halb von der Kamera abgewendet und trug einen hellen Trenchcoat. Er hatte den Kragen hochgeschlagen und die Hände in den Taschen vergraben. Er wirkte schlank, fast zerbrechlich, obwohl er so groß war. Sein helles Haar war so lang, dass er es in einem Pferdeschwanz trug.

Das zweite Foto stammte aus dem Gerichtssaal. Bligh sah direkt in die Kamera und war gut zu erkennen. Er hatte hohe

Wangenknochen und ein schmales Gesicht. Sein Haar war kurzgeschoren, er trug ein Hemd mit langen, lockeren Ärmeln und Stehkragen, das er sich in die schmale, dunkle Hose gesteckt hatte.

Er sah aus wie ein verschrecktes Kind.

Da wusste ich, dass ich es tun würde. Wollte ich die Langeweile bekämpfen, die sich in meinem Leben und meiner Arbeit breitgemacht hatte? Wollte ich mich an einer schwierigen Aufgabe festbeißen? Obwohl es mir damals nicht klar war, glaube ich heute, dass es an dem Foto lag. Ich erkannte seine Angst. Ich erkannte das Flehen in seinen Augen, den stummen Hilfeschrei.

Nach der Arbeit fuhr ich nach Hause, bestellte indisches Essen und arbeitete noch eine Weile an der Reportage über die Altenheime weiter. Gegen zehn Uhr ließ ich mir ein Bad einlaufen. Das ist ein Ritual für mich. Ich stelle die Telefone aus, mache Musik an, zünde eine Kerze an und stelle eine Weinflasche und ein Glas neben die Wanne, die ich fast bis an den Rand mit heißem, duftendem Wasser fülle.

Langsam lasse ich mich hineinsinken.

Normalerweise versuche ich, nicht zu denken, mich vom Wasser und der Musik und dem Wein einlullen zu lassen. Aber an jenem Abend musste ich an Connor Bligh denken. Das Rimutaka Prison war nur ein paar Kilometer entfernt. Ich dachte an den grellen Strahl der Flutlichtanlage, an die gleißenden Lichtkegel, die die milde, dunkle Nacht durchschneiden. Ich fragte mich, wie es sich anfühlen mochte, eingesperrt zu sein.

8.

Montags ging er nicht ins Labor. Er kochte eine Kanne Kaffee, setzte sich an den Küchentisch und las die Zeitung, bevor er sich in sein Arbeitszimmer zurückzog.

An diesem Montagmorgen saß er an seinem Schreibtisch, den er ans Fenster zum Garten gerückt hatte. Er betrachtete die Fliederbüsche, die er kurz nach dem Einzug gepflanzt hatte und die nun endlich wuchsen. Es würde ein guter Tag werden. Die Sonne schien hell. Er mochte den Herbst. Er mochte die Farbkontraste und den kalten Hauch, der selbst an warmen Tagen schon zu spüren war.

Er hatte gerade erst den Computer eingeschaltet, als er die Klingel hörte. Er sah auf die Uhr. Viertel nach acht. Wer klingelte um diese Uhrzeit? In den letzten Wochen waren ihm Mormonen in seinem Wohnviertel aufgefallen. Sie drehten ihre Runden, aber so früh würden sie kaum klingeln.

Achte nicht darauf. Ignoriere es einfach. Er musste arbeiten. Nur wenn er sich an den festen Rhythmus hielt, schaffte er sein Pensum. Wenn er nicht herumtrödelte und stundenlang E-Mails las und Kaffee trank. Er starrte auf den Monitor und las, was er am Vorabend geschrieben hatte.

Da war es wieder. Das Läuten hallte durch den Flur, wurde von den Wänden zurückgeworfen. Er hatte die Jalousien an der Straßenseite des Hauses heruntergelassen und sein Auto außer Sichtweite geparkt, um Situationen wie diese zu vermeiden; aber wer immer da draußen vor der Tür stand, wollte sich anscheinend nicht abwimmeln lassen. Er hätte die Klingel aus der Wand reißen sollen, wie er es sich vorgenommen hatte.

Zwei Gestalten zeichneten sich hinter der Milchglasscheibe ab. Als er die Tür öffnete, trat die erste auf ihn zu und hielt einen Ausweis in die Höhe.

»Mr. Bligh?«

Er nickte. *Police Constables John Grant und Trevor Holly, Sir.* Sie wollten hereinkommen, sie wollten mit ihm reden, also trat er beiseite, ließ sie ein und führte sie durch den Flur ins Wohnzimmer.

Sie setzten sich nicht, sie standen schweigend herum und beobachteten ihn. Offenbar erwarteten sie etwas von ihm. Aber was? Wahrscheinlich sollte er sich hinsetzen, dachte er. Er setzte sich auf das Sofa, und sie nahmen ihm gegenüber in den beiden Sesseln Platz, die er erst kürzlich mit schwarz-weiß gemustertem Stoff hatte beziehen lassen. Er sollte Kissen dazu kaufen. In Knallrot vielleicht, oder Olivgrün.

Er wollte nicht mehr Zeit verlieren, als absolut notwendig war. Deswegen bot er ihnen weder Kaffee noch Tee an.

Officer Holly, Sie waren der diensthabende Officer, der Mr. Bligh zu Hause aufsuchte. Ist das richtig?

Ja.

Was für einen Eindruck machte er auf Sie, als er die Tür öffnete?

Er wirkte sehr ruhig.

Er wirkte sehr ruhig, obwohl zwei Polizisten vor seiner Tür standen?

Ja, Sir.

Wollte er wissen, warum Sie ihn besuchen?

Nein, er wirkte sehr …

Ja?

Nun ja, es war fast so, als hätte er uns erwartet.

Der Polizist zu seiner Rechten – Holly? – saß in dem Sessel direkt am Fenster. Der Tag würde wirklich schön werden, das Zimmer hatte sich bereits aufgewärmt, und die Sonne schien diesem Holly mitten ins Gesicht. Er musste blinzeln und hatte Tränen in den Augen. Er hatte helle Haut, blondes Haar und blassblaue, fast milchige Augen. Er tupfte sich die Tränen mit einem Taschentuch ab und musste immer wieder blinzeln. Er verschob den Sessel, um nicht mehr geblendet zu werden, und dabei scharrten die Stuhlbeine über das Holzparkett. Er warf seinem Kollegen einen Blick zu und räusperte sich.

Angela war tot.

Der Klang seiner Stimme in dem stillen Zimmer. Was wollte er zum Ausdruck bringen, Bedauern, einen Vorwurf?

Angela. Angela, Rowan und Samuel. Alle tot.

Entweder litt dieser Mann an einer Allergie, oder seine Augen waren extrem lichtempfindlich, denn auf einmal waren sie blutunterlaufen. Tränen liefen ihm über die Wangen. Holly zog wieder sein Taschentuch heraus und rieb sich damit fest über die Augen.

Am liebsten hätte er den Mann über die Empfindlichkeit des menschlichen Auges und der es umgebenden Haut aufgeklärt. Er wollte erläutern, dass man sich die Augen mit einem sterilen Wattebausch abtupfen müsse, um Verletzungen und Entzündungen zu vermeiden.

Das Wohnzimmer war völlig überhitzt. Er sollte ein Fenster öffnen, den endlosen Redeschwall durch eine Handlung unterbrechen. Auf einmal fühlte er sich lethargisch. Ehrlich gesagt wurde ihm fast übel vor Müdigkeit. Er hatte schlecht geschlafen. Vielleicht sollte er sich heute Vormittag freinehmen, nur dieses eine Mal.

Er ließ den Kopf in den Nacken sinken und schloss die Augen. Endlich verstummten sie. Er öffnete die Augen wieder und sah sie an.

»Sir, haben Sie verstanden, was wir Ihnen gerade gesagt haben? Dass Ihre Schwester Angela, ihr Sohn und ihr Ehemann tot aufgefunden wurden?«

»Ja.«

»Wahrscheinlich ist es ein Schock für Sie, Sir. Wen sollen wir benachrichtigen? Gibt es jemanden, der Ihnen jetzt beistehen kann?«

»Wäre das alles? Darf ich Sie an die Tür begleiten?«

Wie reagierte der Angeklagte, als Sie ihm die Nachricht vom Tod seiner Schwester und deren Mann und Kind überbrachten?

Er wirkte ungerührt.

Er zeigte keine Gefühle?

Gar nichts, Sir.

Officer Holly, waren Sie in Ihrer Funktion als Polizist schon öfter gezwungen, einen Menschen über den Tod eines Angehörigen zu informieren?

Ja, Sir.

Wie oft?

Das kann ich Ihnen nicht genau sagen, Sir.

Weniger als zehn Mal? Mehr? Nur ungefähr.

Ich denke, ungefähr zwanzig Mal.

Ungefähr zwanzig Mal. Und wie reagieren die Leute normalerweise auf so eine Nachricht?

Sie … sie reagieren sehr unterschiedlich, Sir.

Im Allgemeinen?

Im Allgemeinen verlieren sie erst einmal die Fassung.

Würden Sie vor diesem Hintergrund sagen, dass die Reaktion

des Angeklagten unter den gegebenen, traurigen Umständen ungewöhnlich war?
Sehr ungewöhnlich, Sir.
Er ging zurück an seinen Schreibtisch. Auf einmal fingen auch seine Augen zu tränen an, und gedankenverloren fing er an, daran herumzureiben. Was sollte er tun? Er betrachtete die Zeitanzeige auf dem Computermonitor. Vor vierzig Minuten hatte er die Klingel gehört. Wie konnten vierzig Minuten verstrichen sein? Er konnte sich kaum erinnern, was gesagt worden war.
Angela war tot.
Hatten sie ihn beobachtet? Waren sie zu dem Schluss gekommen, dass sein Verhalten nicht nur ungewöhnlich, sondern geradezu verdächtig war? Hatten sie zwischen acht Uhr fünfzehn und acht Uhr fünfundfünfzig bereits nach Anzeichen gesucht, die auf seine Schuld hinwiesen? Waren sie zu dem Schluss gekommen, dass er ein Killer war, weil er nicht weinend zusammenbrach?
Hatten die Officer Holly und Grant aus seinem Verhalten geschlossen, dass er der Täter war? Dass er Angela, Rowan und Samuel abgeschlachtet hatte?
Wollte der Angeklagte wissen, was genau seiner Schwester und ihrer Familie zugestoßen war?
Nein, Sir.
Hat er sich nach seiner Nichte erkundigt?
Nein, Sir, das hat er nicht.
Halten Sie es für möglich, dass der Angeklagte unter Schock stand?
Einspruch, Euer Ehren. Der Zeuge hat keine medizinische Ausbildung und ist nicht qualifiziert, eine solche Frage zu beantworten.

Euer Ehren, der Zeuge ist, wie das Gericht weiß, sehr erfahren im Umgang mit Menschen, die traumatische Situationen erlebt haben.
Gut, aber halten Sie sich an die Vorgaben, Miss Wallace. Sie dürfen den Zeugen weiter befragen.
Ich werde Ihnen die Frage noch einmal stellen. Würden Sie vor dem Hintergrund Ihrer Erfahrungen mit traumatisierten Menschen zu dem Schluss kommen, dass der Angeklagte möglicherweise unter einem schweren Schock stand?
Das glaube ich nicht.
Können Sie dem Gericht erklären, warum Sie nicht glauben, dass der Angeklagte unter Schock stand? Natürlich nur vor dem Hintergrund Ihrer beträchtlichen Erfahrungen im Umgang mit Menschen, die unter dieser Art von Druck stehen.
Meiner Erfahrung nach erfolgt fast immer eine emotionale Reaktion.
Würden Sie das bitte näher erläutern?
Manche Leute erstarren. Vor Schreck, meine ich. Aber normalerweise lässt sich eine Regung beobachten. Die Leute fangen an zu zittern oder werden bleich. Solche Sachen.
Was in diesen kurzen, schrecklichen Momenten gesagt und getan wurde. Wie die Dinge wie durch Zauberhand ihre Gestalt veränderten.
Aus einem weißen Kaninchen wird eine Nebelkrähe.
Er ist Wissenschaftler. Er kennt sich mit Abstraktionen aus, mit Theorien und rationalen Hypothesen. Gefühle und unvorhersehbare Ereignisse sind verstörend; sie überfordern ihn.
Das heißt noch lange nicht, er wäre herzlos.
Er hat sie geliebt. Er hat Angela geliebt.
Das ist die Wahrheit.

9.

Einmal hat Mum mich mit auf die Farm genommen, um Dick zu besuchen. Auf der Weide neben dem Haus lagen tote Schafe. Wir bedeckten unsere Gesichter und fuhren nach Hause. Genau so roch es. Nach Tierkadavern, die in der Sonne verfaulen.

Dad saß mit dem Rücken zu mir. Er war auf dem Sofa zusammengesackt. Ich ging auf ihn zu. Ich weiß noch, dass ich die Hände ausstreckte und mich vorantastete, als wäre ich blind. Ich hatte das Gefühl, durch Schlamm zu waten, weil der Teppich nass und glitschig war. An der Tür zum Flur lag ein Kleiderbündel. Ein rotes Kleiderbündel mit verfilzten Haaren und starren Augen.

Mum?

Ich wollte nach Sam rufen, aber ich brachte keinen Ton heraus. Ich hörte ein Geräusch von draußen, ein lautes Krachen wie ein Schuss. Vielleicht nur eine Fehlzündung, aber ich zuckte zusammen, riss die Vorhänge beiseite und stürzte zur Tür.

Ich rannte. Die Treppe hinunter, durch den Garten und zum Tor hinaus. Jeder Atemzug schmerzte, brach sich in plötzlichen Eruptionen Bahn. Ich lief im Zickzack über das Gras und zwischen den Bäumen hindurch. Ich wusste, da draußen lauerte er, er würde mich erwischen, und im nächsten Moment hämmerte ich an die Tür der Struthers. Hinter dem Glas erschien ein Gesicht, und dann ging die Tür auf, und ich stolperte hinein, ich klammerte mich an Mr. Struthers fest, um nicht umzukippen.

Hilfe. Bitte. Bitte, helfen Sie mir.

»Lynne? Lynne, komm schnell. Das Mädchen von nebenan ist hier.«

Ich träume immer noch davon.

Tante Frances kam, um mich von den Struthers abzuholen. Sie nahm mich mit nach Wellington. Und weil man nicht ewig bei seinen Verwandten wohnen bleiben kann, zog ich irgendwann mit zwei anderen Mädchen in eine WG. Mein Onkel Len war der Meinung, ich sollte mir ein eigenes Haus kaufen, es einrichten und mir Mitbewohner suchen. Ich hatte genug Geld, wegen Mums Laden und unserem alten Haus und der Versicherung. Unsere alten Sachen wurden eingelagert.

Ich habe es bis heute nicht geschafft, sie mir anzusehen. Tante Frances sagt, eines Tages würde ich es alles wiederhaben wollen, aber ich glaube das nicht.

Wie soll ich zwischen ihren Möbeln wohnen, wenn sie nicht mehr am Leben sind? Wie soll ich Mums gute Tassen und Teller benutzen, ohne daran zu denken, wie sie sie damals in einem Karton nach Hause brachte? Wie könnte ich jemals vergessen, wie zufrieden sie aussah, als sie vorsichtig das Packpapier zurückschlug und das Geschirr Stück für Stück auf den Küchentisch stellte, damit ich es bewundern konnte?

»Ist das nicht hübsch?«

Mehr als alles andere wünschte ich, ich wäre an jenem Wochenende zu Hause gewesen. Wenn Mum mich freitags abgeholt hatte, lief ich immer direkt in mein Zimmer, warf meine Schultasche in die Ecke und steckte meine durchgeschwitzten Tanzklamotten in die Waschmaschine im Hauswirtschaftsraum. Vielleicht hätte ich ihn gehört, vielleicht hätte ich ihn hereinkommen sehen. Vielleicht wäre alles anders gekommen, wenn sich an dem Abend eine weitere Person im

Haus aufgehalten hätte. Vielleicht hätte ich die Polizei rufen oder mich wehren oder Hilfe holen können. Wer weiß. Vielleicht aber wäre ich selbst umgekommen. Meine Tante Frances sagt immer, es sei nicht meine Schuld, dabei fühlt es sich oft so an. Ich lebe noch. Ich hätte bei ihnen sein sollen.
Mr. Struthers stand in der Tür. Mrs. Struthers schob sich an ihm vorbei, packte mich beim Arm und zog mich ins Haus.
Was ist denn, was ist denn, Liebes?
Meine Mum. Rufen Sie einen Krankenwagen.
Sie verstanden nicht. Mrs. Struthers wollte, dass ich mich hinsetze und ihr alles in Ruhe erzähle. Ich weigerte mich, mich zu setzen. Warum hörten sie mir nicht zu? Ich schrie. Ich schrie, und ich weinte.
Mr. Struthers sagte, er würde nach nebenan gehen und nachsehen, was passiert war, aber Mrs. Struthers war dagegen, nein, das dürfe er nicht. *Es könnte gefährlich sein, Bob. Schalte den Herd aus, ich rufe die Polizei.*
Als ich sah, wie Mrs. Struthers zum Telefon griff, setzte ich mich hin. Ich hatte zittrige Knie und mir war schlecht. Ich hatte immer noch den Geruch in der Nase. Aber Mrs. Struthers wählte die Nummer nicht sofort, sie hielt das Telefon in der Hand und starrte mich fassungslos an. Ihr Blick war auf meine Füße gerichtet. Ich senkte den Kopf und sah meine mit Blut vollgesogenen Socken und Turnschuhe und die roten Schlieren auf Mrs. Struthers' Parkett.
Mrs. Struthers' Gesicht nahm eine seltsame Färbung an. *Bob?*
Mr. Struthers schaute zu Boden. *Großer Gott.* Er sprang an Mrs. Struthers vorbei zur Tür und verriegelte sie, dann nahm er ihr das Telefon aus der Hand.
Polizei.

Was danach passierte, weiß ich kaum noch. Ich hörte erst eine und dann mehrere Sirenen, ich hörte Autos durch unsere Straße rasen und Bremsen quietschen. Draußen flackerte das rote Licht der Streifenwagen, Fragen wurden gestellt. Mrs. Struthers wickelte mich in eine Decke ein und gab mir eine Wärmflasche. Ich hatte das Gefühl, zu schlafen und gleichzeitig wach zu sein.

Ich kann es nicht glauben.

Ich kann es nicht glauben.

Das arme Ding.

Und dann beugte Tante Frances sich zu mir herunter. Im Halbdunkel sah ihr Gesicht kreideweiß aus. Sie brachte mich und Jinny in ein Motel. Dann kam die Polizei.

»Versuch, dich zu erinnern, Katy. Sag uns alles, was du weißt.«

Die Hitze, das rote Blut, die Motorräder draußen, das Kleiderbündel an der Tür.

Waren sie alle tot? Warum lebte ich noch, wenn sie alle tot waren?

Als sie wissen wollten, ob ich irgendeinen Verdacht hätte, ob Mum oder Dad mit irgendwem Streit gehabt hätten, fiel ich ihnen ins Wort und platzte damit heraus.

Er wollte Mum einfach nicht in Ruhe lassen. Er tauchte ständig bei uns auf.

Ich konnte nichts mehr für sie tun als das: Ich konnte die Wahrheit sagen.

Es war Onkel Connor. Als ich Mum am Freitagabend angerufen habe, sagte sie seinen Namen. Sie sagte: »Con.« Es war Onkel Connor.

Onkel Connor hat das getan.

10.

Da, wo ich wohne, bläst der Wind an manchen Tagen direkt vom Hafen herauf. Er wirft sich gegen das Haus, bis die Fensterrahmen klappern und ein Jaulen durch den Kamin fährt. Man sagt, ein Erdbeben in der Meerenge der Cookstraße hätte mit großer Wahrscheinlichkeit einen Tsunami zur Folge. Wenn ich mich nicht binnen Minuten auf den nächsten Hügel flüchten sollte, würde die Welle mich zusammen mit meinem Haus fortreißen. Dann wiederum hätte ich bis dahin direkt über dem Meer gewohnt. Es ist mir das Risiko wert.

Als ich auf der Suche nach einer Wohnung war, machte mein Dad mich auf das Haus aufmerksam. Er rief an und sagte, er habe etwas gefunden. Er hatte sich den Schlüssel besorgt und holte mich ab. Und dann hielten wir vor einem alten Holzhaus mit abblätternder Farbe, das hoch oben auf den Klippen über dem Meer thronte. Als Dad die Haustür aufschloss, roch es nach Salz und nach Schimmel.

Eine abgenutzte Arbeitsplatte, eine Spüle und ein uralter Ofen. Das winzige Haus war in noch winzigere Zimmer unterteilt, die Fensterscheiben mit einer Salzkruste überzogen. Im Kamin fehlten einzelne Ziegelsteine, die Feuerstelle war vollkommen verrußt. Aber nichts als eine Fensterscheibe trennte uns vom Himmel und vom Ozean.

Ich hatte von Schiefer und Chrom und glatt verputzten, weißen Wänden geträumt, aber ich verliebte mich auf der Stelle. Ich fragte Dad nach der Miete, und ob der Besitzer das Haus möglicherweise renovieren und den alten Ofen ersetzen würde, der allem Anschein nach lebensgefährlich war.

»Das Haus ist nicht zu vermieten«, sagte er. »Sie suchen einen Käufer. Die Anzeige wird demnächst erscheinen.«
Ich lachte. Niemals im Leben würde ich mir so ein Haus leisten können. Es war baufällig, aber es stand direkt am Strand.
»Denk mal drüber nach«, sagte Dad. »Du würdest dein eigenes Haus besitzen, anstatt jahrelang Miete zu zahlen. Wir kümmern uns um die Anzahlung und helfen dir bei der Renovierung. Den Rest musst du allein schaffen.«
Wie ich schon sagte, ich bin ein Glückskind.
Im Laufe der nächsten Monate lernte ich eine ganze Menge. Ich erfuhr alles über Dachbalken und Wasserleitungen und Elektrizität und Holzfäulnis. Ich lernte den Wert der Dinge zu schätzen. Wenn ich ein wasserdichtes Dach haben wollte, musste ich auf die italienischen Ziegel verzichten. Ich strich Decken und Wände. Ich fand hübsche Vorhänge und preisgünstige Jalousien im Internet.
Wenn man die Tür zu meinem kleinen Häuschen öffnet, betritt man zunächst die Küche und dann das Wohnzimmer mit den breiten, bodentiefen Fenstern. Ich habe ein sehr kleines Arbeitszimmer, ein Schlaf- und ein Gästezimmer. Mein Schlafzimmer liegt direkt neben dem Bad mit der großen Badewanne und einem Panoramafenster mit Blick auf den Ozean. Es gibt eine Terrasse mit einer Balustrade und einem Tor darin, durch das man direkt auf die Klippen gelangt. Meine Mutter war dagegen; sie fand es zu gefährlich, dort oben auf dem Felsen ein Loch im Zaun zu haben. Aber es ist eine praktische Abkürzung auf dem Weg zum Strand, und ich weiß beim Klettern genau, wo ich Halt finde. Bei Ebbe kommt man schnell und einfach hinunter auf den Sand.
Tagsüber sehe ich Flugzeuge über die Rollbahn schießen, ich

höre das Dröhnen und Kreischen der Motoren beim Start und bei der Landung. Von der Straße drängt Verkehrslärm herauf, Jogger und Spaziergänger bevölkern den Gehweg, die Surfer schießen zwischen den Wellenbrechern in die Höhe, die Fähren laufen ein und aus. Aber spätabends, wenn die schwarze, kaum noch zu erkennende See sich gegen die Felsen wirft und von den Flugzeugen nichts mehr zu sehen ist als winzige Blinklichter in der Dunkelheit, fühle ich mich hier wie am einsamsten Ort der Erde.

Ich liebe die Lyall Bay. Die Cafés, die Strandspaziergänger, die spielenden Kinder mit ihren bunten Mützen und Anoraks, die im Schatten liegenden, von Häusern durchsetzten Berghänge oberhalb der Straße. Die Sonne scheint auf das Meer unter meinem Haus und verwandelt die zitternde Oberfläche in glitzernde Streifen aus Lakritz und Silber und Himmelblau. Im Wasser treiben massenhaft giftgrüne Algen, und überall auf den Steinen haben sich Pfützen gebildet. Ich stapfe über den grauen, grobkörnigen Sand, und wenn ich bis ans Ende der Bucht laufe, kann ich an klaren Tagen das Kaikoura Gebirge am Horizont schimmern sehen.

Das Haus ist meine Zuflucht, und eine Zuflucht braucht man, wenn man jede Woche zur besten Sendezeit im Fernsehen auftritt. Wenn man sich regelmäßig in der Öffentlichkeit präsentiert und von allen kritisch beäugt wird. Irgendwann schlüpft man in eine Rolle. Es passiert schleichend und ist ein Prozess, auf den man wenig Einfluss hat. Als man mir den Job anbot, sagten mir die Vorgesetzten beim Sender, sie hätten sich für mich entschieden, weil ich jung, weiblich und schlagfertig sei. Aus den E-Mails, SMS und Anrufen der Zuschauer ging hervor, dass die Leute mich für meine *frische, unverbrauchte* Art mochten.

Man stellte mich als Co-Moderatorin von Blake Wharton ein, der die Sendung bislang allein moderiert hatte. Blake ist ein sanfter, ausgeglichener Mensch. Er trägt Jeans und pastellfarbene Pullover mit V-Ausschnitt und präsentiert am liebsten Geschichten zum Wohlfühlen: der Mann, der ein Bein verlor und jetzt bei den Paralympics mitmacht, der Hund, der in Wellington verlorenging und ganz allein den Rückweg nach Taumarunui fand, der Ponyflüsterer aus Westport. Blake wirkt wie jemand, der mit seinen Blumen spricht. Und gleichzeitig schafft er es, einem Premierminister das Wort im Mund zu verdrehen.

Saturday Night gab es eigentlich nur, weil die jungen Zuschauer am Wochenende lieber ausgingen, als vor dem Fernseher zu sitzen. Warum also nicht eine Sendung erfinden, die sich mit aktuellen Themen befasste, mit banalen und mit seriösen Fragen, die vor allem den gebildeten Zuschauer ansprachen. Womit mittelalte Stubenhocker aus der Mittelschicht gemeint waren. Kurz nach Sendestart war das Programm sehr beliebt, aber dann fing die Zuschauerquote zu sinken an. An diesem Punkt beschloss man, Verstärkung an Bord zu holen. Die Produzenten hielten es für eine gute Idee, dem selbstbewussten Moderatoren einen *Menschen* zur Seite zu stellen – eine unbeschwerte, dekorative junge Frau. Es war wichtig, mir das richtige Image zuzulegen. Man wollte meine Jugend und meine Weiblichkeit ausschlachten. Ich durfte auf keinen Fall humorlos und verbissen rüberkommen, sondern sollte frech und aufgeweckt wirken.

So etwa wie Kim Hill mit Locken und Rüschenbluse.

Richtig auszusehen war dabei von entscheidender Bedeutung. Ein ganzes Team von Mitarbeitern war damit beschäftigt, mich zu stylen. Auf keinen Fall durfte ich zu ernst wirken, denn das könnte den Zuschauern vermitteln, ich wäre eine Feministin oder, Gott behüte, eine Lesbe, was den Vorstellungen der Produzenten überhaupt nicht entsprochen hätte. Zu mädchenhaft durfte ich wiederum auch nicht sein. Mädchenhaft bedeutete oberflächlich, und das würde meinen Anmoderationen die Seriosität nehmen. Ich trug Blazer. Blazer mit interessanten Säumen, mit Applikationen, bunten Knöpfen, neckischen Details. Tweed gemischt mit Seide. Dazu ausgestellte Röcke, um den Blazern die Strenge zu nehmen. Weil ich ein dunkler Typ bin, kann ich kräftige Farben vertragen, und so entschied sich die Stylistin für Scharlachrot, Kobaltblau, Smaragdgrün, gelegentlich auch für ein dunkles, nicht zu grelles Pink.

Was ist mit den Haaren? Wir sollten sie kürzen, um Kinnlinie und Nacken zu betonen. Ein paar Strähnchen, um das Ganze aufzulockern. Und dazu bitte roten Lippenstift.

Ich erklärte ihnen, ich könne roten Lippenstift nicht leiden.

Inzwischen trage ich roten Lippenstift. Täglich.

Wenn man für die Arbeit eine Rolle annimmt, dann spielt man diese Rolle irgendwann auch im restlichen Leben. Anfangs war ich so konzentriert darauf, im Job mein Bestes zu geben, dass es mir gar nicht weiter auffiel. Aber irgendwann merkte ich, dass die Leute mich immerzu beobachteten, dass sie mich, meine Aussagen und mein Aussehen bewerteten.

Früher lief ich ungeschminkt und mit nachlässig zurückgebundenen Haaren zum Supermarkt, in Jogginghose und T-Shirt. Bis ich eines Tages am Kühlregal eine Frau sagen hörte: *Mein Gott, ist das nicht Rebecca Thorne? Sie sieht nicht halb so gut aus wie im Fernsehen.*

Sie sagte das laut, so als wäre ich öffentliches Eigentum, und noch während ich mit glühenden Wangen zur Kasse huschte,

blieben alle stehen, um zu glotzen. Inzwischen trage ich, wenn ich aus dem Haus gehe, gutsitzende Jeans und einen sauberen Pullover. Und roten Lippenstift.
Mein Job hatte auch zur Folge, dass ich härter und abgebrühter wurde. Manchmal wollen fremde Leute im Café eine Diskussion mit mir anfangen. Ich musste mir eine Geheimnummer besorgen. Einmal saß ich in einer Bar, und der Typ neben mir stupste mich mit dem Finger an, bis ich ihn endlich beachtete. Er drehte sich kommentarlos um, um mit seinen Kumpels über mich zu reden.
Ich mache nur meine Arbeit, aber aus irgendeinem Grund denken alle, das flippige und manchmal spöttische Wesen aus *Saturday Night* wäre die echte Rebecca Thorne. Offenbar meint jeder, er hätte das verdammte Recht, mich in Cafés und Restaurants und selbst auf der Straße blöd anzumachen. Ich bin keine herzlose Zicke, nur weil ich eine Frau, deren Ehemann sie vergewaltigt und die Kinder schlägt, mit der Frage konfrontiere, warum sie immer wieder zu ihm zurückkehrt. Ich stelle lediglich die Fragen, die die Öffentlichkeit beantwortet haben möchte. Du lieber Himmel, nach dem Interview mit der Mutter eines Vierzehnjährigen, der einen Polizisten erschossen hatte, erhielt ich Morddrohungen. Die Anrufer und E-Mail-Schreiber sagten, mir fehle Einfühlungsvermögen, meine selbstgefällige Haltung sei fast schon rassistisch. Was aber ist mit dem Polizisten? Mit seiner Frau und seinen Kindern?
Wenn ich jemandem auf die Schliche komme, der eine staatliche Unfallrente kassiert und gleichzeitig einem lukrativen Job nachgeht, bekomme ich sofort Ärger mit dem Versicherer. Wenn ich einem Abgeordneten der National Party unbequeme Fragen stelle, heißt es sofort, ich tue meinem Bruder

einen Gefallen und unterstütze die Labour-Partei. Berichte ich kritisch über Labour, bin ich eine Verräterin. Und so weiter und so fort.

Dass mein Bruder für die Labour-Partei im Parlament sitzt, war das Einzige, was gegen mich sprach. Man fürchtete, die Zuschauer könnten mich als parteiisch wahrnehmen. Dann wiederum erhoffte man sich, die Sendung würde seriöser wirken, wenn die Co-Moderatorin aus einer angesehenen Familie stammt.

Aber es sind nicht nur meine Kritiker, die mir das Leben schwermachen. Manche Leute wollen mich umarmen und sich ausweinen – *Ihr Bericht über die Familie, die in dem Haus mit dem undichten Dach leben muss, war ja so anrührend* –, sie wollen mir ihre ganze Lebensgeschichte erzählen. Kein Wunder, dass ich mich am Ende der Woche gern bei David und Anna aufs Sofa fläze oder zu Hause verkrieche.

Ich war müde. *Da passiert es schon wieder: Rebecca Thorne spielt Rebecca Thorne.* Und der Klatsch im Sender verhieß nichts Gutes. Ich wurde älter. Ich war nicht mehr *unverbraucht.*

Das Publikum ist launenhaft. Aber ob die Leute einen mögen oder nicht, ist längst nicht so wichtig wie die Frage, ob sie aufstehen und in die Küche gehen und sich einen Tee kochen, sobald man auf dem Bildschirm erscheint. Ich hatte das Gefühl, für die steigenden Teebeutelverkäufe in Neuseeland verantwortlich zu sein. Ich brauchte dringend eine Story.

Irgendwann hatte ich angefangen, mir selbst leidzutun. Ich schob die Schuld auf die banalen Geschichten, die ich anmoderieren musste, auf die Produzenten und auf den Kameramann, der mich wieder einmal unvorteilhaft aussehen ließ. Als ich in der Badewanne lag und an Bligh dachte, der oben in Rimutaka einsaß, musste ich mich wieder einmal daran erinnern, was ich alles für selbstverständlich hielt. Es war an der Zeit, dankbar zu sein. Es war an der Zeit, die Schuld nicht immer nur bei den anderen zu suchen.

Wenn du diesen Job wegen deiner Trägheit verlierst, bist du selbst schuld. Du solltest dich wirklich zusammenreißen und etwas tun.

Am nächsten Morgen stand ich um Viertel nach acht in der Redaktion, gutgelaunt, aufgedreht und hochmotiviert. Ich trug neue, gerade geschnittene Jeans, ein adrettes Jäckchen und grüne Peeptoes mit weißen Punkten. Ich hatte eine Story. Ich würde eine Sensation daraus machen.

11.

Mein Produzent Harry Bates konnte ganz schön kritisch sein, besonders seit die Quoten sanken. *Keine Zuschauer bedeutet keine Jobs.* Wollte man ihm neue Ideen schmackhaft machen, musste man es langsam angehen und ihm Zeit lassen, darüber nachzugrübeln und sich an die Vorstellung zu gewöhnen. Die Sache mit Bligh erwähnte ich am Rande, als wir über das Altenheim-Feature sprachen. Harry war sofort skeptisch. *Kein attraktives Thema, außerdem sieht es nach verdammt viel Arbeit und Recherche aus. Ich bezweifle, dass es die Ausgaben wert ist. Falls er freigesprochen wird, könnte die Sache allerdings anders aussehen.*

So war Harry immer. Er war ein guter Produzent, aber seine übertriebene Zurückhaltung war frustrierend. Wenn ich ihn erweichen und dazu überreden wollte, ernsthaft über die Story von Bligh nachzudenken, brauchte ich handfeste Beweise, die ich ihm präsentieren konnte.

Um mir ein Bild über die allgemeine Stimmungslage zu machen, las ich mich durch die Blogs. Anscheinend war die öffentliche Meinung gespalten, und abgesehen von wenigen gut informierten Kommentaren hatten sich die meisten Schreiber aus dem Bauch heraus eine Meinung gebildet. *Seine Augen sehen seltsam aus; bestimmt ist er der Täter; kein Mensch bringt seine eigene Schwester um.*

Ich stöberte in der Datenbank und druckte mir Pressemitteilungen und Artikel aus, angefangen mit der Nachricht vom Fund der Leichen, den Protokollen und dem anschließenden Gerichtsverfahren. Im Archiv stieß ich auf Fernsehnachrichten, Interviews und Reportagen. In den Drehpausen und abends nach der Arbeit las ich mich durch den Berg an Material. Ich ging früh zu Bett, stopfte mir Kissen in den Rücken und breitete die Ausdrucke neben meinem Laptop auf der Decke aus. Ich brauchte eine Woche, las bis spät in die Nacht und das ganze Wochenende. Am Sonntagnachmittag war ich fertig. Nachdem ich mir das letzte Interview mit Angus Strode angesehen hatte, dem zuständigen Polizeiermittler, merkte ich, dass ich kaum etwas gegessen hatte. Ich briet ein Omelett und aß es, während ich gedankenverloren aus dem Fenster starrte.

Ich hatte alles, was ich gefunden hatte, aufmerksam angesehen und durchgelesen und mir Notizen zu allen wichtigen Punkten gemacht. Dennoch hatte ich das Gefühl, etwas Ausschlaggebendes übersehen zu haben. Wie konnte es sein, dass Bligh trotz der mageren Beweise schuldig gesprochen wurde? Die Beweisführung der Staatsanwaltschaft stützte sich

ausschließlich auf Indizien. Mir schien, dass sich jedes Argument der Anklage anzweifeln oder ganz ausräumen ließ.
Wie hatte es Angus Strode in einem Interview nach dem Gerichtsurteil ausgedrückt? *Ja, es handelte sich um einen Indizienprozess, aber glücklicherweise kamen so viele belastende Indizien zusammen, dass wir das Ergebnis erzielen konnten, über das wir uns heute freuen.*
Ich betrachtete den Zeitstrahl, den ich parallel zu meinen Notizen angelegt hatte. Am Sonntagabend, dem 15. Mai 2002, wurde die Polizei um achtzehn Uhr achtundvierzig zum Haus der Familie Dickson gerufen. Man fand drei Leichen. Zunächst schlossen die Ermittler einen erweiterten Selbstmord nicht aus. Die Theorie wurde jedoch bald vom Rechtsmediziner verworfen, der klarstellte, dass keines der Opfer sich die Wunden selbst zugefügt haben konnte.
Am 17. Mai, kurz nachdem der dreifache Mord bestätigt wurde, übernahm Detective Inspector Strode den Fall. Zunächst schien es keine Verdächtigen und kein Motiv zu geben. Den zahlreichen Aussagen der Nachbarn und Kollegen und Lehrer der Kinder zufolge waren die Dicksons eine ganz normale Familie gewesen, die ein ganz normales Leben geführt hatte. Der Familienvater wurde von Zeugen als fleißig und engagiert beschrieben und arbeitete als Werklehrer an der örtlichen Sekundarschule. Angela besaß einen Blumenladen – *Angela's Garlands* – nur wenige Straßen vom Haus der Familie entfernt. Ihre Angestellte Dawn Robbins wischte sich in einem TV-Interview die Tränen aus den Augen und sagte, Angela sei eine wunderbare Frau gewesen, immer freundlich, so clever und so kreativ. Sam war ein braves Kind, beliebt bei Lehrern und Mitschülern. Alle mochten Sam.
Die Dicksons waren eine ganz normale, nette Familie. Sie

hatten keine Feinde. Keine Schulden, keine Vorstrafen, keine Verbindungen zu Drogendealern oder irgendwelchen anderen Kriminellen. Nichts in ihrem beruflichen oder privaten Umfeld hatte ahnen lassen, dass sie einem Gewaltverbrechen zum Opfer fallen würden.

In den Fernsehnachrichten und Zeitungsartikeln wurde spekuliert, es könnte sich um eine Zufallstat handeln, um die Tat eines mit Drogen vollgepumpten Irren, der ins Haus eingedrungen und Amok gelaufen war. Und doch wiesen alle Spuren am Tatort darauf hin, dass das Verbrechen von langer Hand geplant worden war. Der Täter hatte den Draht mitgebracht, mit dem Sam stranguliert und Angela gefesselt wurde. Er hatte eine Stichwaffe dabei, die nach Aussage des Rechtsmediziners eine Art Skalpell gewesen sein musste, mit kurzer Klinge und scharf wie ein Rasiermesser. Unwahrscheinlich, dass der Täter es einfach nur aus einer Küchenschublade genommen hatte. Darüber hinaus ließen sich nirgendwo im Haus fremde Fingerabdrücke finden, weder auf Schranktüren und Arbeitsflächen in der Küche noch im restlichen Haus. Der Täter hatte Handschuhe getragen. Er hatte die Tat umsichtig geplant.

Aber warum? Zwar war das Haus von Angela und Rowan hübsch und geschmackvoll eingerichtet, aber sie besaßen nichts von besonderem Wert. Das Haus sah aus wie alle anderen in der Straße, ein gepflegter, erst vor kurzem gestrichener Bungalow mit Bleiglasfenstern. Nichts daran wies auf wohlhabende Bewohner hin. Der Garten war groß und weniger einsehbar als andere in der Straße, durchzogen von der langen Einfahrt. Weil das Haus ein wenig abseits der Straße stand, waren die Bewohner leichte Opfer. Aber was hatte der Täter gesucht? Was wollte er hier?

Vielleicht hatte er sich geirrt. Vielleicht war er auf der Suche nach einem Drogenlabor gewesen und ins falsche Haus eingestiegen. Wobei das angesichts dieser Wohngegend unwahrscheinlich war.
Vielleicht war es tatsächlich ein Einbrecher gewesen. Katy ließ sich nicht dazu bewegen, noch einmal ins Haus zu gehen, aber Rowans Schwester, Frances Jennings, erklärte sich bereit, die Polizei dorthin zu begleiten, sich umzusehen und festzustellen, ob irgendetwas gestohlen worden war. Sie war regelmäßig bei den Dicksons zu Besuch gewesen und oft über Nacht geblieben. Sie sagte aus, ihrer Ansicht nach sei nichts verschwunden. Rowan hatte sich sehr für zeitgenössische Kunst aus Neuseeland interessiert und sie gesammelt; sämtliche Bilder hingen jedoch an ihrem Platz.
Der Umstand, dass Angela vor einigen Jahren eine beträchtliche Summe von ihrem Vater geerbt hatte, heizte in den Medien die Spekulationen über einen Raubüberfall an. Allerdings wussten die wenigsten von dem Erbe – Frances Jennings sagte, Angela habe es nicht an die große Glocke gehängt. Sie war nicht der Typ, der derlei Informationen an Außenstehende weitergab. Außerdem hatte der Täter kaum angenommen, das Geld im Haus zu finden. Falls er geglaubt hatte, dass die Dicksons viel Geld auf dem Konto hätten, hätte er vielleicht versucht, Bankkarten zu stehlen und Geld abzuheben. Nichts jedoch wies darauf hin, dass Schränke und Schubladen durchsucht worden waren, Angelas Kreditkarten steckten im Portemonnaie in ihrer Handtasche, die im Schlafzimmer an einer Stuhllehne hing, und Rowans Brieftasche lag unangetastet auf dem Tisch.
Einige Wochen später wurde wieder über die Erbschaft diskutiert. Angela war Alleinerbin gewesen. Ihr älterer Bruder,

Connor Bligh, war von seinem Vater enterbt worden. Und obwohl Dick Bligh kaum genug Geld auf dem Konto gehabt hatte, um seine Beerdigung zu bezahlen, hatte er bis zu seinem Lebensende in seinem Haus am Foxton Beach gewohnt. Zwölf Hektar Land in bester Lage. Angela verkaufte es an einen Bauunternehmer, als die Preise für Grundstücke am Meer auf dem absoluten Höhepunkt waren. Sie machte ein Vermögen.

Aus dem Omelett sickerte eine gelbliche Flüssigkeit auf den Teller. Ich schob die Reste in den Mülleimer, kochte Kaffee und nahm meine Tasse mit an den Küchentisch. Die Fähre lief gerade aus. Ein Panorama wie auf einer Postkarte: der von Bergen eingefasste Hafen und glitzernde Schiffe, die mühelos über das ruhige Wasser gleiten.

Für einen Moment genoss ich den Anblick. Nach allem, was ich gesehen und gelesen hatte, fühlte ich mich beschmutzt. Auf der einen Seite waren drei Menschen auf furchtbare, brutale Art ums Leben gekommen. Dafür musste jemand bestraft werden. Und auf der anderen Seite? Hatte man diesen Mann, der jetzt in Rimutaka einsaß, gerecht und respektvoll behandelt?

Denn inzwischen hatte ich den Eindruck gewonnen, dass die Polizei Bligh von Anfang an und trotz des Mangels an stichhaltigen Beweisen zum Hauptverdächtigen erklärt hatte. Er hatte weder schockiert noch bestürzt reagiert, als die Polizei ihm die Nachricht überbrachte, und das machte ihn zum Mörder von Angela, ihrem Sohn und ihrem Mann? Jeder Mensch reagierte anders auf schlechte Nachrichten. Manche erstarrten und verstummten. Und überhaupt, was war in einer Situation wie dieser schon normal?

Warum hatte man ihn nicht gleich am Sonntagabend aufgesucht, nachdem die Leichen entdeckt worden waren? Warum wartete die Polizei bis zum Montagmorgen, bevor sie ihn informierte? Vor Gericht war die Rede von Personalknappheit gewesen, da die Polizei von Palmerston North an jenem Tag nicht nur mit dem Dreifachmord, sondern auch mit einem schweren Verkehrsunfall und einem Selbstmord zu tun hatte.
Hatten die Officer Grant und Holly Instruktionen erhalten, Blighs Reaktionen zu beobachten, als sie ihn an jenem Morgen zu Hause aufsuchten? Seit Sonntagabend war die Nachricht von dem Verbrechen im Radio und im Fernsehen gesendet worden. Zwar waren zu jenem Zeitpunkt noch keine Namen veröffentlicht worden, aber der Täter musste aus den Medien erfahren haben, dass die Leichen entdeckt worden waren. Hatte die Polizei so viele Stunden abgewartet, weil sie von seiner Schuld überzeugt war und hoffte, das lange Warten würde ihn nervös machen?
Was war in den ersten Stunden nach dem Fund der Leichen an die Öffentlichkeit gedrungen? Hatten sie sich sofort auf ihn als Schuldigen festgelegt? Immerhin hatte Katy ausgesagt, ihre Mutter habe am Telefon seinen Namen genannt. Falls sie dem Mädchen glaubten, mussten sie Blighs Anwesenheit im Haus für wahrscheinlich halten.
Ergab sich der Rest von ganz allein? Connor Bligh kannte alle Gewohnheiten der Familie, und er beneidete Angela um die Erbschaft. Er hatte Zugang zu der beim Verbrechen verwendeten Waffe, ein Seziermesser oder Skalpell, und als Biologe hätte er gewusst, wie damit umzugehen war.
Seine Fingerabdrücke ließen sich überall im Haus finden, auch wenn keiner davon blutig war. Nun, kein Wunder:

Sicher hatte er Handschuhe getragen. Auch diesen Umstand verwendete die Anklage gegen ihn, denn immerhin hatte Bligh Zugang zu jener Sorte von dünnen Gummihandschuhen gehabt, wie sie in Labors verwendet wurden. Was lächerlich war, schließlich waren diese Handschuhe frei verkäuflich. Und doch schienen die Geschworenen auch diesen Punkt als einen von vielen Beweisen für seine Schuld zu akzeptieren.

Das Blut am Lenkrad von Blighs Auto ließ sich mit größter Wahrscheinlichkeit Angela zuordnen, deren Blutgruppe null positiv war, wohingegen Connor die Blutgruppe null negativ hatte. Allerdings wurden keinerlei Spuren von Rowans oder Sams Blut im Auto gefunden, beide A positiv, und es gab eine vollkommen logische Erklärung dafür, dass geringe Mengen von Angelas Blut im Auto zu finden waren, schließlich hatte sie sich das Auto oft ausgeliehen. Beim Verhör hatte Bligh ausgesagt, Angela habe eine Schwäche für die weißen Rosen in seinem Garten gehabt und sich oft welche geholt und sich dabei vielleicht an den Dornen verletzt. Nein, er könne keinen konkreten Vorfall benennen, sondern wolle nur eine mögliche Erklärung anbieten.

Die Beweise schienen wenig überzeugend, führten aber dennoch zu seiner Verurteilung. Ebenso wie das Motiv, das ihm die Ermittler und die Staatsanwaltschaft unterstellten: Neid. Bligh sei fast umgekommen vor Neid, nachdem Dick Bligh sein gesamtes Vermögen seiner Tochter vermacht hatte.

Und selbst dieses Argument war fadenscheinig. Die Verteidigung rief Angelas ehemaligen Anwalt in den Zeugenstand. Sicher, Angela war von ihrem Vater als Alleinerbin eingesetzt worden, aber ein Teil des Verkaufserlöses des Hauses am Foxton Beach sei für den Kauf von Blighs Haus verwendet

worden. Abgesehen davon seien alle Gelder in eine Familienstiftung geflossen, von der auch Connor profitiere.
Damit dürfte jeder Groll nach der Testamentseröffnung beseitigt worden sein; im Gegenteil, hatte Connor nicht allen Grund, Angela und ihrer Familie dankbar zu sein? Immer wieder betonte der Anwalt, wie nah Angela und ihr Bruder sich gestanden hätten.
Alles ließ sich erklären.
Alles außer die Aussage von Katy Dickson.
Sicher hatte sie die Geschworenen letztendlich überzeugt. Keine Frage. Die Gerichtsreporter beschrieben Katy als verstört und aschfahl.
Zeugin bricht zusammen.
Connor Bligh hingegen wurde während des Prozesses mit Adjektiven wie *distanziert, ungerührt, kühl* beschrieben. Ich mag mir kaum vorstellen, wie es im Gerichtssaal zugegangen war, als sich Katy Dickson durch ihre Vernehmung schluchzte. Die Gerichtsreporter schrieben, sie habe bei der Befragung darauf beharrt, dass ihre Mutter am Telefon Connor Blighs Namen gesagt hatte.
Ich hörte Mum »Con« sagen. So hat sie ihn immer genannt. Ich habe das ganz definitiv gehört. Er muss dort gewesen sein.
Was, wenn sie sich verhört hatte? Es war ganz am Ende des Telefonats, kurz vor dem Auflegen. Wie sicher konnte sie sein, es richtig verstanden zu haben?
Aber wie hätten die Geschworenen die Aussage eines Mädchens anzweifeln können, das seine gesamte Familie verloren hatte? Die Beweise waren schwach, das Motiv zweifelhaft. Aber in Kombination mit Katys Aussage hatte die Anklage die Geschworenen überzeugt.

Positiv für die Anklage hatte sich ebenfalls ausgewirkt, dass der Richter Connor nicht sonderlich mochte, zumindest war das mein Bauchgefühl. In scharfem Ton hatte er die »brutalen Verbrechen« verurteilt. In seinem Schlusswort ließ er sich fast dazu hinreißen, den Geschworenen zu empfehlen, den Angeklagten schuldig zu befinden. Genau das war das Argument der ersten Berufung gewesen.

Aber auch die Polizei machte nicht immer alles richtig. Was war mit Arthur Allan Thomas, was mit David Dougherty? Sobald man glaubte, den Schuldigen gefunden zu haben, setzte man unfaire Mittel ein, um ihn zu überführen. Man setzte eine Verzögerungstaktik ein und ließ durch die Medien sorgfältig ausgewählte Informationen und Unterstellungen ins öffentliche Bewusstsein sickern. Wie sonst sollten die Einzelheiten von Angelas Erbschaft, die Bligh schließlich belasteten, an die Öffentlichkeit gelangt sein?

Bald fühlte ich mich wie ein Kreuzritter im Namen der Gerechtigkeit. Was, wenn meine Sendung allgemeine Sympathien und Unterstützung für Connor Bligh zur Folge hätte? Was, wenn ich, Rebecca Thorne, verantwortlich dafür wäre, einen Unschuldigen aus jahrelanger, unverdienter Haft zu befreien?

Was, wenn *Saturday Night* wieder zum Quotenhit würde, ich tolle Jobangebote bekäme und im Sender viel höheres Ansehen genießen würde? Und mehr Geld verdienen würde. Was, wenn sie mich anbetteln würden zu bleiben?

Ich machte eine Durststrecke durch, aber ich war von Natur aus optimistisch und selbstbewusst. Der Fall Bligh gab mir neuen Mut, verwandelte mich in die alte Rebecca zurück. Ich war wieder hochmotiviert. Während ich überlegte und plante, warf ich immer wieder einen Blick auf die Fotos von

Connor Bligh. Sie faszinierten mich. Selbst wenn ich ihn nicht retten konnte, wäre ich vielleicht in der Lage, die Story zu bekommen, auf die ich gewartet hatte.
Und da war noch etwas. Ich haderte damit, mich privat in eine schrecklich-schöne Lebenssituation manövriert zu haben. Die mich nachts wach hielt, die mich über die Vorzüge des Singledaseins schwadronieren und mich übertrieben freudig applaudieren ließ, wann immer eine meiner Freundinnen heiratete oder schwanger wurde, wo ich doch in Wahrheit Bauchschmerzen bekam. Ich lehnte dankend ab und war immerzu mit etwas anderem beschäftigt, wenn eine meiner Freundinnen meinte, einen passenden Kandidaten für mich gefunden zu haben.
Auch ich hatte meine Geheimnisse.

12.

Je länger ich mich mit den zusammengetragenen Informationen beschäftigte, desto eher war ich überzeugt davon, dass die Polizei sich von Anfang an auf Bligh als Schuldigen versteift hatte. Nach dem Fund der Leichen leitete die Mordkommission die üblichen Prozeduren ein. Im Haus der Dicksons wurden DNA-Proben und Fingerabdrücke gesammelt und mit den Datenbanken abgeglichen. Ein Ermittlerteam wurde zusammengestellt, um möglichst viel über das Leben der Opfer herauszufinden: Angehörige, Freunde, Nachbarn und Kollegen wurden intensiv befragt. Ein zweites Team arbeitete die Liste der im näheren Umkreis gemeldeten Straftäter ab. Polizisten durchkämmten die Gegend rund um die Victoria Road und den Lincoln Court. Sie klopften an Türen, erkundigten sich nach Autos oder Fußgängern, die am 15. Mai in der Gegend beobachtet worden waren, und sichteten die Videoaufzeichnungen aller Läden und Tankstellen in der Umgebung.

Aber noch während die polizeilichen Ermittlungen liefen, hatte Angus Strode längst Bligh im Visier. Am 20. Mai, drei Tage nachdem Strode die Ermittlungen übernommen hatte, vermeldeten die Zeitungen, Polizisten hätten Connor Bligh befragt, den Bruder von Angela Dickson. Eine Woche später wurde im Fernsehen das nach den Angaben eines Passanten erstellte Phantombild eines Mannes gezeigt, der in der Nähe des Tatortes beobachtet worden war. Am nächsten Tag kamen Gerüchte auf von Videoaufzeichnungen aus einem kleinen Laden am Lincoln Court, auf denen ein Mann zu sehen war, der der Phantomzeichnung ähnelte.

Ich studierte das Phantombild und verglich es mit dem Standbild aus der Videoaufzeichnung. Die Fotografie war verschwommen und das Gesicht des Mannes nur schlecht zu erkennen, dennoch war eindeutig, dass er sein Haar aus dem Gesicht trug; möglicherweise war es lang und zu einem Pferdeschwanz zusammengebunden. Der Mann auf dem Phantombild hatte sich das Haar ebenfalls zurückfrisiert, sein Gesicht war lang und kantig. Der Mann aus der Videoaufzeichnung war kleiner und stämmiger und seine Haare dunkler; der auf dem Phantombild hatte kleine, engstehende Augen.

Auf die Meldung über die vermeintliche Ähnlichkeit von Phantombild und Videoaufzeichnung folgte in Windeseile eine Presseerklärung: Ein Mann, der Phantomzeichnung und

Videoaufnahme »sehr ähnlich« sehe, »unterstütze« die polizeilichen Ermittlungen.

Connor Bligh ist hochgewachsen und sehr schlank, sein Haar ist blond und seine Augen groß. Er ähnelt weder dem Phantombild noch dem Mann auf der Videoaufnahme. Dennoch spekulierten die Medien ungehindert weiter, dass er der Hauptverdächtige sein könnte.

Die Berichterstattung stellte seinen Charakter und seine Lebensführung in einem zunehmend schlechteren Licht dar. In Interviews mit Kollegen und Nachbarn wurde Connor Bligh immer wieder als *ungeselliger, unfreundlicher Mensch* bezeichnet.

Schlimmer noch, man hängte ihm ein Attribut an, das man gemeinhin jedem Serienvergewaltiger, Pädophilen und Axtmörder zuschreibt: Connor Bligh war ein *Einzelgänger.*

Fotos von seinem Haus, ein hübsch gestrichener Holzbungalow mit Zaun, illustrierten die Berichte über seinen »fanatischen« Ordnungszwang.

Die Putzfrau, die Connor Bligh über eine Agentur gefunden hatte und die einmal pro Woche bei ihm sauber machte, sprach von der »unrealistischen« Erwartungshaltung des Kunden. *Sobald ich irgendwas falsch machte, beim Bügeln oder so, ging er an die Decke.*

Connor Bligh geht an die Decke. Er redet nur selten mit seinen Nachbarn. Er ignoriert die Kinder auf der Straße und befasst sich übermäßig viel mit seinem Haushalt.

Connor Bligh hat keine Freunde, er nimmt nicht an den Feiern seiner Kollegen teil, er ist unhöflich zu Laboranten und Schreibkräften. Er ist sehr intelligent, aber auf eine unnatürliche Weise. Seine geistigen Fähigkeiten sind geradezu abnormal.

Im Zusammenhang mit den Ermittlungen sei ein Haus durchsucht worden. Polizisten hätten Unterlagen und Gegenstände mitgenommen. Ein Auto – »ein eher unübliches Modell« – sei konfisziert worden.

Die Ermittlungen wurden intensiviert. Der Besitzer des Ladens, aus dem die Videoaufzeichnung stammte, wurde vor laufender Kamera interviewt. Er war sich sicher, dass der Mann in seinem Geschäft ausgesehen habe wie Connor Bligh, den er auf Fotos in der Zeitung gesehen habe: *Das ist doch ein seltsamer Zufall, oder?*

Frances Jennings trat bei *This Week* auf und beschrieb eindringlich die Folgen der schrecklichen Tragödie für sie und ihre Familie, besonders für ihre Nichte Katy, die vollkommen traumatisiert sei und das Haus an manchen Tagen gar nicht verlassen könne. An manchen Stellen weinte Frances Jennings. Dann wiederum fing sie zu strahlen an und wurde lebhaft, wann immer sie über ihren Bruder sprach – *alle haben Rowan geliebt, er war umgänglich und kein bisschen nachtragend* – und ihren Neffen Sam, *ein pfiffiger Junge, der das ganze Leben noch vor sich hatte*. Angela sei eine gute Mutter gewesen. Als sie zu Connor Bligh und seinem Verhältnis zu Angela befragt wurde, zeigte die Nahaufnahme, wie ihr Gesicht versteinerte.

»Sie standen sich sehr nahe, aber dann änderte sich plötzlich alles. Angela sprach nie darüber, aber irgendwas musste vorgefallen sein. Anders kann ich mir das nicht erklären.«

»Aber vorher hat sie mit Ihnen über Connor geredet?«

Ihre Stimme klang gepresst. »Angela hat oft über Connor geredet.«

»Was hat sie über ihn gesagt?«

»Wie clever er ist. Wie gut er sich bei der Arbeit macht. Solche Sachen.«
»Und Sie haben überhaupt keine Ahnung, was passiert sein könnte, Frances?«
»Nein.« Ihre Stimme klingt fest.
»Was ist mit Ihrem Verhältnis zu Connor? Waren Sie befreundet?«
»Nein, eigentlich nicht.«
»Gab es dafür einen bestimmten Grund? Fanden Sie ihn irgendwie ... unnahbar?«
»Darüber möchte ich nicht sprechen.« Sie kneift die Lippen zusammen.
An der Stelle musste ich unwillkürlich lächeln. Sally Jeffries hatte nicht gemerkt, dass ihr das Gespräch entglitten war. Es ist das Schlimmste, was einem in einem Interview passieren kann, besonders bei Live-Sendungen.
Normalerweise macht Sally ihre Sache gut – sie ist eine rundliche Frau mit einem strahlenden Lächeln, bei der sich die Leute sofort sicher fühlen und Dinge ausplaudern, die sie später bereuen. Aber nun gibt sich Frances Jennings spröde und verschlossen.
Ich sehe, wie Sally sich leicht nach vorn beugt und aufmunternd lächelt. Ihre Stimme wird hörbar weicher: »Aber Sie waren mit Angela befreundet?«
»Natürlich.«
»Frances, haben Sie sich je Sorgen gemacht wegen Angelas Beziehung zu ihrem Bruder? Nach allem, was ich höre, war er sehr abhängig von seiner Schwester.«
»Meiner Ansicht nach war Angela viel zu nachgiebig mit Connor.«
Sally nickte mitfühlend. »Würden Sie sagen, dass die Nach-

giebigkeit, mit der sie ihren Bruder behandelte, ihrem Mann und den Kindern manchmal zum Nachteil gereichte?«

»Angela hat immer ...« Frances bleibt an einem Wort hängen, überlegt und beißt sich auf die Zunge. »Nun ja. Ich glaube, Connor war sehr manipulativ.«

Was hatte sie ursprünglich sagen wollen? Dass Angela ihren Bruder Mann und Kindern vorzog? Dass Connor der wichtigste Mensch in ihrem Leben war? Was war es? Ich spulte zurück und hörte genau hin, aber vergeblich.

Die auf den Fall angesetzten Reporter hatten sich schnell auf eine Sichtweise geeinigt, die im Grunde nichts anderes war als Rufmord an Connor Bligh. Ein asozialer Freak, der Amok läuft und Menschen tötet, ist ein gefundenes Fressen für die Medien. Auf einmal tauchten unzählige Menschen aus der Versenkung auf, um ihre Erfahrungen mit Connor Bligh einem gierigen Publikum zu unterbreiten. Seine ehemaligen Mitschüler hatten ihn als verrücktes Genie in Erinnerung. Eine Mitarbeiterin der Notaufnahme war sich sicher, Connor Bligh sei nach einem gescheiterten Selbstmordversuch in die Klinik eingeliefert worden. Letztendlich musste sie die Aussage zurückziehen, aber im Bewusstsein der Öffentlichkeit blieb das Bild eines gestörten Kranken hängen.

Will Grahame vom *Sunday Chronicle* wies in einem Artikel darauf hin, dass die Berichterstattung in diesem Fall zu einer Vorverurteilung des Angeklagten geführt hatte. Bei einem Verbrechen, das ein so großes emotionales Echo hervorrief, müssten Medien und Polizei alles daransetzen zu vermeiden, dass die Öffentlichkeit inklusive der Geschworenen vorschnell urteilte. Er stellte anschaulich dar, wie die Indizien nach und nach an die Presse verfüttert worden waren. Es sei nicht bewiesen, dass der Mann auf den Videobändern derselbe war wie der, der in der Nähe des Tatortes gesehen worden war und von dem ein Phantombild existierte. Genauso wenig konnte man sicher sein, dass Connor Bligh einer dieser Männer war. Nichts verband die Männer mit dem Verbrechen als die Tatsache, dass sie zur Tatzeit in der Nähe gewesen waren.

Darüber hinaus, schrieb Grahame, gebe es bis heute keine Hinweise darauf, dass in Connor Blighs Haus oder Auto tatsächlich belastendes Material gefunden worden war. Nichts deute auf einen Familienzwist hin, auch wenn Angela Dickson und Connor Bligh sich in der letzten Zeit nicht gesehen hatten. Dass Connor Bligh seine Schwester und ihre Familie ermordet haben sollte, war reine Spekulation, begründet durch nichts als Hörensagen und Gerüchte.

Grahame beschrieb, wie Scheinwahrheiten in die Welt gesetzt wurden und den Fall Dickson womöglich beeinflussten. Der öffentliche Druck auf die Fahnder und den Richter war enorm groß. Hier wurde, schloss Grahame, ein unsympathischer Außenseiter in die Rolle des Sündenbocks gedrängt; die Öffentlichkeit wollte ihren Rachedurst an ihm stillen und sicherstellen, dass jemand fur das Verbrechen bezahlte. Wenn sich aber rationales Denken und gewissenhafter Journalismus nicht durchsetzen könnten, liefe das Land Gefahr, in Zustände abzugleiten wie seinerzeit, als Arthur Allan Thomas und David Dougherty zu Unrecht verurteilt wurden.

Detective Inspector Strode reagierte prompt auf den Artikel. Die Ermittlungen im Falle Dickson befänden sich in einer »heiklen Phase«, und Will Grahames Artikel beinhalte Material, das das Ergebnis »wochenlanger Polizeiarbeit« ernsthaft gefährde. Grahame sei herablassend und respektlos gegenüber den polizeilichen Bemühungen. Fortan ignorierte er

Grahames Fragen bei allen Pressekonferenzen. In der Folge wurde Grahame von dem Fall abgezogen und von seinen Vorgesetzten durch einen Kollegen ersetzt.
Bald war ich überzeugt, dass die Geschichte meine Karriere befeuern und mich in den Stand einer unabhängigen und namhaften Journalistin befördern würde. Abgesehen davon beschäftigte sie mich an einsamen Abenden und Wochenenden. Mehr und mehr meiner Freundinnen legten sich Geliebte, Ehemänner und Babys zu. Manchmal konnten sie ein paar Stunden erübrigen, um mit mir zu shoppen, Kaffee zu trinken, ins Restaurant oder Kino zu gehen. Aber irgendwann kam immer der Punkt, an dem sie nach Hause mussten.
Jede Ratgeberkolumne in jedem Frauenmagazin, jedes Selbsthilfebuch und jede Freundin sagt dir, dass man um verheiratete Männer einen großen Bogen macht.
Die Gründe dafür liegen klar auf der Hand – bis es zu spät ist, weil man zu tief in die Sache hineingerutscht ist, weil man glaubt, in diesem Fall wäre alles ganz anders, da es sich um die große, echte Liebe handele. Die daraus entstehenden Probleme sind ein langweiliges Klischee und eine ständige Mahnung, wie hoffnungslos und jämmerlich die eigene Lage ist. Bis man irgendwann die Augen nicht mehr davor verschließen kann, wie dumm man ist, das Ganze überhaupt noch mitzuspielen. Und nebenbei geht das eigene Herz vor die Hunde.
Man darf ihn nicht einfach anrufen, höchstens wenn es abgesprochen ist, und selbst dann klingt er meist kurz angebunden und gleichgültig und beendet das Gespräch so schnell wie möglich, weil er neugierige Fragen seiner Geschäftspartner, seiner Sekretärin, seiner Freunde, seiner Ehefrau oder seiner Kinder vermeiden möchte.

Man kann sich nur nach akribischer Planung treffen, und selbst dann wird in den meisten Fällen die Verabredung im letzten Moment verschoben oder ganz abgesagt. Man kann keine gemeinsamen Pläne schmieden oder sich auf ihn verlassen. Man kann höchstens auf unregelmäßige Zwischenspiele hoffen, die wenig mehr beinhalten, als sich in das nächstgelegene Bett fallen zu lassen.

Man kann nicht ins Restaurant gehen. Man kann nicht zusammen Weihnachten feiern. Man wird nicht zu seinem Geburtstag eingeladen, man fährt nie gemeinsam in den Urlaub. Wenn man auf eine Hochzeit oder Party eingeladen wird, geht man allein hin.

Kinder hat er mit einer anderen.

Vor drei Jahren gaben Mum und Dad ihr jährliches Sommerfest. Ihre Partys sind legendär. Alle sind da, genießen das tolle Essen und den guten Wein, die üppigen Blumenarrangements und die Kerzen. Durch das Haus und den festlich beleuchteten Garten hallt angeregte Konversation. Meine Eltern laden jedes Jahr dasselbe Trio ein – Bass, Klavier, Klarinette –, manche Gäste tanzen, und es gibt jene zwei oder drei, die zu viel getrunken haben und irgendwann zu singen anfangen.

Ich amüsierte mich prächtig. Ich war seit einem guten Jahr beim Sender und fühlte mich großartig; ich liebte meinen Job, und ich liebte mein Leben. Ich mochte es, wiedererkannt zu werden; ich liebte es, wenn die Leute kurz innehielten, sich überrascht nach mir umdrehten und mich bewundernd anstarrten.

Ich unterhielt mich mit Joe Fahey. Er war Anwalt und Teilhaber in der Kanzlei meines Vaters. Er erzählte mir, wie sehr ihn eine unserer Sendungen über Menschen, die im Kindesalter von Großbritannien nach Neuseeland evakuiert worden waren, beeindruckt habe. Er wollte wissen, woran ich momentan arbeitete, und ich erzählte ihm von meinem Vorhaben, etwas über irische Einwanderer zu bringen. Er sagte, sein Großvater sei ein solcher Einwanderer gewesen, und er erzählte mir von seiner Familie. Es klang interessant. Ich fragte ihn, ob er bereit wäre, mir diese Informationen zur Verfügung zu stellen und sich vielleicht sogar für die Sendung interviewen zu lassen. Er gab mir seine Visitenkarte.

Etwa eine Woche später trafen wir uns zum Kaffee, und dann noch einmal und noch einmal. Wir gingen Mittag essen, erst ein Mal, dann regelmäßig.

Was dann geschah, entspricht vermutlich dem üblichen Ablauf. Ich kannte alle Gründe, warum ich mich nicht auf ihn einlassen durfte, aber ich tat es trotzdem. Warum lassen sich vollkommen vernünftige, intelligente Frauen auf so etwas ein? Die öffentliche Meinung verurteilt die Geliebten verheirateter Männer als gewissenlose Zerstörerinnen der heiligen Institution Ehe. Fremdgehende Ehemänner sind, je nach Perspektive, skrupellose Schweine oder greise Lustmolche.

Ich weiß nur eins: Ich wollte keine Familie zerstören, und Joe war nicht skrupellos. Es ist tatsächlich möglich, so hingerissen und fasziniert von einem Menschen zu sein, dass der Verstand aussetzt. Es ist nicht so, dass Joe seine Frau Michelle nicht lieben, respektieren und bewundern würde. Das Problem ist nur, dass er mich ebenso liebt – und ich ihn zu sehr liebe, um mich zu trennen.

In den vergangenen drei Jahren haben wir uns getroffen, wann immer es möglich war. Gelegentlich war sogar ein heimliches, traumhaftes Wochenende drin. Wir reden, wir lachen, wir haben Sex, so wie alle anderen Paare auch. Der Unterschied ist, dass er irgendwann losmuss. Wenn er geht, reiße ich mich zusammen und lebe mein Leben weiter. Es nützt nichts, zu weinen und zu jammern; da ist niemand, der mir zuhören und mich in den Arm nehmen würde. Ich kann keiner Menschenseele davon erzählen. Joe ist ein prominenter Anwalt, und die meisten Leute kennen mich aus dem Fernsehen; es wäre ein gefundenes Fressen für die Medien.

Joe ist siebenundvierzig. Seine Kinder sind schon größer, sicher wird er in einigen Jahren Großvater. Ich bin in einer Familie aufgewachsen, wie ich sie selbst gern gehabt hätte. Wenn ich Anna und David mit ihren Kindern sehe, zerreißt mir die Sehnsucht fast das Herz. Aber ich liebe Joe. Ich kann mir nicht mehr vorstellen, ohne ihn zu sein, ihn durch einen anderen Mann zu ersetzen. Nur deswegen ist es so weit gekommen. Und nun stecke ich in der Sackgasse.

Und außerdem ist Joe, wie um das Ganze noch schlimmer zu machen, der Verteidiger von Connor Bligh.

Am Sonntagmorgen klopfte er an meine Tür. Er hielt eine Tüte Croissants in der Hand. »Ich dachte, vielleicht möchtest du frühstücken.«

Wir reden nie darüber, wie es Joe organisiert, Zeit mit mir zu verbringen. Ich schaffe es, wenn auch unter größter Anstrengung, ihm keine Fragen zu seiner Familie und seinem häuslichen Leben zu stellen. Manchmal lässt er die eine oder andere Information heraus. *Sarah hat einen neuen Job, Pip hat die Prüfung bestanden, Simon ist im Skiurlaub*. Von Michelle spricht er nur selten.

Wir landeten im Bett, danach kochte ich Kaffee. Wir setzten uns auf die Terrasse und aßen Croissants mit Butter und

Erdbeermarmelade. Wir redeten über einen Film, den wir beide gesehen hatten, nicht gemeinsam natürlich, und über ein Buch, das er mir geliehen hatte, »nicht so gut wie ihr letztes«. Wir berichteten uns gegenseitig von der vergangenen Woche.

»Erzähl mir von Connor Bligh«, sagte ich.

Überrascht sah er auf und zog die Augenbrauen hoch. »Was interessiert dich an ihm?«

»David hat mir von dem Fall erzählt. Ihm wurde eine Petition geschickt, in der Blighs Freilassung gefordert wird. Eine Menge Leute haben unterzeichnet.«

»Inzwischen hat er ein ganzes Netzwerk von Unterstützern. Auch ich habe Briefe bekommen, manche Leute wollen sogar Geld spenden.«

»Ich habe mir die alten Zeitungsberichte durchgelesen. Bligh wurde als wenig liebenswerter Mensch dargestellt.«

»Du weißt doch, wie Journalisten sind.«

»Vorsicht.« Grinsend beugte ich mich vor und boxte ihn in den Arm. »Ich gehöre auch dazu, vergiss das nicht. Und, was ist deine Meinung? Ist er der Täter?«

Joe schenkte sich Kaffee ein. Er goss Milch hinzu und rührte um. Als er mich wieder ansah, war sein Lächeln verschwunden. »Er behauptet, unschuldig zu sein. Verurteilt wurde er allein aufgrund von Indizien. Das Ganze ist ein typischer Fall von: ›Wenn er es nicht war, wer dann?‹«

»Noch lange kein Grund, ihn schuldig zu sprechen.«

»So etwas kommt vor. Wenn es in einem so aufsehenerregenden Fall keinen eindeutigen Täter gibt, macht sich die Polizei auf die Suche nach dem, der am wahrscheinlichsten dafür in Frage kommt. Manchmal aber täuschen sie sich.«

»So wie in diesem Fall?«

Er schüttelte den Kopf. »Ich weiß es nicht. Der Fall hat mich sehr beschäftigt ... viel zu sehr, ehrlich gesagt.«
»Was hältst du von ihm?«
»Er ist immer sehr höflich und beantwortet alle Fragen bereitwillig, dabei wirkt er aber sehr reserviert. Er lässt sich nicht in die Karten schauen. Er spricht nicht darüber, aber es muss unerträglich für ihn sein, eingesperrt zu sein. Bevor er verhaftet wurde, lag eine vielversprechende Karriere als Wissenschaftler vor ihm.«
»Wenn ich das richtig verstanden habe, hat Strode ihn von Anfang an verdächtigt, aber erst im Juli festgenommen. Bis dahin hatte er erklärt, dass es keine Verdächtigen gäbe. Alle Beteiligten hätten lediglich als Zeugen ausgesagt. Warum eigentlich?«
Er runzelte die Stirn. »Was glaubst du?«
»Lag es daran, dass Strode keine Beweise hatte? Was ich nicht verstehen kann, denn das Material, das er gegen Bligh zusammengetragen hatte, stand ihm schon in den ersten Wochen nach dem Tod der Dicksons zur Verfügung. Glaubst du, er hat auf handfestere Beweise gehofft?«
»Das kann sein. Wahrscheinlich haben die Ermittler Blighs Haus verwanzt und ihn überwacht, in der Hoffnung, er würde sich irgendwie verraten. Entweder das, oder ...«
»Oder?«
»Kannst du dich erinnern, was damals los war?«
»Meinst du den Medienhype? Willst du andeuten, Strode habe absichtlich gewartet, bis die Medien die Sache aufblasen, so dass es am Ende unmöglich zu einem fairen Prozess kommen konnte?«
»Die Medien wussten, dass die Polizei Bligh im Visier hatte, weil man ihn mit den Videoaufnahmen und dem Phantom-

bild in Verbindung gebracht hatte. Von dem Moment an war er vogelfrei.«

»Aber das ist nicht fair.« Ich stand auf, lehnte mich mit dem Rücken ans Geländer und sah auf Joe hinunter.

»Meine Liebe, tut mir leid, das sagen zu müssen, aber in solchen Fällen geht es fast nie fair zu. Das Ganze ist leider ein riesiges Spiel.«

»Und du findest es in Ordnung, dass die Polizei mit dieser miesen Tour durchkommt?«

»Nein, das finde ich nicht«, sagte er sanft, stand auf und nahm meine Hand. »Es ist ganz und gar nicht fair, aber man muss die Dinge nehmen, wie sie kommen.«

»Du willst mir sagen, Strode habe einfach nur einen Schuldigen gebraucht, sich eine wehrlose Person ausgesucht und seine Spielchen gespielt, um am Ende eine Verurteilung zu erzielen?«

Joe lehnte sich an die Brüstung und schaute auf den Hafen hinunter. »Man könnte es auch so betrachten: Manchmal heiligt der Zweck die Mittel. Manchmal sind die Ermittler sich ganz sicher, den Schuldigen gefunden zu haben, und dann müssen sie unlautere Methoden anwenden, um eine Verurteilung zu garantieren. Angus Strode war überzeugt, dass Connor Bligh der Täter war, also hat er alles in seiner Macht Stehende getan, um ihn hinter Gitter zu bringen. Zweifellos ist sich Strode absolut sicher, den Mörder gefunden zu haben, und in Anbetracht der Umstände hält er seine Vorgehensweise für gerechtfertigt.«

»Aber das ist nicht gerecht. Diese ganze Rechtsprechung ist doch ein Haufen Mist!«

Er hob beide Hände. »Schuldig!«

»Wie ist Connor Bligh? Beschreibe ihn.«

»Wie er ist?« Er grinste. »Du kennst mich doch, mit solchen Fragen kann ich nichts anfangen.«
»Versuch es.«
»Er ist ziemlich groß und sehr schlank. Normalerweise sagt man so etwas nicht über Männer, aber sein Gesicht ist ... na ja, hübsch. Hohe Wangenknochen und sehr blaue Augen, mit denen er dich beim Sprechen fixiert. Sein Auftreten ist sehr charismatisch.«
»Ich habe mir überlegt, eine Sendung über ihn zu machen.«
»Das habe ich mir schon gedacht.«
»Was meinst du?«
»Könnte ganz interessant werden.« Wieder ergriff er meine Hand und strich mit dem Daumen über meine Handfläche. »Du solltest jedoch auf der Hut sein.«
»Warum?«
»Der Fall hat damals großes Interesse erregt. Er hat die Öffentlichkeit gespalten. Die Gefühle sind hochgekocht. Nicht nur wegen der Brutalität der Morde. Dass hier eine ganz normale Mittelschichtfamilie ausgelöscht wurde, hat die Leute sehr verstört. Und dann war da noch Connor Bligh selbst. Er hat polarisiert. Die einen halten ihn für eine Gefahr, für einen krankhaft brillanten Psychopathen, der den Rest seines Lebens weggesperrt gehört – und das meinen sie wörtlich. Für seine Unterstützer hingegen ist er ein Opfer, mit dem rücksichtslos und unfair umgesprungen wurde.«
»Das glaube inzwischen ja sogar ich. Ganz besonders, wenn ich mir die Fotos ansehe.«
»Dann hast du dir also eine Meinung gebildet.«
»Wie siehst du das Ganze?«
»Ich halte mich, was Bewertungen angeht, absolut zurück, und ich empfehle dir dringend, es ebenso zu halten.«

»Warum?«

»Wenn du in deiner Sendung durchblicken lässt, dass du für oder gegen Blighs Freilassung bist, wirst du mindestens fünfzig Prozent deiner Zuschauer vor den Kopf stoßen. Wenn du dich für seine Sache einsetzt, wird das die Polizei gegen dich aufbringen, und nach allem, was ich weiß, macht man sich einen Mann wie Angus Strode lieber nicht zum Feind. Wenn du überhaupt über den Fall berichten willst, solltest du dich absolut unparteiisch geben.«

»So nach dem Motto: Bilden Sie sich selbst ein Urteil?«

»Ja. Du kannst glauben, was du willst, aber du solltest es nicht durch die Gegend posaunen.«

Ich rückte an ihn heran, legte meinen Kopf an seine Schulter und drückte meine Hüfte gegen seinen Oberschenkel. »Schatz?«

Er lachte. »Du willst mich um einen Gefallen bitten?«

»Es wäre wirklich hilfreich, wenn du mir eine Kopie der Gerichtsakten überlassen könntest. Ich würde ja gern ganz offiziell die Einsicht beantragen, aber du weißt ja, wie lange das dauert.«

»Schon erledigt.«

»Was glaubst du, wie stehen die Chancen, ihn da rauszuholen?«

»Das hängt ganz davon ab, welche unserer neuen Beweise vom Berufungsgericht zugelassen werden.«

»Was für neue Beweise?«

Wieder lachte er. »Du weißt, dass ich dir das nicht sagen darf.«

13.

Als David und ich Kinder waren, machte man uns allenthalben deutlich, dass das Leben, wollten wir es zu etwas bringen, unsere volle Aufmerksamkeit einforderte. Nicht, dass es in meiner Familie furchtbar ernst zugegangen wäre oder wir nie gelacht hätten. Ich will nur sagen, dass meine Eltern gewisse Ideale pflegten und sicherstellten, dass wir sie übernahmen. Fairness. Toleranz. Ehrlichkeit. Wehe, wenn sie mich beim Lügen erwischten.

Auch wenn es meine Eltern nicht störte, mich von einem Hobby zum nächsten flattern zu sehen, wurden sie unnachgiebig, sobald es um meine schulischen Leistungen ging. Offenbar waren sie beide ein wenig enttäuscht, als weder David noch ich Jura studierten (wenngleich meine Mutter nicht als Anwältin arbeitete, sondern an der Victoria unterrichtete). David machte es wenigstens teilweise wieder gut, indem er ihnen als Schwiegertochter eine Anwältin präsentierte, und natürlich waren sie unendlich stolz auf ihn, als er einen Doktortitel in Politikwissenschaften erwarb und eine Dozentenstelle antrat. Als er später zum Abgeordneten gewählt wurde, platzten sie fast vor Stolz. Mit mir sind sie, wie ich glaube, recht zufrieden; wann immer ich eine halbwegs seriöse Reportage abliefere, sprechen sie mir ihre Bewunderung aus. Ihre Haltung stachelt mich an – nichts finden sie widerlicher als eine verantwortungslose Berichterstattung.

Mein Dad ist ein Anwalt alter Schule. Für ihn stehen das Gesetz, traditionelle Werte, Gerechtigkeit und Ehrlichkeit über allem. Als er heranwuchs, waren Prinzipien und Moral noch klar definiert. Sowohl meine Mum als auch mein Dad stammen aus Familien, in denen soziales und politisches Engagement eine große Rolle gespielt hat. Mein Großvater, Dads Vater, gehörte der Labour-Partei an, so wie schon sein Vater; über nichts redete er lieber als die Familienfeier, die sie damals zu Ehren der ersten Labour-Regierung gaben: *Ich war zehn Jahre alt. Ich kann mich noch an das Freudengeschrei erinnern, als die Nachricht vom Wahlsieg im Radio verkündet wurde. Ich saß vor meinem Vater auf dem Fußboden, er beugte sich herunter und legte mir eine Hand auf den Kopf. »Mickey Savage wird dafür sorgen, dass der Kleine hier eine gute Ausbildung erhält.«*

Auch die Familie meiner Mum unterstützte die Labour-Partei. Darüber hinaus waren sie Pazifisten. Mums Vater war Kriegsdienstverweigerer gewesen und hatte sich Archie Barringtons Friedensbewegung angeschlossen. Er ließ sich mit Eiern und Tomaten bewerfen und wurde gegen Ende des Zweiten Weltkriegs zu sechs Monaten Zwangsarbeit im Mount Crawford Prison verurteilt. Ich weiß noch, wie ich es als Kind kaum fassen konnte, dass mein eigener Opa öffentlich geschmäht und ins Gefängnis geworfen worden war. Mum und Dad haben alte Fotos aus der Zeitung aufbewahrt, auf denen sie in zweiter Reihe bei den Demonstrationen gegen den Vietnamkrieg marschieren. Sie tragen Dufflecoats und halten sich an den Händen, beide haben langes, glattes Haar und sehen unfassbar jung aus. Dad hält ein Schild in die Höhe: *Heute volljährig, morgen tot.* Der Gesichtsausdruck meiner Mutter ist enthusiastisch.

Ich weiß noch, wie meine Großmutter sich um uns Kinder kümmerte, als meine Eltern sich 1981 den Protesten gegen die Springbok-Tour anschlossen. Ich weiß noch, wie sie besorgt in der Tür stand, als meine Eltern die Verandatreppe hinunterstiegen. *Es könnte schlimm werden, ihr passt doch auf euch auf, oder?* Ich hatte Angst. Ich fing zu weinen an, und meine Mum kam zurück, nahm mich aus Omas Armen und küsste mich ab.

»Du brauchst keine Angst zu haben, mein Schatz. Mummy und Daddy haben etwas sehr Wichtiges zu erledigen, aber wir kommen bald zurück.«

Mit derlei Anekdoten wuchs ich auf. Und in dem Bewusstsein, dass Menschen, die Macht haben, auch mal schlimme Fehler begehen. Vielleicht fand ich den Fall Bligh deswegen so faszinierend. Mein Dad hatte mir erzählt, wie mein Großvater nach der Verurteilung von Arthur Allan Thomas außer sich vor Wut war. *Ein unschuldiger Mann verfault im Gefängnis. Man hat ihm sein Leben genommen. Ich schäme mich dafür, ein Bürger dieses verdammten Landes zu sein. Die Polizei hat einen Schuldigen gebraucht und sich den Nächstbesten gegriffen.*

Obwohl ich meiner Arbeit mit vollem Einsatz nachging, wusste ich, dass die meisten unserer Reportagen einfach nur trivial waren. Nun hatte ich endlich die Chance, mich zu beweisen, und darüber hinaus würde ich mir die Achtung meiner Familie verdienen. Als David ins Parlament gewählt worden war, hatte mein Großvater vor Freude geweint. Es war an der Zeit, mir ebenfalls einen Namen zu machen. Vielleicht war auch Connor Bligh ein unschuldiger Mann, der im Gefängnis verfaulte und dessen Leben man gestohlen hatte.

Joe ließ die Gerichtsakten kopieren und brachte sie persönlich vorbei. »Selbstverständlich hast du sie nicht von mir«, sagte er. »Ich weiß, dass du sie dir auch auf andere Weise hättest beschaffen können, aber das hier ist nicht gerade der korrekte Dienstweg.«

Am Freitagabend setzte ich mich hin und blätterte in den dreihundertfünfzehn Seiten. Das Wetter war ungemütlich, von der Cookstraße blies ein stürmischer Wind herauf. Die Gischt hinterließ eine Salzkruste auf den zum Meer hin gelegenen Fenstern und zog einen trüben Vorhang zwischen mich und die Welt.
Ich saß lesend am Fenster, den Stift in der Hand. Ich umkreiste, unterstrich und kritzelte Anmerkungen an den Rand. Ich ging schlafen, stand auf und machte mich wieder an die Arbeit. Ich legte nur gelegentlich eine kurze Pause ein, um Kaffee zu kochen oder ein Sandwich zu essen.
Am Sonntag kurz vor Mitternacht hatte ich mich durch die Akten gearbeitet. Ich legte das letzte Blatt beiseite und starrte in die Dunkelheit hinaus. Ja. Abgesehen von Katys Aussage hatte die Staatsanwaltschaft keinen einzigen stichhaltigen Beweis vorbringen können. Ich verstand jedoch, wie verwirrt die Geschworenen gewesen sein mussten. So viel Material, so viele Zeugen; es musste unglaublich anstrengend gewesen sein, die vielen Details zusammenzufügen. Es war wie bei einem Puzzle mit tausend Teilchen, nur dass man nicht wusste, wie das Bild am Ende auszusehen hatte. Vor allem eine Tatsache hatte die Staatsanwaltschaft herausgestellt: Bei dem Mann auf den Videoaufnahmen handelte es sich um dieselbe Person wie die »verdächtige Gestalt in dunkler Bekleidung«, an die sich eine Zeugin erinnern konnte, die in der Tatnacht mit ihrem Hund Gassi gegangen war.
Und diese Person hatte eine starke Ähnlichkeit mit Connor Bligh. Hinzu kam, dass vier Zeugen ein Auto »einer ausgefallenen Marke mit heller Lackierung« vor dem Haus der Dicksons bemerkt hatten. Höchstwahrscheinlich handelte es sich um Connor Blighs blassgrauen Peugeot 205, Baujahr

1986. Zusammen mit Katys Aussage schien also einiges dafürzusprechen, dass der Angeklagte sich am Tatabend im Haus der Opfer aufgehalten hatte.
Und warum war er dort gewesen? Um seinen Neffen, seinen Schwager und seine Schwester, auf die er krankhaft eifersüchtig war, vorsätzlich und brutal zu töten.
Angeblich.
Höchstwahrscheinlich.
Eine starke Ähnlichkeit.
Wie konnte es sein, dass die Geschworenen diese offensichtliche Manipulation nicht bemerkt hatten? Warum ignorierten sie zwei widersprüchliche Punkte, die die Staatsanwaltschaft selbst angeführt hatte? Machten Blighs ungewöhnlich hoher Intelligenzquotient und die gewissenhafte Planung der Morde es nicht unwahrscheinlich, dass er vor oder nach dem Verbrechen den nahe gelegenen Laden betreten hatte? Hätte er sich nicht außerdem die Mühe gemacht, sein Auto woanders zu parken?
Keiner der Zeugen konnte mit Sicherheit bestätigen, Connor Bligh in der Nähe des Tatorts gesehen oder sein Auto zweifelsfrei erkannt zu haben. Die Nachbarn der umliegenden Häuser hatten weder Besucher gesehen noch etwas Ungewöhnliches bemerkt. Lynne Struthers hatte gehört, wie Angela und Rowan um kurz nach halb sechs ihre Wagen in der Einfahrt parkten, danach jedoch nichts mehr.
Als weiterer »Beweis« wurde der angebliche Streit zwischen Connor und Angela angeführt. Ein Zeuge beschrieb dies als ungewöhnlich, da Angela und ihr Bruder ein sehr enges Verhältnis gehabt hätten, was von der Staatsanwaltschaft wieder und wieder in Frage gestellt wurde.

»Mrs. Edwards, wie würden Sie Ihr Verhältnis zu den Opfern beschreiben?«

»Mein Mann war ein Kollege von Rowan Dickson. Unsere Familien waren befreundet.«

»Seit wann kannten Sie die Dicksons?«

»Seit ungefähr … fünf Jahren.«

»Haben Sie die Familie regelmäßig besucht?«

»Ja. Die Kinder haben sich gut verstanden. Wir haben oft zusammen gegrillt. Solche Sachen.«

»Hatten Sie Gelegenheit, das Verhältnis der Dicksons zu dem Angeklagten zu beobachten?«

»Ja.«

»Schön. Können Sie dem Gericht beschreiben, was Sie in diesem Zusammenhang beobachtet haben?«

»Angela und Connor standen einander offenbar sehr nah, das konnte man spüren.«

»Ja, und worin hat sich diese Nähe gezeigt?«

»Na ja, sie waren … er war sehr oft da, wenn wir zu Besuch kamen, und soweit ich weiß, fuhr Connor auch mit ihnen in den Urlaub. Angela und Connor haben sich viel unterhalten, sie wirkten so … na ja, so vertraut miteinander.«

»Sie wirken vertraut miteinander?«

»Ja.«

»Dann war ihr Verhältnis also sehr harmonisch?«

»Wie bitte?«

»Sie haben niemals beobachtet, wie es zwischen dem Angeklagten und Angela Dickson zu Meinungsverschiedenheiten kam?«

»Oh, nein. Zwischen Angela und Connor nicht.«

»Und hatten Sie den Eindruck, dass Mr. Bligh gut mit Angelas Familie auskam?«

»Meistens. Manchmal meinte ich aber, eine gewisse Spannung wahrzunehmen.«

»Würden Sie das bitte erläutern?«

»Nun ja, das Verhältnis zwischen Angela und Connor ... Sie standen einander sehr nahe, verstehen Sie. Es ist schwer zu erklären, aber wenn Connor in der Nähe war, hatten die anderen möglicherweise das Gefühl ... das Gefühl, außen vor zu sein.«

»Wollen Sie damit sagen, der Angeklagte und Mrs. Dickson hätten ein ungewöhnlich enges Verhältnis gehabt?«

»Hören Sie, ich will hier keine komischen Sachen unterstellen, aber Connor, nun ja, er hat Angela ziemlich in Beschlag genommen.«

»Er hat sie in Beschlag genommen?«

»Er hat viel von ihrer Zeit eingefordert. Er hatte offenbar keine Lust, sich mit uns anderen zu unterhalten. Es war ... manchmal war es schon ein bisschen peinlich.«

»Peinlich?«

»Ich fand es peinlich. Er war wie ein Kind. Ständig musste er seinen Willen durchsetzen. Rowan hat nie etwas gesagt, aber man merkte, dass es ihm nicht immer recht war.«

»Würden Sie sagen, dass das Verhalten des Angeklagten zu den von Ihnen genannten Spannungen innerhalb der Familie geführt hat?«

»Ja.«

»Nun, der Polizei gegenüber haben Sie ausgesagt, das Verhältnis zwischen dem Angeklagten und Angela Dickson habe sich verändert?«

»Offenbar kam Connor nicht mehr zu Besuch. Jedenfalls war er nicht mehr da, wenn wir bei ihnen waren. Ich habe Angela danach gefragt ...«

»Sie haben Angela gefragt?«

»Ich habe mich nach Connor erkundigt, und sie meinte, er habe viel zu tun. Sie wirkte unglücklich. Ich wusste, dass irgendwas nicht stimmt.«

Trotz der vielen Zeugen, trotz der Indizien und der Hinweise auf Fingerabdrücke, Tatwaffen, Blutgruppen und Todeszeitpunkte blieb unterm Strich nicht mehr übrig als die ungesicherte Möglichkeit, dass Bligh an zwei Orten beobachtet worden war und sein Auto in der Nähe des Hauses der Dicksons gestanden hatte. Nur das – und die Aussage von Katy.

Ich fand ein Foto von ihr in der *Dom Post*. Sie ist mit Frances Jennings vor dem Gerichtsgebäude, offenbar muss sie von der Tante gestützt werden, die sie in ein wartendes Auto bugsiert. Katy ist blass, zierlich und wunderschön. Sie hat ein fein geschnittenes Gesicht und dunkle Ringe unter den Augen, die ahnen lassen, welche Qualen sie durchgemacht hat. Die Geschworenen mussten unendliches Mitleid mit ihr gehabt haben.

Aber was war mit ihrer Aussage? Vor Gericht gab sie an, um halb sieben von ihrer Freundin aus zu Hause angerufen zu haben. Der Telefonanbieter bestätigte ein Gespräch um achtzehn Uhr vierunddreißig. Sie wollte sich, wie sie sagte, zwischendurch melden, weil ihre Eltern das von ihr erwartet hätten. Sie sprach nur kurz mit ihrer Mum. Die habe geklungen wie immer, nur gegen Ende des Gespräches habe sie ein wenig abgelenkt gewirkt. Katy habe gehört, wie ihre Mutter »Con«, sagte, kurz bevor die Verbindung unterbrochen wurde.

Im Kreuzverhör machte sie sich gut. Sie hielt beharrlich an ihrer Geschichte fest. Sie war sich sicher, seinen Namen gehört zu haben. Sie hegte überhaupt keinen Zweifel daran, dass ihre Mutter kurz vor dem Auflegen »Con« gesagt hatte. Sie sei überrascht gewesen, immerhin sei Onkel Connor längere Zeit nicht zu Besuch gewesen.

Ob sie von einem Streit zwischen ihrer Mutter und dem Onkel gewusst habe? Ja, das habe sie, sie habe aber nicht gewusst, worum es ging, weil ihre Mutter nicht darüber sprechen wollte.

Ob ihre Mutter in dieser Zeit bedrückt gewirkt habe? Ja, fand Katy, manchmal sei sie ungewöhnlich still gewesen, und manchmal sah sie aus, als hätte sie geweint.

Wie kam Katy mit ihrem Onkel aus? Gut, meistens.

»Meistens?«

»Manchmal war es, als wollte Onkel Connor Mum ganz für sich allein haben. Es störte ihn, dass ich und Dad und Sam mit ihr redeten, wenn er zu Besuch war.«

»Also schien er etwas gegen den Rest der Familie zu haben, kann man das so ausdrücken?«

»Na ja, manchmal. Dad hat gesagt …«

»Ja? Lass dir Zeit, Katy. Was hat dein Vater gesagt?«

»Er hat gesagt, Mum habe sich um Onkel Connor kümmern müssen, als sie klein waren. Und er hat gesagt, sie fühle sich immer noch verantwortlich für ihn.«

»Und, Katy, was hast du für deinen Onkel empfunden? Hast du dich in seiner Nähe wohl gefühlt?«

»Er war so oft bei uns zu Besuch, dass ich mich an ihn gewöhnt hatte. Nur manchmal hatte ich ein bisschen Angst vor ihm.«

»Ein bisschen Angst? Warum hattest du vor deinem Onkel Angst?«

»Er war so anders, verstehen Sie? Hören Sie, ich habe ihn

geliebt und so, er war mein Onkel, aber gelegentlich war er mir ein bisschen, na ja, unheimlich.«

»Anders und unheimlich. Nun, Katy, ich muss dich ein letztes Mal bitten, hier vor Gericht wiederzugeben, was deine Mutter am Abend des fünfzehnten Mai am Telefon gesagt hat, direkt bevor sie auflegte.«

»Ich hörte, wie Mutter sagte: ›Con‹.«

»Und da bist du dir absolut sicher?«

»Ich weiß, was ich gehört habe. Es war das Letzte, was meine Mum zu mir gesagt hat.«

Das Letzte, was meine Mum zu mir gesagt hat. Wenn irgendetwas auf die Geschworenen Eindruck machen würde, dann das.

Die Staatsanwältin hielt ihr Plädoyer. Connor Bligh pflegte ein unnatürlich enges Verhältnis zu seiner Schwester und war abhängig von ihr. Er war seltsam, er war ein Einzelgänger, er war bei seinen Kollegen unbeliebt. Sein Vater hatte ihn enterbt, und seine eigene Nichte fand ihn unheimlich.

Der einzige Mensch, zu dem er jemals ein enges Verhältnis gehabt hatte, war seine Schwester, und als der Kontakt aus unbekanntem Grund abgebrochen war, hatte sich seine Wut so weit gesteigert, dass er durchgedreht war und sie und ihre Familie ermordet hatte. Er wurde in der Gegend gesehen, seine Fingerabdrücke waren überall im Haus, die Blutspuren in seinem Auto ließen sich mit großer Wahrscheinlichkeit Angela zuordnen.

Außerdem hatte er ein Motiv.

Dann war die Verteidigung an der Reihe. Joe sagte, niemand könne zweifelsfrei beweisen, dass Connor Bligh sich am Tatabend in der Gegend aufgehalten hatte. Auch ob das Blut in seinem Auto tatsächlich von Angela stammte, ließe sich nicht belegen, aber selbst dann gäbe es dafür eine einfache Erklärung. Connor Blighs Fingerabdrücke waren überall im Haus der Dicksons, aber auch das war nur natürlich. Es gab Zeugen, die der Darstellung des Angeklagten als seltsam und unangenehm widersprachen und die ihn ganz im Gegenteil als fleißigen und höflichen Menschen beschrieben. Dass Connor Bligh seine Schwester Angela um die Erbschaft beneidet haben sollte, wurde durch die Tatsache widerlegt, dass die Schwester die Erbschaft freiwillig mit Bligh geteilt hatte. Dass die beiden sich in den Monaten vor der Tragödie weniger sahen, ließ sich damit erklären, dass Angela wenig Zeit hatte und die beruflichen Anforderungen an Bligh zugenommen hatten. Eine Veränderung im Verhältnis der beiden wäre außerdem nicht unnatürlich: Wenn Connor Bligh sich nach und nach von seiner Schwester gelöst hatte, wäre das für einen Mann seines Alters ganz normal.

Es gab kein Motiv. Es gab keine Beweise. Die Unterstellung, dass Bligh seine Schwester und ihre Familie ermordet hatte, Menschen, die er liebte und die ihm nahestanden, war absurd.

Aber er war ein Nerd, ein Freak, ein *Einzelgänger*. In den Augen der Geschworenen sah der Mann mit dem seltsam hübschen, fast mädchenhaften Gesicht und den ausgefallenen Hemden so aus wie einer, der den niederträchtigen Mord an einer unschuldigen Familie gewissenhaft planen und durchführen würde.

Spinner wie der gehören weggesperrt.

Ich hatte Blut geleckt.

14.

Ja, es hatte mich gepackt. Weil die Sache eine Herausforderung darstellte, und natürlich, weil sie mir Anerkennung bringen würde. Und nicht zuletzt wegen Bligh selbst.
Ich machte es mir zur Gewohnheit, ihn täglich zu googeln und nachzuschauen, ob es Neuigkeiten gab. Und um mir seine Fotos anzusehen.
Joe hatte mir geraten, vorsichtig zu sein. *Sei auf der Hut. Rede dir nicht ein, er wäre unschuldig. Verdammt, ich weiß es ja noch nicht einmal selbst. In deinem Job kannst du es dir keinesfalls erlauben, das Publikum gegen dich aufzubringen.* Gleichzeitig war er bereit, mir Informationen zuzuspielen, die sich aus Webseiten und Zeitungsartikeln allein nicht gewinnen ließen. Connor Bligh spielte Gitarre, ziemlich gut sogar, und in der Schule war er ein ausgezeichneter Volleyballer gewesen, hatte später sogar für die Universitätsmannschaft gespielt. *Also ist er doch ein Teamplayer*. Gern erzählte er Witze; er hatte ein riesiges Repertoire, und er erzählte sie gut, außerdem besaß er ein außerordentliches Talent dafür, Akzente nachzuahmen. *Connor Bligh ist alles andere als kalt und humorlos*. Was seine Herkunft anging, so blieben die Informationen lückenhaft. Sein Vater hatte ihn und Angela allein auf der kleinen Farm am Foxton Beach aufgezogen.
Wenn Joe gegangen war, grübelte ich endlos über die neuen Informationen nach. Ich stellte mir den sensiblen, hochintelligenten Jungen auf der Farm vor. Vermutlich hatte Dick Bligh vorgehabt, einen Bauern aus ihm zu machen. Vielleicht hatte er ihn deswegen enterbt.
Für mich waren Farmen ein Ort des Elends. Geschundene

Tiere, triste Gebäude, dazu der Gestank. Die Wohnhäuser waren alt und kalt und ungemütlich. Der Connor Bligh, den ich mir ausmalte, wäre zwischen Schlamm und Kühen niemals glücklich geworden.

Langsam wurde Bligh zum wichtigsten Gesprächsthema zwischen mir und Joe. Wenn man sich in einen verheirateten Mann verliebt, ist es, abgesehen von der Geheimnistuerei, nicht anders als in anderen Beziehungen auch. Man ist verrückt nacheinander und will alles über den anderen wissen, bis ins kleinste Detail. In den Pausen zwischen dem Sex ist man damit beschäftigt, sich gegenseitig seine Geschichte zu erzählen. In einer normalen Beziehung wendet man sich nach der ersten Phase der Gier auf den Körper und die Seele des anderen wieder der Außenwelt zu, der Zukunft. Man schmiedet Pläne, und sei es für die kommende Woche. Man trifft Freunde und redet über Freunde, man geht ins Kino, ins Theater, zu Konzerten. Man lebt zusammen, und gelegentlich verreist man übers Wochenende.

Mit einem verheirateten Mann schmiedet man keine Pläne, und die zur Verfügung stehenden Gesprächsthemen sind begrenzt. Man teilt kein soziales Umfeld, und jedes Gespräch über die Zukunft führt in Gefilde, in denen sich keiner der Beteiligten aufhalten möchte. Eine Beziehung ist wie das Gerüst einer Geschichte. Wenn man nichts hat, um es auszupolstern, bleibt es ein klappriges Gestell ohne Tiefe, ohne Leben. Und dennoch kehrt man immer wieder zu ihm zurück; man meint, eine stabile, wertvolle Struktur gefunden zu haben. Alle Voraussetzungen scheinen gegeben, aber umsetzen lässt sich nichts.

An diesem Punkt waren Joe und ich angekommen. Obwohl ich ihn immer noch liebte, schaute ich immer zurück, nie

nach vorn. Irgendetwas hielt uns zusammen, eine große Intimität und ein starkes Gefühl, aber dennoch bekam der Alltag nie die Gelegenheit, das, was zwischen uns war, zu verstärken und wachsen zu lassen. Und so lag unsere Beziehung vor uns wie ein fleischloses Skelett, das wir partout nicht begraben wollten.
Und weil wir über die bittere Wahrheit nicht reden konnten, redeten wir über Politik, Bücher und andere interessante Themen. Bald war Connor Bligh zu unserem gemeinsamen Hobby geworden.
Neben den vielen Akten zur Gerichtsverhandlung versorgte Joe mich mit persönlichen Informationen. Vielleicht war es seine Art, mich zu trösten: Er spürte meine Enttäuschung und meinen Kummer über unser Verhältnis, und er wusste, wie viel mir an der Story lag. Aber wann immer es darum ging, über Blighs Schuld oder Unschuld zu sprechen, redete er sich heraus.
»Wie ich schon sagte, Rebecca – er behauptet, unschuldig zu sein. Darauf hat er immer bestanden, und ich als sein Anwalt werde nicht versuchen, ihn vom Gegenteil zu überzeugen.«
»Aber was *glaubst* du?«
Er zuckte die Achseln. »Das ist einer dieser Fälle, bei dem die Wahrheit einfach nicht hundertprozentig ans Licht kommt. In vielen Fällen ist ganz offensichtlich, ob ein Mandant schuldig ist oder nicht. Jeder hat das Recht auf einen Verteidiger, und selbst wenn ich von der Schuld eines Mandanten überzeugt bin, muss ich das Beste für ihn geben. Sogar in Fällen, wo ich abgestoßen bin von dem Verbrechen, muss ich mein Bestes geben. Im Fall von Bligh hatte ich … habe ich manchmal das Gefühl, einen Unschuldigen zu verteidigen. Trotzdem kann ich nicht mit Sicherheit ausschließen, dass er es war.«

»Aber wenn du nicht von seiner Unschuld überzeugt bist, warum setzt du dich dann so vehement für eine Wiederaufnahme des Verfahrens ein?«

»Weil es nichts mit dem zu tun hat, was ich oder meine Kollegen *glauben*. Hier geht es um den Rechtsstaat.«

»Was soll das heißen?«

»Wenn man sich in einer Petition für die Wiederaufnahme eines Verfahrens einsetzt, müssen gewisse Kriterien erfüllt sein. Man kann nicht einfach Berufung einlegen, bloß weil man mit dem gefällten Urteilsspruch nicht zufrieden ist.«

»Dann gibt es also eine neue Beweislage, über die du nicht mit mir sprechen darfst?«

Er zögerte. »Ich werde dir etwas sagen, aber das muss unter uns bleiben. Was wir vorzubringen haben, wirft möglicherweise ein neues Licht auf den ganzen Fall.«

»Soweit ich das beurteilen kann«, sagte ich, »ist Bligh höchstens geholfen, wenn ein weiterer Verdächtiger auftaucht.«

Joe warf mir einen langen Blick zu. Er schwieg.

»Dann ist es das also? Das ist es, nicht wahr? Ein anderer kommt als Täter in Frage, oder? Wer? Mein Gott, Joe, du musst es mir sagen. Ich werde es für mich behalten, das verspreche ich.«

»Ich habe schon zu viel verraten«, sagte er. »Ich denke, es ist an der Zeit, das Thema zu wechseln.«

»Aber ich habe richtig geraten, oder? Es gibt einen zweiten Verdächtigen?«

Er bewegte kaum merklich den Kopf. Ganz leicht. Ein Nicken.

Ich schrieb ein Exposé, in dem ich meine gesammelten Informationen zu einer knappen und logischen Argumentation zusammenfügte. Ich las es mir Dutzende Male durch, kürzte und stellte um, dann verfasste ich ein Anschreiben und steckte alles in einen Umschlag. Paul Keenan war unser Programmleiter, aber wenn man etwas im Sender durchsetzen wollte, musste man es zunächst von Harry absegnen lassen. Im Grunde genommen war er derjenige, der die Entscheidungen traf, denn Paul verließ sich blind auf sein Urteil.

Ich wartete, bis Harry an seinem Schreibtisch saß, dann holte ich Kaffee und seine Lieblingsmuffins aus dem Café gegenüber. Ich stellte alles auf seinem Schreibtisch ab, und er hob den Kopf und sah mich an. Er lächelte nicht, wirkte aber einigermaßen zugänglich.

»Hast du ein paar Minuten Zeit?«, fragte ich.

Er lehnte sich zurück und verschränkte die Arme vor der Brust. »Hüte dich vor Griechen, die Geschenke bringen.«

Ich nahm im Sessel ihm gegenüber Platz und reichte ihm den Umschlag. »Ich würde das gerne einreichen und bitte dich, einen Blick drauf zu werfen.«

»Rebecca, ich habe in weniger als fünfzehn Minuten meinen nächsten Termin.« Er öffnete den Umschlag und blätterte in den Seiten. »Warum belästigst du mich damit?«

»Die Story ist gut.«

»Wir haben das bereits besprochen.«

Er sprach im selbstgefälligen Tonfall des vielbeschäftigten Journalisten, der seine Zeit mit naiven Anfängerinnen vergeuden muss. »Du weißt selbst, dass wir uns in eine andere Richtung entwickeln wollen. Diese Sache mit den Altenpflegeheimen, die du angeschoben hast … wir werden es senden, weil es schon in Arbeit ist, aber gefallen tut mir die Sache nicht. Wenn wir wollen, dass die Leute am Wochenende statt Sky unser Programm anschauen, sollten wir sie nicht deprimieren, sondern unterhalten.«

»Nicht jeder will *Nurse Betty* sehen. Sicher würden wir jede Menge Aufmerksamkeit bekommen.«

»Nein, würden wir nicht. Aus den Umfragen geht hervor, dass die Leute mit so einem Kram nicht mehr belästigt werden wollen. Dafür sind die Nachrichten da. Es gibt definitiv einen Trend weg von investigativen Reportagen, noch dazu am Samstagabend, wenn die Leute mit Bier und Chips vor dem Fernseher sitzen und unterhalten werden wollen. Abgesehen davon ist das Thema Bligh so was von ausgeschlachtet …«

»Ja, aber nur während der Gerichtsverhandlung. Und das waren hauptsächlich Nachrichtenbeiträge.«

»Und warum in aller Welt sollte jetzt noch ein Hahn danach krähen?«

»Weil möglicherweise ein hochintelligenter junger Mann für viele Jahre im Gefängnis sitzen wird für eine Tat, die er nicht begangen hat.«

»Rebecca, er wurde verurteilt und die Berufung abgelehnt.«

»Harry, bitte denk wenigstens darüber nach, okay? Gerade jetzt, wo es um eine Wiederaufnahme geht, wäre der perfekte Augenblick für ein Feature. Erinnerst du dich, was die Serie über Dougherty seinerzeit für die Absatzzahlen der *Sunday Star-Times* bedeutet hat?«

»Andere Story, anderes Medium.« Er warf einen Blick auf seine Armbanduhr, leerte den Kaffeebecher und stopfte sich einen halben Muffin in den Mund.

»Ich will die Geschichte wirklich machen«, sagte ich. »Ich weiß, sie wird gut. Bitte, tu mir den Gefallen und denk noch einmal drüber nach.«

»Ich werde mich melden.«

15.

Ich interviewte Rassekatzenzüchter zu den Konflikten mit den Organisatoren von Katzenausstellungen. Harry meldete sich nicht, und als ich meine Idee Blake unterbreitete, der immerhin mein Co-Moderator war und sich dafür interessieren sollte, wirkte er abgelenkt und desinteressiert. Die trostlose Woche ging nahtlos in ein trostloses Wochenende über. Meine Freundinnen waren alle verplant. Joe war in Auckland. Er hatte seit Montag dort zu tun, und Michelle würde am Freitagnachmittag dazustoßen. Sie hatten Freunde auf Waiheke Island, mit denen sie das Wochenende verbringen würden. Michelle liebte Waiheke.

Michelle hatte viel um die Ohren. Michelle freute sich wirklich auf eine Auszeit.

Aber ich muss fair bleiben. Joe verschwieg mir nicht, was er und seine Ehefrau unternahmen, und er informierte mich über alle Pläne, die sich auf unsere Treffen auswirkten. Aber ehrlich gesagt brachte mich die Seelenruhe, mit der er mir diese Informationen unterbreitete, innerlich zum Kochen. Es war so nüchtern. *Das ist mein Leben, und was wir zwei haben, muss irgendwie dazwischenpassen.* Er erwartete von mir, auf seine Ankündigungen ebenso emotionslos zu reagieren. Ich sollte gefasst bleiben, mich nicht beschweren und seine Pläne mit Michelle nicht kommentieren. Es war ein unausgesprochenes Gesetz, dass ich mich zu gedulden hatte und er sich mit mir traf, wann immer es ihm möglich war. Sie war seine Ehefrau. Ich hatte mich zu begnügen.

Anfangs hatte es mich nicht gestört, wenn er und Michelle übers Wochenende verreisten, denn dieser faszinierende und

clevere Mann war zu hinreißend. Für unsere Liebe war mir kein Opfer zu groß.
Aber, verdammt noch mal, auch ich liebte Waiheke Island! Auch ich konnte eine Auszeit brauchen. Ich hatte so viel gearbeitet, um das Exposé über Bligh zu schreiben, das nun in Harrys Mülleimer gelandet war. An diesem Wochenende suhlte ich mich in Selbstmitleid. Meine Karriere war am Ende, meine Beziehung eine Farce. Meine biologische Uhr tickte ohrenbetäubend, und es gab niemanden, der mich verstand und der mit mir fühlte, niemanden, der mich auf eine Reise mitnahm, der sich um mich kümmerte.
Während die Wettervorhersage im Fernsehen den strahlend blauen Himmel über Auckland zeigte und gutes Wetter für Samstag und Sonntag versprach, ging Wellington in einem grauen, elenden Nebel und unablässigem Nieselregen unter. Am Freitag fuhr ich nach der Arbeit zu David und Anna zum Abendessen. Ich badete Lily und Ted, frottierte ihre kleinen, weichen Körper ab und half ihnen in die kuscheligen Pyjamas, zog die puscheligen Hausschuhe über ihre kleinen Füße – und es versetzte mir einen Stich ins Herz. Ich verabschiedete mich früh, fuhr nach Hause, trank zu viel Wein und wachte am nächsten Morgen mit einem dicken Kopf auf. Auch sonst fühlte ich mich elend. Ich sah mir *Saturday Night* an und fand es furchtbar, besonders mich, wie ich durch eine tobende Meute aus Hundewelpen watete. Mein starres, aufgesetztes Lächeln, während ich mit der Frau plauderte, die die Welpen zu Drogenspürhunden ausbildete.
»Aber sicher hängen Sie sehr an ihnen, oder? Die sind ja so süß, wie können Sie sich nur von ihnen trennen?«
Außerdem hasste ich die neue Frisur, die man mir verpasst hatte. Verdammt, ich sah wirklich jämmerlich aus, wie ich da

zwischen den Hunden stand, die mir in die Knöchel zwickten. »Sie sind wirklich sehr … sehr lebhaft, nicht wahr?«

Normalerweise rief Joe mich an, wenn er auf Reisen war, aber aus purem Trotz schaltete ich den Anrufbeantworter ein und das Handy aus.

Soll er sich doch fragen, wo ich stecke.

Aber selbst am Sonntagmorgen hatte ich noch keine Nachricht von ihm. *Amüsiert er sich so prächtig, dass er nicht einmal Zeit hat, zum Handy zu greifen und mich anzurufen?*

Und dann stellte ich ihn mir, wie immer, wenn es mir besonders schlechtging, verletzt oder tot vor, nach einem Autounfall oder niedergestreckt von einem Herzinfarkt. Man würde mich nicht benachrichtigen, ich würde erst aus der Zeitung davon erfahren oder wenn jemand es im Gespräch beiläufig erwähnte.

Ach, hast du gehört? Joe Fahey ist gestorben.

Ich brauchte Gesellschaft, die Decke fiel mir auf den Kopf. Ich telefonierte herum, erreichte aber immer nur die Mailbox. Margo war in Nelson, um ihre Eltern zu besuchen, David musste arbeiten, Anna war mit den Kindern bei einer Geburtstagsparty. Irgendetwas musste ich doch tun. Irgendwas. Mittagessen. Ich würde mich selbst zum Mittagessen einladen, einen Ausflug ins Maranui Café machen, schick essen gehen. Mit ein bisschen Glück bekäme ich einen der Fenstertische, vielleicht traf ich auch einen Bekannten. Ich duschte, zog mich an und lief über den Strand bis zum Restaurant.

An der Tür hatten sich zwei Warteschlangen gebildet, eine die Treppe hinauf, die andere hinunter. Als ich endlich oben angekommen war und das Café betrat, war der Lärm der Leute, die an den Tischen saßen oder herumstanden und auf einen freien Platz warteten, unerträglich. Ich reihte mich in die Warteschlange am Ausgang ein, stieg die Treppe wieder hinunter und lief über den Strand nach Hause.

Ich kochte Eier, machte Toast und Kaffee und deckte den Tisch. Ein Platzset. Ein Messer, eine Gabel, ein Teller, ein Becher.

Ein trauriges Mittagessen. Das Mittagessen eines Singles. Eine Welle der Einsamkeit überspülte mich. Einsamkeit und Angst.

Vor ein paar Jahren hatte ich eine Kinderärztin interviewt, deren Patienten von Geburt an taub oder blind waren. Die Mütter dieser Kinder hatten während der Schwangerschaft in Gegenden gelebt, in denen die Farmer ihre Felder regelmäßig mit Insektiziden besprühten. Die Ärztin war entschlossen gewesen, den Skandal publik zu machen.

Sie war Ende vierzig, elegant gekleidet und sehr eloquent, und ich mochte sie auf Anhieb. Wir trafen uns ein paarmal, um über die Sendung zu sprechen, und auch danach gingen wir regelmäßig Kaffee trinken oder essen. Einmal hatte sie mich angerufen und mir erzählt, dass man ihr einen Job in Sydney angeboten hatte. Sie wollte mich vor ihrer Abreise zum Essen einladen.

Bei unserem Treffen wirkte sie fahrig und angespannt. Sie stocherte lustlos in ihrem Fisch herum und legte schließlich die Gabel nieder. »Es tut mir leid«, sagte sie. »Ich wollte dich sehen, bevor ich abreise, aber ich fürchte, ich gebe im Moment keine gute Gesellschafterin ab.«

»Es muss belastend sein, die Freunde zurückzulassen«, sagte ich. Von der Familie sagte ich nichts. Ich wusste, dass ihre Mutter vor kurzem gestorben war. Sie war Einzelkind und alleinstehend.

Sie starrte durch das Fenster auf die Straße hinaus. Als sie mich wieder ansah, standen Tränen in ihren Augen. »Der Abschied fällt mir schwerer, als ich gedacht hätte«, sagte sie. Ich plapperte drauflos; wie wunderhübsch Sydney sei, wie aufregend der neue Job klang, welche neuen Möglichkeiten und Abenteuer sie erwarteten. Bis sie mich unterbrach.

»Das weiß ich alles«, sagte sie, »aber ... ehrlich gesagt habe ich mein Leben vergeudet.«

Ich starrte sie an. Sie trug ein perfekt geschnittenes schwarzes Kleid, figurbetont mit einem großen Gürtel aus Krokodilleder, und dazu schicke grüne Wildlederstiefel. Ich bewunderte sie maßlos, ich wollte sein wie sie. Elegant, selbstsicher, erfolgreich.

»Elaine, wie kannst du so etwas sagen?«, fragte ich.

Dann erzählte sie es mir. Sie hatte seit zwanzig Jahren ein Verhältnis. Anfangs konnte er seine Frau nicht verlassen, weil er drei kleine Kinder hatte, und später aus anderen Gründen, die immer neu und unterschiedlich waren, aber stets zum selben Ergebnis führten. Sie hatte zwei Mal abgetrieben.

»Im Februar habe ich in den Kalender geschaut und gemerkt, dass wir Jahrestag hatten. Ich war damals sechsundzwanzig und hatte gerade meine Ausbildung beendet. Neun von uns hatten das Examen bestanden, und uns zu Ehren wurde eine kleine Party veranstaltet, er war auch dabei. Und nun sind zwanzig Jahre vergangen. Ja, sicher, ich wollte Karriere machen, aber so wie jede andere Frau auch wollte ich eine Familie. Ich war so dumm. Ich habe es mir selbst zuzuschreiben.«

Wie jede andere Frau auch wollte ich eine Familie.

Ich war so dumm. Ich habe es mir selbst zuzuschreiben.

Was tat ich nur? Seit drei Jahren ging das nun so. Ich hatte mich aus dem sozialen Umfeld zurückgezogen, das nichts mit meiner Arbeit zu tun hatte – es blieben nur die Empfänge und Vernissagen, Preisverleihungen, Dinnerpartys. Ich hatte mich kopfüber in die Arbeit gestürzt, und meine Freizeitaktivitäten beschränkten sich darauf, Freitagabend David und Anna zu besuchen. Den Rest meiner Zeit schloss ich mich zu Hause ein und wartete darauf, dass Joe mich zwischen zwei seiner Termine quetschte.

»Zeitfenster!«, hatte er eines Morgens grinsend gesagt, als ich die Tür öffnete. Natürlich hatte ich gelacht. Das taten wir gern, wir liebten dumme Redewendungen und brachten davon so viele wie möglich in unseren Gesprächen unter. *Am Ende des Tages. Das läuft rund. Das sind Luftschlösser. Das geht ab.*

Wie witzig. Ich fragte mich, worüber er mit Michelle lachte.

Montagmorgen. Die Quote war im Keller. Harry teilte es mir in einer E-Mail mit. Es würde ein Meeting geben. Harry, ich, Paul Keenan. Um halb elf, in Pauls Büro.

Harry war schon da, und beide Männer warfen mir einen grimmigen Blick zu, als ich hereinkam. Paul Keenans Büro liegt im obersten Stockwerk des Gebäudes; riesige blanke Bürofenster, von denen aus man einen Ausblick hat auf andere riesige blanke Bürofenster und Hausdächer, bis hin zum Hafen, der an sonnigen Tagen glitzernd daliegt. Normalerweise saßen wir in Ledersesseln um ein Tischchen herum, tranken Kaffee und plauderten über das Wetter, über die Aussicht, was auch immer.

Nicht heute. Heute gab es keinen Kaffee. Ich ließ mich auf einen Stuhl sinken. Ich fühlte mich wie ein Kind, das eine Standpauke zu erwarten hat.

Ich fragte mich, wo Blake blieb. *Wenn es Ärger gibt, könnte er wenigstens dabei sein und seinen Teil einstecken.*

Es gab kein Geplänkel, kein *Wie geht es, Rebecca, schöner Tag heute, was?* Kein Klatsch und Tratsch, um die Situation zu entspannen. Paul redete nicht um den heißen Brei herum. Sein Gesicht war angespannt. »Blake hat heute Morgen seine Kündigung eingereicht«, sagte er. »Er arbeitet ab sofort für Zenith.«

Ich starrte ihn an. Ich begriff nicht. Blake Wharton hatte beim Sender gearbeitet, solange ich denken konnte. Er hatte die Nachrichten verlesen, als ich ein Kind war, und er hatte seit vielen Jahren seine eigene Sendung. Er *war* der Sender.

»Wie kann das sein?«

Paul verzog den Mund zu einem verbitterten Lächeln. »Ich nehme an, er hat ein besseres Angebot bekommen.«

Unmöglich, dass Blake zu Zenith wechselte. Er hatte sich darüber lustig gemacht, als sie auf Sendung gingen, er hatte gemeint, sie würden keine Woche durchhalten.

»Aber …« Ich konnte es nicht fassen. Verdammt, was würde aus *Saturday Night* werden? »Ab wann?«

»Sein Vertrag läuft Mitte des nächsten Monats aus. In vier Wochen. Aber er hat noch einen ganzen Jahresurlaub, den er ab kommenden Montag nehmen wird. Er wird noch eine Sendung aufzeichnen, und dann ist er weg.«

Damit ging alles in die Binsen. Das Zusammenspiel von Blake und mir war die große Stärke von *Saturday Night*. Wir waren ein tolles Team, und die Zuschauer liebten Blake Wharton.

»Warum hat er mir nichts davon erzählt? O Gott, liegt es an mir? Habe ich irgendwas getan, um ihn zu verärgern?«

Paul zog ein mitleidiges Gesicht. »Es hat nichts mit Ihnen zu tun, Rebecca. Blake hat gesagt, er wolle was Neues machen. Er hat keinen konkreten Grund genannt.«

»Aber wie wollen Sie ihn ersetzen?«

Paul seufzte betreten. »Wie Sie wissen, Rebecca, sind die Quoten im Keller, und jetzt, da Blake uns verlässt, werden wir, nun ja, noch einmal sehr genau über die Zukunft von *Saturday Night* nachdenken müssen.«

»Sie meinen, die Sendung wird abgesetzt?«

»Ich habe mir die Dienstpläne angeschaut. Die Sendung der nächsten Woche wird von Blake moderiert, und für die nächsten vier Sendungen wird Greg Whitlock einspringen. Was halten Sie davon? Könnten Sie sich vorstellen, mit Greg zusammenzuarbeiten?«

Er gab sich jovial und bat um meine Meinung, obwohl die Sache längst entschieden war. Ein schlechtes Zeichen. Wenn man in dieser Branche nett behandelt wird, steht man kurz vor dem Rauswurf.

»Natürlich würde ich gerne mit Greg zusammenarbeiten«, sagte ich.

Aber ich war alles andere als glücklich. Greg hatte Blake schon zuvor vertreten, aber er war nicht so gut. Nicht annähernd. Greg war ein typisches Senderfaktotum; er war der nette Kerl von nebenan, nett auf oberflächliche Weise; nett, nett, zum Gähnen nett. Er passte in diese Sendungen, wo irgendwelchen Spießern das Haus renoviert wird, während sie sich in einem Luxushotel erholen dürfen. Wenn Greg die dauerhafte Vertretung von Blake werden sollte, wäre es das Ende von *Saturday Night*. Allein die Tatsache, dass sie kein *unverbrauchtes* Gesicht für die Sendung suchten, war ein schlechtes Omen.

Verdammt. Das ganze Wochenende hatte ich mich in meinem

selbstverschuldeten Unglück gesuhlt, aber das hier war echt. Mein Job stand auf dem Spiel.

Ich atmete tief durch und versuchte zu lächeln. »Okay, aber das deckt nur die nächsten fünf Wochen ab. Was wird danach geschehen?«

»Danach«, sagte Paul, »werden wir uns wohl eine Pause gönnen. Zum Nachdenken. Mal sehen, wie die Quote sich entwickelt. Harry und ich haben schon über mögliche Neuerungen nachgedacht. *Courageous Leaps.* Haben Sie davon gehört?«

»Gerüchteweise.«

»Wir haben uns entschieden, es auszuprobieren, die erste Ausgabe soll Anfang nächsten Jahres auf Sendung gehen. Wir dachten, das wäre vielleicht etwas für Sie.«

»Es geht um Menschen, die ihr Leben radikal umgekrempelt haben«, erklärte Harry. »Wir dachten, wir fangen mit Sharon Wheatley an. Du kennst doch Sharon?«

Ja, die kannte ich. Sie war als Model mäßig erfolgreich gewesen, bis sie eine Partnervermittlungsagentur gegründet hatte, *Classy Partners*, die sich darauf spezialisierte, Kontakte zwischen besonders wohlhabenden Kunden herzustellen. Die Reichen und Schönen. Die Agentur war äußerst erfolgreich, Sharons knallrotem BMW mit dem diskreten Firmenlogo nach zu schließen.

Die liebe Sharon mit den aufgespritzten Lippen und der heiseren Stimme. Sicher wäre sie erpicht darauf, der ganzen Welt mitzuteilen, wie sie es bis ganz nach oben geschafft hatte.

»Und ich soll das moderieren?«

»Wir dachten an Sie und Janet.«

Janet Beardsley war der neue Star im Sender. Zierlich, hübsch, blond und mit einem strahlenden Lächeln. Frisch von der

Journalistenschule. Mit bedrohlichem Ehrgeiz. Ich umklammerte die Stuhlkante und lächelte krampfhaft weiter.
Mein Vertrag endet im Februar. Wenn ich nicht tue, was man mir sagt, bin ich draußen.
»Klingt interessant.« Ich versuchte, fröhlich und interessiert zu klingen. »Also, Paul, hat Harry Ihnen von diesem Exposé erzählt, das ich geschrieben habe?«
Paul warf Harry einen Blick zu. »Ich weiß nicht, wovon Sie sprechen.«
Harry ging dazwischen. »Ich hatte so viel zu tun, ich habe es hintangestellt, Rebecca. Sicher verstehst du das Problem. Wenn *Saturday Night* nicht weiterläuft …«
»Worum ging es denn?«, fragte Paul.
»Ich habe mich in den Fall Connor Bligh eingelesen«, sagte ich, »und überlegt, was wir daraus machen könnten, wenn es zu einer Wiederaufnahme des Verfahrens kommt.«
Paul sah skeptisch aus. »Es sieht ganz danach aus, als wird er die Strafe bis zum Schluss absitzen. Außerdem ist das genau die Sorte von ernsten Themen, die wir nicht mehr bringen wollen.«
»Ich habe eine ausgezeichnete Quelle«, sagte ich, »und ich habe erfahren, dass die Wiederaufnahme des Verfahrens so gut wie beschlossen ist.«
»Ich weiß ja nicht, wer oder was diese Quelle ist«, sagte Harry, »aber aller Wahrscheinlichkeit nach wird auch dieses Verfahren eingestellt, und die ganze Sache verläuft im Sande. Wenn wir uns für das Thema entscheiden, vergeuden wir einen Haufen Zeit und Geld.«
»Aus meiner Quelle habe ich erfahren, dass der Verteidigung neue Beweise vorliegen und der Fall möglicherweise in einem völlig neuen Licht erscheinen wird.«

Bei diesen Worten sah ich Paul direkt ins Gesicht. Mein Herz klopfte, aber meine Stimme klang fest.
Harry warf mir einen finsteren Blick zu. »Ja, und woher stammen diese Informationen?«
»Aus sicherer Quelle.«
»Wer?«
»Das darf ich natürlich nicht verraten.«
»Weiß sonst irgendwer davon?«, fragte Paul.
»Das würde mich wundern. Zumindest keine Medienleute.«
Ich schwitzte, meine Handflächen wurden feucht.
Paul musterte uns. Er kniff die Augen zusammen, wie immer, wenn er angestrengt nachdachte, und er trommelte mit den Fingern auf der Schreibtischplatte.
Das war ein gutes Zeichen. Ein sehr gutes Zeichen.
Aber dann seufzte er. »Na ja, aber sobald das Ganze vor dem Berufungsgericht landet, werden die neuen Beweise für jedermann zugänglich sein. Rebecca, wenn die Umstände andere wären, wenn Blake noch da wäre und die Quoten gut, würde ich das Risiko eingehen. Aber das Ganze ist mir zu vage. Solange ich nicht weiß, um was für Beweise es sich handelt, werde ich das Risiko nicht eingehen. Ich schließe mich Harrys Meinung an. Am Ende haben wir viel Zeit und Geld sinnlos vergeudet.«
Ich konnte nicht anders, ich platzte damit heraus. »Ich weiß, was die Verteidigung plant. Es gibt einen neuen Verdächtigen.«

16.

Sie werden es bringen.
Wir werden es bringen.
Joe rief erst am Freitag an. Er sagte, er sei eben erst gelandet. Während sie auf Waiheke waren, habe Michelle sich eine Lebensmittelvergiftung zugezogen. Sie mussten zum Arzt und den Aufenthalt verlängern, weil Michelle nicht in der Lage war zu reisen. Er habe das Ladegerät für sein Handy vergessen, und er habe es nicht gewagt, mich vom Telefon der Gastgeber aus anzurufen.
»Ist schon gut. Im Ernst, es geht mir gut. Im Sender war so viel los, ich hatte jede Menge zu tun.«
»Dann hast du mich gar nicht vermisst?«
»Oh. Vielleicht doch, ein kleines bisschen.«
Ich klang beschwingt und kokett, denn ich fühlte mich furchtbar schuldig. Ich hätte es nicht verraten dürfen.
Aber niemand wird jemals erfahren, dass ich es von ihm weiß, außerdem wird es sowieso ans Licht kommen – warum sollen wir nicht die Ersten sein, die darüber berichten?
Die Story war mir wichtig. Ich musste sie haben. Mir blieb keine Wahl – wenn ich geschwiegen hätte, würde ich für die nächsten vier Wochen über Beaglewelpen und Katzenausstellungen berichten und dann über gar nichts mehr. Höchstens über mutige Sprünge.
Courageous Leaps und Janet Beardsley.
Ich hatte nur diese eine Chance, und ich hatte sie genutzt. Verdammt noch mal, Joe war es mir schuldig.
Er war es mir schuldig, weil er mich tagelang nicht angerufen hatte, wegen der ganzen Heimlichtuerei, und weil er mich

verleugnete. Weil er unausgesprochene und doch eiserne Regeln für unser Verhältnis aufgestellt hatte. Er schuldete es mir für die vielen Abende, die ich allein daheimsaß, für die vielen Momente, in denen ich ihn dringend sprechen wollte und doch nicht anrufen durfte. Und für das Gefühl der Hilflosigkeit; obwohl ich wusste, dass er mir nicht guttat, konnte ich mich nicht von ihm lösen. Ich konnte mich nicht trennen. Er war es mir schuldig, weil ich ihn liebte. Er hatte alles, was er sich wünschen konnte. Also hatte ich mir die Story gegriffen.

Und nun musste ich mich voll und ganz auf diese Story konzentrieren. Sobald die Entscheidung gefallen war, stand Harry hinter mir. Wieder und wieder wurden Meetings angesetzt, um zu bestimmen, welche Informationen wir verwenden würden, welchen Hinweisen wir nachgehen sollten, welche Interviewpartner wir uns suchen sollten. Sarah Devanney recherchierte Vollzeit für uns.

Auf wunderbare Weise fügte sich alles. Connor Bligh war wieder in den Nachrichten. Nach monatelangen Verzögerungen stand endlich das Datum für die Anhörung vor dem Berufungsgericht fest, das über die Wiederaufnahme des Verfahrens entscheiden würde. Der Fall war wieder ins öffentliche Bewusstsein gerückt. Die alten Fragen wurden neu aufgeworfen – war Connor Bligh tatsächlich einer jener hyperintelligenten Menschen, die am Rande des Wahnsinns stehen? War er ein uneinsichtiger Psychopath? Oder war er einfach nur ein introvertierter, gehemmter junger Mann, der zu Unrecht im Gefängnis saß?

Nun, da ich die Starterlaubnis hatte, schrieb ich ihm. Ich erklärte, wer ich war und was ich vorhatte. Ich bat ihn um ein Treffen. Als Journalistin würde man mich nicht zu ihm lassen, daher musste er mich auf seine Besucherliste setzen. Ich bekam keine Antwort. Ich schrieb einen zweiten Brief. Ich wisse, dass er nicht mit Journalisten spreche, hoffe aber dennoch auf ein Gespräch. Ich wollte mit meinem Brief seine Neugier wecken. Vielleicht hatte er mich in *Saturday Night* gesehen und rechnete sich aus, dass ich ihm dabei helfen könnte, sich in der Öffentlichkeit positiver darzustellen. Ich versuchte mit Gedankenkraft, ihn zur Zustimmung zu bewegen, und träumte von der Sensation. *Rebecca Thorne, die einzige Journalistin, der Connor Bligh jemals ein Interview gab.*

Gleichzeitig fingen die Quoten von *Saturday Night* an zu schwanken und schließlich abzustürzen. Es hätte mir nicht egal sein dürfen – aber es war so. Ich glaubte fest daran, dass der Fall Bligh der Coup war, auf den ich so lange gewartet hatte und der alles umkrempeln würde. Wir vereinbarten Interviewtermine. Ein pensionierter Polizist, der damals zum Haus der Dicksons gerufen worden war, erklärte sich bereit, über den Tatort zu sprechen. Auch die Nachbarn wollten mit uns reden.

Dann kam es zu einer heftigen Meinungsverschiedenheit zwischen mir und Harry. Ich saß am Schreibtisch, warf einen Blick zu ihm hinüber und bemerkte, dass er unser Archivmaterial durchsah. Ich stand auf, trat hinter ihn und blickte ihm über die Schulter.

Unsere Reporterin Mary Richards stand vor dem Haus der Struthers. Mit ernstem Gesicht stellte sie ihre Fragen.

Ich war in der Küche, und Bob schaute gerade die Nachrichten, als jemand schrie und gegen die Haustür hämmerte. Die Kleine von nebenan war völlig außer sich, nicht wahr, Schatz? Das werde ich nie vergessen.

Hatten sie Connor Bligh kennengelernt, hatten sie ihn bei der Familie ein und aus gehen sehen?
Ich habe über den Zaun gegrüßt, ich wollte höflich sein, aber er hat nie reagiert, nicht wahr, Bob? Ich hab doch immer gesagt, mit dem stimmt was nicht.
Und Bob nickte ernst. *Ein seltsamer Kerl. Nicht gerade der Typ, dem man im Dunkeln auf der Straße begegnen möchte, wenn Sie verstehen, was ich meine.*
Harry drehte sich zu mir um. »Das ist es. Damit steigen wir ein.«
Ich sah ihn entgeistert an. »Du machst Witze.«
»Das ist gut. Da schauen die Leute hin. Wir werden den Film damit aufmachen.«
»Aber das ist total parteiisch.«
»Was hattest du denn im Sinn? Blighs Weste reinzuwaschen?«
»Dieses Interview wurde kurz nach dem Schuldspruch geführt. Sie bewerten Bligh im Nachhinein, sie versuchen, sich seine seltsame Art zu erklären, weil sie ihn für den Täter halten. Die Zuschauer werden sich von diesem Ausschnitt beeinflussen lassen und ein Urteil über ihn fällen, noch bevor sie die ganze Sendung gesehen haben.«
»Wir haben genügend andere Informationen, um das auszugleichen, und darum geht es uns doch. Ausgewogenheit! Mit der Szene haben wir die Leute gleich am Haken.«
Ich hatte gelernt, mich in derlei Situationen nicht aufzuregen, außerdem lag Harry in neun von zehn Fällen richtig. Aber diesmal nicht.
»Okay«, sagte ich, »ich stimme dir zu, wir wollen ausgewogen berichten. Aber wenn wir mit so einem Statement einsteigen, wird es der Sendung schaden. Statt das Interesse der Zuschauer zu wecken, wird jeder mit einem Rest gesundem

Menschenverstand sofort abgestoßen. Du siehst doch, was für Leute das sind, die sind voller Vorurteile gegen alle, die nicht so sind wie sie.«
Ich spürte, wie mir die Röte ins Gesicht stieg. Meine Stimme bebte. Meine Fingernägel bohrten sich in meine Handflächen. *Beruhige dich. Du musst dich beruhigen.*
Harry zog dieses gequält geduldige Gesicht, das mich immer schon besonders ärgerte. Er redete leise und sehr langsam. »Das Statement wird später in der Sendung von den positiven Aussagen der Kollegen und Freunde von Bligh ausgeglichen werden. Der Ausschnitt ist der perfekte Einstieg.«
»Aber wenn er an dieser Stelle kommt, werden die Leute Bligh für gefährlich halten, lange bevor irgendetwas Positives kommt.«
»Es wird funktionieren.«
»Verdammt, Harry. Das hier ist *meine* Story.«
Ich verlor die Nerven. Ich merkte es daran, dass alle im Raum den Kopf senkten und die Luft anhielten und meine Worte wieder und wieder durch den Raum zu hallen schienen. Es war Freitagnachmittag. Die Redaktion war voll besetzt.
»Es bleibt dabei, wir steigen damit ein.«
Er wandte sich wieder dem Bildschirm zu und startete den nächsten Clip. Ich spürte die Hitze auf meinen Wangen, schlich zu meinem Schreibtisch zurück, setzte mich und wartete auf einen günstigen Moment, mich zu verdrücken.
Ich hatte Harry wirklich verärgert. Harry ging erbarmungslos mit Leuten um, die ihm widersprachen. Ganz besonders, wenn es vor Zeugen geschah. Ich sollte Land gewinnen.
Ich ging nach Hause, zog eine Jogginghose, ein Sweatshirt und Turnschuhe an und kletterte die Felsen hinunter zum Strand. Dann fing ich zu laufen an. Der schneidend kalte

Wind, der rauhe Sand, der grünschwarze Ozean, der Salzgeschmack auf meiner Zunge.
Mein Körper entspannte sich. Ich hob den Kopf. Rechtes Bein. Linkes Bein. Atmen. Atmen. Mit dem ganzen Fuß abrollen.
Die Arme mitnehmen.
Verdammt, Harry. Das ist meine Story.
O weh. In der Vergangenheit war ich zickig gewesen, manchmal sogar kompliziert. Als ich jung, neu, von allen beachtet und *unverbraucht* war, hatte ich gelegentlich sogar die Diva raushängen lassen. Aber so wie heute hatte ich mich noch nie aufgeführt.
Hände locker geschlossen. Knie leicht gebeugt. Ab in den weichen Sand, wo es anstrengender ist. Die Arme mitnehmen. Schneller. Schneller, los. Rechtes Bein. Linkes Bein. Ich spürte ein Ziehen in der Hüfte, einen Schlag in der Wirbelsäule, wann immer meine Füße auf dem Sand aufkamen. Ich hörte das gedämpfte Klopfen.
Verdammt noch mal. Es *war* meine Story.
Ich lief eine halbe Stunde lang, dann blieb ich stehen und setzte mich neben dem Strandspielplatz auf eine niedrige Mauer. Obwohl es heute kühl war, war der Spielplatz voller Kinder. Alle waren dick eingepackt, wegen des Windes, sie trugen kleine, rot-blau-grün karierte Mäntel, Schals, Wollmützen und Handschuhe. Die Mütter standen in Grüppchen daneben und unterhielten sich. Zwei Schwangere waren dabei, deren Bäuche aus der offenen Jacke herausragten.
Ruby hat schon früh mit dem Laufen angefangen. Sie war so anstrengend. Aber der Kleine lässt sich Zeit.
Neulich habe ich Milly Avocado zu essen gegeben. Sie ist verrückt danach.

Mein Stichtag ist erst im September, aber ich bin mir sicher, dass es vorher kommt. Hoffentlich.
Wie es sich wohl anfühlen mochte, wenn der Bauch wuchs und wuchs, wenn ein Kind darin strampelte? Wie es sich wohl anfühlen mochte, einen Stichtag zu haben?
Ich konnte es mir vorstellen. Es würde mir gefallen zu spüren, wie mein Körper anschwoll und schwerer wurde, ich würde gerne mit meinem Baby in den Park gehen, Avocados zermatschen und mich fragen, wann es wohl zu laufen anfängt.
Vielleicht beneideten sie mich, diese Mütter mit den anstrengenden Kindern. Ich sah ihre verstohlenen Blicke. Sie hatten mich wiedererkannt und musterten mich. Als eine mir in die Augen blickte, wandte ich den Kopf ab. Ich wusste, dass sie mich eingebildet und unnahbar fanden, trotz des geröteten Gesichts und der Jogginghose.
In diesem Moment hätte ich sofort mit ihnen getauscht.
Was taten anstrengende Babys? Verweigerten sie die Avocado, die man mit so viel Liebe zermatscht hatte? Brachten sie alles durcheinander, so dass man es kaum erwarten konnte, dass sie endlich wieder schliefen? Schliefen anstrengende Babys überhaupt?
Ich sehnte mich danach, es herauszufinden. Joe und ich hatten beide blaue Augen, also wäre das Merkmal dominant. Ganz bestimmt hätte unser Kind blaue Augen. Aber ich hatte kein Kind, ich hatte nur einen Job. Einen Job und eine Story.
Das war wichtig. Diese Story war wichtig. Ich lief weiter.

Am Montagmorgen schlich ich in aller Frühe in die Redaktion und entschuldigte mich reumütig bei Harry. Er warf mir einen finsteren Blick zu und hielt mir anschließend einen

Vortrag über das angemessene Verhalten am Arbeitsplatz und die Notwendigkeit, Sendungen zu produzieren, die tatsächlich auch angesehen wurden.
»Das war eine Frechheit«, sagte er. »Verdammt noch mal. Du bist lange genug hier, um das zu wissen, Rebecca, außerdem schläft die Konkurrenz nicht. Die Konkurrenz ist groß, und sie wird ständig größer. Ist ja schön, dass du dich engagierst und genau weißt, wie wir unsere Arbeit zu machen haben, aber ohne Zuschauer haben wir keine Jobs.«
All das hatte ich schon früher gehört, nur nicht so drastisch. Ich hielt Blickkontakt, nickte, murmelte und stieß zustimmende Geräusche aus, entschuldigte mich noch einmal, es täte mir sehr leid, es gebe keine Entschuldigung, ich hätte mich da wohl in etwas hineingesteigert. Letztendlich wurde Harry nachgiebig und murmelte, wenigstens sei mir meine Arbeit nicht egal, anders als diesen jungen Dingern, denen alles am Allerwertesten vorbeigehe.
»Wie dem auch sei«, sagte er und schlug mit der flachen Hand auf den Schreibtisch. »Blighs Chemielehrer hat sich zu einem Interview bereit erklärt. Er wurde damals im Prozess zur Persönlichkeit des Angeklagten befragt, weißt du noch?«
Ich versuchte, optimistisch zu bleiben, und besann mich darauf, dass *jede* positive Aussage hilfreich wäre. Ich konnte mich jedoch gut an die Fotos des Zeugen erinnern. Er wirkte leicht debil, und der Stoppelbart in seinem Gesicht hatte die Farbe und Textur eines zotteligen Fuchsfellmantels, den ich mir einmal für eine Zwanziger-Jahre-Mottoparty ausgeliehen hatte. Außerdem war der Mann eindeutig schwul. Ich brauchte Zeugen, die in den Augen ganz normaler Leute normal wirkten und Connor Bligh damit ebenfalls normal aussehen ließen.

»Was ist mit Katy Dickson?«
Ich wusste, mit Katy Dickson könnte ich ein großartiges Interview führen. Mit Mädchen im Teenageralter komme ich gut aus. Sie halten mich für cool. Sie mögen es, dass ich gar nicht so viel älter bin als sie. Ich würde mich ein paarmal mit ihr verabreden, ihr einen Kaffee ausgeben, mit ihr plaudern, um sie für mich zu gewinnen.
Und dann würde ich mich vorbeugen und sie aufmunternd anlächeln. Katy, ich frage mich, ob du auch schöne Erinnerungen an deinen Onkel hast? Er und deine Mum standen sich wirklich nahe, nicht wahr?
Wenn mir das gelänge, könnte ich sein Image vielleicht umkrempeln. Es hatte sich ins öffentliche Bewusstsein eingebrannt, wie Katy bitterlich weinend im Zeugenstand saß. *Ich weiß, was ich gehört habe. Es war das Letzte, was meine Mum zu mir gesagt hat.*
»Auf gar keinen Fall. Ich habe Sarah Devanney drauf angesetzt. Sie hat mit Frances Jennings geredet, ein paarmal dort angerufen, sie ist sogar dort gewesen. Frances Jennings wird im Leben nicht damit einverstanden sein, dass wir Katy interviewen.«
»Aber verdammt, wir müssen mit Katy reden. Hat irgendjemand sie persönlich gesprochen? Was, wenn ich …«
Er warf mir einen warnenden Blick zu. *Übertreib es nicht, Rebecca. Du stehst auf dünnem Eis.*
»Ich sage es dir doch, sie will nichts davon hören.«
»Was ist mit Frances oder Len Jennings? Würden sie für ein Interview zur Verfügung stehen?«
»Sie sagen, sie wollen nichts mit der Sache zu tun haben. Sie wollen endlich nach vorne schauen.«
»Das würde Bligh sicher auch gern«, sagte ich pikiert.

»Ach, komm schon, Rebecca. Sie halten ihn für schuldig. Sie werden sich nicht die Mühe machen, ihm einen Gefallen zu erweisen. Du solltest aufhören, das Ganze nur aus Blighs Perspektive zu betrachten. Diese Menschen haben drei Familienmitglieder verloren.«

»Wenn sie sich für einen Augenblick von ihren Gefühlen freimachen könnten und die Fakten betrachten, würden sie erkennen, dass es keine glaubwürdigen Beweise für seine Schuld gibt.«

»Offenbar hast du Katys Aussage vergessen. Sie beweist seine Anwesenheit am Tatort.«

»Ihre Mutter kann alles Mögliche gesagt haben. Mann, sie war gerade dabei, den Hörer aufzulegen.«

Für einen Moment sah er mich an, als wollte er etwas sagen, aber dann schüttelte er nur den Kopf. »Okay, weiter geht's. Wir fangen also an mit einer Einstellung vom Haus der Dicksons, und dann blenden wir zu Bob Struthers über. Was kommt dann?«

Ich schrieb einen weiteren Brief an Connor Bligh, um ihm zu sagen, dass ihm unsere Sendung die Sympathien des Publikums sichern könnte. Ich betonte, wie gern ich ihn persönlich treffen würde, um mit ihm zu sprechen.

Keine Antwort. Ich schrieb noch einmal. Ich wollte nicht aufgeben. Ich rief Sarah Devanney an. Wenn ich Bligh sagen konnte, dass Katy mit mir sprechen wollte, wäre er vielleicht genötigt, seine Sicht der Dinge zu präsentieren. Sarah sagte, sie habe ihr Bestes getan, könne aber Frances oder Len Jennings nicht überreden. Es war ihr nicht gelungen, einen direkten Kontakt zu Katy Dickson herzustellen. Ich sagte ihr, sie solle es noch einmal versuchen und sich mehr Mühe geben.

Ich merkte selbst, wie schneidend meine Stimme klang. Bestimmt hielt sie meine Anweisung für unvernünftig. Bestimmt regte sie sich darüber auf. Nun, sie würde es überleben. Uns blieb nicht mehr viel Zeit.

17.

Am darauffolgenden Montag ging ich in die Redaktion, schaltete meinen Computer ein und öffnete das E-Mail-Programm. Die Quoten waren gerade hereingekommen. Mit fetter Betreffzeile, direkt von Paul.

So niedrig wie noch nie.

Das Telefon klingelte. Pauls Assistentin. Ich wurde zu einem Meeting in Pauls Büro geladen. Sofort.

Harry war auch schon da, und wieder sah er unglücklich aus. Noch unglücklicher als beim letzten Mal.

Paul kam gleich zur Sache. Er machte kurzen Prozess mit mir. »Ab nächster Woche setzen wir *Saturday Night* ab. Es funktioniert einfach nicht mehr. Rebecca, Sie haben sich nichts vorzuwerfen. Es liegt nicht nur an Blakes Weggang. Es hatte sich schon davor angedeutet, dass die Sendung ihren Zenit überschritten hat.«

Harry schaltete sich ein. »Sie läuft schon viel zu lange. Eine tolle Sendung, damals, aber nun ist es an der Zeit, damit abzuschließen und in die Zukunft zu blicken.«

»Und wir haben gute Nachrichten«, sagte Paul. »Wir haben definitiv beschlossen, Ihnen die Moderation von *Courageous Leaps* anzuvertrauen. Der Vorstand hat die Entscheidung bereits abgesegnet. Die Sendung wird ein Erfolg werden, und Sie werden erheblich dazu beitragen.«

Das Ganze war ein abgekartetes Spiel. Zuerst überbrachten sie mir die schlechte Nachricht, und dann hielten sie mir das Zuckerstück hin. Ich musterte ihre Gesichter. Sie würden nicht mit sich reden lassen.

Ich hatte die Quoten selbst gesehen. Sie hatten keinen Grund, mit mir zu verhandeln. Meine Kehle schnürte sich zu, Tränen stiegen mir in die Augen, und ich wusste, was sie dachten: *Deswegen ist es so schwierig, mit Frauen zu arbeiten. Sie steigern sich in den Job hinein, und sobald etwas einmal nicht funktioniert, fangen sie zu heulen an.*

Und so war mein Projekt von einem Moment auf den nächsten gestorben. Die ganze Arbeit, die großen Hoffnungen. Ich hatte jedes letzte bisschen Energie hineingesteckt und hatte die vergangenen Sendungen lustlos und unkonzentriert moderiert. Deswegen waren die Quoten im Keller.

Paul beobachtete mich. »Sie wissen doch, wie es in der Branche läuft. Egal, wie gut eine Sendung ist, sie kann sich nicht ewig halten.«

Ich hätte nichts weiter tun müssen, als mich ein wenig zusammenzureißen. Ich hatte meine Chance bekommen, und ich hatte sie verspielt. Ich schluckte und zwang mich, mit fester Stimme zu sprechen. »Okay. Ich verstehe.«

Harry warf mir einen misstrauischen Blick zu, so als wäre ich ein unberechenbarer Teenager, der sich folgsam gibt, im nächsten Moment jedoch ausflippen könnte.

»Wann geht *Courageous Leaps* auf Sendung?«

»Nächstes Jahr, Anfang Februar.«

»Was soll ich bis dahin tun? Welche Vorarbeiten sind zu leisten?«

Paul wirkte leicht betreten. »Ich habe mir Ihren Vertrag angesehen, Rebecca. Sie haben noch jede Menge Urlaub.«
»Aber was ist mit der neuen Sendung?«
»Lassen Sie das unsere Sorge sein«, wiegelte er ab. »Harry und ich sind beide der Meinung, dass Sie sich eine Pause verdient haben. Ohne Zweifel haben Sie sehr hart für *Saturday Night* gearbeitet, und nun brauchen Sie ein wenig Auszeit, bevor Sie etwas Neues anfangen. Ehrlich gesagt, Rebecca, haben wir uns Sorgen um Sie gemacht.«
»Wie meinen Sie das?«
»Anders als früher wirkten Sie in letzter Zeit müde und gestresst. Auch anderen Mitarbeitern ist das aufgefallen, Sarah Devanney zum Beispiel ...«
»Sarah?«
»Sie sagt, sie möchte in Zukunft nicht mehr für dich arbeiten«, sagte Harry.
Paul setzte sein breitestes Lächeln auf, das Lächeln, das er für geschasste Mitarbeiter reserviert hatte. Das Gespräch war beendet. Und jetzt verpiss dich.
»Machen Sie Urlaub, fahren Sie weg, und entspannen Sie sich. Dann bekommen Sie einen völlig neuen Blick auf die Dinge. Wenn Sie wieder da sind, sehen wir weiter.«
»Was ist mit Connor Bligh? Das Feature wird auf Eis gelegt?«
Harry warf mir einen Blick zu. »Die Leute wollen nicht jeden Abend mit Gewalt und Elend konfrontiert werden. Die Umfragen haben ergeben, dass die Zuschauer unterhalten werden wollen. So einfach ist das.«
Ich habe es dir doch gesagt.
Paul ging dazwischen. »Wir haben gründlich darüber nachgedacht. Wir wissen, wie viel Herzblut Sie in den Fall Bligh

gegeben haben, und natürlich wissen wir Ihre Bemühungen zu schätzen. Aber nun, da die Anhörung erneut verschoben wurde …«

»Wie bitte?«

»Das wissen Sie nicht?«

Beide starrten mich ungläubig an. *Es ist dein Job, das zu wissen. Was ist mit deinem tollen Informanten?*

»Haben Sie nicht die Nachrichten gehört? Am Freitagabend?«

Ich schüttelte den Kopf. Ich hatte keine Nachrichten gehört. Ich hatte kein Radio gehört. Und auch nicht ferngesehen.

Eine Journalistin, die nicht auf dem Laufenden ist? Ein weiterer Minuspunkt.

Ich wusste es nicht, weil ich den Freitagabend mit Joe verbracht und am Samstagmorgen lange ausgeschlafen hatte. Das Radio und den Fernseher hatte ich das ganze Wochenende nicht eingeschaltet.

Ich war mehr als müde, ich war erschöpft, und abgesehen davon war Joe mir so abwesend und distanziert vorgekommen, dass ich an nichts anderes mehr denken konnte. Wieder und wieder ging ich seine Worte in Gedanken durch, versuchte zu ergründen, was vor sich ging. Das und die Sache mit Connor Bligh.

Ich wusste es nicht, weil Joe mir nichts davon gesagt hatte.

»Also gut«, sagte Paul, »nun, da sich eine weitere Verschiebung ergeben hat, kann niemand wissen, wie es weitergeht.«

Es gab noch eine allerletzte Möglichkeit, und obwohl ich die Antwort längst kannte, musste ich die Frage stellen: »Wir könnten eine Doku daraus machen. Wir haben genug Material und bereits sehr viel Arbeit in die Sache investiert.«

Harry warf Paul einen Blick zu, und ich wusste genau, was er damit sagen wollte. *Ich habe es dir doch gesagt. Sie ist vollkommen verrückt geworden.*

Paul seufzte und hob beide Hände. »Rebecca, ich würde Ihnen das gerne ersparen, aber dieses Thema ist ein Rohrkrepierer. Harry und ich haben uns bereits darüber abgestimmt, wie die letzte Ausgabe von *Saturday Night* ablaufen soll. Wir müssen jetzt beide zu einem dringenden Meeting, aber Harry wird Sie noch im Laufe des Tages über die Einzelheiten informieren.«

Ich ging in die Redaktion zurück, nahm meine Tasche, ging auf die Damentoilette, schloss mich ein, setzte mich auf den Klodeckel und weinte.

Was soll ich tun? Was soll ich jetzt bloß anfangen? Den Mund halten und Urlaub machen? Mich in eine Diät und ein neues Trainingsprogramm stürzen, mir die Haare schneiden und färben lassen, mir Botox und Filler spritzen lassen, um wie neugeboren wieder im Sender aufzutauchen, mit breitem Lächeln, braungebrannt, fröhlich und mit aufgeladenem Akku? Mit einem neuen Blick auf die Dinge, um dann grinsend und kichernd die mutigen Sprünge irgendwelcher Idioten zu begleiten?

Ich sollte Connor Bligh aufgeben? Die Idee aufgeben, jemals etwas Wichtiges zu leisten? *Das Publikum will unterhalten werden.*

Warum hatte Joe mir nichts gesagt? Warum, verdammt noch mal, hatte er kein Wort gesagt?

Schon hielt ich mein Handy in der Hand. Ich war so wütend. Ich war so verdammt wütend und so furchtbar verletzt.

Mein Geliebter ließ mich hängen. Mein Job war im Arsch.

Und ich versteckte mich in der Damentoilette. Ich stand auf, warf einen Blick in den Spiegel und sah mein elendes,

gerötetes, geschwollenes Gesicht. Ich musste es irgendwie schaffen, dort hinauszugehen. Sicher hatte sich die Neuigkeit längst wie ein Lauffeuer verbreitet. Alle würden Bescheid wissen. Hinter der Tür war es totenstill, so als würden alle im Raum die Luft anhalten und lauschen.
Okay, Rebecca, du kannst dich hier drinnen weinend verkriechen, wie es alle von einer jämmerlichen Ex-Moderatorin erwarten. Oder du kannst erhobenen Hauptes hinausgehen, um dir einen Rest von Würde zu bewahren.
Ich feuchtete ein Papiertuch an und wischte mir über das Gesicht. Ich öffnete das Fenster und atmete gierig die frische, kalte Luft ein. Auf der gegenüberliegenden Straßenseite sah ich mein Lieblingscafé, Schauplatz vieler Triumphe. Paul, Harry und ich an einem der Außentische unter der schicken, schwarz-weiß gestreiften Markise. Wir trinken Latte macchiato und lachen ausgelassen. Jene guten alten Zeiten, bevor ich verbraucht, überholt und gestresst war.
Ich brauchte Kaffee. Einen doppelten Espresso. Einen dreifachen. Einen cremigen, heißen, anregenden Latte. Und dazu ein Stück Kuchen. Eins jener Gebäckstücke, die ich mir niemals gönnte und aus denen Schokolade und Sahne in den klebrigen, süßen Spiegel aus Himbeersauce lief.
Ich könnte einfach durch die Redaktion spazieren, die Treppe hinunter, durch die Glastüren und mich in die Sonne setzen und an etwas anderes denken.
Ich könnte mich in die Sonne setzen und an gar nichts denken.
Ich tupfte mir das Gesicht noch einmal ab, trug Concealer, Wimperntusche und Lippenstift auf. Ich holte ganz tief Luft, setzte ein strahlendes Lächeln auf, so strahlend, wie es ging, und öffnete die Tür. Ich schritt weit aus. Durch die Redak-

tion, durch den Flur, am Empfang vorbei. *Habt ihr es gehört? Habt ihr? Habt ihr? Immer weiterlächeln. Fest auftreten. Wie geht's, Rebecca? Prima, danke.*
Alles ist absolut verdammt in Ordnung.
Du hast es fast geschafft. Du kannst das.
Aber dann das, o nein. Dort draußen vor der Tür.
Janet Beardsley. Hat sich heute für Rot entschieden, ihre Kampffarbe. Knappes Kleid, glitzernde Stiefelchen. Rot wie Gefahr, rot wie Blut.
Rot wie Revolution.
Ihre Lippen passen perfekt zu ihrem Kleid. Roter Lippenstift. *Mein* Lippenstift.
I wanna be loved by yoooooouuuuu …
Sie entblößt ihr strahlend weißes Gebiss, klimpert mit den Augenlidern, mustert mich von oben bis unten. Haare, Frisur? Rock? Schuhe? Bluse? Ein Pickel am Kinn? Aha.
»Rebecca, hallo. Du siehst super aus. Wie geht es dir?«
»Janet. Hallo.«
»Ich wollte längst vorbeikommen und hallo sagen, aber ich war ja so beschäftigt.«
»Oh, ich auch. Wir holen das nach.«
»Letzte Woche war ich mit Harry und Paul was trinken, wir haben unsere Pläne für *Courageous Leaps* durchgesprochen, du weißt schon, und da sagten sie mir, du bist auch dabei. Oh-ooh! Du hast es gewusst, nicht wahr?«
»Wir haben gerade darüber gesprochen.«
»Es ist ja so wunderbar, dass du mich unterstützen wirst, Rebecca. Ich war ja so aufgeregt, als Paul und Harry mir die Sendung angeboten haben, aber ich sagte zu ihnen, na ja, ich habe ja gerade erst beim Fernsehen angefangen, und dann gleich eine eigene Sendung …«

Ich bringe die Worte kaum über die Lippen. »Sicher wirst du das ganz toll machen.«
»Meinst du wirklich? Ich sagte zu den Jungs, ich bin total nervös, aber ich bin ja auch so dankbar für die Chance. Wusstest du, dass Sharon Wheatley in der ersten Sendung auftritt?«
»Ich wusste, dass Paul und Harry sich um sie bemühen.«
»Nun ja, sie hat zugesagt. Ist das nicht wunderbar? Ich kann es gar nicht erwarten, sie kennenzulernen. Ich bewundere sie so sehr!«
»Sie ist eine clevere Geschäftsfrau.«
»Harry und Paul sagen, ich soll erst einmal mit ihr essen gehen, damit ich sie kennenlerne und mich beim Interview wohl fühle. Vielleicht bist du auch dabei? Ich könnte Paul fragen.«
»Mal sehen.«
Weiterlächeln. Immer schön weiterlächeln, verdammt.
»Ich weiß, ohne die beiden hätte ich es hier niemals so weit gebracht. Und ohne dich natürlich. Paul ist ja so hilfsbereit und macht mir so viel Mut, er scheint meine Arbeit tatsächlich zu mögen. Und Harry ist ja so ein netter Kerl, erst letzte Woche hat er zu mir gesagt, wie gut ich im Frühstücksfernsehen rübergekommen bin.«
»Habe ich leider nicht gesehen.«
Sie kommt noch näher heran. »Rebecca, ich möchte dir sagen, dass es mir so leidtut. Du weißt schon, wegen *Saturday Night*. Paul hat es mir erzählt. Ich sagte zu ihm: Paul, die Sendung ist wunderbar. Können wir gar nichts mehr tun? Es tat mir ja so unendlich leid für dich.«
Darf ich sie schlagen? Kann ich mich auf den Affekt herausreden? »Oh«, sage ich achselzuckend. »Sendungen kommen

und gehen.« Ist mein Gesicht versteinert, klingt meine Stimme so gepresst, wie ich befürchte?
»Ja, ich weiß, trotzdem sollst du wissen, dass ich an dich denke. Ich kann es gar nicht erwarten, dich in meiner Sendung zu haben. Wir werden so viel Spaß haben!«
Ihre geschminkten Lippen glänzen, aber ihr Blick ist eiskalt. Sie schaut auf ihr Handy, winkt affektiert – *dumdidum* –, und im nächsten Moment bin ich draußen, und die Türen fallen hinter mir zu.
Am liebsten würde ich ihr den Kopf abreißen.
Über die Straße und an einen Tisch. Den Kaffee bestellen. *Die kecke, fröhliche Rebecca Thorne. Die kompetente, selbstbewusste, unerschütterliche Rebecca Thorne.* Nimm dir eine Zeitung. Überfliege gleichgültig die Schlagzeilen und sieh zu, wie die Buchstaben tanzen, kippen, über die Seite purzeln. Greif zur Tasse. Atme das köstliche, beißende Aroma ein und trink einen ersten, heißen Schluck, lasse ihn genüsslich im Mund schwappen. Schieb dir eine Gabel voll mit einem Stück des frischen, lockeren Kuchens mit Himbeeren und Schokolade und Sahne in den Mund.
Denk an nichts anderes, beobachte, wie die Minuten verstreichen wie in einem alten Schwarzweißfilm. Die Spatzen stürzen sich auf den Gehsteig unter den Tischen, um Krümel aufzupicken. Das wässrige Hellblau des Himmels, die Wolkenkratzer, die im Sonnenlicht funkeln, das Zischen und Klappern der Espressomaschine.
Das Mädchen mit den lila Haaren und dem Nasenring.
Der Schuljunge mit der roten Jacke und der grauen, weiten Hose, der auf sein Handy schaut.
Das Mädchen mit den lila Haaren. Der hellblaue Himmel.
Der hellblaue Himmel.

18.

Ich schaltete auf Autopilot um, zog den Kopf ein und überstand diese letzte Woche. Ich achtete penibel darauf, dass meine adrette Kleidung saß, meine Haare frisch gewaschen waren und meine Schuhe perfekt auf mein Outfit abgestimmt waren. Ich erschien früh zur Arbeit. Ich plauderte angeregt mit jedem, der vorbeikam, und schleppte mich durch die letzte Aufzeichnung von *Saturday Night*.

Daheim schaltete ich mein Handy aus und den Anrufbeantworter ein. Ich ignorierte die wachsende Zahl an Nachrichten. Ich wollte nicht hören, wie sie mitleidig nach Luft schnappten, das ewige *Nein, was wirst du nun anfangen?* Wenn ich weiterhin Fassung bewahren und die Fassade der fröhlichen Unbekümmertheit aufrechterhalten wollte, musste ich mich ihren Fragen und verstohlenen Blicken entziehen. Ich wollte allein sein, an einem sicheren Ort.

Kein Fernsehen. Kein Radio. Ich hörte Musik und ging am Strand joggen, wenn noch niemand zu sehen war. Ich saß auf der Terrasse, beobachtete die Wellen, die ein- und auslaufenden Fähren. Ich sah Flugzeuge starten und landen. Am liebsten wäre ich weggelaufen, aber ich wusste nicht, wohin.

In derselben Woche kam der Brief von Connor Bligh. Mein Herz tat einen Sprung, als ich den Absender auf der Rückseite las. Was, wenn er zusagte? Wäre es ohnehin zu spät, oder könnte ich das Ruder damit noch einmal herumreißen?

Ich bin nicht interessiert daran, mit Medienvertretern zu sprechen.

David besuchte mich auf dem Rückweg von der Arbeit. Mum und Dad kamen vorbei, sie waren auf dem Weg ins Restau-

rant. *Möchtest du uns begleiten? Bist du sicher, mein Schatz? Es ist dieses nette neue Lokal. Thai. Aber du magst Thai doch, oder?*
Ich/wir haben Nachrichten hinterlassen. Ich/wir haben uns Sorgen gemacht. Ich/wir dachten schon, du bist krank.
Ist alles in Ordnung? Du siehst so … ist wirklich alles in Ordnung?
Ich lächelte tapfer. Alles war in Ordnung. Alles war wunderbar.
Ich schrieb Paul eine E-Mail. *Ich weiß, es ist sehr kurzfristig, aber ich würde mir gern für die nächste Woche Urlaub nehmen.* Seine Antwort erfolgte prompt und war zu gütig. *Sicher doch. Ich hoffe, Sie erholen sich gut.*
Um halb zehn am Samstagabend erreichte mich die Nachrichtenflut. Telefon, E-Mail, Handy. Alle hatten es erfahren. Alle wollten wissen, warum ich nichts gesagt hatte.
Ich sah es mir nicht an. Das war nicht nötig, ich war ja dabei gewesen.
Ich lächelte in die Kamera, Nahaufnahme, und dann schwenkte die Kamera herum und zeigte, wie Blake ins Studio geeilt kam. Er küsste mich auf die Wange und nahm seinen gewohnten Platz ein. Eine weitere Nahaufnahme. Wir wandten uns einander zu und lächelten freundlich. Und dann war ich dran.
Das wird heute eine ganz besondere Sendung werden. Ich möchte Sie auf eine Zeitreise durch die vielen Jahre von Saturday Night *einladen. Lassen Sie uns starten mit einem abenteuerlichen Trip durch gute und schlechte Zeiten – wobei, wer braucht schon schlechte Zeiten?*
Los ging es mit der ersten Ausgabe von *Saturday Night*. Blake hatte damals noch viel mehr Haar, worauf ich ihn lachend hinwies. Und ein Jahr später kam ich dazu.

»Rebecca, sieh dich an! Wie jung du aussiehst!«
»Vielen Dank!«
Zwischen den Einspielern plaudern wir und schwelgen in Erinnerungen. Die herzerwärmenden Geschichten, Szenen hinter den Kulissen, die wir nun schmunzelnd preisgeben. *Weißt du noch, Blake, wie du dich während des Helikopterflugs übergeben musstest? Ja, Rebecca, es war schrecklich.* Und zwischen den Banalitäten immer wieder traurige oder betroffen machende Filmchen.
Da war ich mit langem Haar, mit kurzem Haar, in Winterjacken und kurzen Sommerkleidchen, ich lächelte, runzelte die Stirn, lachte oder konzentrierte mich auf die nächste, auf die alles entscheidende Frage. Und während ich gelächelt und die Stirn gerunzelt hatte, war mein Leben verstrichen. Da waren sie, all die Tage und Jahre und Monate, abgepackt in eine wöchentliche Sendung, die mit all den anderen Ereignissen in meinem Leben verknüpft war.
Die Hochzeit von Anna und David. Die Geburt von Lily. Von Ted. Der Tod meiner Großmutter. Meine Mutter, die einen Knoten in ihrer Brust entdeckte. David als Abgeordneter. Meine erste Begegnung mit Joe.
Die Freude, die ich empfand, als ich in mein eigenes Haus zog, mein Haus. Das Vergnügen, als ich merkte, dass das Rauschen und Summen des Meeres hier oben ständig zu hören war, und wie das Geräusch mich beruhigte, wenn ich nachts einmal aufwachte. Jene erste Zeit, als ich nach dem Aufwachen jeden Morgen in aller Früh das Törchen aufstieß und die Felsen hinunterkletterte, um am Strand spazieren zu gehen.
Die Abendessen mit Joe. Die Filme, die ich gesehen hatte. Die lustigen Feiern mit den Kollegen.

Und, ja, meine anfänglichen Sorgen bezüglich der Sendung – sehe ich okay aus, klinge ich gut? Mehr als einmal wurde mir gesagt, ich solle mir nicht immer in die Haare fassen. Die Erleichterung, als ich irgendwann merkte, dass ich gut in meinem Job war.

Wir verkündeten es gemeinsam. *Wir hatten wunderbare Zeiten hier bei* Saturday Night, *aber wie wir alle wissen, gehen auch gute Sachen irgendwann zu Ende. Dies ist unsere letzte Sendung. Auf Wiedersehen und vielen Dank. Me te mihi nui. Ka kite ano.*

Ein strahlendes Lächeln. Die Kameras fuhren zurück für die letzte Totale. Die Tränen, die ich im letzten Moment doch nicht zurückhalten konnte.

»Von Herzen«, hatte Harry gesagt. »Gut gemacht, Rebecca. Es sah aus, als käme es wirklich von Herzen.«

Ich saß im Dunkeln am Fenster. Ich hatte eine Weinflasche zu drei Vierteln geleert. Die Nachrichten trudelten ein. Ich hatte mein Telefon auf stumm gestellt und schaute zu, wie eine Nummer nach der anderen auf dem Display aufleuchtete.

Dad. David. Beth. Margo. Alle meldeten sich, Freundinnen, Kollegen, Bekannte, und auch Clive, mein Lieblings-Kameramann.

Nur von Joe kam nichts. Natürlich, es wäre unseriös, sich ins Bad zu schleichen und mir heimlich zu schreiben. Dann wiederum saß er vielleicht gerade irgendwo mit Michelle beim Abendessen. Wieder mein Dad. Anna. Noch einmal Margo.

Ich schenkte mir ein weiteres Glas Wein ein.

Ich hatte die Türen und die Garage abgeschlossen und alle Lampen ausgeschaltet. Ich wollte keine Besucher. Ich wollte nicht reden. Das käme früh genug, und ich fürchtete mich jetzt schon davor.

Allein beim Gedanken an die Sorge und das Mitgefühl von Mum, Dad, David und Anna schrumpfte ich innerlich zusammen. Ich hatte keine Lust mehr. Ich war nicht mehr die junge, impulsive Tochter und Schwester, über die sie immer gelächelt und manchmal den Kopf geschüttelt hatten. *Rebecca ist clever, irgendwann findet sie ihre Nische. Ganz bestimmt.*

Ich hatte keine Lust, ihnen wieder und wieder zu erklären, was geschehen war. Ich fühlte mich so beschämt, und ich meinte jetzt schon zu wissen, was mein Dad sagen würde. *Die haben keine Moral, diese verdammten Fernsehleute, du hast es gar nicht nötig, für die zu arbeiten. Ein Haufen anderer Arbeitgeber wäre überglücklich, dich einzustellen, hast du dir mal überlegt, für eine Zeitung zu schreiben, und was ist eigentlich mit dem* Listener? *Vergiss nicht, wenn du Hilfe brauchst, finanzieller oder anderer Natur, dann bin ich immer für dich da, mein Schatz.*

(Wenn sie doch etwas Vernünftiges gelernt hätte. Jura zum Beispiel.)

Ich wusste jetzt schon, wie sehr meine Mutter sich aufregen würde, die Sorge, die ich in ihren Augen ablesen würde. Mir war klar, was sie sagen würde: *Liebes, du bist eine talentierte, gut ausgebildete und wunderschöne junge Frau. Du wirst einen anderen Job finden.*

Aber ich wollte gar keinen anderen Job finden. Ich wollte einfach nur Rebecca Thorne von *Saturday Night* sein.

Ich trug mein Glas und die Weinflasche ins Badezimmer und ließ eine Wanne einlaufen. Ich kippte jede Menge Badesalze und ätherische Öle ins Wasser. Ich ließ mich hineingleiten und trank noch mehr Wein.

Sollte ich allen erzählen, es sei streng geheim gewesen, ich

habe nicht darüber reden dürfen, hätte aber bereits etwas Neues in Aussicht, im nächsten Jahr? Etwas richtig Gutes.
Und dann würde das neue Jahr anbrechen, der Februar würde kommen, und ich würde lächelnd neben Janet sitzen, dämliche Fragen stellen – Fragen, die Janet vorbereitet hatte – und dümmlich kichern, während die Sharon Wheatleys dieser Welt uns mit ihren Lebensweisheiten langweilten.
Bestimmt würde man mir ein völlig neues Image verpassen. Janet würde auf Abendkleider bestehen. Damit würde man uns ausstatten, darin würden wir den nächsten »mutigen Sprung« begrüßen, und ganz zweifellos wäre Janets Kleid immer ein bisschen tiefer ausgeschnitten, immer ein bisschen glamouröser als meins.
Oder vielleicht würde man für mich ein Image entwerfen, das einen Kontrast zu Janets Jugend und Extravaganz bilden sollte. Vielleicht würde ich in dunkle Kostüme und flache Schuhe gesteckt, um den Arzt zu interviewen, der zweimal im Jahr in die Dritte Welt reiste, um kostenlose Augen-OPs durchzuführen, oder auch den fünfundachtzigjährigen Marathonläufer. Während Janet mit den echten Promis flirtete.
Vielleicht käme es auch ganz anders. Vielleicht hätten sie nach meinem langen Urlaub, in dem ich den Akku auflud und einen neuen Blick auf die Dinge bekam, festgestellt, dass sie mich überhaupt nicht mehr brauchten.
Was wäre schlimmer? Arbeitslos zu sein oder für eines dieser banalen, hysterischen, trivialen Formate zu arbeiten, die ich immer so verachtet hatte? Zusammen mit Janet? Nein, *für* Janet, so sah es aus. Verdammt, ich konnte mir die Reaktionen der anderen nur zu gut vorstellen. *Ich hab die neue Sendung gesehen, Rebecca. Das ist mal was anderes, oder? Ja, es hat mir gefallen. Es war sehr … unterhaltsam.* Manche

würden vielleicht so zu tun, als hätten sie es oder mich nicht gesehen, und diskret verschwinden.
Was würde mein Dad über mich denken? David? Mum? Anna?
Was macht Rebecca nur mit ihrem Leben?
Ich konnte nicht einfach meine Sachen zusammenpacken und gehen. Ich hatte einen Kredit abzuzahlen. Mein Konto war ständig in den Miesen, und auf dem Haus lastete die Hypothek. Keine allzu große, aber der Kredit wollte jeden Monat bedient werden. Dazu kamen die Versicherungen. Strom. Telefon. Ich hatte ein Auto. All diese trivialen und doch kostspieligen Dinge, die man zum Leben brauchte. Und dazu kam, dass ich Luxus gewohnt war. Hübsche Kleider. Schöne Schuhe und Handtaschen. Verabredungen im Café und im Restaurant, Theater, Konzerte, und so viele Filmfestivals wie möglich. Gelegentliche Wochenendtrips. Ehrlich gesagt hatte ich mich an einen gewissen Lebensstil gewöhnt, und auch wenn das oberflächlich klingen mochte, ich wollte ihn nicht aufgeben.
Aber genauso wenig wollte ich eine idiotische Nebenrolle in Janet Beardsleys blöder neuer Sendung spielen.
Leider konnte ich die Anrufe nicht ewig ignorieren. Am nächsten Morgen stärkte ich mich mit einem doppelten Espresso aus meiner italienischen Kaffeemaschine. Gott sei Dank schien an diesem Morgen die Sonne auf die Terrasse, und die glatte Meeresoberfläche funkelte im Licht. Gott sei Dank wehte eine laue Brise, so dass ich in T-Shirt und Shorts draußen sitzen und meine nackten Arme und Beine in die Sonne halten konnte.
Zunächst musste ich mich um Margo kümmern. Obwohl sie meine beste Freundin ist, tischte ich ihr die Geschichte auf,

die ich mir zurechtgelegt hatte. *Bei* Saturday Night *musste ich schwören, vor der letzten Sendung kein Wort zu verraten. Ja, mir tut es auch sehr leid, aber ich bin nun seit fast sechs Jahren dabei, da ist es an der Zeit, etwas Neues anzufangen. Ja, ich habe schon etwas in Aussicht, aber die Information ist vertraulich, du verstehst schon. Ich darf nur so viel sagen, es wird eine große Herausforderung.*

Dann Mum. *Warum hast du uns nichts gesagt, Liebes? Es war ein Schock, und dann konnten wir dich nicht erreichen. Ach so, du warst ausgegangen, ich verstehe, hmm, ja, das klingt aufregend, kommst du heute Abend zum Essen vorbei? Anna und David kommen mit den Kindern. Oh, das ist wunderbar, Liebes, dann bis später.*

Ich ging ans Telefon und klang fröhlich und optimistisch, ich trank literweise Kaffee und überstand auch diesen Tag. Um halb sechs zog ich eine neue Bluse und meine beste Jeans an, steckte mein Haar hoch, so wie es meiner Mum am besten gefällt, und machte mich auf den Weg. Blumen sind immer eine schöne Ablenkung, also kaufte ich unterwegs ein paar prächtige, leuchtende Tigerlilien, die ich im Arm hielt, als ich das Wohnzimmer betrat. Ted und Lily schauten gerade *Die Kleine Meerjungfrau* an und teilten sich eine Tüte Chips. Anna, David, Mum und Dad unterhielten sich in gedämpftem Tonfall.

Alle sahen mich an. Alle verstummten. Meine Mum stand auf, eilte zu mir, umarmte mich fest und nahm mir die Blumen ab. *Wie wunderschön, ich danke dir, Liebes.*

Mein Dad gab sich verdächtig jovial. »Möchtest du ein Glas Wein? Ich habe extra für dich einen guten Pinot besorgt.«

»Klingt wunderbar.«

Er reichte mir das Glas. »Der wird dir schmecken. Ich habe

ihn letzte Woche erst entdeckt. Der Weinclub hat ihn geschickt. Ich spiele mit dem Gedanken, eine Kiste für Weihnachten zu ordern. Sag mir, was du davon hältst.«

Ich nippte daran. »Der ist gut.«

Mum bot mir Käse, Kekse und Oliven an. Lily kam und zupfte an meiner Bluse. *Wie hübsch.* Wir bombardierten sie mit Fragen zur Kleinen Meerjungfrau und zum Kindergarten. Wir bewunderten ihren neuen Rock. Wir bewunderten die Perlenkette, die sie selbst aufgezogen hatte. Als sie sich wieder vor den Fernseher setzte, verstummten wir.

Was war hier los? So war meine Familie nicht. In meiner Familie wurde kommuniziert, ausgesprochen, was man dachte. Worauf warteten sie?

Ich bemühte mich, unbeschwert zu klingen. »Hat Mum euch erzählt, dass ich nächstes Jahr eine neue Sendung bekomme?«

»Hat sie«, sagte Dad. »Klingt spannend.«

»Bist du dir sicher?«, fragte Mum. »Diese neue Sendung, wird es die wirklich geben?«

»Absolut«, sagte ich. »Ich werde sie gemeinsam mit einer Kollegin moderieren. Es wird etwas ganz anderes sein, aber, na ja, das muss ja nichts Schlechtes heißen.«

Ich sah mich um. Mum, Dad, Anna, David, sie alle schauten betreten drein. David hatte noch kein Wort gesagt.

»Was ist denn?«, fragte ich.

Anna sah zerknirscht aus. »Es ist alles meine Schuld. Ich wünschte, ich hätte nichts gesagt.«

»Was denn?«, fragte ich. »Um was geht es?«

David sah Anna an. »Sag es ihr, Annie«, sagte er sanft.

Offenbar hatte Anna eine Freundin, deren Freund als Kameramann für meinen Sender arbeitete. Der Freund von Annas Freundin hatte sich verplappert. Er hatte ihr alles erzählt.

Über mich. Die Gerüchte, die gerade umgingen. Annas Freundin hatte es Anna erzählt, und die hatte es David erzählt. Der darauf bestanden hatte, Mum und Dad einzuweihen. Auf mein Drängen hin erzählte Anna mir alles.
Ich hatte die Arbeit für *Saturday Night* vernachlässigt, obwohl die Sendung meinen Einsatz dringend gebraucht hätte. Ich hatte mich so blindlings in den Fall Connor Bligh gestürzt, dass mir alles andere egal gewesen war. Ich war so unerträglich und schroff geworden, dass niemand mehr mit mir arbeiten wollte. Im Sender herrschte die Meinung vor, ich sei auf unbestimmte Zeit beurlaubt worden, um »einen klaren Kopf zu bekommen«.
Als Anna fertig war, brannten ihre Wangen. Sie sah mir ins Gesicht. »Es tut mir so leid, das weitererzählt zu haben. Ich habe es David nur gesagt, weil ich mir Sorgen gemacht habe. Und als wir dann die Nachricht hörten, dass *Saturday Night* abgesetzt wird, nun ja …«
Meine Mum ging dazwischen. »Können wir dir irgendwie helfen?«
Ich blicke ihnen reihum ins Gesicht. *Rebecca hat es wieder einmal geschafft.*
»Ich kann nicht fassen, dass ihr über mich geredet habt, ohne mich selbst zu fragen, was los ist.«
»Wir haben versucht, dich zu erreichen, Becks«, sagte David. »Wir haben dich angerufen und Nachrichten hinterlassen. Wir haben über dich geredet, weil wir uns Sorgen machen.«
»David und ich fühlen uns verantwortlich«, sagte Anna. »Ursprünglich stammt die Idee zu der Story von uns, und wir beide haben mitbekommen, wie sehr dich die Sache beschäftigt hat und wie hart du daran gearbeitet hast. Ich habe das Gefühl, dich nicht genug unterstützt zu haben. Ich weiß

ja selber, was es bedeutet, wenn man eine Geschichte dieser Größenordnung angeht. Da fällt es schwer, nicht persönlich hineingezogen zu werden.«

Ich stand da wie die totale Versagerin. Ich war verantwortungslos, krankhaft fixiert und noch dazu unverschämt zu meinen Kollegen. Und nun musste meine Familie mich trösten.

»Wir waren in letzter Zeit mit den Gedanken selbst ein bisschen woanders«, sagte David. Er sah Anna an und ergriff ihre Hand.

»Ich bin wieder schwanger«, sagte Anna. »Im ersten Moment war es ein Schock, wir haben euch nichts davon erzählt, weil ich mich erst an den Gedanken gewöhnen musste. Dann gab es Komplikationen, ich hätte das Kind fast verloren, und da habe ich gemerkt, wie sehr ich mir dieses Baby wünsche. Jedenfalls ist jetzt alles in Ordnung, und wir freuen uns sehr.«

Dad strahlte. Meine Mum schaffte es irgendwie, zu lächeln und mir gleichzeitig mitleidige Blicke zuzuwerfen.

»Glückwunsch«, sagte ich. »Das ist ja wunderbar.«

»Was dich betrifft, Rebecca«, sagte Dad. »Das wird sich schon alles wieder einrenken, keine Sorge. Ich bin lange genug auf der Welt, um zu wissen, dass es manchmal nur zu unserem Besten ist, wenn etwas einmal nicht wunschgemäß läuft. Es eröffnet dir neue Möglichkeiten.«

Mum nickte. Ihr nächster Satz ließ mich fast in Tränen ausbrechen. »Du bist eine sehr talentierte, kompetente und wunderschöne junge Frau. Sicher wird sich etwas ergeben.«

Ich schluckte. »Ich weiß nicht, wie wunderschön, talentiert und kompetent ich bin, aber natürlich wird sich irgendetwas ergeben. Wenn nicht diese neue Sendung, dann eine andere.«

»Lass dir Zeit, über alles nachzudenken«, sagte David. »So mache ich das immer, wenn ich ein Problem habe.«

Wann hatte David je ein Problem? Er bekommt, was er sich wünscht, er bekommt immer genau das, was er sich in den Kopf gesetzt hat. Ja, er arbeitet viel und ist der liebevollste Bruder, den man sich vorstellen kann. Aber er sollte mir nicht sagen, wie ich zu leben habe. Er sollte mich nicht bevormunden.

Wir aßen Mums berühmten Lammbraten. Danach gab es Apfelkuchen mit Sahne. Wir redeten über Politik und über Babys. *Habt ihr euch schon Namen überlegt, Anna?*

Ich fuhr nach Hause und verkroch mich im Bett. *Ich habe meine Story verloren. Ich habe vielleicht meine Arbeit verloren. Anna ist schwanger.*

Anna ist schwanger.

Und Joe hatte sich immer noch nicht gemeldet.

19.

Die nächste Woche brachte ich irgendwie herum. Ich hing faul herum, schlief bis in den späten Vormittag, schaute DVDs und ging am Strand spazieren. Ich las die drei Bücher, die ich mir vor Monaten auf die Empfehlung von Freundinnen hin gekauft hatte. Ich traf Margo zu einem frühen Abendessen, danach gingen wir ins Kino. Ich trank Kaffee mit Freunden, die ich seit Monaten nicht gesehen hatte, und hörte mir ihre Ratschläge an. *Du solltest unbedingt zu diesem Heilpraktiker / zur Fußreflexzonenmassage / zur Bowen-Therapie gehen …* Ich verabredete mich mit meiner Mutter zum Mittagessen. *Versuch einfach, dich zu entspannen, Liebes. Al-*

les wird gut. Ich kaufte mir Schuhe. Ich gestattete George, meinem Friseur, mir dunkelrote Strähnchen zu verpassen, *meine Liebe, das wird deine Frisur aufpeppen.* Ich kaufte mir ein Kleid. Ich kaufte mir eine Jacke. Ich kaufte mir einen Gürtel und Ohrringe und eine Kette aus grünen Glasperlen. Ich tat mein Bestes, aber innerlich war ich ruhelos. Ich sehnte mich nach der Arbeit. Ich war einer Sendung über Bligh so nahegekommen. Wenn ich nachts im Bett lag, überschlugen sich die Gedanken in meinem Kopf. Ich war betrogen worden.

Paul hatte mir auf den Anrufbeantworter gesprochen. »Wir brauchen Sie hier im Moment nicht, Rebecca. Genießen Sie einfach Ihren Urlaub. Ich rufe Sie an.«

Ich rufe Sie an.

Ich schrieb Joe eine SMS. Er reagierte nicht. Ich rief in der Kanzlei an. Er war nicht zu sprechen.

Wollte er mich nicht mehr sehen? Hatte er Schluss gemacht, ohne es mir zu sagen? Hatte ich diesen Mann, den ich seit drei Jahren liebte und dem ich vertraute, derart falsch eingeschätzt? Denn offenbar hatte ich alles andere falsch eingeschätzt.

Am Sonntag, einem grauen, bewölkten Tag, zog ich mich warm an und setzte mich auf die Terrasse. Es ging mir viel besser, wenn ich die kühle Luft an meinen Wangen spürte. Ich kochte mir einen Tee, bestrich ein Croissant mit Butter und Erdbeermarmelade. Schluss mit den Diäten. Immerhin ein Vorteil, wenn man nicht wöchentlich vor der Kamera stehen musste.

Gelangweilt blätterte ich die Stellenanzeigen in der *Sunday Star-Times* durch. *Greymouth's Community Television* suchte eine Nachrichtensprecherin. Die *Waikato Times* brauchte Reporter. Ebenso die *Westport News*. Die *Mountain Scene* in Queenstown.

Wie es wohl wäre, in eine unbekannte Stadt zu ziehen und einen Job anzunehmen, den ich im Halbschlaf erledigen könnte? Arbeitsbeginn halb neun, Feierabend um halb sechs. Freie Wochenenden. Queenstown war ganz hübsch. Ich könnte neue Freundschaften schließen und Skifahren gehen.

Die Fähre lief gerade in den Hafen ein, schaukelte auf den Wellen.

Geh an Bord. Setz dich ins Auto. Fahr einfach weg.

Aber ich liebte Wellington, mein Haus, meine Familie und meine Freunde. Ich liebte mein Leben.

Ich liebte mein Leben, wie es gewesen war.

Plötzlich hörte ich es klopfen. Und tatsächlich, da stand er vor meiner Tür. Ich konnte nicht anders, als erleichtert zu lächeln und meine Arme um seine Taille zu schlingen. Wie immer war ich überglücklich, ihn zu sehen.

»Wo zum Teufel hast du gesteckt?«

»Darf ich reinkommen?«

Ich trat beiseite, schloss die Tür hinter ihm und folgte ihm ins Wohnzimmer. Ich hockte mich auf den Sessel gegenüber von dem Sofa, auf dem wir immer zusammen saßen.

»Ich hätte dich gebraucht«, sagte ich. »Nur dieses eine Mal. Hättest du nicht wenigstens anrufen können?«

Er ließ sich aufs Sofa sinken, ließ den Kopf hängen, und dann drückte er den Rücken durch und sah mich mit forschendem Blick an. »Ist was passiert?«

»Das kann man wohl sagen. Siehst du nicht fern, liest du keine Zeitung? Ich bin arbeitslos, und du ignorierst mich seit zwei verdammten Wochen.«

Er schüttelte den Kopf und schloss die Augen. »Es tut mir aufrichtig leid. Ich wusste es einfach nicht.«
Sein Schweigen dauerte zu lange.
»Was ist denn? Was ist los?«
Er schlug die Augen auf und sah mich an. Ich sah die Wärme und die Liebe in seinen Augen, die mir so vertraut waren. Wärme, Liebe, Aufmerksamkeit und Humor; all das war wieder in seinem Blick, und ich fing an, mich zu entspannen, daran zu glauben, dass alles gut werden würde. Joe war wieder da. Alles würde gut werden.
Ich hörte ihn kaum. »Michelle hat Krebs.«
Er sagte das ganz langsam. Mit seiner Anwaltsstimme, gefasst, ruhig und vernünftig. Als Michelle auf Waiheke krank geworden war und zum Arzt gebracht werden musste, hatte der zunächst auf eine Lebensmittelvergiftung getippt. Aber als sich Michelle nicht erholte und die Schmerzen, die sie zu ignorieren versucht hatte, unerträglich wurden, hatte Joe an einem Abend vor zwei Wochen einen Krankenwagen gerufen. Es gab Untersuchungen. Michelle hatte Eierstockkrebs. Sie lag im Krankenhaus und erholte sich von der Operation. Gegen Ende des Monats würde die Chemotherapie beginnen.
»Rebecca, ich brauche jetzt meine ganze Kraft für sie. Ich muss ihr helfen, das durchzustehen.«
»Das heißt, du willst mich nicht mehr sehen?«
Er nickte, ohne mich aus den Augen zu lassen.
»Warum, Joe?«
»Es geht nicht«, sagte er. »Rebecca … es geht einfach nicht.«
»Ich habe meinen Job verloren, und jetzt soll ich dich auch noch verlieren? Du kannst mich nicht einfach verlassen. Nicht jetzt.«

Ich hasste mich für dieses armselige Gejammer. Ich hasste die Tränen, die mir übers Gesicht strömten, und ich hasste meine erstickte, verzweifelte Stimme.

»Ich habe mir das nicht gewünscht«, sagte er sanft.

»Warum tust du es dann?« Ich hatte die Knie an meine Brust gezogen und die Hände vors Gesicht geschlagen. Ich schluchzte wie ein kleines Kind.

»Ich habe keine Wahl. Sie ist schwerkrank, und sie braucht mich.«

»Dann geh.«

Er stand vom Sofa auf, stellte sich hinter mich und streckte die Hand nach mir aus. *Er wird mich berühren. Wenn er mich berührt, wird er mich umarmen. Wenn er mich im Arm hält, wird alles wieder gut. Wir werden eine Lösung finden.*

Er besann sich eines Besseren und zog die Hand zurück. »Es ist schrecklich für mich, dich hier allein zu lassen. Aber ich weiß nicht, was ich tun soll.«

»Geh einfach.«

Und dann war ich nicht mehr tapfer. Ich zog die Vorhänge zu, verkroch mich und kam kaum noch aus dem Bett. Ich las nicht, ich schaute keine DVDs an, ich lag einfach nur da und starrte an die Decke. Wenn jemand anrief, überzeugte ihn meine gequälte, belegte Stimme auf der Stelle davon, dass ich nicht log: Ich hatte ein Virus. Meine Mutter kam alle zwei Tage mit Saft, Trauben und Orangen vorbei. Nach einigen Tagen begann sie, sich Sorgen zu machen; das Ganze dauere nun schon viel zu lange. Ich sehe nicht gut aus und solle zum Arzt gehen. Ich sagte, es wäre nur eine Grippe. Ich bat sie, mich allein zu lassen.

»Nun ja, wenn du meinst«, sagte sie. Sie küsste mich auf den Scheitel. »Vergiss bitte das Trinken nicht. Dein Körper darf nicht austrocknen. Und ruf mich an, falls du irgendetwas brauchst.«

Eines Vormittags brachte sie mir Hühnerbrühe. Sie zog die Vorhänge in meinem Schlafzimmer auf, öffnete das Fenster, dann erwärmte sie die Suppe, röstete Toast und stellte sich ans Bett. »Ich gehe erst, wenn du gegessen hast.«

Ich versprach ihr, später etwas zu essen. Sie hielt mir den Teller hin. Ich setzte mich auf und löffelte die Suppe. Als ich fertig war, ging sie in die Küche und schaltete den Wasserkocher ein.

Als ich klein war, verfügte meine Mutter über eine Art Radar, der sich meldete, sobald ich drohte zu sehr aufzudrehen, was bedeutete, dass ich einen furchtbaren Lärm veranstaltete und wie wild durch die Zimmer sprang. »Du solltest dich ausruhen«, sagte sie dann bestimmt, nahm mich auf den Arm, trug mich, egal wie sehr ich zappelte, ins Bett und deckte mich mit meiner roten Decke aus Mohairwolle zu. Sie brachte mir warme Milch, streichelte mir über den Kopf und las mir vor, und ich hörte zu und dämmerte in einen tiefen Schlaf.

Sie kam mit zwei Teebechern ins Schlafzimmer zurück, von denen sie mir einen reichte. Sie setzte sich auf die Bettkante. »Ist es wegen deiner Arbeit?«, fragte sie leise. »Oder ist es etwas anderes?«

Ich wollte wieder Kind sein. Ich wollte weinen und mich in ihren Armen verkriechen, ihr alles beichten und sie darum bitten, das für mich zu regeln. Aber ich war erwachsen.

Ich war erwachsen.

»Es ist nur ein Virus«, sagte ich. »Ich bin noch sehr schwach, das ist alles.«

»Versprich mir«, sagte sie, »dass du etwas essen wirst. Ich

weiß nicht, was los ist, Rebecca, aber du machst dich selbst krank.«

Kurz darauf ging sie. Ich schleppte mich ins Badezimmer und starrte in den Spiegel. Mein Gesicht war eingefallen, das Haar stand mir wirr vom Kopf ab, und ich sah einfach nur entsetzlich aus. Ich merkte, wie hungrig ich war. Ich holte mir einen zweiten Teller Suppe und machte noch mehr Toast. Vom Bett aus konnte ich das Meer sehen; ich stopfte mir Kissen in den Rücken, strich die Bettdecke glatt und aß langsam, während ich aufs Meer hinausschaute und das stahlgraue Wasser, die Möwen und den trüben Himmel studierte.

Es hatte nicht mehr gebraucht als ein paar wohlplazierte Schläge, und schon war ich am Boden.

Vielleicht hatte ich es immer viel zu leicht gehabt. Eine Familie, die mich verwöhnte, dazu der Traumjob. Ein Traumjob, der mir einfach so in den Schoß gefallen war. Ich hatte nichts weiter tun müssen, als die Hände auszustrecken.

Aber ich war nicht mehr das Mädchen von früher, und die Branche war voller Frauen, die versuchten, ihr Alter hinter mädchenhaftem Getue, im Fitnessstudio gestählten Muskeln, Botox und aufgesprühter Bräune zu verstecken.

Falls ich mich auf die Sache mit Janet einließ, würde genau so eine Frau aus mir werden. Sie würden mich einkleiden und mir vorschreiben, was ich zu sagen und zu tun hatte. Ich würde mich grinsend durch die neuseeländische Variante von *The Bachelor* quälen – »Ist Jade wirklich in Callum verliebt, und was wird Brady davon halten?«

Saturday Night war vorbei. Joe war gegangen. Aber es hätte die Sendung nicht ewig gegeben. Das hatte ich immer gewusst. So, wie ich gewusst hatte, dass Joe seine Frau niemals verlassen würde.

Und was sollte ich jetzt tun? Mich im Bett verstecken und weiterheulen?
Ich kochte Kaffee. Ich aß noch mehr Toast. Mit Honig. Toast mit Marmelade. Toast mit Käse und Chutney. Ich aß die Weintrauben, die Mum mitgebracht hatte, ich duschte und stopfte den Pyjama, den ich viel zu lange getragen hatte, in die Waschmaschine. Ich trocknete mir die Haare, zog meinen Jogginganzug an, kletterte zum Strand hinunter und ging spazieren, bis meine Beine schmerzten. Ich atmete die kalte, salzige Luft ein, und mein Herz klopfte.
Was war mir geblieben?
Ich hatte eine Story. Ich hatte eine verdammt gute Story. Ich würde sie an den Mann bringen.
Ich ging nach Hause, riss alle Fenster auf und putzte. Mozarts Klarinettenkonzert erfüllte das Haus, wurde von Wänden und Decken freudig zurückgeworfen.
Ich rief Blake an. Dann rief ich bei Zenith an. Man gab mir eine Woche.

20.

Als die großen Zeitungen die Neuigkeit ankündigten – *Worauf warten wir? 7. Mai 2005: Zenith* –, sah alles danach aus, dass der Sender mit einem Feuerwerk an den Start gehen würde. Er wurde von zahlreichen prominenten Geldgebern unterstützt und von Jack Neilson geleitet. Früher hatte Neilson für die Rugbynationalmannschaft gespielt, und nun war er einer jener mäßig bekannten Promis, die in einem Camp in

der Wildnis von Borneo ums Überleben kämpften oder sich mit anderen Promis auf Fidschi aussetzen ließen.
In Wahrheit war Zenith wohl eher ein defekter Heißluftballon, der kaum vom Boden abgehoben war, ein klobiges, nur zur Hälfte aufgeblasenes Objekt knapp über dem Horizont. Die Quizsendungen, die fast pausenlos liefen, waren einfallslose Kopien der bekannteren Formate großer Sender. Zenith sendete Filme und Sitcoms, die sonst keiner wollte. Das wichtigste Zugpferd, eine in Australien abgedrehte (und dort verschmähte) Soap über Taxifahrer, war allein für seine grottenschlechte Umsetzung sehenswert.
Taxi siebenundvierzig, bitte. Fahrgast Jones, dreiundfünfzig Dorchester Street, Fahrt zum internationalen Flughafen.
Was? Wie bitte? Das ist meine Frau!
Während des ersten Jahres seines Bestehens kämpfte Zenith gegen hartnäckige Gerüchte, der Sender stünde kurz vor dem Untergang. Man feuerte Jack Neilson und ersetzte ihn durch einen angeblich hochqualifizierten TV-Manager aus Australien. Im Laufe der vergangenen sechs Monate hatte die Quote leicht angezogen.
Als ich Blake anrief, war mir klar, dass auch wir unsere Probleme gehabt hatten. Zugegebenermaßen hatte sich unser Verhältnis deutlich gebessert, als ich die Starallüren ablegte: Im ersten Jahr hatte ich mich mehr als einmal aufgeführt wie eine verzogene Göre.
Ich erkundigte mich nach Joan und nach seinem neuen Enkelkind, und als das Gespräch ins Stocken geriet, erkundigte ich mich, äußerst taktvoll, wie ich meinte, warum er, und das würde natürlich zwischen uns bleiben, zu Zenith gewechselt war.
Schweigen.

»Ich würde wirklich gern von dir hören, was dich zu dem Wechsel bewogen hat«, plauderte ich weiter. »Ich war so überrascht, von deiner Kündigung zu hören, aber dann dachte ich, nun ja, du wirst schon einen Grund haben, einen guten Grund.«

»Nun«, sagte er, »ich denke, die Zeit war einfach reif für einen Wechsel.« Er hielt mich hin.

»Hey«, sagte ich, »es macht dir doch nichts aus, dass ich nachfrage, oder?«

Er zögerte. »Ehrlich gesagt habe ich ein schlechtes Gewissen, weil ich dich im Stich gelassen habe. Ich wollte es dir schon früher erzählen, aber als ich mit Zenith verhandelt habe, musste das streng geheim bleiben, und außerdem hat mir die Entwicklung im Sender nicht gefallen.«

»Keine Sorge. Ich hätte es voraussehen müssen.«

»Die Wahrheit ist, dass sie keine seriösen Magazine mehr wollen. Irgendwie hat sich die Überzeugung durchgesetzt, dass die Leute nichts als Mist sehen wollen, also produzieren sie Mist.«

»Was ist anders bei Zenith?«

»Ich werde ein eigenes Nachrichtenmagazin bekommen, das *Saturday Night* ähneln wird. Zenith wird sich komplett von seinem kommerziellen Image abwenden und hat sich zum Ziel gesetzt, Sendungen zu produzieren, die das TV-Äquivalent zum öffentlichen Rundfunk sind. Sie verhandeln gerade über ein paar ausgezeichnete britische Dramenverfilmungen, denn für das Ende des Jahres ist eine Shakespeare-Reihe geplant. Fernsehen für Intellektuelle, wenn du verstehst, was ich meine.«

»Das klingt optimistisch. Was glaubst du, wird es funktionieren?«

»Keine Ahnung. Aber ich war frustriert genug, die Chance zu ergreifen.«

»Wie ist der neue Senderchef?«

»Tim Morrow? Nun ja, er ist natürlich vollkommen enthusiastisch wegen des Relaunch, aber er hat auch seine Hausaufgaben gemacht. Er hat in Australien mehr als eine Firma gerettet, und bislang sieht es auch hier ganz gut aus. So langsam glaube ich, dass wir es schaffen können. Gleichzeitig bin ich nicht mehr weit von der Rente entfernt. Falls das hier nicht funktioniert und ich nicht glücklich werde, höre ich einfach früher auf. Und falls es gut läuft, mache ich weiter, solange ich kann. Eigentlich bin ich noch nicht bereit, Orchideen zu züchten.«

»Würdest du mir verraten, ob sie dich angesprochen haben?«

»Sagen wir es so … ich habe durchblicken lassen, dass ich Interesse habe.«

»So geht es mir auch. Wie es aussieht, bin ich meinen Job los.«

Eine Weile schwieg er. »Dann haben sie dich also rausgeschmissen? Sie haben kein neues Projekt für dich?«

Ich erzählte ihm von *Courageous Leaps*. Ich erzählte ihm von Janet.

»Mutige Sprünge, was?«, lachte er. »Und Janet.«

»Die Sache ist die, Blake.« Ich drückte mir die Daumen. Würde er mir helfen?

»Die Sache ist die, dass du wissen möchtest, ob hier möglicherweise eine Stelle für dich frei ist?«

»Ja, so könnte man es sagen. Sonst bleibt mir nur die *Westport News*.«

»Du in Westport? Das kann ich mir nicht vorstellen, Rebecca. Hör mal, es ist einen Versuch wert. Ich kann ein gutes Wort für dich einlegen.«

»Blake, du bist ein Schatz.«
»Das mache ich doch gern.«
Ich brachte meinen Lebenslauf auf den neuesten Stand und machte mich an die Arbeit. Ich schrieb das Exposé über Connor Bligh um, das ich ursprünglich für Harry geschrieben hatte, und arbeitete die Struktur eines Dokumentarfilms heraus, fügte meine bisherigen Rechercheergebnisse hinzu und eine Liste der Interviewpartner, die sich zu einem Gespräch bereit erklärt hatten. Ich schrieb und ordnete und kürzte, bis ich einen guten, knappen Text hatte. Ich probte, was ich sagen würde.
Und was würde ich anziehen, welches Image wollte ich Tim Morrow gegenüber darstellen? Ich versuchte es mit dem schwarzen Kostüm und zog es wieder aus; schließlich ging ich nicht zu einer Beerdigung. Am Ende entschied ich mich für eine dunkle Jeans, eine weiße Bluse und gewagte, rote High Heels. Dazu roten Lippenstift. Ich wollte weiblich wirken, ohne zu auffällig oder zu sexy zu sein.
Ich stand pünktlich vor Tim Morrows Büro. Das Exposé und meinen Lebenslauf hatte ich in zwei getrennten Ordnern dabei. Im Kopf ging ich meine Ansprache noch einmal durch. *Bis vor kurzem habe ich* Saturday Night *moderiert. Ich bin auf der Suche nach einer neuen Herausforderung, ich möchte mich weiterentwickeln, ich habe spannende Dinge über die bevorstehenden Veränderungen bei Zenith gehört und so weiter und so fort.* Ich fühlte mich wie eine Schülerin, die auf ein Gespräch mit dem Schuldirektor wartet.
Egal, wie du es angehst, du darfst nicht verzweifelt klingen.
Er kam heraus, schüttelte meine Hand und musterte mich. Verflixt. Er reichte mir bis knapp an die Schulter, warum nur hatte ich die verdammten High Heels angezogen? Er bat

mich in sein Büro und setzte sich mir gegenüber, und ich zog meine Nummer ab.
Während ich erzählte, ließ er mich nicht aus den Augen. Sein Blick war wach, hellwach. Immer noch war ich das Schulkind. Inzwischen fühlte ich mich, als würde ich ihm die unglaublichsten Ausreden für ein furchtbares Vergehen auftischen, und er durchschaue mich ganz und gar.
Ich spürte, wie mir die Röte ins Gesicht stieg, ich verhaspelte mich. Als ich fertig war, sagte er gar nichts. Ich schlug die Beine übereinander und versuchte, ruhig und gelassen zu wirken.
»Schön«, sagt er schließlich. »Ich sage Ihnen, was ich herausgehört habe. Sie sind so unglücklich dort, wo Sie sind, und wollen so dringend weg, dass Sie jeden Job annehmen würden, den man Ihnen anbietet.«
Was sollte ich dazu sagen? *Ja, ich hasse meinen Job und hoffe, dass es hier besser wird*? Ich war so verzweifelt, dass ich sogar im Internet Bewerbungsstrategien recherchiert hatte.
Niemals zugeben, dass man mit dem aktuellen Arbeitgeber unzufrieden ist.
»So würde ich es nicht unbedingt ausdrücken.«
»Natürlich nicht, aber wir wissen beide, dass es stimmt, nicht wahr? Hören Sie, ich weiß ganz genau, was für Gerüchte da draußen umgehen – dass wir angeblich demnächst dichtmachen. Warum sollte sich also irgendjemand bei uns bewerben? Doch nur, wenn er keine andere Möglichkeit mehr hat. Aber es interessiert mich nicht, ob Sie verbittert sind, deswegen kündigen die Leute nun einmal. Mich interessiert nur, was Sie uns anzubieten haben.«
Ich reichte ihm meine Mappe. »Dies ist mein Lebenslauf.«
Er winkte ab. »Ich kenne Sie. Sie sind ganz gut. Ein bisschen

zu gekünstelt manchmal. Das steht Ihnen nicht. Sie sind schon eine ganze Weile nicht mehr zur Hochform aufgelaufen. Das wissen Sie selbst, oder?«

Ich war empört. Für wen, zum Teufel, hielt dieser Kerl sich eigentlich? Wie redete er mit mir? Ich war Rebecca Thorne. Rebecca Thorne, die ehemalige Star-Moderatorin, inzwischen leider arbeitslos. Ich wollte von dem weichen, weißen Ledersofa aufspringen, in das ich viel zu tief eingesunken war, und ihm sagen, er solle sich seinen Job in die Haare schmieren.

Ich wollte in Tränen ausbrechen und weglaufen.

Aber wohin?

Ich sagte nichts. Das Schweigen hatte ich in den vielen Interviews gelernt. Ich blieb einfach ganz ruhig sitzen.

Schließlich ergriff er wieder das Wort. »Was haben Sie abgesehen von Ihrem Lebenslauf?«

»Eine Doku über Connor Bligh, die ich gerne machen möchte.«

»Ach ja?«

Ich reichte ihm die Mappe. Die nahm er und klappte sie auf. Ich sagte kein Wort, während er in den Seiten blätterte und gelegentlich innehielt.

»Okay.«

»Okay?«

»Ja. Okay. Ich denke, wir sollten es machen.«

»Die Story ist gut, wahrscheinlich wird es zu einer neuen Verhandlung kommen, und selbst wenn nicht …«

»Ich sagte *okay*. Ich will die Geschichte bringen, verstanden? Wollen Sie es versuchen? Ich biete Ihnen eine Probezeit von drei Monaten an, in der Sie eine fünfzigminütige Doku produzieren. Wenn die Sache klappt, sehen wir weiter.«

Eine Probezeit von drei Monaten? Die Alternative war, ich blieb, wo ich war. Ich würde die Klappe halten, Janet ertragen und auf einen neuen Vertrag hoffen. Und wo würde ich in einem Jahr stehen? Würde mich irgendwer jemals wieder ernst nehmen, wenn ich so einen Mist fabrizierte?
Ich musste das Risiko eingehen. Ich wollte es eingehen. Aber drei Monate?
»Sie wollen, dass ich eine fünfzigminütige Doku in drei Monaten abdrehe?«
»Wäre das ein Problem für Sie?«
Ich hatte Material, einen Haufen Material, und wir würden vor Ort drehen. Ich musste es tun. Ich hatte keine Wahl.
»Wann kann ich anfangen?«
»Wie sieht es mit Ihrer Kündigungsfrist aus?«
»Ein Monat. Aber mir steht mindestens so viel Urlaub zu.«
»Nächste Woche?«
Ich nickte. »Wie sieht es mit der Bezahlung aus?«
»Wie viel verdienen Sie jetzt?«
Ich sagte es ihm, und er schüttelte den Kopf. »Auf keinen Fall.«
»Was können Sie mir anbieten?«
Er sagte es mir. Zwanzigtausend weniger Jahresgehalt als jetzt.
»Es ist nicht die Welt«, sagte er, »aber sobald wir auf Erfolgskurs sind, wird es mehr werden.«
»Einverstanden«, sagte ich.
»Kommen Sie am Montagmorgen, dann stelle ich Sie den anderen vor. Ich werde alles in die Wege leiten, damit Ihr Vertrag rechtzeitig fertig wird. Haben Sie schon mit ihm« – er tippte auf die Connor-Bligh-Mappe – »gesprochen?«
»Nein.«
»Dann kümmern Sie sich darum.«

»Bislang hat er sich geweigert, überhaupt mit jemandem zu reden, aber ich bleibe dran.«

»Nein, Sie werden einen Weg finden. So läuft das hier. Wenn wir den Karren aus dem Dreck ziehen wollen, müssen wir das Unmögliche möglich machen.«

Als ich nach Hause fuhr, zitterte ich ganz leicht – vor Aufregung und aus blanker Angst. *Was, wenn ich es nicht schaffe? Was, wenn der Laden dichtmacht und ich auf der Straße stehe? Was zum Teufel wird Paul sagen, wenn ich die Kündigung einreiche? Was wird Harry sagen?*

Vielleicht hatte Janet ihre Rolle aufgebauscht, als sie davon sprach, ich solle *für sie* arbeiten. Vielleicht hatten Paul und Harry etwas völlig anderes im Sinn gehabt und wollten tatsächlich, dass ich *Courageous Leaps* moderierte. Was, wenn ich sie im Stich ließ und damit meinen Ruf als Journalistin ruinierte?

Ich hatte noch nichts unterschrieben. Ich könnte immer noch einen Rückzieher machen.

Aber die ersten drei Monate waren mir sicher. Und ich konnte die Story machen, an der mir so viel lag. *Courageous Leaps?* Ja, verdammt noch mal, es sah danach aus, als würde ich selbst einen mutigen Sprung wagen. Angesichts dieser absurden Lage musste ich laut lachen, und eine Frau, die an der Ampel im Auto neben mir wartete, schüttelte verständnislos den Kopf.

Haben Sie schon mit dem Typen geredet? Nein? Dann kümmern Sie sich darum.

Sie werden einen Weg finden.

21.

In der Nacht konnte ich nicht schlafen. Wann immer ich die Augen schloss, purzelten die Ideen durch meinen Kopf. Recherche, Manuskript, Interviews, Drehpläne. Wie sollte ich das in drei Monaten schaffen? Wo zum Teufel sollte ich anfangen? Ich hatte hin und wieder ein Feature zusammengestellt, aber sonderlich erfahren war ich nicht. Immer hatte Harry die Leitung gehabt: Er hatte alle Fakten überprüfen lassen, die Ideen gestrichen, die sich nicht umsetzen ließen, und er hatte die Dreharbeiten organisiert.

Drei Monate. Zehnmal so viel Arbeit für zwei Drittel des Gehaltes, und ich würde geschlachtet werden, falls es nicht klappte. Ich musste den Verstand verloren haben, mich darauf einzulassen.

Irgendwann stand ich auf, kochte eine Kanne Tee und setzte mich mit einem Stift und meinem Entwurf an den Küchentisch. Ich kritzelte Anmerkungen an den Rand, schrieb To-do-Listen und entwarf einen Zeitplan. Nächste Woche. Nächsten Monat. Gesprächsvorbereitung. Der Dreh. Einige Aufnahmen würden in Wellington gemacht werden, für andere würde ich ein Team nach Palmerston North schicken, und auch Foxton stand auf der Liste. Ich musste das Skript so schnell wie möglich schreiben. Würde mir Zenith einen Rechercheur zur Seite stellen, oder müsste ich alles selbst erledigen? Ich hatte einige nachgespielte Szenen im Sinn, für die ich Schauspieler brauchen würde – wie groß war eigentlich mein Budget? Und dann der Schnitt.

Vor allem aber musste es großartig werden. Es musste so spannend werden, so packend, so sehenswert, dass die Leute freiwillig auf *Neuseeland sucht den Superstar*, auf Kochshows und *Desperate Housewives* verzichten würden.

Sie werden einen Weg finden.

Tim Morrow hatte recht. Ich musste einen Weg finden, Connor Bligh zum Reden zu bringen. Jeder wusste, dass er nicht mit Journalisten sprach. Wenn ich ihn für ein Gespräch gewinnen konnte, würden wir Ausschnitte daraus in den Trailern verwenden; vielleicht ließe er sogar den einen oder anderen provokanten Satz fallen, mit dem wir das öffentliche Interesse auf uns ziehen konnten. Seien wir ehrlich, die Aufmerksamkeit galt nicht nur dem Fall, sondern auch Bligh als Person. Ja, Dreifachmorde waren ungewöhnlich in Neuseeland, aber furchtbare Tragödien passierten immer wieder. Ich erinnerte mich an die Mahnungen von Joe, und auch an die Worte von Anna und David. Connor Bligh polarisierte die Menschen.

Ich musste mit ihm reden, und es gab nur einen Weg, das zu erreichen. Ich hatte alles andere versucht. Ich wartete, bis ich wusste, dass er im Büro war, dann griff ich zum Telefon und wählte seine Nummer. Als seine Sekretärin sich meldete, nannte ich meinen Namen und bat um ein Gespräch mit ihm. Ich hatte seit der Zeit unseres Kennenlernens, als unsere Gespräche rein beruflicher Natur waren, nicht mehr in der Kanzlei angerufen. Dass ich es nicht auf seinem Handy probierte, machte deutlich, dass es sich um eine berufliche Frage handelte. Ich konnte mich gut an jene ersten Telefonate erinnern, an das Geplauder hart an der Grenze zum Flirt.

»Mr. Fahey spricht gerade mit einem Mandanten. Kann er Sie zurückrufen?«

»Danke, ich versuche es später noch einmal. Wissen Sie, wann er zu sprechen ist?«

»Er hat heute fast den ganzen Tag Termine.«
Ich überlegte. »Dann wäre es vielleicht wirklich besser, wenn er mich anruft.«
»Würden Sie mir sagen, worum es geht? Und Ihre Telefonnummer brauche ich auch.«
Hörte ich da so etwas wie Neugier heraus?
»Er weiß Bescheid. Er hat meine Nummer. Sagen Sie ihm, ich würde mich freuen, wenn er mich möglichst bald zurückruft.«
Es gab nichts mehr zu verbergen. Soll sie doch denken, was sie will.
Er rief fast sofort zurück. »Rebecca?«
Seine Stimme. Seine Stimme im Dunkeln. Wie er redet, lacht, mich im Dunkeln umarmt.
»Wie geht es Michelle?«
»Nicht besonders gut. Janine meinte, es läge etwas Dringendes an?«
Es klang ein wenig gereizt. Glaubte er tatsächlich, ich würde ihn aus reiner Langeweile in der Kanzlei anrufen? Man schenkt dem Mann, der behauptet, einen zu lieben, drei Jahre seines Lebens, und dann ist er nicht einmal bereit, ein paar Minuten für ein Telefonat zu erübrigen?
»Ich werde gleich auf den Punkt kommen. Ich brauche einen Termin mit Connor Bligh.«
»Darüber haben wir doch bereits gesprochen. Ich habe dir vorgeschlagen, ihm zu schreiben, damit er dich auf seine Besucherliste setzt.«
»Ich habe getan, was du mir empfohlen hast, aber er weigert sich.«
»Na ja, dann …« Er sprach langsam. Langsam und ach so geduldig. »Tut mir leid, aber du wirst seine Entscheidung akzeptieren müssen.«

»Ich möchte dich begleiten, wenn du ihn das nächste Mal in Rimutaka besuchst.«
»Ich kann dich nicht mitnehmen.«
»Doch, das kannst du.«
»Was du von mir verlangst, ist unmoralisch.«
Er sprach mit gedämpfter Stimme. Damit niemand, der an seinem Büro vorbeiging, ihn hörte? Damit Janine nichts mitbekam? Ich war nicht mehr nur traurig und enttäuscht, ich war wütend, und mein Herz fing schnell und wuchtig zu klopfen an.
»Du zeigst in moralischen Fragen durchaus Flexibilität, wenn es dir in den Kram passt.«
Ich hörte ihn nach Luft schnappen. »Ich weiß, du hast jedes Recht der Welt, wütend zu sein, aber auch für mich ist es nicht leicht.«
»Ach ja? So wie ich das sehe, hat sich für dich nicht allzu viel geändert. Du hast dein Leben, und du lebst es einfach weiter.«
»Natürlich hat sich auch für mich etwas geändert«, sagte er erschöpft. »Ich vermisse dich schrecklich. Hör mal, ich kann hier nicht reden. Ich rufe dich vom Handy aus zurück in, sagen wir, zehn Minuten?«
An dem Punkt hätte ich fast zu weinen angefangen. Ich wollte ihm sagen, wie sehr ich ihn vermisste. Stattdessen riss ich mich zusammen und sprach mit eiskalter Stimme.
»Nein, ich kann keine zehn Minuten warten. Ich habe dich nie um etwas gebeten, aber jetzt bitte ich dich. Und du bist es mir schuldig.«
»Das war deutlich genug. Ich werde sehen, was ich tun kann.«

22.

Das Rimutaka Prison steht in Upper Hutt. Ich weiß noch, wie aufgeregt ich als Kind war, als mein Vater uns eines Tages sagte, wir würden unsere Großtante Alice im Hutt Valley besuchen. Ich saß angespannt auf dem Rücksitz und konnte es kaum erwarten, die magische Landschaft zu sehen, die ich mir ausmalte: ein von Büschen gesäumtes Tal voller kleiner Hütten, vielleicht sogar Baumhäusern.

Und dann kam die riesige Enttäuschung, als unser Wagen in einer ganz normalen Straße vor einem ganz normalen Haus hielt. Das sollte es sein? Waren wir schon da? Da war nichts Magisches an diesem neuen Vorort direkt neben der Autobahn. Lower Hutt mit seinen vernagelten Ladengeschäften, den Autowracks am Straßenrand und den mit Graffiti beschmierten Zäunen ist fast noch schlimmer. Fährt man hindurch, gelangt man in das wohlhabendere Upper Hutt. Und über allem thront Rimutaka.

Eine Sozialarbeiterin hatte mir einmal in einem Interview verraten, Rimutaka gelte als ein schönes Gefängnis. *Schön?* Nun ja, weil es von Bergen und Wäldern umgeben ist und die Gefangenen eine hübsche Aussicht haben. Zugleich wirkt der ganze Komplex seltsam leicht, was ungewöhnlich ist für ein Gefängnis; normalerweise beschleicht einen beim Anblick eines Gefängnisses das Gefühl einer bedrückenden Ewigkeit, einer verfluchten Burg, aus der es keinen Ausweg gibt. In Rimutaka hingegen bekommt man den Eindruck, alles sei locker aneinandergefügt. Die Originalbauten aus den sechziger Jahren wurden ständig erweitert, um einer stetig wachsenden Zahl von Kriminellen, vor denen der normale

Bürger geschützt werden muss, Platz zu bieten. Es handelt sich um das größte Gefängnis von Neuseeland. Manche sagen, es wäre auch das brutalste.
Die vielen Gebäude und das weitläufige Gelände werden von einem sechs Meter hohen Zaun umfasst, dessen Oberkante mit Stacheldraht und messerscharfen Klingen gesichert ist. Nachts leuchtet das Gefängnis im Schein der Flutlichter wie ein Ufo. Wirklich *schön*.
Ich traf Joe vor der Pförtnerloge. Ich wusste, er war immer noch sauer auf mich, und das tat mir leid. Er war noch nie sauer auf mich gewesen. Ich hatte es in seinen knappen Äußerungen gehört, als er mich anrief und mir sagte, alles sei arrangiert, und wir die Details besprachen. Bligh hatte sich zu einem einzigen Treffen bereit erklärt, und auch das nur unter der Bedingung, dass nichts aus diesem Gespräch für die Dokumentation verwendet werden dürfe. Danach wolle er weitersehen.
»Was hast du ihm gesagt?«, fragte ich.
»Die Wahrheit. Dass du einen Dokumentarfilm über ihn drehen willst.«
»Warum hat er zugestimmt, mich zu treffen?«
»Weil ich gesagt habe, dass ihm das möglicherweise das Interesse und die Sympathien der Öffentlichkeit eintragen würde.«
»Du glaubst, es könnte ihm helfen?«
»Es wird keinen Unterschied machen.«
»Die öffentliche Meinung zählt gar nichts?«
»Nichts und niemand kann einen Mann aus der Haft entlassen als das Gesetz. Die öffentliche Meinung hat da nicht mitzureden.«
»Warum hilfst du mir, wenn du nicht an meine Arbeit glaubst?«

»Das weißt du genau.«
»Ich habe dich um einen Gefallen gebeten. Meinst du das?«
»Wenn du es so formulierst … ja.«
Er war wütend auf mich, aber trotzdem hellte sein Gesicht sich auf, als ich auf ihn zukam. Ja, er hatte mich vermisst. Es freute mich, das zu sehen. Er küsste mich flüchtig auf beide Wangen und drehte sich dann wieder um.
Ich war schon einige Male in Rimutaka gewesen und hätte daran gewöhnt sein müssen, durch diese Türen zu schreiten; aber trotzdem machte sich immer eine diffuse Angst in meinem Unterleib breit, die mir in die Kehle und den Mund stieg, bis mir übel wurde und ich mich am liebsten umgedreht hätte und weggelaufen wäre.
Joe zeigte dem Wachmann seinen Ausweis und stellte mich als seine Assistentin vor. Unsere Taschen wurden durch ein Röntgengerät geschoben, und dann traten wir durch die Metalldetektoren und zuletzt durch einen vergitterten Korridor. Joe sagte seinen und meinen Namen in die Gegensprechanlage, die Kamera richtete sich auf uns, es summte, und die Tür sprang auf. Ich folgte ihm durch ein Labyrinth aus Fluren, vorbei an verschlossenen Zellen und verriegelten Gittertüren.
»Hier entlang«, sagte er und schob seine Ausweiskarte in eine Tür. »Er kommt gleich.« Er setzte sich an den Tisch und sah mich an. »Ist alles in Ordnung?«
Ich ließ mich auf den Stuhl ihm gegenüber sinken. Ich war kurz davor zu würgen, meine Hände zitterten. »Es ist nur … ich kann das Gefühl kaum ertragen, eingesperrt zu sein.«
»Ja, ich erinnere mich«, sagte er langsam, und ich sah in seinem Gesicht, dass er sich an unsere gemeinsame Aufzugfahrt erinnerte. Der Lift des Hotels war steckengeblieben, und er

hatte mich im Arm gehalten, bis der Aufzug quietschte und zitterte und sich endlich wieder in Bewegung setzte.

Dieses Hotel. Das Wochenende.

»Rebecca, ich …«

Die Tür öffnete sich, und Connor Bligh trat ein, hinter sich einen Wächter. Er war groß und schlank und hielt sich leicht vornübergebeugt, ein bisschen so wie ein linkischer Teenager, der eines Morgens feststellen muss, dass seine Arme und Beine und Füße über Nacht unkontrollierbar lang geworden sind. Die Jeans hing ihm locker um die Hüfte. Er hatte die Ärmel seines grauen Pullovers bis an die Ellbogen geschoben, und die Knöchel an seinen Handgelenken standen weiß hervor.

Für einen Augenblick blieb er an der Tür stehen und betrachtete uns mit verschränkten Armen, während er von einem Fuß auf den anderen trat. Joe und ich standen auf. Joe stellte mich vor, Bligh nickte wortlos und kam an den Tisch, und wir alle setzten uns.

Joe hatte recht gehabt. Connors Gesicht war tatsächlich hübsch. Ich erschrak ein bisschen darüber und merkte erst eine Sekunde zu spät, dass ich ihn anstarrte. Schnell schaute ich weg, und mein Blick blieb an dem vergitterten Fenster hoch oben in der Wand hängen. Connor schwieg, während Joe ihn über die jüngsten Entwicklungen informierte.

Er hatte nur eine einzige Frage. »Wie lange wird es dauern?« Seine Stimme war ein bisschen heiser, und er sprach fast tonlos.

»Ich verstehe Ihre Enttäuschung«, sagte Joe. »Aber unglücklicherweise mahlen die Mühlen der Justiz sehr langsam.«

Ich wandte mich Joe zu und spürte, wie Connors Blick immer wieder zu mir herüberhuschte.

Als er fertig war, drehte Joe sich zu mir um. »Wie ich Ihnen bereits erklärt habe, Connor, ist Miss Thorne sehr interessiert an Ihrem Fall, und soweit ich weiß, arbeitet sie gerade an einem Dokumentarfilm.«

Ich nickte. »Er wird auf Zenith ausgestrahlt werden. Ein fünfzigminütiger Dokumentarfilm. Wir hoffen, im Oktober fertig zu werden.«

Connor Bligh schwieg.

Ich versuchte es mit einem freundlichen Lächeln. »Ich hoffe, Sie werden etwas dazu beitragen.«

»Miss Thorne hat vor, eine Dokumentation zu drehen, die Sie in einem guten Licht dastehen lässt«, erklärte Joe. »Wir können nicht direkt Einfluss auf das Gericht nehmen, aber es wird sich zu Ihren Gunsten auswirken, wenn Sie die Sympathien der Leute haben.«

Am liebsten hätte ich Joe umarmt. Er tat für mich, was er konnte.

»Sie müssen das nicht heute entscheiden«, sagte ich und reichte Connor Bligh meine Karte. »Sie können mich kontaktieren, sobald Sie zu einer Entscheidung gekommen sind.«

Er betrachtete die Karte. »Ich habe mich schon entschieden«, sagte er. »Ich bin einverstanden.«

Ich konnte mich nicht zurückhalten. Sobald wir das Gefängnisgelände verlassen hatten, warf ich mich Joe an den Hals. »Vielen Dank«, sagte ich, »vielen herzlichen Dank. Ich weiß, ich habe dir viel abverlangt.«

»Ich hoffe, du bist jetzt zufrieden«, sagte er.

23.

Als Connor Bligh mich endlich anrief, dauerte das Gespräch kaum eine Minute. Er sagte, er habe meinen Namen auf die Besucherliste gesetzt. Ich könne vorbeikommen, wann immer ich wolle.

Ich fuhr am nächsten Tag hin. Wenn man einen Gefängnisinsassen besucht, fühlt man sich automatisch beschämt. Man reiht sich in die Schlange der Wartenden ein – Ehefrauen, Freundinnen, Mütter, Väter, Freunde, Kinder. Irgendwann wird man mit den anderen durch die Sicherheitskontrolle geschleust, wo niemand lächelt und alle misstrauisch dreinblicken. Zuletzt trottet man in einen Saal voller Tische und Stühle. Und wieder muss man warten, bis die Gefangenen hereingebracht werden. Man bekommt die Gespräche der Leute neben und hinter sich mit.

Er setzte sich mir gegenüber, ohne mir ins Gesicht zu blicken.

»Hi«, sagte ich. »Danke für das Treffen.«

Er warf mir einen flüchtigen Blick zu und wendete dann die Augen wieder ab. Ich fragte mich, ob er immer so schüchtern gewesen war, ob er vor der Haft vielleicht anders gewesen war. Stimmte, was die Zeugen der Anklage gesagt hatten? War er arrogant und mürrisch?

»Was wollen Sie?« Wieder diese Stimme, ruhig und tonlos.

»Ich möchte von Ihnen hören, was wirklich passiert ist.«

Er zuckte die Achseln. »Das können Sie alles nachlesen.«

»Das habe ich schon. Aber es ist etwas ganz anderes, darüber zu lesen, als es von dem Betroffenen selbst zu hören.«

»Wie soll Ihre Dokumentation mir weiterhelfen?«

»Sie wird ein positiveres Bild von Ihnen zeichnen, und die öffentliche Meinung kann Auswirkungen auf politische Entscheidungen haben. Normalerweise ist die Öffentlichkeit träge. Die meisten Leute befassen sich erst mit einem Problem, wenn sie persönlich betroffen sind. Das gilt auch für Justizirrtümer. Natürlich wissen die Leute, dass der eine oder andere Strafgefangene unschuldig in Haft sitzt, aber nur in den seltensten Fällen unternehmen sie etwas dagegen. Wenn sie im Fernsehen sehen, welche Fehler zu einer Verurteilung geführt haben, erhöht das die Wahrscheinlichkeit, dass sie aktiv werden.«

»Wie meinen Sie das, aktiv werden?«

»Den zuständigen Abgeordneten anrufen, Briefe schreiben, E-Mails verschicken, eine Gruppe zu Ihrer Unterstützung gründen.«

»Ich habe bereits Unterstützer«, sagte er.

»Ja, aber nach dem Film werden sicher noch mehr hinzukommen.«

»Was, wenn ich wie durch ein Wunder freikomme? Mein Haus wurde verkauft, meinen Job bin ich los.«

»Dann suchen Sie sich einen neuen.«

»Ich habe alle Ersparnisse längst aufgebraucht, ich weiß nicht, wie ich an Geld kommen könnte. Oder auch an einen neuen Job.«

»Aber Sie wollen doch nicht hierbleiben, oder? Sicher wollen Sie raus?«

Es schien ihm egal zu sein. »Man hat mich inzwischen aus dem Hochsicherheitstrakt entlassen. Ich habe eine eigene Dusche und einen Fernseher in meinem Zimmer, und ich darf jeden Tag nach draußen, um mich zu bewegen. Ich muss nicht mehr von Wand zu Wand laufen. Man hält mich für so verantwortungsbewusst, dass ich im Garten arbeiten darf, wo ich pro Stunde zwischen einem Dollar fünfzig und zwei Dollar verdiene. Das plus freie Kost und Logis ist kein schlechter Deal.«

Ich hatte mir das Gespräch vollkommen anders vorgestellt. Ich dachte, er wäre erpicht darauf, von hier wegzukommen, ich dachte, er würde mir erzählen, was ich hören wollte. Mich beschlich das Gefühl, dass er mit mir spielte, und ich begann zu verstehen, warum er so unbeliebt war. Liebe Güte, mir war er schon jetzt unsympathisch.

»Passt Ihnen das nicht ins Konzept?«, fragte er.

»Was für ein Konzept meinen Sie?«

»Sie stellen sich mit feuchten Augen vor die Kamera und erzählen allen, dass ich Ihnen geschworen habe, unschuldig zu sein. Sobald irgendwo mein Name fällt, denken die Leute an Sie. Falls ich entlassen werde, muss ich Ihnen für den Rest meines Lebens dankbar sein, dass Sie meinen Fall aufgegriffen haben. Wäre nicht das erste Mal.«

Ich wollte wütend werden, aber verdammt, er hatte recht. Also lachte ich. »Okay«, sagte ich, »Sie haben mich durchschaut. Dann haben Sie also Ihre Meinung geändert? Sie wollen nicht mehr mitmachen?«

»O doch, das will ich. Daran besteht gar kein Zweifel. Ich möchte hier nur die Positionen klären.«

»Und die wären?«

»Ich bin kein Opfer, und ich will nicht gerettet werden.«

»Was wollen Sie dann?«

Er warf einen Blick zum Fenster hinauf. »Wir haben hier Purpurhühner. Sie kommen aus den Sümpfen und laufen über den Rasen. Die mutigeren klettern über die Zäune. Sie halten sich mit ihren langen, roten Krallen fest und klettern schnurstracks nach oben. Wie diese schwarzblauen Federbündel sich vertikal fortbewegen, ist das mit Abstand Interessanteste, was man hier zu sehen bekommt.«

»Sie wollen raus?«

»Ich will raus. Was wollen Sie?«

»Ich will meine Story«, sagte ich.

Er schmunzelte und zog die Augenbrauen hoch.

»Ich habe nicht viel Zeit«, sagte ich, »und keiner von uns beiden kann sich einen Fehler erlauben. Wenn wir zusammenarbeiten, müssen Sie absolut ehrlich zu mir sein.«

Die Glocke schellte. Die Leute ringsum standen auf und verließen den Saal.

»Abgemacht«, sagte er schließlich. »Ich komme frei, und Sie werden berühmt.«

ZWEITER TEIL

24.

Die Glocke schellte ein zweites Mal; der Saal war fast leer. Noch im Stehen sprach ich, so schnell ich konnte. »Ich möchte, dass Sie alles aufschreiben, einfach alles, und es mir schicken. Sie brauchen nicht zu entscheiden, was wichtig ist und was nicht, denn letztendlich könnte selbst die kleinste Kleinigkeit von Nutzen sein. Und rufen Sie mich an. Rufen Sie mich an, oder schreiben Sie mir, sobald Ihnen etwas Neues einfällt.«

Er rief mich fast nie an, und obwohl ich ihn regelmäßig besuchte, um ihm meine Fragen zu stellen, erinnere ich mich hauptsächlich an seine Briefe. Die ersten Wochen mit Connor Bligh waren wirklich zäh. So zäh, dass ich ihn am liebsten bei den Schultern gepackt und geschüttelt hätte. Er war so wenig entgegenkommend, so gleichgültig. In den Briefen wirkte er völlig anders. Die dicken Umschläge waren voller engbeschriebener Seiten, Seiten über Seiten bedeckt mit seiner seltsamen Handschrift, deren Buchstaben eher gemalt als hingeschrieben aussahen. Als Überschrift wählte er ein schlichtes *Rebecca* mit schwungvoll gerundetem *R*, und die letzte Seite unterzeichnete er mit *Bligh*. Er benutzte schwarze Tinte, und an manchen Stellen drückte die Farbe auf dem dünnen Papier durch.

Ich stellte mir vor, wie er in seiner Zelle saß und schrieb. Ich stellte mir vor, wie er die Purpurhühner beobachtete, deren schwarzblaue Federn in der Dämmerung schimmerten. Die

Maoris schätzten die Purpurhühner wegen ihrer langen, roten Beine und des großen Schnabels. Ich las nach, dass das Rot für große Kraft stand. Das Purpurhuhn war für seine Hartnäckigkeit bekannt. Angeblich schmiedete es kühne Pläne.

* * *

Sie haben gesagt, ich soll alles aufschreiben, also bitte. Von Anfang an.

Wir wohnten in Foxton Beach. Nächste Ortschaft: Foxton. Berühmt für die einzige funktionstüchtige Windmühle Neuseelands. *Ein echter Touristenmagnet.* Nächste Stadt: Palmerston North. Genannt *Palmy.*

Wir wohnten außerhalb des Ortes und besaßen ein paar Hektar Land. Wenn man abends aus dem Fenster schaute, konnte man in weiter Ferne ein paar Lichter flackern sehen. Man hatte das Gefühl, total isoliert zu sein.

Foxton Beach war nicht mehr als eine riesige Kuhweide, auf der Haus an Haus an Haus stand, die meisten in einem Stadium des Verfalls. Hauptsächlich Fertighäuser. Die schicken Ferienbungalows entstanden erst später. Der Ort war von einem Kiefernwald umgeben, und in der Ferne war das Tararua-Gebirge zu erkennen. Wir wohnten in der Nähe einer Flussmündung. Man konnte sie vom kleinen Küchenfenster aus sehen: milchig blaues Wasser, schlammgraue Wellen.

Ich soll alles erzählen, was mir einfällt, haben Sie gesagt. Lassen Sie mich mit meiner ersten Erinnerung anfangen. Das Zimmer, wo sie kochte und wo wir saßen, um zu essen, zu spielen und fernzusehen, hatte ein Spalier an der Wand, von dem gelbe Blumen herunterhingen. Sie lackierte das Holzgitter mit weißer Farbe, sie stand mit Farbeimer und Pinsel oben auf dem Tisch, während ich unten die Blasen in der getrockneten Farbe mit dem Fingernagel eindrückte. Wenn ein Teil geschafft war, schob sie den Tisch an der Wand weiter, so dass die Tischbeine am Holzboden scharrten.

Ich möchte, dass es ordentlich aussieht. Sie sagte das wieder und wieder.

Ich muss damals etwa vier Jahre alt gewesen sein, denn sie war noch bei uns. Ihr Mantel hing am Haken neben der Tür, und ihre Schuhe standen darunter.

So funktioniert mein Gedächtnis. In der Schule sagten sie, ich hätte ein fotografisches Gedächtnis. Meine Noten waren hervorragend, weil ich aus unerklärlichem Grund einfach alles im Kopf behalten konnte. Es klang so, als hielten sie mir vor zu mogeln, nur dass sie es mir nicht nachweisen konnten. Aber das ist Blödsinn. Ich erinnere mich an Gedankenketten, die von einer Idee zur nächsten führen.

Der Mantel. Die Schuhe, die immergleichen Tage. Er ging frühmorgens aus dem Haus, endlich durfte ich laut reden und lachen, und dann nahm Angela ihren Mantel vom Haken und ging zur Schule. Ich saß unter dem Küchentisch und spielte mit meinen Autos, während sie das Geschirr abspülte und Kohle in die Ofenklappe schaufelte. Dann nahm sie mich mit nach draußen in den Schuppen. Mit einem Schlauch füllte sie Wasser in den Behälter, kippte Waschpulver dazu und schaltete den Quirl ein. Wenn die Lauge kochte, gab sie die Kleider hinzu und ließ sie kochen, und dann füllte sie die Betonwanne mit kaltem Wasser, fischte die Kleider mit einem Stock aus der Brühe, ließ sie durch die Mangel laufen, bis sie auf der anderen Seite herauskamen wie ein riesiger Plattwurm. Einmal sprang die Mangel auf und schlug ihr von unten gegen den Kiefer, sie weinte. Ich hielt ihr die Wäsche-

klammern hin, wenn sie an der Leine stand und die Sachen aufhängte. Zuletzt stützte sie die Leine mit einer Stange ab, und wir gingen wieder ins Haus.
Wir aßen Suppe, und nach dem Mittagsschlaf gab sie mir ein Brötchen mit Butter, zog ihre Stiefel an, knöpfte ihren Mantel mit den großen, grünen Knöpfen zu und half mir in meine Gummistiefel. Sie schloss den Reißverschluss meiner Jacke und zog die Kapuze über meinen Kopf, und dann gingen wir los. Wir gingen bis zum Ende der Schotterstraße und über den harten, ausgetrockneten Boden bis zur Flussmündung. Sie hatte mich im Kindersitz auf dem Fahrrad mitgenommen; auf dem Weg zum Strand hatte ich ihre Taille fest umklammert. Aber nun, im Winter, ging das nicht mehr. Der Strand war voller Dünen, die wie sandige Wellen aussahen. Zitternde Gräser, und weiter draußen die Wellenbrecher.
»Im Sommer schwimmen wir bis hinter die Wellenbrecher.«
An der Flussmündung beobachteten wir Vögel. Mantelmöwen, Regenpfeifer, Reiher, Uferschnepfen, Eisvögel, Austernfischer. Kormorane, Löffler.
Wir beobachteten die Vögel, und ich sammelte Steine und Muscheln und Treibholz. Wir liefen zur Schule und warteten vor dem Schultor auf Angela, und dann gingen wir nach Hause. Alle Tage waren gleich. Ich versuchte einzuschlafen, bevor er nach Hause kam. Manchmal konnte ich ihn hören. Ich mochte das nicht.
Aber jener Tag. Jener Nachmittag. Ich stand vom Mittagsschlaf auf und ging in die Küche, aber sie war nicht da. Ich öffnete die Tür zur Veranda, aber ihre Stiefel und ihr Mantel waren verschwunden. Da wusste ich, sie ist weg.
Angela kam nach Hause. Ich hatte mir in die Hose gemacht. Ich stank. Mein Po juckte. Ich hatte mein Brötchen nicht be-

kommen. Sie nahm mich auf den Arm und trug mich ins Badezimmer. Sie zog mir die Hose aus, drehte das Wasser auf und wischte die Schweinerei mit einem Handtuch ab.
Ich weinte. Ich wollte zu ihr.
Angela holte das Brot und die Butter heraus. Immer wieder stellte sie sich ans Fenster und sah hinaus. Es wurde dunkel, aber sie kam nicht nach Hause.
Man fand sie weiter südlich an der Küste. Ich lernte ganz neue Redewendungen kennen. *Hat sich was angetan, sich umgebracht, Hand an sich gelegt.*

* * *

Ich traf mich mit Anna zum Mittagessen und erzählte ihr darüber. Plötzlich bemerkte ich, dass sie mir seltsame Blicke zuwarf.
»Was ist denn?«, fragte ich. »Stimmt irgendwas nicht?«
Sie zögerte.
»Komm schon, was ist los?«
»Ich verstehe ja, dass du dich voll und ganz auf eine Story einlassen musst, um einen guten Film draus zu machen. Aber …«
»Aber was?«
»Du solltest objektiv bleiben, mehr nicht.«
Du solltest objektiv bleiben.
Es war eine Warnung, und ich versuchte, sie im Kopf zu haben, während ich die Briefe las. Die Verletzlichkeit des kleinen Jungen hatte mich zutiefst berührt. Aber hieß das, dass ich dem Erwachsenen trauen konnte?

* * *

Angela war zehn. Er fand, das war alt genug. Sie hob mich ins warme Badewasser, seifte mich ein, kitzelte mich und brachte mich zum Lachen. Sie zog mir einen sauberen Schlafanzug an, den sie auf dem Gestell über dem Ofen angewärmt hatte, sie brachte mir eine Wärmflasche, deckte mich zu und kuschelte sich an mich. Ich drückte mich an ihren Rücken, drückte meine Knie an ihren schmalen Hintern, und dann schaltete sie das Licht aus.

Sie war verschwunden, aber ich hatte immer noch Angela. Angela schimpfte nie, sie schlug mich nie. Angela sagte, sie liebe mich. Mehr als alles auf der Welt. Bis zum Himmel und zurück.

Manchmal arbeitete er zu Hause, er hielt ein paar Schafe und hatte etwas Gemüse im Garten angebaut. Aber die meiste Zeit war er weg. Er arbeitete als Hilfsarbeiter im ganzen Bezirk. Schon von weitem kündigte die Staubwolke ihn an, dann hörten wir die Reifen über den Kies knirschen, und der Lieferwagen hielt vor dem Haus. Er brachte Kartons mit, Butter, Brot, Marmite, Bohnen in Tomatensauce.

Er klapperte in der Küche herum und kochte Tee, machte Toast. Wir hörten, wie er die Eisenplatte vom Ofen nahm, und wussten, jetzt steht er mit dem Brot an der langen Gabel davor und röstet es über dem Feuer, so wie sie es früher getan hatte. Wenn es anbrannte, fluchte er. Wir warteten, bis die Tür hinter ihm ins Schloss gefallen war, bevor wir uns wieder in die Küche wagten.

Wenn er für mehrere Tage wegblieb, legte er Geld auf den Küchentisch. Wir waren die meiste Zeit allein und wussten nie, wann er zurückkommen würde. Er schlief oft woanders. Angela sagte, er sei bei seiner Freundin.

Ich wurde eingeschult. Wenn es regnete, gingen wir einfach

nicht hin, dann schalteten wir den Fernseher ein und kochten Pudding. Manchmal sah Mrs. Ryan vom Ende der Straße nach uns. Kopfschüttelnd sah sie sich um. *Kein Umfeld für Kinder*, sagte sie dann.

Manchmal brachte sie uns Scones vorbei, aber irgendwann blieb sie ganz weg. Er hatte sie einmal bei uns erwischt und fortgejagt. *Neugierige Kuh, verpiss dich.*

Außer den Ryans wohnten keine Nachbarn in der Nähe, die etwas mitbekommen hätten. Er verbot uns, anderen zu erzählen, dass er so selten zu Hause war. Weder den Kindern in der Schule noch den Lehrern, niemandem.

Er saß in der Küche und stopfte sich Eier und Schinken in den Mund. Wenn wir etwas erzählten, kämen wir ins Heim, sagte er, auch wenn ihm das vollkommen egal sei. An seinen Lippen klebte Ketchup. Man würde uns auseinanderreißen und ins Heim stecken. Die Vorstellung war schlimm genug, um mich zum Schweigen zu bringen. Angela wusste, dass sie dafür sorgen musste, dass ich gewaschen und gekämmt in der Schule erschien. Sie schmierte mir Brote, die wir in Plastiktüten einwickelten.

Alle zwei Tage füllte sie die Badewanne bis zum Rand, und wir setzten uns Rücken an Rücken hinein. Mein Kopf reichte bis an ihre Schulterblätter, und ich lehnte mich an sie. Angela saß am Wasserhahn, und wenn das Wasser zu kalt wurde, ließ sie heißes nachlaufen. Wir schliefen im selben Bett. Vielleicht halten Geschwister fester zusammen, wenn sie ohne Liebe aufwachsen.

Bei starkem Wind wackelte das ganze Haus, und alle Fenster klapperten. Bei Regen plätscherte das Wasser aus einer Regenrinne vor unserem Schlafzimmer. Immer konnten wir das Meer hören. Ich lauschte den Wellen, die auf den Strand rollten, und ich lauschte Angelas Atmen. Manchmal war es im selben Rhythmus, ihre Atmung und das träge Hin und Her der Wellen draußen im Dunkeln.

Im Sommer schwimmen wir bis hinter die Wellenbrecher.

Dorthinaus war sie geschwommen. Ich könnte es ihr übelnehmen, uns im Stich gelassen zu haben, aber ich kann sie verstehen. Die Leute verbringen den Sommer wegen der Sonne in Foxton Beach, wegen des blauen Himmels, wegen Meer und Strand. Dann fahren sie wieder. Sie wissen nicht, wie es hier ist, wenn der Nebel sich über den Ort senkt und die Kälte einem in die Knochen kriecht. An manchen Tagen kam es mir so vor, als stießen die zerfetzten Wipfel der Kiefern in den Himmel wie Stacheldraht. So hatte sie leben müssen, in diesem winzigen, hässlichen Haus, wo die Feindseligkeit aus allen Ritzen triefte, egal, wie oft sie die Wände strich.

Ich möchte, dass es ordentlich aussieht.

Sie hätte sich in den nächsten Bus setzen können, mit oder ohne uns, aber wohin hätte sie fahren sollen? Falls sie Angehörige hatte, habe ich sie nie kennengelernt. Vielleicht hatte sie an jenem Tag am Strand gestanden, von hinten drängten die Berge und die Kiefern, und vor ihr breitete sich das endlos weite Meer aus. Vielleicht war das ihre einzige Zuflucht gewesen.

Vielleicht hatte sie sich überlegt, dass es fairer wäre, uns gegenüber. Wenigstens würden wir nie darauf hoffen, dass sie irgendwann zurückkommt.

* * *

»Du solltest dich da nicht so hineinsteigern. Die Wahrscheinlichkeit, dass er freigesprochen wird, ist wirklich gering, und …«

»Was ist passiert? Gibt es Neuigkeiten?« Meine Stimme hob sich unwillkürlich.

»Nein, gar nichts. Aber es wird eine sehr lange, sehr komplizierte Verhandlung. Außerdem bleibt in neun von zehn Fällen das Urteil gleich.«

»Aber was, wenn er unschuldig ist?«

Trotz Annas Warnung hatten die Briefe meine Sicht auf die Dinge verändert. Vorher war Bligh für mich nichts weiter gewesen als ein Mittel zum Zweck. Ich hatte auf seine Unschuld gesetzt, weil es meine Karriere vorantreiben würde, und ich durfte mich, auch wenn das herzlos klingt, als professionelle Journalistin nicht persönlich hineinziehen lassen. Niemals. Denn wenn man zum Beispiel über einen Axtmörder berichtete, vermasselte man die Story, wenn man anfing, ihn zu mögen.

Aber Connors Briefe brachten mich mehr und mehr dazu, diese wichtige Regel zu missachten.

* * *

An Schultagen goss Angela Milch über meine Weetabix und musterte mich von oben bis unten, um zu sehen, ob ich gewaschen und ordentlich angezogen war. Sie steckte mir die Brote in den Ranzen, und dann gingen wir los. Wenn die Schule zu Ende war, wartete sie draußen am Zaun auf mich.

An meinem ersten Schultag in der Sunshine Beach Primary merkte ich, dass ich viel kleiner war als die anderen Kinder in der Klasse. Außerdem merkte ich, dass sie mich nicht leiden konnten. Vielleicht lag es an meinem mageren Körper und an der Fratze – schief gelegter Kopf und offener Mund –, die ich unweigerlich machte, wenn ich etwas begreifen wollte oder mir jemand etwas erklärte. Ich spürte, wie meine Augen sich verdrehten und mein Mund aufklappte, aber ich war unfähig, etwas dagegen zu tun. Vielleicht stieß ich die anderen auch deshalb ab, weil ich fast immer blutende Stellen an Armen oder Beinen oder im Gesicht hatte. Ich litt unter hartnäckigen Ekzemen; das Jucken und Kribbeln war so unerträglich, dass ich nicht anders konnte, als mich zu kratzen.

In den Pausen und beim Mittagessen demonstrierten die anderen Kinder, wie widerwärtig sie mich fanden. Sie rissen mir meine Brote aus der Hand und trampelten darauf herum. Sie imitierten meine Grimassen. Sie schubsten mich herum und stellten mir ein Bein.

Spasti. Mädchen. Heulsuse.

Im Laufe der Jahre war die Schule immer wieder um niedrige Fertigbauten erweitert worden, die auf einer Betonfläche um das Hauptgebäude herumstanden. Daneben lagen die kahlen, von spärlichem Gras bewachsenen Sportplätze. Es war unmöglich, sich irgendwo zu verstecken, und ich war immer bemüht, mich so unsichtbar wie möglich zu machen. Denn sobald ich bemerkt wurde, wurde ich zum Opfer.

Ich erinnere mich, wie mir das Herz stehenblieb vor Angst, wenn ich den anderen ansah, dass sie darüber nachdachten, welche Verletzung oder Demütigung sie mir als Nächstes zufügen könnten. Ich weiß noch, wie sich die Meute näherte und ich um mein Leben rannte, während mir das Herz bis zum Hals schlug. Ich erinnere mich an die Schmerzen und an das Geräusch eines Ellbogens, der in meine Rippen krachte.

Ich machte mir lieber in die Hose, als auf die Jungentoilette zu gehen.

Wenn du das jemandem erzählst, bist du tot.

Ich weiß nicht, warum mich die anderen so hassten, aber sie hassten mich zweifellos und mit zunehmender Vehemenz. Was mir in den ersten Schuljahren begegnete, war entweder ungebremste Brutalität oder, was für die anderen vermutlich viel lustiger war, Hohn und Spott. Das Schlimmste war, dass ich nie wusste, was mich erwartete. Einmal zum Beispiel versammelten sie sich um mich und erklärten mir, es gebe da eine Stelle zwischen Daumen und Zeigefinger, in die man sich keinesfalls schneiden dürfe, weil man sonst an Maulsperre sterben müsse. Mit einer Maulsperre könne man seinen Mund nicht mehr öffnen, er sei wie verschweißt, man könne nicht mehr essen oder atmen und würde entweder verhungern oder ersticken. Sie ließen mich die Hand ausstrecken, um mir die Stelle zu zeigen. Peter Dobbs packte mein Handgelenk und bog meine Finger auseinander. Mickey Hanson stach mit einem spitzen Bleistift zu. Den blauschwarzen Fleck unter der Haut habe ich bis heute.

Weil meine Versuche, unbemerkt zu bleiben, erfolglos waren, versuchte ich zu kooperieren. Die anderen hatten gemerkt, dass es viel unterhaltsamer war, mich mit Aufgaben zu beschäftigen, anstatt mich einfach nur herumzuschubsen und zu schlagen. Sie gaben mir Aufträge, blödsinnige Befehle, die immer gefährlicher wurden. *Es ist ein Test, wenn du ihn bestehst, lassen wir dich in Ruhe.* Ich sollte Mädchen nachjagen und ihnen die Hose runterziehen, Geld aus dem Portemonnaie einer Lehrerin stehlen, ich sollte Torten aus der Cafeteria klauen und vom Dach eines Bungalows auf den nächsten springen. Ich verfehlte mein Ziel und landete nur

Zentimeter neben dem Traktor, der gerade dabei war, den Schulrasen zu mähen. Der Reifen kam kurz vor meinem Kopf zum Halt. Weil ich mich daraufhin weigerte, weiter mitzuspielen, kehrten sie dazu zurück, mich herumzuschubsen und zu schlagen.
Angela brachte mich nach Hause und säuberte mein Gesicht. Sie hatte nicht weniger Angst als ich, aber als sie einmal Mickey Hanson nach der Schule allein begegnete, schlug sie ihm ins Gesicht und sagte ihm, er solle ihren kleinen Bruder in Ruhe lassen. Außerhalb der Schule konnten wir uns verstecken. Wir kannten jeden Winkel des Strandes und der Flussmündung – den Neuseelandflachs und das zittrige Gras, die Trampelpfade in den Dünen, jeden Hügel, jede Biegung und jede Senke, in die man auf dem Rücken hinunterrutschen konnte. Wir kannten alle dunklen, kühlen Verstecke in den Kiefernwäldern und waren vertraut mit dem Rauschen der Zweige im Wind. Wir kannten Ebbe und Flut, wir gingen von Oktober bis April schwimmen und störten uns nicht an der Kälte. Wir schwammen bis weit hinter die Wellenbrecher und ließen uns auf dem Rücken im endlosen Meer treiben.
Wir hatten kein richtiges Zuhause, aber wir hatten einander, und wir waren einander das Wichtigste. Am Foxton Beach ist der Sonnenuntergang auf rätselhafte Weise schön. Im Winter war er kaum mehr als ein Glühen in der Ferne, aber im Sommer ergossen sich die Farben an unsere Hauswand. Wir standen im Licht und breiteten die Arme aus. Welche Farbe habe ich? Und jetzt? Wir riefen, was uns einfiel: Scharlachrot, Türkis, Aquamarin. Indigo, Gelbgrün, Violett.
Wie sehr liebst du mich?
Bis zum Himmel und zurück.

25.

Ich hatte von Leuten gelesen, die für Verbrechen verurteilt wurden, die sie nicht begangen hatten, und langsam fing ich an, die Parallelen zu erkennen. Nicht in den Tatumständen, sondern im Charakter der Beteiligten. Arthur Allan Thomas, David Bain, Peter Ellis – sie alle waren Außenseiter gewesen, hatten nicht der Norm entsprochen. Wenn nicht Peter Ellis mit seinen seltsamen Klamotten und den effekthascherischen Posen, wenn nicht der schlaksige Bain mit den grellen Pullovern, wenn nicht Thomas mit den riesigen Ohren und dem fragwürdigen Verhalten (unter anderem hatte er einem Mädchen, das sich kein Stück für ihn interessierte, ein Bürstenset geschickt) – wer sollte es dann gewesen sein?

Und nun der Eigenbrötler Connor Bligh mit seiner unheimlichen Intelligenz und der Unfähigkeit, seinen Gesprächspartnern in die Augen zu sehen. Wer sollte es gewesen sein, wenn nicht er?

Was, wenn alles nur ein furchtbares Missverständnis gewesen war? Wenn der Täter sich im Haus geirrt hatte? Vielleicht steckte die organisierte Kriminalität dahinter? Die Drogenmafia?

Connor hatte sich mir ein Stück weit geöffnet, und ich bedrängte ihn. *Sie müssen es doch besser wissen als jeder andere. Wer kommt als Täter in Frage?*

Alle haben Rowan und Angela und Sam und Katy gemocht. Das wurde vor Gericht gesagt, und Connor stimmte von ganzem Herzen zu. Die Familie hatte keine Feinde gehabt. Sie waren nette, ganz normale Leute gewesen. Ich fragte ihn mehrfach, ob es irgendwelche Hinweise gegeben habe, nur eine Andeutung, dass irgendwas im Argen lag, dass diese Familie nicht war, was sie zu sein vorgab? Daraufhin schüttelte er den Kopf, mit entschlossenem Gesicht und fester Stimme. Nein, da war gar nichts.

Aber vielleicht gab es etwas, das er übersehen hatte? Er gab freimütig zu, die Mimik seiner Mitmenschen nicht immer deuten zu können. Das liege an seiner sozialen Legasthenie. Ich konnte nicht anders, als laut zu lachen, als er das sagte und mich dabei zerknirscht ansah. Manchmal konnte er in seiner Unbeholfenheit unendlich komisch wirken.

Wie konnten die Leute nur glauben, dieser traurige, schüchterne Mensch hätte seine über alles geliebte Schwester ermordet?

Oder waren seine Zögerlichkeit und Verunsicherung nur Pose? War das Ganze ein Trick, eine Masche, um mich für ihn einzunehmen?

Was glaubte ich? Was sollte ich glauben?

Ich versuchte, objektiv zu bleiben, kritisch zu bleiben, selbst als wir uns über das Leben unterhielten, das er in seinen Briefen nachgezeichnet hatte.

Bleib auf Abstand. Behalte einen kühlen Kopf. Und doch konnte ich nicht anders, als mehr und mehr den kleinen Jungen in ihm zu sehen, der die Arme ausbreitete, um das Sonnenlicht einzufangen.

* * *

Ich war nicht nur schwach und hässlich, ich war ein Freak. Als ich eingeschult wurde, konnte ich beinahe jeden Text lesen. Ich weiß nicht, wie es dazu kam, aber in meiner Erinnerung gibt es keine Zeit, in der ich gedruckte Buchstaben nicht hätte entziffern können. Zu Hause stand ein Bücherregal mit Nachschlagewerken neben der Tür, und ich hatte mich darangemacht, sie zu erkunden. Ich wusste mehr als die anderen Kinder. Ich hätte es bloß nicht an die große Glocke hängen sollen.

Unsere Grundschullehrerin, Miss McIntyre, hatte weiches Haar und einen großen, runden Busen. Sie sprach in jener albernen, näselnden Stimme zu uns, mit der Erwachsene oft Babys und Tiere ansprechen. Sie hörte auf, in diesem Tonfall mit mir zu sprechen, nachdem ich ihr gewisse Fragen gestellt hatte. Es ging um ein Problem bezüglich der Erdzeitalter, das mich sehr beschäftigte. *Connor Bligh! Setz dich wieder hin und arbeite weiter.* Vielleicht trug Miss McIntyre noch weiter dazu bei, dass ich von den anderen so erbittert gehasst wurde, immerhin verehrten die meisten Kinder meiner Klasse und auch ihre ehemaligen Schüler sie sehr. Ihre Antipathie war fast greifbar.

Jeden Morgen setzten wir uns im Schneidersitz auf eine große Matte, reckten die Arme in die Höhe und wackelten mit den Fingern, was wohl die Sonnenstrahlen darstellen sollte, und dann sangen wir »Guten Morgen, liebe Frau Sonne«, obwohl die Sonne doch offensichtlich ein unbelebtes Objekt war. Danach zogen wir Plastikschürzen an und malten oder bastelten Dinge aus Ton oder Pappe. All das sollte gut sein für unsere Entwicklung, obwohl ich persönlich keinerlei Absicht hegte, mich zu einem Künstler oder Bildhauer zu entwickeln.

Zu ihrer Verteidigung muss gesagt sein, dass Miss McIntyre während meiner ersten Monate in der Grundschule mehrere Versuche startete, mich für den Unterricht zu begeistern. Sie wollte mich in einer Lesegruppe unterbringen und mich davon überzeugen, dass bestimmte bunte Steinchen Zahlen entsprächen. Es war nicht ihre Schuld, dass keine dieser Bemühungen erfolgreich war. Später schickte sie mich während der Lesestunden in die Bücherei. Weil ich im Kunstunterricht keine Fortschritte mit Farben, Buntstiften oder Ton machte, wurde ich bald auch während dieser Stunden dorthin geschickt. Irgendwann meldete ich mich gar nicht mehr im Klassenzimmer, sondern ging direkt in die Bücherei.

Die Bücher in der Bücherei bereiteten mir unendlich mehr Vergnügen als jene ohne nennenswerten Inhalt, die sie mir aufdrängen wollte. Ich entdeckte ein großes, schwarzes Buch. *Das Sonnensystem umfasst die Sonne und die Himmelskörper, die durch die Schwerkraft an sie gebunden sind. Himmelskörper.* Ich wendete das Wort im Kopf hin und her. *Molekularwolke. Elliptische Bahn. Staubteilchen.* Ich entdeckte die wundervollsten Nachschlagewerke. Ich verstaute die Begriffe in meinem Kopf und wiederholte sie umso öfter, je schwieriger sie waren.

In der Bücherei gab es einen Globus, und ich liebte es, ihn anzustupsen und zu beobachten, wie die Farben verliefen. Ich schloss die Augen, legte meine Fingerspitzen an die glatte Oberfläche, zählte bis hundert und tippte dann auf einen Ort. Hyderabad. Kalimantan. Rostow am Don. Ich schaute auf die große Wanduhr und prüfte, wie lange ich brauchte, die am Vortag gelernten Länder zu finden.

Wäre Mr. Mitchem nicht gewesen, hätte ich meine Tage glücklich und zufrieden in der Bücherei verbracht. Mr. Mitchem war der Schuldirektor. Sein Büro befand sich am Ende eines Ganges gegenüber der Bücherei. Einmal entdeckte er mich durch die Glasscheibe in der Tür und stürmte herein. Bis zu jenem Tag hatte ich ihn nur bei größeren Veranstaltungen gesehen, aber jetzt knallten seine Sätze auf mich nieder. *Ratatatatat.*

»Was tust du hier so ganz allein? Warum bist du nicht in der Klasse?«

Ich spürte, wie meine Augen und mein Kopf und mein Mund sich selbständig machten. Ich brachte kein Wort heraus.

»Ich habe dich etwas gefragt.«

Ich hielt das Buch in die Höhe, das ich gerade las. Er riss es mir aus der Hand.

»Wer ist dein Lehrer, und wie heißt du, Junge?«

Ich stieß die Namen im Flüsterton aus. »Miss McIntyre. Connor Bligh.«

»Sir!«

»Sir.«

»Und warum bist du nicht in der Klasse bei Miss McIntyre, Connor Bligh?«

»Sie hat mich hergeschickt.«

Nun wurde er höhnisch. »Miss McIntyre unterrichtet die erste Klasse. Ich bin sicher, dass Miss McIntyre – wenn sie dich überhaupt hergeschickt hat – wollte, dass du dir ein Buch für Kinder deines Alters aussuchst. Dieses hier stammt aus dem Regal für die Lehrer. Was tut ein Schüler der ersten Klasse mit einem Buch, das ganz offenbar ungeeignet für ihn ist?«

Ich versuchte, diesen Satz zu verstehen. Offenbar ungeeignet. Was wollte Mr. Mitchem als Antwort hören?

»Ich habe dich etwas gefragt. Was hast du dir dabei gedacht, ein Buch aus dem Lehrerregal zu nehmen, das du nicht ansatzweise verstehst?«

Ich leckte mir über die Lippen. »Ich verstehe es.«

»Du verstehst es?« Er schnaubte, schlug das Buch auf und

zeigte mit dem Finger auf eine Stelle. »Na schön, Connor Bligh, lies das hier vor.«
Ich las stockend. *Anders als die Erde – ein dynamischer Planet, auf dem das Wetter die veränderliche Oberfläche erodiert und die Spuren der Frühgeschichte getilgt hat – hat sich der Mond kaum verändert. Seine Oberflächenstruktur ist seit Ewigkeiten festgelegt. Seine Gravitationskraft …*
Er starrte das Buch an und dann mich, machte auf dem Absatz kehrt und marschierte davon. Ich las weiter. Er ging in sein Büro, und ich hörte ihn reden. Ich erkannte Miss McIntyres Stimme. Irgendwann wurde die Unterhaltung recht laut.
»Ich kann nicht zulassen, dass ein Schulanfänger allein dort herumsitzt … die teure Ausstattung … was sollen seine Eltern … ernste Probleme … absurd … vollkommen absurd.«
»… muss an die anderen Kinder denken … fügt sich nicht ein … nicht normal … was soll ich machen?«
Sie kamen zusammen in die Bücherei und setzten sich zu mir an den Tisch. Sie beobachteten mich wie einen Außerirdischen, der sich in die Schule eingeschlichen hatte.
Miss McIntyres Augen waren feucht und gerötet, sie erinnerte mich an einen wildgewordenen Hasen. Wenn Mr. Mitchem mich zwingen würde, in die Hölle aus Farbe und Ton und bunten Steinchen zurückzukehren, würde ich Angela überreden, mit mir auszureißen.
Er fixierte mich streng. »Miss McIntyre hat mir erklärt, dass du mit dem Stoff unterfordert bist. Weißt du, was das bedeutet, unterfordert, Connor?«
»Aufgrund von zu niedrigen Anforderungen gelangweilt?«
»Ja. Schön. Nun denn. Ich sehe, du bist ein cleveres Kerlchen.«
Ich wartete darauf, dass er weitersprach.

»Mir scheint, es ist momentan die beste Lösung für dich, selbständig in der Bücherei zu arbeiten. So lange jedenfalls, bis deine Klassenkameraden dich eingeholt haben. Wissen deine Mutter und dein Vater, was du hier in der Schule machst?«

»Ja.« Ich wollte nicht riskieren, ins Heim gesteckt zu werden.

»Du hast ihnen erzählt, dass du in die Bücherei gehst?«

»Ja.«

»Und wie finden sie das?« Er warf Miss McIntyre einen bösen Blick zu.

»Büchereien finden sie in Ordnung.«

Sein Gesicht entspannte sich ein bisschen, und er versuchte zu lächeln. »Tja, Connor, wenn deine Mum und dein Dad dich fragen, warum du in die Bücherei gehst, sagst du ihnen einfach, dass Mr. Mitchem und Miss McIntyre dich dort Zusatzaufgaben lösen lassen. Kannst du das behalten, Connor?«

»Ja.«

»Das war's dann. Ich werde gelegentlich in der Bücherei vorbeischauen und mich von deinen Fortschritten überzeugen. Ich möchte, dass du in den Pausen nach draußen auf den Hof gehst. Nicht immer nur Arbeit, auch ein bisschen Vergnügen, nicht wahr, Connor?«

Ich fragte mich, wer sich diesen Spruch ausgedacht hatte. Die beiden standen im Eingang der Bücherei.

»Es tut mir leid. Ich habe mein Bestes versucht.«

»Ist schon gut, Marian. Ich verstehe das Problem.«

Mr. Mitchem kam, wie versprochen, in den nächsten Tagen regelmäßig in der Bücherei vorbei, sah mir über die Schulter und kontrollierte, was ich las. Nach einer Weile hörte er damit auf und ließ mich allein. Er sah mich nur noch, wenn er

auf dem Weg zur Teepause und zum Mittagessen an der Bücherei vorbeilief.
»Nach draußen, Connor«, rief er dann, zeigte in Richtung Schulhof und tat so, als würde er lächeln.
Zum Schluss hörte er auch damit auf.

* * *

In der Vergangenheit war ich schon einmal auf die Nase gefallen. Ich musste mir das immer wieder sagen, mich daran erinnern, dass Menschen, die scheinbar unfair behandelt worden waren, sich am Ende als Lügner entpuppt hatten. Ganz besonders die Frau, die ein akademisches Institut nach ihrer vermeintlich ungerechtfertigten Entlassung verklagt hatte. Ich war damals neu bei *Saturday Night* gewesen und hatte mich zu sehr in den Fall hineingesteigert, hatte mit der Frau mitgefühlt. Man habe sie ausgenutzt und schlecht behandelt, behauptete sie, man habe sie bei Beförderungen übergangen und schlechter qualifizierte Bewerber bevorzugt. *Ich wusste nie, ob mein Vertrag im nächsten Jahr verlängert würde.*
Sie hatte in Cambridge studiert – Cambridge, in Gottes Namen – und dort ihren Abschluss gemacht. Aber trotz ihrer Ausbildung, ihres Fleißes und einer Reihe von Veröffentlichungen in akademischen Fachzeitschriften hatte sie nie den Job bekommen, der ihr gebührte. Wie konnte eine Frau, der eine so glänzende Laufbahn bevorgestanden hatte, dermaßen ins Abseits geraten?
Sie zuckte die Achseln. Einer der Vorgesetzten hatte seinem Interesse an ihr auf peinliche Art und Weise Ausdruck verliehen. Sie hatte ihn wissen lassen, dass sie seine Gefühle nicht

erwiderte, und seitdem hatte er alles darangesetzt, sie loszuwerden.
Ich empörte mich an ihrer Stelle und warf mich in den Kampf. Sexuelle Belästigung. Ich kontaktierte das Institut, den Direktor, seine Sekretärin. Kein Kommentar. *Aha. Die haben wohl etwas zu verbergen.*
Schließlich fand ich eine Graduiertenstudentin, die mit mir reden wollte. »Diese Frau ist bösartig«, sagte sie. »Sie macht nur Probleme.« Warum hatte der Fachbereich sie dennoch weiter beschäftigt? »Wahrscheinlich hatten sie Angst vor dem Ärger. Sie macht das nicht zum ersten Mal, wissen Sie.«
Ich begann zu recherchieren. Kein Doktortitel. Zwei Veröffentlichungen in unbedeutenden Zeitschriften. Ich befragte weitere Leute und konfrontierte die Frau schließlich beim Kaffee damit. Sie knallte ihren Kaffeebecher auf den Tisch und stapfte hinaus. Sie schrieb an den Sender, um sich über meine »unprofessionelle Art« zu beschweren.
Ich wollte mir nicht noch einmal die Finger verbrennen.
Vergiss nicht, dass die meisten Leute versuchen, sich in einem möglichst positiven Licht zu präsentieren. Vergiss nicht, wie intelligent Connor ist.
Freitagabend bei David und Anna. Wir bestellten etwas zu essen, brachten die Kinder zu Bett, David öffnete eine Flasche Pinot. »Was macht deine Dokumentation?«, fragte er.
»Ganz gut«, sagte ich. Ich erzählte ihm, was ich herausgefunden hatte. Er hörte mir aufmerksam zu und nickte dann und wann. Das liebe ich an David, und auch an Anna. Sie können zuhören.
»Da hast du wohl einen dicken Fisch an der Angel.«
»Das Problem ist nur … ich bin … ich bin mir einfach nicht mehr sicher, was ich glauben soll.« Ich wusste, dass auch

David schon Fehler gemacht hatte. Auch er hatte es mit »Opfern« zu tun gehabt.
»Welche Teile seiner Geschichte hast du verifizieren können?«, fragte er.
»Ich habe die Sterbeurkunde seiner Mutter gesehen. Es stimmt, sie nahm sich das Leben, als Bligh vier Jahre alt war. Ich habe versucht, mit der Nachbarin zu telefonieren, Mrs. Ryan, aber sie ist dement und lebt im Altersheim. Ich habe einen ihrer Söhne gefunden, Gary Ryan, der sich daran erinnern konnte, dass Angela und Connor damals viel alleingelassen wurden. Er sagt, Dick Bligh wäre ein Säufer gewesen.«
»Dann ist es also nicht unwahrscheinlich, dass Connor Bligh als Kind misshandelt wurde?«
»Und Angela nicht? Ist das denn wahrscheinlich? Dass er eines seiner Kinder schlägt und das andere in Ruhe lässt?«
David zuckte die Achseln und schenkte mir nach. »Vielleicht fand er es in Ordnung, einen Jungen zu schlagen, aber nicht seine Tochter.«
»Man müsste meinen, inzwischen wäre ich abgebrüht«, sagte Anna und schüttelte sich. »Aber ich bin jedes Mal wieder überrascht, wie kaputt manche Leute sind.«
»Dann ist dieser Teil seiner Biografie also wahr, mit großer Wahrscheinlichkeit«, sagte David. »Was ist mit der Sache, dass man ihn nicht am Unterricht teilnehmen ließ?«
»Das ist in der Tat schwer zu glauben«, sagte Anna. »Ich kann mir nicht vorstellen, dass einer Lehrerin das gestattet sein sollte und dass der Rektor es auch noch absegnet …«
»Aber wer hätte sich beschweren sollen?«, fragte ich. »Wer hätte davon erfahren, außer den Lehrern? Seine Eltern waren nicht da, um etwas zu unternehmen, außerdem lag die Schule recht abgelegen.«

»Ist das überhaupt von Bedeutung, Rebecca?«, fragte David. »Das war viele Jahre vor den Morden.«
»Selbstverständlich ist es wichtig«, sagte ich. »Es geht darum herauszufinden, ob er die Wahrheit sagt. Wenn es stimmt, was er sagt, wurde er aufgrund seiner hohen Intelligenz immer schon als Außenseiter behandelt. Meiner Meinung nach hat die allgemeine Auffassung, derzufolge er seltsam und wenig vertrauenswürdig ist, zu seiner Verurteilung beigetragen. Ich möchte, dass meine Doku sich von allen anderen Filmen über Justizirrtümer unterscheidet. Ich will beleuchten, was Connor so *außergewöhnlich* macht.«
»Ich glaube, ich habe nicht ganz verstanden, was du damit sagen willst«, sagte David.
»Sieh mal«, sagte ich. »Im Falle Bain zum Beispiel hat die Verteidigung alles darangesetzt zu beweisen, dass David gar nicht so besonders war. Die Staatsanwaltschaft hat versucht zu beweisen, wie seltsam und verschroben sein Verhalten war, und die Verteidigung hat Beweise für seine Normalität gesucht. Und was sagt uns das? Dass man, wenn man sich von den anderen nicht unterscheidet, mit geringerer Wahrscheinlichkeit zum Mörder wird? Connor Bligh ist unglaublich intelligent, hatte jedoch immer große Schwierigkeiten, sich anzupassen. Er ist anders, er war immer schon anders, aber das bedeutet noch lange nicht, dass er seine Familie ermordet hat.«
»Könnte riskant sein«, sagte Anna. »Die Öffentlichkeit hat vor verrückten Genies automatisch Angst. Du tust gut daran, seine Version der Geschichte zu überprüfen. Hast du versucht, mit den Lehrern von damals zu sprechen?«
»Ich habe Kontakt zu drei Lehren aus der Sunshine Beach Primary und zum Rektor. Ich habe mich auf den Kopf ge-

stellt, um seine erste Lehrerin zu finden. Sie hat zweimal geheiratet und jedes Mal ihren Namen geändert. Jedenfalls hat sie mir erzählt, sie habe so viele Kinder unterrichtet, dass sie sich an dieses eine nicht erinnern kann.«

»Das hast du ihr geglaubt?«

»Natürlich nicht. Ich habe sie um ein persönliches Gespräch gebeten, aber sie sagte, dazu gebe es keinen Anlass, und dann hat sie einfach aufgelegt.«

»Dann ist sie draußen. Was ist mit den anderen?«

»Einer sagte, er kenne Connor Bligh, sei aber nicht bereit, mit Journalisten zu sprechen. Der Direktor, Bob Mitchem, hat mir etwas Ähnliches gesagt. Er ist inzwischen im Ruhestand, dennoch dürfte es ihm nicht ganz egal sein, was die Leute darüber denken, dass ein Kind an seiner Schule in die Bücherei abgeschoben wurde, vom Mobbing ganz zu schweigen. Von meiner Doku wollte er nichts wissen. Er wollte keinen Kommentar abgeben, und auf keinen Fall will er persönlich darin auftauchen. Und dann ist da noch Bruce Carter, der erst spät die Lehrerlaufbahn eingeschlagen und seinen Job immer als eine Berufung verstanden hat. Er arbeitet inzwischen für das Bildungsministerium und wohnt hier in Wellington. Ihn musste ich nicht überzeugen zu reden, ehrlich gesagt wollte er gar nicht mehr aufhören damit. Er könne sich sehr gut an Connor erinnern. Mit Abstand das intelligenteste Kind, das er je unterrichtet habe. Er habe den Fall in den Medien verfolgt. Was für eine schreckliche Tragödie. Ob ich Connor gesehen hätte, wie es ihm ginge. Er informierte sich über die Haftbedingungen und wollte wissen, ob Connor seinen außergewöhnlichen Intellekt ausreichend beschäftigen könne. Blablabla.«

»Wie war es, als er Connor unterrichtet hat?«

»Da ist er ein bisschen ausweichend geworden. Er hat gesagt, Connors Fähigkeiten hätten einen sehr individuellen Lehrplan erfordert.«

»Zum Beispiel, ihn allein in die Bücherei zu schicken?«

»Ich fragte ihn, ob er wisse, wie Connors Schultage vorher ausgesehen hätten, aber er meinte, er könne sich nicht zu dem äußern, was an der Schule vorgefallen sei, bevor er dort angefangen habe.«

»Noch irgendwas?«, fragte David.

»Nur so ein Gefühl … na ja, ich weiß nicht, wie ich es ausdrücken soll, aber er machte einen übertrieben besorgten Eindruck. Als gäbe es irgendwas an Connor, das seine extreme Neugier weckt. Ich denke, ich werde hinfahren und noch mal mit ihm sprechen. Er klang so, als würde er zu gern vor der Kamera stehen und ein Interview geben.«

»Was ist mit den Lehrern an der weiterführenden Schule?«

»Eine komplett andere Reaktion. Connor ist kaum weiter aufgefallen, außer dass er ein guter Volleyballspieler und sehr musikalisch war. Ach ja, und seine Leistungen waren durchschnittlich.«

»Durchschnittlich?«, fragte David.

»Er hatte inzwischen gelernt, sich zu verstellen. Er hat gesagt, er wollte sein wie alle anderen.«

»Wie traurig«, sagte Anna.

»Aber er wirkt kein bisschen traurig.« Ich holte tief Luft. »Er benimmt sich nicht wie ein Opfer. Ich bekomme überhaupt nicht den Eindruck, dass er mit diesen furchtbaren Dingen mein Mitgefühl gewinnen will, oder dass er Selbstmitleid empfindet. Er erzählt einfach nur, wie es war.«

»Damit du deine eigenen Schlüsse ziehst und *dann* Mitleid für ihn empfindest«, sagte David.

So langsam wurde ich wütend. Ich war wütend auf mich selbst, weil ich Connor immerzu in Schutz nahm. Und auf David und Anna, die immer so verdammt verständnisvoll waren und trotzdem recht hatten.

»Aber wozu sollte er das tun? Er gewinnt nichts, wenn er mir diese Dinge offenbart. Ganz im Gegenteil, man könnte sie gegen ihn verwenden. Kaputte Familie, merkwürdiges Kind, wahrscheinlich psychisch gestört und fähig zu einem Verbrechen. Es wäre besser für ihn, das Ganze zu verharmlosen.«

»Ganz offensichtlich handelt es sich bei Bligh um einen ungewöhnlichen Charakter.« David sprach nun wie der besonnene Politiker, der dem kleinen Mann geduldig einen komplexen Sachverhalt erklärt. »Und er ist sehr, sehr clever. Man muss hinter die Maske schauen. Vergiss nicht, dass die Staatsanwaltschaft seine Aussagen als hochmanipulativ entlarvt hat.«

»David hat recht«, sagte Anna. »Du passt doch auf dich auf, Liebes? Er ist tatsächlich sehr clever, und seine Biografie lässt erahnen, dass er effektive Strategien entwickelt hat, um zu erreichen, was er will.«

»Was er will?«, sagte ich. »Um Gottes willen, er sitzt im Gefängnis, seine Strategien sind erwiesenermaßen alles andere als effektiv!«

»Was ihn umso gefährlicher macht«, sagte David langsam. »Sicher ist er wild entschlossen, alles richtig zu machen und dich auf seine Seite zu ziehen.«

»Du solltest dir sehr genau anhören, was die anderen über ihn zu sagen haben«, sagte Anna, »und dir dann eine eigene Meinung bilden. Lass nicht zu, dass er dein Urteilsvermögen manipuliert.«

»Vergiss nicht, Rebecca«, sagte David, »er ist außergewöhnlich intelligent.«
Und du bist außergewöhnlich bevormundend. Warum kannst du nicht verstehen, dass ich sehr gut weiß, wie ich meinen Job zu machen habe?
Ich schenkte ihm mein süßestes Lächeln. »Ja, natürlich. Ich werde dran denken.«

26.

Jedes Schuljahr fing gleich an. Ich stellte mich zu den anderen und wurde in einen neuen Klassenraum geschickt, wo ein neuer Lehrer an der Tafel wartete. Und nach ein oder zwei Wochen saß ich wieder allein in der Bücherei.
Bei Mr. Carter dauerte das Ganze allerdings ein bisschen länger. Ich war im vierten Jahr und Mr. Carter neu an der Schule. Nachdem er am ersten Tag die Sitzordnung festgelegt hatte – immer vier Kinder an einem Tisch, *Kinder, ihr dürft euch hinsetzen wo ihr wollt, ich möchte, dass sich hier jeder wohl fühlt* –, hievte er seinen Hintern auf das Lehrerpult und musterte uns. Er hatte später angefangen zu unterrichten, er erzählte uns ganz freimütig, dass er sein Studium und die Ausbildung gerade erst beendet habe. Er hatte ein eifriges Glitzern in den Augen; wir seien die ersten Kinder überhaupt, die er unterrichten dürfe. Er wolle, dass diese Erfahrung für alle gleichermaßen angenehm werde.
Was er sich am meisten für unsere Klasse wünsche, sei Ehrlichkeit und Vertrauen. »Zwischen mir und euch«, sagte er,

pikste sich mit dem Zeigefinger in den Bauch und zeigte dann auf uns, und wie um uns seine Ehrlichkeit und sein Vertrauen zu beweisen, erzählte er uns erst einmal seine Lebensgeschichte, inklusive seiner Qualifikationen und seiner Philosophie, und seine Stimme wurde dabei immer schneller und immer lauter. Er spuckte, wenn er ein *s* aussprach, und bald bereute ich es, mich nicht weiter nach hinten gesetzt zu haben.

Er hatte sich mehr schlecht als recht als Bauarbeiter durchgeschlagen und jeden Job angenommen, der ihm angeboten wurde; aber dann hatte er sich für den Lehrerberuf entschieden, weil er selbst nie gut gewesen war in der Schule. Das habe nicht daran gelegen, dass er faul gewesen wäre oder nicht hätte mitarbeiten wollen. Die Wahrheit war, dass das Schulsystem ihn im Stich gelassen hatte.

»Nur deswegen bin ich Lehrer geworden«, sagte er, »und während des Lehrerstudiums habe ich mir geschworen, kein einziges Kind jemals im Stich zu lassen. Das verspreche ich euch. Ich werde kein Kind in diesem Klassenraum jemals im Stich lassen.«

Es war ungewöhnlich für einen Lehrer, auf Augenhöhe mit uns zu kommunizieren, und die anderen blickten sich um, weil sie nicht genau wussten, ob sie Mr. Carter bewundern oder einfach nur lächerlich finden sollten. Endlich beruhigte er sich und sprach langsamer, und von seinem *s* ging keine Gefahr mehr aus. Die Grundschulzeit sei besonders wichtig für uns, sagte er, und wenn wir uns mit Stolz und Zufriedenheit daran erinnern wollten, müssten wir von nun an unser Bestes geben.

Dann verschränkte Mr. Carter die Arme vor der Brust, runzelte die Stirn und beobachtete uns nachdenklich von seiner

Warte auf dem Schreibtisch aus. Er selber glaube, sagte er, dass ein Schüler nur dann Probleme in der Schule bekäme, wenn seine individuellen Bedürfnisse nicht berücksichtigt würden. Wie sollte ein Kind erfolgreich sein, fragte er, beugte sich vor und starrte in unsere verwirrten Gesichter, wenn man ihm nicht erlaube, in seinem eigenen Tempo zu arbeiten?

Er war ziemlich dick, und ich war beeindruckt von der Geschwindigkeit, mit der er plötzlich aufsprang, den Klassenraum durchquerte und in der Abstellkammer verschwand. Er kam augenblicklich mit einem sehr großen Karton zurück. Er öffnete ihn mit großer Geste und nahm eine kleine, gelbe Kiste heraus, die er vor uns abstellte.

»Dies, Kinder, ist ein völlig neues System«, sagte er. »Was ihr hier seht, ist die absolut neueste Methode in der Mathematik. Die Sunshine Beach Primary ist eine der wenigen glücklichen Schulen, die auserwählt wurden, es zu erproben. Die Mathematik zu verstehen ist für euch alle ungeheuer wichtig, und mit dieser Methode kann jeder Schüler unabhängig von den anderen arbeiten – ohne gebremst zu werden und ohne andere zu bremsen. Jeder von euch bekommt seine eigene Kiste, und danach hängt alles von euch ab. Und von mir natürlich.«

Die absolut neueste Methode im Mathematikunterricht bestand aus zehn Kästchen in unterschiedlichen Farben. Das weiße enthielt die einfachsten, das blaue die schwierigsten Aufgaben. In jeder Kiste steckten zwanzig bunte Karten mit jeweils zehn Rechenaufgaben. Die Lösungen steckten ebenfalls in der Kiste, aber wir sollten die Aufgaben lösen, ohne zu mogeln, *denn wer betrügt, betrügt letztendlich nur sich selbst*. Wenn man mehr als drei Fehler pro Karte machte, half

Mr. Carter weiter. Ich zog meine erste Karte aus der weißen Kiste.
Ich fühlte mich unendlich erleichtert, als ich am Ende der Woche meine letzte Karte in die dazugehörige Kiste steckte und mich wieder auf meinen Platz setzte. Mr. Carter beobachtete mich und lächelte mir verständnisvoll zu. Ich lächelte zurück.
»Müde, Connor?«
Ich krümmte und streckte meine Finger.
Er drehte sich zu Lisa Dowie um, die sich mit einer Karte in der Hand seinem Pult näherte. Mir war aufgefallen, dass Lisa, wann immer sie mit einem Lehrer sprach, den Oberkörper leicht vorbeugte, sich auf die Zehenspitzen stellte und dann leicht vor und zurück wiegte. Manchmal hakte sie den linken Fuß um den rechten Unterschenkel, bis das Gespräch beendet war. Ich beobachtete sie, um zu sehen, ob sie es wieder tat.
Als Mr. Carter mit Lisa fertig war und sie wieder normal dastand, wandte er sich erneut mir zu. Er lächelte mich immer noch an, aber diesmal nicht mehr so freundlich.
»Bist du mit deiner Karte fertig, Connor?«, fragte er.
Ich nickte.
»Dann weißt du, was jetzt zu tun ist?«
Ich schüttelte den Kopf.
»Nun, Connor, du machst mit der nächsten weiter.«
»Das geht nicht.«
Sein Lächeln verwandelte sich in einen Ausdruck übertriebenen Mitgefühls. »Sind die Aufgaben zu schwierig für dich? In dem Fall solltest du mich um Hilfe bitten.«
»Die Aufgaben sind nicht zu schwierig für mich.«
»Dann mach jetzt mit der nächsten Karte weiter.«
»Das geht nicht.«

Im nächsten Augenblick stand er neben meinem Tisch. Mr. Carter hatte uns noch etwas anderes versprochen: immer geduldig zu bleiben. Er hatte erzählt, wie sehr die Ungeduld seiner Lehrer ihn in seiner Entwicklung behindert habe. Ich konnte sehen, wie sehr er an seiner Geduld arbeitete.
Zunächst glaubte Mr. Carter, ich hätte die Lösungen abgeschrieben. Nachdem ich aber zwei dunkelblaue Karten vor seinen Augen bearbeitet und er sich überzeugt hatte, dass ich alle Karten ausgefüllt und darüber hinaus recht hatte, als ich behauptete, die fünf »Fehler« auf meinen Karten seien darauf zurückzuführen, dass die Auflösungsbögen fehlerhaft waren, verließ er konsterniert den Klassenraum. Ich nahm ein Buch heraus und begann zu lesen.
Mr. Carter kam zurück und nahm mich mit in Mr. Mitchems Sprechzimmer. Wir setzten uns. Mr. Mitchem sah mich nicht an. Mr. Carters *s* verriet mir, wie aufgeregt er war.
»Mr. Mitchem hat mir erzählt, dass du normalerweise allein in der Bücherei arbeitest, Connor.«
»Ja.«
»Nun, ich beziehungsweise wir sind der Meinung, dass du dich so ganz allein in der Bücherei vielleicht einsam fühlst. Dass du möglicherweise deine Klassenkameraden vermisst.«
Ich wartete auf die Schlussfolgerung.
»Ein Junge wie du, Connor, ein Junge, der so clever ist wie du … ich weiß nicht, ob du verstehst, was ich dir sagen will, aber die neuesten Forschungen zur Hochbegabung haben ergeben, dass auch ein hochbegabtes Kind in erster Linie ein soziales Wesen ist. Verstehst du, was ich dir damit sagen will, Connor?«
Ich gab vor, angestrengt nachzudenken. »Sie möchten mir sagen, dass ich doch lieber im Klassenraum bleiben soll.«

»Bei deinen Freunden.«
»Bei meinen Freunden.«
Mein Tonfall verriet Mr. Carter, dass ich genau genommen keine Freunde hatte. Mr. Mitchem seufzte und machte sich daran, die Stifte auf seinem Schreibtisch neu zu ordnen, aber Mr. Carter ließ nicht locker.
»Connor, ich kann sehen, dass du Angst davor hast, dich in der Klasse zu langweilen. Das war doch bis jetzt immer dein Problem, nicht wahr?«
Ich nickte.
Er strahlte mich an. »Mr. Mitchem hat sich bereit erklärt, ein individualisiertes Programm für dich anzuschaffen, damit du in der Klasse arbeiten kannst. Wir finden zusammen eine Lösung. Einverstanden?«
Ich nickte wieder.
»Guter Junge.«
Das individualisierte Programm stellte sich als weitere Enttäuschung für Mr. Carter heraus, auch wenn ich ihn zu trösten versuchte, indem ich ihm vorschlug, ein eigenes zu entwickeln. Physik war nicht unbedingt Mr. Carters Stärke, und ganz offenbar bereitete es ihm Mühe, mit mir zu arbeiten. In Woche vier fand er heraus, dass die meisten Kinder beim Ausfüllen der Karten mogelten, und dann gab es da noch den Zwischenfall mit Lisa Dowie und Brian Chapman in der Abstellkammer. Mr. Carter hatte keine Zeit, sich um mein Programm zu kümmern, und kurz darauf kehrte ich in die Bücherei zurück.
Ich fürchte, der Ton und der Inhalt dieses Berichts lassen mich wie einen eingebildeten Besserwisser aussehen. Man hat mir Arroganz vorgeworfen, und möglicherweise erwecke ich diesen Eindruck, besonders wenn ich mich angegriffen oder

unsicher fühle. Es war jedoch nie meine Absicht. Ich bitte Sie nicht um Ihr Mitgefühl, aber da Sie mich kennenlernen wollten, möchte ich, dass Sie den Hintergrund verstehen. Die Grundschule wusste nichts mit mir anzufangen. Ich habe zu schnell gelernt, und ich konnte keine Freundschaften schließen. In diesen Jahren ging es in erster Linie um körperliche Ertüchtigung und Sport, mein Koordinationsvermögen aber war mangelhaft, und es fiel mir schon schwer, einen Ball zu fangen oder zu treten. Vor Mannschaftsspielen hatte ich eine höllische Angst, und ehrlich gesagt konnte ich auch den Sinn darin nicht erkennen. Auf dem Weg in den Sportunterricht sagte ich einmal zu einer Mitschülerin namens Janine Cronin, man habe im Altertum abgeschlagene Köpfe statt Bälle verwendet. Sie fing zu kreischen an und verpetzte mich beim Lehrer. Für den Rest des Tages musste ich Papierfetzen und Müll auf dem Schulhof einsammeln.
Ich war ungeschickt und kontaktscheu, und ich besaß die unheimliche Fähigkeit, mir alles zu merken. Ich konnte nichts dafür, und ich konnte nichts daran ändern. So war ich nun einmal. In einem ihrer Fotoalben hatte Angela ein Bild von mir, als ich etwa zehn Jahre alt war. Ich bat sie, es zu entfernen, aber sie hing daran, weil es aus jener Zeit sonst kaum Bilder gab. Meine Knie und meine Ellbogen standen knochig hervor. Meine Ohren standen mir vom Kopf ab wie die großen, geschwungenen Armlehnen eines Sofas.
Bis heute fühle ich die Demütigung, die sich wie eine Hitzewallung in meinem Körper breitmacht und mein Gesicht zu jener geisterhaften Fratze verzerrt, wenn ich an das Kind denke, das ich damals war. So hässlich, dass man es in der Bücherei verstecken musste. Ein Kind, das sich in den Pausen an die Wände drückte, um sich unsichtbar zu machen.

Als ich zehn war und das Foto entstand, ging Angela schon auf die Highschool in Foxton.
Ich hatte niemanden mehr.

* * *

Das Leben als Lehrer war Bruce Carter ganz offensichtlich gut bekommen. Er wohnte in Eastbourne in einem weitläufigen Designerbungalow, der versteckt hinter Büschen stand. Carter war erpicht darauf gewesen, mich persönlich kennenzulernen und mir mehr über Connor zu erzählen. Er sah genau so aus, wie er am Telefon geklungen hatte. Aufgekratzt, enthusiastisch, gutmütig. Zu gutmütig. Er trug Kleidung, die ihm zweifellos irgendein Verkäufer empfohlen hatte, um lässig und gepflegt zu wirken, und sein Haar ragte in sorgfältig hochfrisierten, glänzenden Stacheln über der Stirn in die Höhe. Ich dachte an Connors Reaktion, als ich ihm von dem Treffen erzählt hatte. *Aufdringlich. Schmeichlerisch und aufdringlich.* Gleichzeitig erinnerte ich mich an das, was Anna gesagt hatte.
Hör dir genau an, was andere über ihn zu sagen haben. Lass nicht zu, dass er dein Urteilsvermögen manipuliert.
Wir setzten uns auf die Terrasse und tranken Kaffee. Das Meer glitzerte, und abgesehen vom gelegentlichen Zwitschern der Vögel und dem Zirpen der Grillen war nichts zu hören und die warme Luft vollkommen unbewegt.
»Connor Bligh«, sagte er. »Manche Schüler vergisst man nicht, aus irgendeinem Grund. Im Laufe der letzten Jahre habe ich oft an Connor gedacht und mich gefragt, was wohl aus ihm geworden ist. Ich habe ihn sofort erkannt, als ich ihn im Fernsehen sah, noch bevor sein Name genannt wurde.«

»Kannten Sie Angela?«
»Ich habe manchmal gesehen, wie sie ihn von der Schule abgeholt hat. Aber auf den Bildern im Fernsehen hätte ich sie nicht erkannt. Ehrlich gesagt hatte der Fall mich nicht interessiert, bevor ich Connor wiedererkannte. Angela hatte sich verändert. Sehr sogar.«
»Sie meinen, sie ist älter geworden?«
»Nein, nicht nur das. Als Teenager hatte sie ausgesehen wie … wie gewisse Mädchen. Schwarze Schminke um die Augen, zu kurze Röcke. Sie verstehen schon.«
Ich versuchte, mir nichts anmerken zu lassen. »Hm.«
»Ich dachte, dass es mit ihr kein gutes Ende nehmen würde.«
Ich kniff die Lippen zusammen.
»Aber die Angela im Fernsehen sah völlig anders aus als die Angela, an die ich mich erinnern konnte. Ich war überrascht und sehr beeindruckt. Eine attraktive, gut geratene Frau.«
Ich verstand sehr genau, warum Connor ihn nicht leiden konnte.
»Lassen Sie uns über Connor reden«, schlug ich vor. »Warum können Sie sich so gut an ihn erinnern?«
»Ein sehr schlaues Kerlchen. Ich war dabei, eine neue Methode im Matheunterricht auszuprobieren. Ein sehr erfolgreiches Experiment, wie sich herausstellen sollte. Ich habe den Kindern die Möglichkeit gegeben, den Unterrichtsstoff in ihrem eigenen Tempo durchzuarbeiten, was gut für die langsamen war und den besseren Schülern dennoch ausreichend Herausforderung bot. Connor hatte sich recht schnell durchgearbeitet, deswegen bestellte ich ein Zusatzpaket für ihn, aber gegen Ende des Schuljahres war selbst das nicht mehr genug. Sein Verständnis für Mathematik und Naturwissenschaften … nun ja, ich muss zugeben, irgendwann

bewegte er sich in Sphären, die selbst ich nicht mehr nachvollziehen konnte. Das konnte einem fast schon Angst einjagen, ehrlich.«

Dann stimmt also, was Connor gesagt hatte. Er hatte allerdings von Wochen gesprochen, nicht von Monaten, innerhalb derer er Carters Karten gelöst hatte.

»Und was haben Sie dann mit ihm gemacht? Am Ende des Schuljahres, meine ich.«

Er wurde leicht verlegen und verschränkte die Arme. »Nun ja, ich … ich hatte natürlich noch viele andere Schüler, die meine Aufmerksamkeit brauchten. Connor und ich kamen zu einer Einigung.«

»Was für eine Einigung?«

»Nun ja, Sie müssen das verstehen. Ich war … ich war ein unerfahrener Lehrer, der es mit einem ungewöhnlich intelligenten Schüler zu tun hatte.«

»Und so kamen Sie und Connor zu einer Einigung?«

Er wedelte mit den Händen. »Wissen Sie, ehrlich gesagt konnte ich kaum noch etwas für ihn tun. Letztendlich musste ich ihn gewähren lassen. Das war es, was er wollte, er ging sehr gern in die Bücherei. Außerdem geht es doch hauptsächlich darum, dem Kind gerecht zu werden, nicht wahr? Ich musste … ich musste die Wünsche meines Schülers respektieren, außerdem war das Schuljahr ohnehin fast um.«

»Es tut mir leid«, sagte ich, »aber Connor hat etwas anderes erzählt. Er hat gesagt, er hätte die Aufgaben in kürzester Zeit gelöst und sei danach mehr oder weniger sich selbst überlassen worden.«

»Hat er das tatsächlich gesagt?«

»Ich will ehrlich sein.« Ich setzte ein ratloses und, wie ich hoffte, hinreißendes Lächeln auf. »Connor hat Sie fraglos sehr bewundert, und er weiß, was Sie für ihn getan haben. Aber Ihre Aussage weicht von seiner ab, und es ist wichtig für mich herauszufinden, ob er die Wahrheit sagt. Könnte es also sein, dass Sie bei den zeitlichen Abläufen ein wenig durcheinandergekommen sind? Wissen Sie, die Fakten müssen absolut stimmen, wenn Sie vor der Kamera aussagen. Am Ende schaut jemand zu, der es besser weiß, und dann müssen Sie sich rechtfertigen.«

»Nun ja«, sagte er langsam. »Also, ich kann Ihnen unmöglich sagen, wann genau das alles sich abgespielt hat. Immerhin ist es viele Jahre her.«

Ich machte ein besorgtes Gesicht und wartete. Meiner Erfahrung nach funktioniert dieser Trick sehr gut. Wenn man verunsichert statt aggressiv auftritt und lange genug wartet, rücken die meisten Interviewpartner irgendwann mit Fakten heraus, die sie eigentlich verschweigen wollten, nur um einen wieder glücklich zu machen.

Er hob beide Hände in die Höhe. »Es war mein erstes Jahr an der Schule. Im Nachhinein muss ich zugeben, dass mein Umgang mit Connor nicht ganz korrekt war. Ich wusste es schon damals, aber ich war ratlos. Aber wie sich herausstellen sollte, hat Connor mich auf den richtigen Weg gebracht. Das hochbegabte Kind. Darauf habe ich mich spezialisiert. Was ich für Connor nicht leisten konnte, habe ich später für viele Kinder in ganz Neuseeland geleistet. Sicher haben Sie schon von den Hochbegabtenkliniken gehört?«

»Nein, tut mir leid.«

»Es sind Diagnosezentren, in denen Kinder auf Hochbegabung getestet werden. Speziell entwickelte Programme, die in Grundschulen angewendet werden, um sicherzustellen, dass diese Kinder gleichermaßen gefordert und sozialisiert werden. Halbjährliche Testreihen zur Überprüfung der Fortschritte.«

»*Sie* haben dieses Programm ins Leben gerufen?« Ich beugte mich leicht vor und legte Bewunderung in mein Gesicht.

Er fing an zu strahlen. »Ja, das war hauptsächlich ich. Diese jungen Leute sind unsere zukünftigen Führungskräfte. Das habe ich auch dem Bildungsministerium gesagt, und sie fördern meine Arbeit.«

»Diese Kinder sollten unter staatliche Aufsicht gestellt werden, ist es das, was Sie sagen wollen?«

»Nicht unbedingt, aber ich kann mich noch gut an eine Konferenz erinnern, auf der irgendein Wissenschaftler in seiner Begrüßungsrede sagte, ein hochbegabtes Kind sei in zweiter Linie hochbegabt und in erster Linie ein Kind. Ich habe das früher auch geglaubt, aber inzwischen weiß ich, das ist kompletter Unsinn. Sie müssen sich klarmachen, dass hochbegabte Kinder besonders viel Aufmerksamkeit brauchen, was ihre Entwicklung betrifft, sonst sind am Ende alle frustriert. In Connor Blighs Fall zum Beispiel hätte sich die Tragödie verhindern lassen, wenn man ihn kontrolliert und seine besonderen Fähigkeiten besser gefördert hätte.«

»Die Tragödie?«

»Diese schreckliche Sache mit seiner Familie.«

»Erinnern Sie sich hauptsächlich deswegen so gut an Connor Bligh, weil Sie sich so für hochbegabte Kinder interessieren?«

»Für mich ist Connor so etwas wie meine große berufliche Enttäuschung. Ich hätte gern mehr für ihn getan, aber mir fehlte damals die Erfahrung. Ich kann mich nur mit dem Gedanken trösten, dass es wahrscheinlich ohnehin schon zu spät war, als er in meine Klasse kam.«

Ich hasste diesen Typen.

»Zu spät?«

»Irgendetwas stimmte nicht mit diesem Connor Bligh. Er war wie kein anderes Kind, wissen Sie, er war so … so kalt. Kalt und intelligent und berechnend.«

»Vielleicht hatten Sie diesen Eindruck, weil er von den anderen Kindern gemobbt wurde und die Lehrer ihn ablehnten.«

Meine Stimme klang eisig und schneidend. *Ups, Rebecca, du solltest es dir nicht mit einem potenziellen Interviewpartner verscherzen.*

»Äh, damit mein ich die anderen Lehrer.« Ich lächelte niedlich.

»Da könnten Sie recht haben. Obwohl Bob Mitchem mir etwas anderes erzählt hat.«

»Ja?«

»Der Vorfall hat sich vor meiner Zeit ereignet, deswegen kann ich Ihnen nicht sagen, was daran stimmt. Connor wollte unbedingt allein in der Bücherei sein. Er tat sein Bestes, um nicht mit den anderen in der Pause nach draußen zu müssen.«

»Das verstehe ich. Er hatte Angst vor ihnen.«

»Wie Mitchem mir berichtet hat, hat er die anderen Kinder absichtlich provoziert. Er hat sich neben sie gestellt und sie beschimpft. Verletzende Sachen gesagt. Ein Junge hat dann irgendwann die Nerven verloren.«

»Connor wurde zusammengeschlagen. War Mitchem der Meinung, das sei gerechtfertigt gewesen?«

»Nein, aber die anderen Kinder – die Augenzeugen, wenn Sie so wollen – haben gesagt, Connor hätte einfach nicht lockergelassen. Er ließ einfach nicht von dem Jungen ab. Sie sagten, er habe ihn provoziert, wieder und wieder zuzuschlagen, und der andere Junge habe sich so aufgeregt, dass er zuletzt in Tränen aufgelöst war. Er wollte aufhören, aber Connor ließ ihn nicht in Ruhe. Als Mitchem dazwischenging, blutete Connor aus Mund und Nase und hatte eine Wunde am Kopf. Trotzdem hörte er nicht auf.«

»Aber er war ein kleiner Junge.«

»Das macht es ja so seltsam.«

»Aber das hat man Ihnen natürlich nur zugetragen, und Mitchem weiß es von den anderen Kindern. Die hatten ihre eigenen Interessen im Sinn. Sie mussten sich auf die Seite des Prüglers schlagen, um sich zu schützen.«

»Da könnten Sie recht haben.«

Ich lächelte ihn strahlend an. »Natürlich können Sie vor der Kamera nicht über diesen Vorfall sprechen, da Sie nicht selbst dabei waren. Wären Sie dennoch zu einem Interview bereit? Mit Ihrer Fachkenntnis wären Sie mir eine große Hilfe.«

Seine Miene hellte sich sichtlich auf. »Wirklich? Nun ja, es wäre mir eine Ehre, meinen Beitrag zu leisten. Aber was ist mit dem Umstand, dass ich Connor alleine in der Bücherei habe sitzen lassen? Das könnte einen schlechten Eindruck machen.«

»Ach, dieses kleine Detail werden wir einfach verschweigen«, sagte ich fröhlich. »Viel wichtiger ist, dass Sie über Connors Hochbegabung sprechen.«

* * *

In der Sunshine Beach Primary habe ich gelernt, mich in mir selbst zu verkriechen. Ich wollte, dass die anderen Kinder mich mochten, aber als ich sah, dass es aussichtslos war, ging ich ihnen aus dem Weg. Und nach einer Weile hielten sie es genauso.

Sie waren immer im Rudel unterwegs. Größere Kinder, kleinere Kinder, es war egal, ihre Augen waren voller Verachtung. Manchmal gelang es mir, mich mit meinen Büchern unter einem Tisch in der Bücherei zu verkriechen, so dass Mr. Mitchem mich beim Vorbeigehen nicht sah. Meistens steckte er jedoch den Kopf herein und erwischte mich. »Connor, ab nach draußen!«

Ich wurde geschubst und geboxt. Ich hatte mich daran gewöhnt. Die Beschimpfungen waren viel schlimmer.

Spasti. Mädchen. Hosenscheißer.

Freak.

Ich konnte mit niemandem darüber reden, schon gar nicht mit den Lehrern. Ich wusste, wenn ich mich beschwerte, würde der Schulleiter zu Hause anrufen oder gar vorbeikommen, und dann würde er herausfinden, dass Angela und ich praktisch allein lebten.

Sie werden euch auseinanderreißen und ins Heim stecken.

Als ich den Jungen an jenem Tag sah, wusste ich sofort, dass ich fällig war. Der Junge mit der grauen Strickmütze. Er kam aus Mr. Mitchems Büro und wischte sich die Hand an der Hose ab. Aus seiner Nase lief Rotz, er weinte. Bis dahin hatte er mich immer ignoriert. Er war zu alt und zu beliebt, um mich zu beachten. Aber als er mich dort mit weit aufgerissenen Augen sitzen sah, drehte er durch. »Was glotzt du so, du Spinner?«

Er hieß Robby King. Danach wurde alles noch schlimmer.

Wo ist deine Mutter, Bligh? Wo ist deine Mutter denn hin? Deine Mutter konnte dich nicht mehr ertragen, deswegen hat sie sich im Meer ertränkt.

In der Pause schlich er sich von hinten an. Ich warf gerade mein Butterbrotpapier in den Müll, als er mich schubste. Er schubste mich noch einmal, und ich fiel hin. Er hockte sich auf meinen Rücken und rammte mir seine spitzen Knie in die Rippen. Er drückte mein Gesicht in den Dreck, und ich versuchte, mich zu befreien und aufzuspringen. Er ließ mich los, aber sobald ich aufrecht stand, packte er meine Knie und riss mich wieder um. Die anderen umringten uns. Ich sah nach oben in ihre Gesichter.
Als er anfing, auf mich einzudreschen, kamen mir die Schläge fast schicksalhaft vor. Ich hatte mich lange Zeit gefürchtet und versteckt, aber ich hatte immer gewusst, eines Tages würde es so weit kommen. Ich blieb merkwürdig ruhig. Nun, da es endlich geschah, hatte ich keine Angst mehr. Ich brauchte nichts weiter zu tun, als reglos liegen zu bleiben und mich schlagen zu lassen. Mit seinem linken Arm hielt er meine Handgelenke fest, und selbst wenn es möglich gewesen wäre, hätte ich nicht zurückgeschlagen, denn das hätte ihn nur noch wütender gemacht.
Seine Faust krachte wieder und wieder gegen meinen Kopf. Ich spürte keine Schmerzen mehr, hörte immer nur, wie seine Knöchel auf meinen Körper trafen. Und das Geschrei: »Los, los!« Dann fing er zu kreischen an. »Gibst du auf, gibst du endlich auf?« Ich öffnete die Augen und sah ihn an. »Sag endlich, dass du aufgibst, du Spinner!«
Ich spürte sein Gewicht auf mir, seine Faust, mein nasses Blut, aber seine Stimme und sein Gesicht schienen unendlich weit entfernt zu sein.
»Gib auf! Sag es endlich!«
Ich konnte es nicht sagen. Er schlug und schrie, schlug und schrie, und dann rollte er von mir herunter. Ich lag auf dem

Rücken und starrte in den Himmel. Ich hörte jemanden weinen.
Mr. Mitchem riss mich in die Höhe und schleifte mich ins Lehrerzimmer, wo er mich auf ein Sofa legte. Miss McIntyre war auch da, sie sah verschreckt aus. *Machen Sie ihn sauber, Marian.*
Miss McIntyre holte eine Edelstahlschüssel mit Wasser und Desinfektionsmittel, sie wusch mir das Gesicht und deckte mich zu, und dann schlief ich ein. Nach Schulschluss sagte mir die Sekretärin, dass Angela auf dem Weg sei. Mr. Mitchem würde uns beide nach Hause bringen.
Auf dem Weg erklärte uns der Schuldirektor, dass Unfälle auf dem Schulhof nun einmal zur Tagesordnung gehörten. Er sagte, Platzwunden am Kopf bluteten immer sehr stark und sähen grundsätzlich schlimmer aus, als sie seien.
Ich blieb eine ganze Weile zu Hause. Als ich wieder in die Schule ging, ließen die anderen mich in Ruhe.

27.

Connor lächelte, als ich es ihm erzählte. »Ja«, sagte er. »Ja, ich war immerhin schon sieben Jahre alt und brannte darauf, mich als Boxsack zur Verfügung zu stellen.«
»Dann hat Mitchem nicht die Wahrheit gesagt?«
Aufmerksam beobachtete ich seine Reaktion. Wenn man regelmäßig Menschen interviewt, fallen einem selbst die kleinsten Veränderungen in der Mimik auf – der unstete Blick, die fahrigen Hände, die sich zum Gesicht bewegen.

Er sah mir direkt in die Augen. »Er lügt.«
»Wozu sollte Mitchem so etwas behaupten?«
Er ließ mich nicht aus den Augen. Er haderte nicht, er blinzelte nicht. »Um es so aussehen zu lassen, als wäre ich nicht normal? Um zu rechtfertigen, was passiert war? Was weiß ich.«
»Dann haben Sie den Jungen nicht provoziert?«
»Nein. Nein, auf keinen Fall. Ich mag ein Außenseiter gewesen sein, aber ich war doch kein Selbstmörder. Hören Sie, wenn Sie mir nicht glauben, können Sie den Kerl dahinten fragen. Er wird bestätigen, dass ich mich stets bedeckt halte und nur etwas sage, wenn ich gefragt werde.«
Ich drehte den Kopf. Als der Typ am Nachbartisch meinen Blick bemerkte und mich böse anfunkelte, schaute ich schnell weg. Seine muskulösen Arme waren von Tätowierungen bedeckt, ebenso sein kurzer, breiter Hals und sein Gesicht.
Ich sah Connor an, und da war es wieder, dieses Flackern in seinen Augen. Aber das war keine Arglist, die ich da sah, es war etwas anderes.
»Sie sind doch sicher hier drinnen?«, fragte ich. »Die lassen Sie doch in Ruhe?«
»Meistens«, antwortete er.

* * *

Cheryl Walker sei ihre einzige wahre Freundin, hatte Angela gesagt. Cheryl war erst vor kurzem mit ihrer Mutter in das grüne Haus am Ende der Straße eingezogen, in der auch der Supermarkt lag. Sie fuhr mit demselben Schulbus wie Angela. Jeden Morgen sah ich Cheryl an der Bushaltestelle warten. Ich drehte mich immer wieder zu ihnen um, bis ich auf

dem Weg zur Schule um die Ecke bog. Viele Kinder warteten an der Bushaltestelle, aber Angela und Cheryl standen immer ein wenig abseits. Sie steckten die Köpfe zusammen und tuschelten, und manchmal hörte ich sie lachen.
Cheryls Haare waren zu Stacheln hochfrisiert, ihr Lachen war kalt und laut. Sie lachte viel, besonders wenn Jungs auf dem Fahrrad vorbeikamen. Sie drehte den Kopf weg und tat so, als sähe sie sie nicht, und dann fing sie zu lachen an.
Sie besuchte uns zu Hause, was vorher noch niemand getan hatte. Ich bekam Angst, sie könnte ihrer Mutter von uns erzählen, aber Angela versicherte mir, sie hätte Cheryl gesagt, unser Vater käme immer erst spät von der Arbeit zurück. Eines Tages lud Cheryl Angela zu sich nach Hause zum Tee ein. Angela sagte, es täte ihr leid, dass sie mich nicht mitnehmen könne, und kaufte mir zum Trost ein Stück Torte und einen Windbeutel.
Als es dunkel wurde, lief ich zu Cheryls Haus und schaute über die Hecke. Alle Lichter brannten, und ich sah Angela und Cheryl auf dem Bett sitzen. Cheryl lackierte Angela die Fingernägel. Als Angela nach Hause kam, brachte sie mir einen Erdnussbrownie mit, den Cheryls Mutter für mich eingepackt hatte.
Manchmal ließ Angela mich nicht ins Schlafzimmer, wenn Cheryl zu Besuch war. Sie schlossen die Tür ab, und ich hörte sie flüstern. Angela sagte, sie und Cheryl müssten manchmal über private Angelegenheiten reden. Meistens durfte ich aber dabei sein, wenn sie einander frisierten oder sich halfen, Lippenstift und Eyeliner aufzutragen. Cheryl schnitt Angela einen Pony, den sie in die Höhe frisierte wie ihren eigenen. »Sieht das nicht cool aus? Connor, sieht Angela nicht cool aus?«

Natürlich kam unser Alter eines Tages nach Hause, als Cheryl da war. Ich fürchtete, er würde ausrasten und sie rausschmeißen wie Mrs. Ryan, aber offenbar mochte er Cheryl. Er lachte über ihre Witze und fuhr zum Laden, um Coca-Cola und Chips zu kaufen. Als Cheryl nach Hause ging, sagte er zu Angela, es wäre gut, dass sie eine Freundin habe. Angela fragte, ob Cheryl bei uns übernachten dürfe. Mein Vater sagte, sie könne jederzeit vorbeikommen, wir sollten ihm jedoch vorher Bescheid geben. Er sagte, es würde einen schlechten Eindruck machen, wenn sie bei uns schlief und er außer Haus war.

Daraufhin war Cheryl ziemlich oft bei uns. Wenn sie bei uns übernachtete, schlief ich im sogenannten Wintergarten hinten am Haus. Ich sagte Angela, es sei dort nachts zu kalt, und sie schlug vor, im Schlafzimmer, wo sie und Cheryl schliefen, eine Matratze für mich auf den Boden zu legen. Aber der Alte fand, ich sei alt und hässlich genug, um allein zurechtzukommen, meine Schwester könne nicht für den Rest ihres Lebens den Babysitter für mich spielen. Er sagte, Cheryl sei ein nettes Mädchen.

Ich wunderte mich über sein plötzliches Interesse an unserem Leben, und ich wunderte mich noch mehr, als er anfing, viel Zeit zu Hause zu verbringen. Er saß am Küchentisch und trank Bier, während die Mädchen das Essen kochten. Er gab Cheryl und Angela Bier zu trinken. Cheryl fing zu kichern an und meinte, ihr sei schwindlig, und dann ließ sie sich auf einen Hocker sinken.

Ich war fast zwölf, als Cheryl anfing, uns zu besuchen, alt genug also, um zu bemerken, dass sie errötete, wenn der Alte ihre Beine musterte. Ich warf Angela verstohlene Blicke zu. Auch sie hatte es bemerkt.

Dann eines Tages verschwand der Alte für eine ganze Woche, und als Angela Geld aus der Dose in der Küche nehmen wollte, um Lebensmittel einzukaufen, waren die drei Zwanzigdollarscheine verschwunden. Sie fing zu weinen an. Ich sagte ihr, wir kämen schon zurecht, wir würden einfach von den Konserven in der Abstellkammer leben, aber sie weinte bitterlich und jammerte, es sei ungerecht. Es sei so verdammt ungerecht.

All das passierte während meines letzten Grundschuljahres. Gegen Ende des Schuljahres kam Mr. Mitchem in die Bücherei und fragte mich, ob ich mich für ein Stipendium an der Palmerston North Boys' High bewerben wolle. Er sagte, meine Chancen stünden seiner Ansicht nach sehr gut. Er wirkte aufgeregt, und obwohl ich begriff, dass es ihm eher um das Ansehen der Sunshine Beach Primary ging als um mich, stimmte ich zu. Ich hatte mich bereits entschieden, nicht aufs Manawatu College zu gehen.

Ich bekam ein Vollstipendium. Sie schrieben mir einen Brief. Ich wollte Angela nicht allein lassen, also schrieb ich im Namen meines Vaters zurück, dass Übernachtungen im Internat nicht in Frage kämen. Schließlich erklarte die Schule sich bereit, die Fahrtkosten zu übernehmen. Alles – Schulgebühren, Schuluniform, Unterrichtsmaterial, Ausflüge und zusätzliche Ausgaben – wurde bezahlt. Es würde dem Alten keinerlei Kosten verursachen. Ich hätte ihm gar nicht davon erzählt, weil er sich nie für diese Angelegenheiten interessiert hatte, aber dann schrieb die Lokalzeitung darüber. Irgendjemand erzählte es ihm, und er kam nach Hause und kochte vor Wut. Das Leben, das er führe, sei verdammt noch mal auch gut genug für mich. Ich würde diese Schule nicht besuchen, Ende der Diskussion.

Warum war er dagegen? Weil ich mir einbilden könnte, etwas Besseres zu sein? Weil ich mir einreden mochte, mehr aus meinem Leben zu machen, als er für mich vorgesehen hatte? Ich weiß es nicht sicher, aber ich glaube, er konnte den Gedanken nicht ertragen, dass ich mich selbst verwirklichte. Ich hätte sein Gebrüll und seine Schläge ignoriert und es trotzdem gemacht, aber er drohte mir, mich aus dem Haus zu werfen. Er würde mich auf die Straße setzen. »Bild dir ja nicht ein, ich wär dazu nicht in der Lage.«

Ich hätte mich für ein Leben im Internat entscheiden können, aber allein die Vorstellung machte mir Angst. Ich war noch nie von zu Hause weg gewesen, ich war noch keine Nacht von Angela getrennt gewesen. Ich konnte sie nicht verlassen, und es gab keinen Ort, an den wir hätten gehen können.

Durch die Schlägerei mit Robbie King hatte ich gelernt, wie man mit Schikane umging. Man konnte dem Peiniger nicht ewig aus dem Weg gehen. Das machte alles nur noch schlimmer, seine Wut staute sich an und würde sich am Ende doch entladen. Sich anzubiedern brachte genauso wenig. Ich wusste, ich musste mich dem Alten stellen, und ich durfte nicht nachgeben. Ich wusste aber auch, dass er in der Lage war, mich zu Brei zu schlagen.

Ich bin nicht besonders stolz auf das, was ich tat, aber ich glaube bis heute, dass ich keine andere Wahl hatte. Ich sagte ihm, dass ich über ihn und Cheryl Bescheid wisse. Ich hätte sie zusammen gesehen und wisse auch, dass er ihr Geld gegeben hätte. Ich sagte ihm, dass Cheryls Mutter das sicher gern erfahren würde.

Ich sagte ihm, Angela wisse ebenfalls Bescheid. Wenn er mich aus dem Haus warf, würde sie sich auf meine Seite schlagen und Cheryls Mutter die Wahrheit erzählen. Er würde einen Haufen Ärger bekommen, sagte ich. Ob er nicht wisse, dass Cheryl jünger war als Angela? Ob er nicht wisse, dass sie noch nicht einmal sechzehn war?

Ich bluffte natürlich. Ehrlich gesagt hatte ich keine Ahnung, was mit den sechzig Dollar passiert war, und gesehen hatte ich nichts als seine gierigen Blicke auf Cheryls Beine. Aber Cheryl besuchte uns immer noch regelmäßig, und ich bemerkte, wie lebhaft sie wurde und wie sie die Brust herausstreckte, wann immer wir seinen Lieferwagen in der Einfahrt hörten.

Er sprang auf, ballte seine Hände zu Fäusten und beugte sich über mich, sein aufgedunsenes Gesicht war knallrot, und die dicke Ader an seiner Stirn pulsierte. Er war ein großer, stämmiger Mann, und die Muskeln zeichneten sich deutlich unter seiner Haut ab, als er den Arm hob und ausholte. Ich starrte ihn an, direkt in die Augen, bis er die Faust sinken ließ. »Du Arschloch«, sagte er, »du kleines Arschloch.« Er verließ die Küche, knallte die Tür hinter sich zu, ließ den Motor des Lieferwagens aufheulen und brauste davon, so dass der Kies gegen das Küchenfenster spritzte.

* * *

Ich hielt den Brief in der Hand.

Okay, okay, es war ein eindeutiger Beweis dafür, dass Connor manipulativ war, dass er nicht vor Lügen und Erpressung zurückschreckte, um zu bekommen, was er wollte.

Aber war es unter den damaligen Umständen nicht gerechtfertigt gewesen? Er hatte eine Chance verdient, er musste darum kämpfen.

Und er war mir gegenüber ehrlich. Er hatte offenbart, was er genauso gut hätte verschweigen können.
Aber warum hatte er es mir erzählt? *Ganz offensichtlich handelt es sich bei Bligh um einen ungewöhnlichen Charakter. Und er ist sehr, sehr clever. Man muss hinter die Maske schauen.*
Was sollte ich glauben?

* * *

Obwohl es keine Fahrstunde von Foxton Beach entfernt lag, war ich noch nie in Palmerston North gewesen. An jenem ersten Tag versuchte ich, mich lässig und cool zu geben, als die Türen sich zischend öffneten und ich in den Bus stieg. Natürlich gewöhnte ich mich irgendwann an die Fahrt, aber an jenem Morgen, als die Sonne tief am Himmel stand und ich die düsteren Kiefern hinter mir ließ, als die Landschaft sich vor mir ausbreitete und ein grüner Hügel nach dem nächsten sichtbar wurde, war ich aufgeregter, als ich es je zuvor gewesen war. Der Bus hielt unterwegs, um andere Jungs und Mädchen von der Highschool aufzunehmen. Ich schaute auf die anderen hinunter, wie sie an der Bushaltestelle standen. Ich sah aus wie sie. Gott sei Dank, endlich sah ich aus wie sie. Ich war klein, ich war dünn, aber ich war beim Friseur gewesen und trug dank meines Stipendiums neue, steife, graue Wollshorts, ein graues Hemd, Kniestrümpfe mit farblich abgesetzter Borte und schwarze Schuhe mit runder Kappe und weicher Gummisohle.
Palmerston North. Die Häuser, Gärten, die Bäume auf dem Marktplatz, der Glockenturm, die Schule. Das Herz klopfte mir bis zum Hals, als ich aus dem Bus stieg und mit den an-

deren durch das schmiedeeiserne Schultor lief. Ich möchte nicht sentimental oder selbstmitleidig wirken, und es bereitet mir Schwierigkeiten, meine Gefühle an jenem ersten Morgen zu beschreiben, als ich am Kriegerdenkmal vorbeilief, *pro patria*, an den Gebäuden mit den Holzschindeln und den kleinen Fenstern. Verwundert stellte ich fest, in welch üppigem Grün die Sportplätze leuchteten. Ich weiß nur eines: Zwar war ich meinem tristen, ruppigen Umfeld, das mir offenbar so wenig bekam, noch nicht entkommen, aber ich hatte einen ersten Ausblick auf einen möglichen Ausweg bekommen.

Ich mochte schüchtern und mager sein – in der Grundschule hatte ich eine Klasse übersprungen, deswegen war ich erst vor kurzem zwölf geworden –, aber unter den tausendsechshundert Schülern gab es andere Jungen, die ebenso klein und schmächtig waren wie ich, so dass ich nicht weiter auffiel. An dieser Schule wurde großen Wert auf Wissenschaft, Tradition – *nihil boni sine labore* – und Männlichkeit gelegt. Letzteres hätte mir zu schaffen gemacht, wäre ich nicht in den ersten sechs Monaten wundersamerweise um zehn Zentimeter und drei Schuhgrößen gewachsen. Ich war plötzlich so groß wie der größte Junge in meiner Klasse, und um meine dürren Arme und Beine legte sich ein Polster aus Muskeln. Hinzu kam, dass ich die gleiche Uniform trug wie alle anderen Jungs an der Schule, und so erhielt mein Selbstbewusstsein einen kräftigen Schub. Ich brauchte mich nicht mehr in der Bücherei zu verstecken. Zum ersten Mal empfand ich das Bedürfnis, mich, so weit möglich, anzupassen.

Für eine Weile gab ich mich still und folgsam. Ich bemerkte, dass meine Mitschüler niemals über ihr Zuhause, ihre Eltern oder Geschwister redeten. Ich war also in der glücklichen

Lage, meine Herkunft und meine Wohnsituation für mich behalten zu können. Die meisten Jungen liebten Witze, und so lieh ich mir die entsprechenden Bücher in der Bibliothek aus und machte mich daran, Witze auswendig zu lernen. Gut in der Schule zu sein, wurde geduldet, solange man es nicht übertrieb und nicht damit prahlte. Wollte ich weiterhin meine Ruhe haben, musste ich mich bedeckt halten, und so sorgte ich dafür, dass sich meine Leistungen am unteren Ende des leistungsstärksten Viertels einpendelten.

Der Unterricht war oft ermüdend, aber der wunderschöne Campus entschädigte mich dafür. Französisch und Japanisch standen auf dem Lehrplan, und ich bemerkte, dass ich sprachbegabt war. Ich fing an, mir Spanisch und Russisch selbst beizubringen. Am meisten freute ich mich auf die Naturwissenschaften, und im schuleigenen Labor fühlte ich mich schon am ersten Tag heimisch. Die weißen Wände, die Arbeitstische aus rostfreiem Stahl, die Regale voller Utensilien unter den grellweißen Neonröhren.

Gegen Ende meines ersten Jahres war ich bei den anderen leidlich beliebt. Zu meiner eigenen Überraschung bemerkte ich, dass ich ein talentierter Volleyballer war – ich hatte mich in der Grundschule in keiner Sportart hervorgetan, deswegen war ich sehr verblüfft –, und schon bald spielte ich im Schulteam.

Wir spielten gegen Mannschaften anderer Schulen. Auf den Fahrten zu den Spielen rezitierte ich die auswendig gelernten Witze, die ich vorher Angela probehalber vortrug. Ich brachte die anderen zum Lachen und lernte, wie man eine Bierflasche hält. Zudem bot die Schule kostenlosen Instrumentalunterricht an, und ich beschloss, Gitarre zu spielen. Ich besaß Talent. Ehrlich gesagt war ich bald in der Lage zu spielen,

was immer ich wollte. Ich wurde in die Schülerband aufgenommen und spielte bei festlichen Anlässen in der Schule. Ich trug dazu eine schwarze Hose, ein weißes Hemd und eine schwarz-weiß gestreifte Weste. Angela versicherte mir, ich sähe gut aus.
Das war eine schöne Zeit. Weil Cheryl uns nicht mehr besuchte, bekamen wir den Alten kaum noch zu sehen, und meist waren Angela und ich allein. Im Nachhinein denke ich, dass ich damals in drei getrennten Welten lebte: Da war das gesellschaftliche Leben, zu dem ich wundersamerweise endlich zugelassen worden war, und daneben meine ganz eigene Welt, in der ich las und lernte und Entdeckungen machte. Wichtiger als alles andere aber war die Welt von Angela und Connor. Und obwohl uns das Alter, das Geschlecht, die Umstände und – ich glaube, ich muss das jetzt schreiben – unsere intellektuellen Voraussetzungen trennten, blieb Angela meine engste Vertraute.

* * *

Wer sonst? Wer sonst käme als Täter in Frage?
»Und Ihnen fällt wirklich niemand ein, der Angela und Rowan nicht mochte? Keine ungewöhnlichen Vorfälle, Connor? Egal, wie lange sie zurückliegen, egal, wie wenig Bedeutung Sie ihnen damals zugemessen haben.«
»Nein, da ist gar nichts.«
»Rowan hatte keine Feinde? Hatte er vielleicht eine Affäre?«
»Du liebe Güte, Rebecca, Rowan war die Treue in Person.«
»Aber irgendwas muss es doch gegeben haben. Was ist mit seinen Schülern?«
»Bei denen war er sehr beliebt.«

»Ein einziger Spinner würde reichen.«
»Er war Werklehrer. Ein Schüler, der etwas gegen ihn gehabt hätte, hätte seine Hauswand besprüht oder seine Autoreifen zerstochen. Er hätte ihn nicht ermordet.«
»Und Katy? Sam?«
Er schüttelte den Kopf.

28.

Angelas Leben hatte sich natürlich auch verändert. Sie hatte angefangen, in Bailey's Apotheke in Foxton zu arbeiten. Aus der Schule hatte sie sich nie viel gemacht – Angela war immer schon eher praktisch veranlagt gewesen. Von den Lehrern hatte sie genug, wie sie mir sagte. Mr. Bailey sei gut zu ihr, sagte sie. Er lobte sie dafür, dass sie so freundlich zu den Kunden war und sich, wenn es einmal nichts zu tun gab, damit beschäftigte, die Regale aufzuräumen und zu putzen. Sie legte ihm die Rezepte vor, sobald ein Arzt angerufen hatte, und einmal gestaltete sie das Schaufenster zum Muttertag selbst. Auch das gefiel ihm.
Als Angela in der Apotheke anfing, hätte man sie als gesundes, natürlich wirkendes Mädchen bezeichnet. Sie hatte große Brüste, seit ihrem zwölften Lebensjahr schon, üppig gerundete Hüften und stämmige Beine. Wenn wir mit dem Fahrrad unterwegs waren, beachteten uns die Jugendlichen, die vor der Bäckerei herumhingen, kaum – bis sie Angela entdeckten. Ich hatte über die menschliche Sexualität gelesen und wusste, was in den Köpfen dieser Jungen vorging. Das

Mädchen mit den großen Brüsten und dem dicken Hintern radelte vorbei, und sie alle wollten es vögeln. Ich sah außerdem, wie Angela errötete und wie sie sich noch einmal umdrehte, als denke sie ernsthaft drüber nach. Ich wusste, diese Jungen waren nichts für sie, aber ich wusste nicht, wie ich sie beschützen sollte.

Seit sie in der Apotheke arbeitete, kaufte Angela regelmäßig Frauenzeitschriften, und oft sah ich sie auf dem Sofa liegen, völlig vertieft in die Artikel – *Die zehn besten Stylingtipps, Er redet von Liebe, aber meint er es auch?* – und die Werbefotos mit den wunderschönen, makellosen Models.

Die Zeitschriften schienen Angela weniger zu unterhalten, als unter Druck zu setzen, und ich fragte mich, warum sie trotzdem Geld dafür ausgab. Ihre Wangen waren zu rot, ihre Zähne zu schief, und ihre Frisur ließ ihr Gesicht pummelig wirken. Sie wusste nicht, was sie dagegen unternehmen sollte. Ihre Beine waren krumm, ihr Bauch zu dick und ihr Hintern zu breit.

Ich erklärte ihr, dass die Mädchen in den Zeitschriften diese Arbeit machten, weil sie blondes Haar, schlanke Taillen und lange Beine hatten, so wie Angela für die Arbeit in der Apotheke ausgewählt worden war, weil sie praktisch veranlagt, fleißig und freundlich war. Ich fügte hinzu, dass die Mädchen auf den Fotos höchstwahrscheinlich nicht fähig wären, in einer Apotheke zu arbeiten.

Aber was ich auch sagte, es nützte nichts. Angela verdrehte nur die Augen und bat mich, ehrlich zu sein, ihr unbedingt die Wahrheit zu sagen. War sie zu dick? Da sie mich um Ehrlichkeit gebeten hatte, lautete meine Antwort *ja*, woraufhin sie weinend aus dem Zimmer rannte und rief, alle Welt fände sie hässlich.

Der Ausdruck *alle Welt* machte mich misstrauisch, ebenso der hysterische Klang ihrer Stimme. Ich fürchtete, *alle Welt* könnte sich in Wahrheit auf Ian beziehen, den Sohn von Mr. Bailey, der auf dieselbe Schule ging wie ich. Wenn er tatsächlich alle Welt war, dann wusste ich, dass Angela große Qualen und eine noch größere Enttäuschung bevorstanden.

Angela war nie eine Schönheit, aber sie war eine Frau, die irgendwann ihren eigenen Stil entwickelt hatte. Traurigerweise war sie zum Zeitpunkt ihres Todes so attraktiv wie nie. Um den Models in der Zeitschrift zu ähneln, fing sie eine radikale Diät an und aß kaum noch etwas außer Salat und Eiern. Jeden Samstag zog sie sich bis auf BH und Unterhose aus und stieg auf die Waage. Das wurde zu einem Ritual. Ihr ängstlicher Blick auf die Waage, die sie zum Einkaufspreis in der Apotheke erstanden hatte, und ich daneben, der die Werte notierte. Zu Beginn ihrer Diät wog Angela vierundsiebzig Kilo, nach drei Monaten waren es noch fünfundfünfzig.

Während einer im Flüsterton geführten Unterhaltung mit Mrs. Bailey, als gerade einmal keine Kunden im Laden waren, erfuhr Angela, dass eine Gesichtslotion mit Grünstich, die unter dem Make-up aufzutragen war, ihre Apfelbäckchen weniger glühen ließe. Sie ließ sich die Naturlocken glätten und entschied sich für blonde Strähnchen, woraufhin sie merkwürdig gescheckt aussah. Weil sie an ihren Zähnen nichts ändern konnte, sah ich sie vor dem Spiegel das Lächeln mit geschlossenem Mund üben.

Ian Bailey arbeitete als Medikamentenbote für die Apotheke. Er raste auf seinem schicken und ziemlich teuer aussehenden Motorrad durch die Stadt, hielt vor einem Haus, lieferte die Medizin ab und brauste mit jaulendem Motor wieder davon. Am Wochenende fuhren Ian und seine Freunde mit dem

Motorrad an den Strand. Ich beobachtete sie oft in den Dünen, wie sie sich mit ihren Motorrädern gefährlich in die Kurve legten und hohe Sandböen in die Luft schleuderten. Ian war der Anführer und immer ganz vorn dabei. Man erkannte ihn an seinem langen, dunklen Haar, das hinter ihm im Wind flatterte. Das Heulen und Wummern der Motoren konnte man bis spät in die Abendstunden hören.

Ian spielte in der Rugbymannschaft und war der beste Tennisspieler der Schule. Er galt als gutaussehend, und sein Look entsprach zweifellos Angelas Idealvorstellung. Er war nicht besonders groß, aber gut gebaut, und er hatte eine gewisse Ähnlichkeit mit dem jungen Elvis Presley – Schlafzimmerblick, Schmollmund, das schiefe Lächeln. Sein dunkles, dichtes Haar glänzte immer, und wahrscheinlich war er der einzige Junge der Schule, der Rasierwasser benutzte. Er verbreitete einen schweren, aufdringlichen Gestank, wo immer er sich aufhielt. Jeder andere hätte sich Spott eingehandelt, aber ihm ließ man es durchgehen. Wenn er nicht gerade Rugby oder Tennis spielte, hing er mit seinen Freunden am Schulzaun herum, um Mädchen zu beobachten.

Ganz offensichtlich war Angela in die gesamte Familie Bailey verschossen. Sie redete pausenlos über sie – wie clever Mr. Bailey sei, was für ein schönes Haus sie besäßen und was für ein schickes Auto, dass Mrs. Bailey, die für den Verkauf und die Bestellung der Kosmetika zuständig war und zweimal pro Woche Kundinnen in der Apotheke beriet, ja so unglaublich hübsch sei – und ob ich nicht auch fände, dass Ian Bailey seiner Mutter sehr ähnlich sehe?

Mrs. Bailey hatte Angela gebeten, sie Eve zu nennen. Eve sagte, die Sonne brenne im Distrikt Manawatu besonders stark, so dass Frauen sich mit Sonnenschutz, einer speziellen

Reinigungslotion sowie Tages- und Nachtcremes dagegen wappnen müssten. Eve selbst hatte einen makellosen Teint und fühlte sich berufen, die Haut der Frauen von Manawatu zu schützen, indem sie ihnen alle Kosmetika vorenthielt, die nicht erstklassig waren: »Wenn sie billigen Mist kaufen wollen, sollen sie zum Supermarkt fahren.«

Eve hier, Eve da.

Bis zu jenem Zeitpunkt waren mir Angelas Kleider nie besonders aufgefallen, aber ich bemerkte die Veränderung, als die fröhlichen Primärfarben, die sie am liebsten getragen hatte, trüben und gedämpften Tönen wichen – Beige, Beige, Beige und Braun, dazu ein Mantel in einem schmierigen, abstoßenden Olivgrün.

Selbst ich konnte sehen, dass diese Farben ihr kein bisschen standen und dass sie herumlief wie eine billige Kopie von Eve Bailey. Karierte Blusen mit hochgeklapptem Kragen, Röcke aus steifem Stoff, die bis an die Knöchel reichten. Eve Bailey trug immer ein Tuch um den Hals. Angela kaufte sich Tücher.

Ich konnte deutlich sehen, was vor sich ging, und ich bemitleidete meine Schwester. Sich bei Eve Bailey anzubiedern, eine zweite Eve Bailey zu werden, würde ihr nichts nützen. Ich wusste, nach welchen Mädchen Ian und seine Freunde sich umdrehten. Mädchen wie aus den Hochglanzmagazinen, Mädchen mit strahlendem Lächeln und langen Beinen. Mädchen, die auf die Palmerston North Girls' High gingen, und später dann auf die Uni. So ein Mädchen wünschte sich auch Mrs. Bailey für ihren Sohn.

Während die Töchter der Baileys mit den kleinen Augen und dem langen, bleichen Gesicht ihres Vaters geschlagen waren, kam der gutaussehende Ian ganz eindeutig nach seiner Mutter. Gerüchten zufolge hatte Eve Bailey die Mädchen, ohne mit der Wimper zu zucken, auf dem Internat angemeldet, nicht aber ihren Ian, den sie auf gar keinen Fall mit irgendwem teilen wollte. Ian war ihr Baby, ihr Nesthäkchen, das sie liebte und verhätschelte. Ja, möglicherweise würde er eines Tages die Apotheke seines Vaters übernehmen, aber wahrscheinlich stand ihm eine Karriere als Arzt bevor, mindestens als Rechtsanwalt. Und bis dahin war er mit anderen Dingen beschäftigt. Er war sehr sportlich, also würde vielleicht ein professioneller Tennisspieler aus ihm werden oder ein Skirennfahrer, nur für ein oder zwei Jahre. Vielleicht würde er eines Tages bei den All Blacks mitspielen. Sein Trainer hatte ihr erzählt, er verfüge über großes Potenzial. Aber was immer er auch plante, er war nicht dazu gemacht, in einem Kaff wie Foxton zu bleiben.

Ich wusste genau, was Eve Bailey dachte. Ein Mädchen wie Angela, eine kleine Verkäuferin. Nun ja. Die Vorstellung war tatsächlich absurd. Ian würde ein Mädchen wie Angela nicht einmal wahrnehmen. Wenn Eve Bailey auch nur eine Ahnung gehabt hätte, wie Angela über ihren Sohn dachte, sie hätte laut gelacht. Und ihr sofort den familiären Umgang und jede Unterstützung entzogen.

Aber als ich ein Motorrad vor dem Haus hörte und kurze Zeit später Angela hereinkam, die Wangen trotz der grünstichigen Creme gerötet, begriff ich, dass sowohl Eve Bailey als auch ich einen ganz entscheidenden Faktor übersehen hatten. Wissen Sie, die Mädchen aus den Hochglanzmagazinen werden zu Schulbällen und zum Galadinner eingeladen, sie sind gleichzeitig aber auch die Mädchen mit den aufmerksamen, behütenden Eltern. Eines Tages musste Ian, als er sich gelangweilt im Laden umgesehen und Angela bemerkt hatte,

aufgegangen sein, dass sich niemand um sie kümmerte. Wenn sie einwilligte, könnte er seinen Spaß mit ihr haben.
Ich wusste, der Alte war mir in dieser Situation keine Hilfe, ich war ganz auf mich allein gestellt. Ich fragte Angela aus, ich sagte ihr, dass ich das Motorrad gehört hatte. Sie tat das Ganze ab – sie habe an der Bushaltestelle gewartet, und er sei zufälligerweise vorbeigekommen. Danach wurde sie vorsichtiger. Sie kam später von der Arbeit nach Hause, weil Mr. Bailey sie angeblich gebeten hatte, die Regale aufzuräumen. Sie ging ins Kino oder besuchte eine Freundin zum Tee. Er näherte sich unserem Haus natürlich nie, aber ich wusste, was los war. Ich konnte es riechen.
Ich bin jetzt mit Ian zusammen. Sie kam mit gerötetem Gesicht herein und wich meinen Blicken aus. Ich saß am Küchentisch, als sie es verkündete. Danach holte er sie täglich mit dem Motorrad ab, um dann den Feldweg zum Kiefernwald hochzurasen, Angela hinter sich, ihre Arme fest um seine Taille geschlungen. *Ich bin jetzt mit Ian zusammen.* Sie sagte das mit einem solchen Stolz und so viel Zuversicht. Ich weiß nicht, woher sie sie hatte, aber plötzlich hingen Bilder von Ian und seiner Familie an der Schlafzimmerwand. Mr. und Mrs. Bailey waren ja so herzensgut, und auch die Töchter Susie und Sally stiegen in ihrer Wertschätzung ganz nach oben. Die Mädchen seien hochintelligent, ihnen stehe Großes bevor. Angela war jetzt schon nervös, weil sie die Schwestern in den Ferien, wenn sie auf Heimatbesuch waren, kennenlernen würde.
Als ich sie zu Ostern über die Hochzeitsbeilage des *Manawatu Standard* gebeugt sitzen sah, gefror mir das Blut in den Adern. Ich konnte Angela natürlich unmöglich sagen, dass Ians Interesse an ihr nichts mit Zuneigung zu tun hatte, dass

es ihm nur auf die Befriedigung seiner Bedürfnisse ankam, dass er sie einfach nur als Vergnügen mitnahm, weil sie sich ihm hingegeben hatte. Ich konnte ihr nicht sagen, dass er sie fallenlassen würde, sobald etwas Besseres daherkäme. Und dass das Mädchen, das Ian Bailey eines Tages im *Manawatu Standard* als seine junge Braut präsentieren würde, auf keinen Fall ein Mädchen wie Angela sein würde.

Ich konnte Angela nicht sagen, dass Ian und seine Freunde tuschelten, wenn ich in der Schule an ihnen vorbeilief. Ich konnte ihr nicht sagen, wie höhnisch sie lachten. »He, Bligh, wie geht es deiner Schwester? Wie geht es *Angela?*« Oder wie mir einer bei der Schülerversammlung auf die Schulter getippt hatte. Sein höhnisches Grinsen, als er mir ein Foto von Angela ins Gesicht hielt, das sie oben ohne in der Abstellkammer der Apotheke zeigte.

Ich sah ihre Hängebrüste und die dünnen Arme, die spitzen Schlüsselbeine, und ich wusste, das alles war nur für ihn gedacht, und was sie eigentlich bloßlegte, war das Vertrauen, das sie in ihn hatte. Sie hatte die Lippen zu einem wohlgefälligen Lächeln verzogen, und in ihren Augen war nichts zu sehen als reine Liebe.

Ich konnte ihr nicht sagen, dass ich meinen Spind geöffnet und ein Penthouse-Poster an der Innenseite der Tür gefunden hatte. Zwischen die gespreizten Beine hatte jemand mit roter Tinte *Angie Baby* geschrieben.

Und ich konnte ihr nicht sagen, dass sie nach dem Unfall lieber nicht ins Krankenhaus fahren sollte.

29.

Auch ich hatte mich als Teenager in Frauenhelden verliebt. Aber ich besaß Eltern, die mich liebten und beschützten und keine Angst hatten, mir Grenzen zu setzen. Ich war eines dieser Mädchen, über die Connor Bligh geschrieben hatte, eines der Mädchen, die von der Highschool auf die Uni wechseln würden.

Mein Magen krampfte sich zusammen vor Mitleid mit Angela, die niemand beschützt hatte, und mit Connor, der so hilflos und ohnmächtig gewesen war.

Ich wusste, Connor hatte Angela geliebt. Selbst wenn alles andere nicht sicher war, das glaubte ich. Da war ich mir ganz sicher.

* * *

Meine Liebe zu Angela war so einfach und selbstverständlich wie zu schlafen oder zu essen. Als wir beide älter wurden, und besonders, als ich anfing, auf die weiterführende Schule zu gehen, wurde mir klar, wie andere sie sehen mussten. Ihre Bewegungen waren plump, sie hielt sich immer leicht gebeugt, ihr Gang war trampelig, und wenn sie sprach, klang sie durch und durch wie ein Mädchen vom Land. Sie lachte zu laut. Als sie in der Apotheke arbeitete, verriet sie sich durch ihre Haltung und ihr Auftreten, da halfen auch die Tücher und die grünstichige Gesichtscreme und die blonden Strähnchen nichts. Sie blieb, was sie immer gewesen war: Angie Bligh aus Foxton Beach.

Das änderte sich natürlich, als sie älter wurde und sich selbst genauer wahrnahm, aber damals bemerkte sie ihr Gelächter, ihre Aussprache, ihren unbeholfenen Gang nicht. Das machte sie verletzlich. Ich liebte sie umso mehr dafür.

Der Unfall ereignete sich an einem Sonntagnachmittag. In der Lokalzeitung waren Artikel und Leserbriefe erschienen, ebenso Beschwerden an den Stadtrat über den Krach, die Gefahr und die Umweltbelastung, die die Motorräder für die Dünen des Foxton Beach darstellten. Die Anwohner gingen auf die Barrikaden. Irgendwann würde jemand zu Schaden kommen, sagten sie. War es denn nicht ungesetzlich, was diese jungen Hooligans da trieben? Sie sollten nicht ungestraft davonkommen. Warum unternahm niemand etwas dagegen? Einige Male kam es zum Streit. Ein oder zwei Mal wurde die Polizei gerufen.

Und dann eines Tages hatte ein besonders erzürnter Bürger, den das Verhalten dieser arroganten, rücksichtslosen Affen besonders geärgert hatte, in den Dünen Stacheldraht über eine der Fahrspuren gespannt. Ian raste mit Vollgas hinein und wurde über den Lenker des Motorrads geschleudert, das auf ihm landete. Sam Carridine, der direkt hinter ihm fuhr, pflügte über ihn hinweg, stürzte ebenfalls und brach sich das Schlüsselbein.

Ian hatte weniger Glück. Der heiße Auspuff fügte ihm schwere Verbrennungen zu, sein Knie wurde zertrümmert, mehrere Rückenwirbel brachen. Die Ärzte meinten, es sei ein Wunder, dass er nicht querschnittsgelähmt sei. Er musste lange Zeit im Krankenhaus liegen, und es sah danach aus, als würde er nie wieder so wie früher Rugby oder Tennis spielen.

An jenem Abend hörte ich die Sirenen. Angela war kurz zuvor aus dem Haus gegangen, wahrscheinlich um wie jeden Sonntag auf ihn zu warten. Sobald er genug Spaß mit seinen

Kumpels und den Motorrädern gehabt hatte, holte er sie ab. Sie hatte den Krankenwagen wegfahren sehen, jemand am Strand hatte ihr erzählt, wer der Verletzte war.

»Ich muss dahin«, sagte sie. »Ich muss ins Krankenhaus.«

»Das geht nicht«, sagte ich. »Sie lassen nur seine Angehörigen zu ihm.«

»Aber sicher braucht er mich jetzt.«

Am nächsten Tag ging Angela in ihrer Mittagspause zum Supermarkt und kaufte einen Topf mit roten Chrysanthemen, die sie in grünes Zellophan wickelte und mit einer Karte versah. Errol Rooney, der Mr. Bailey in der Woche nach dem Unfall in der Apotheke vertrat, schloss den Laden ein bisschen früher ab als sonst, denn es war Montag, da aßen die Rooneys immer um halb sechs; und so konnte Angela noch vor Ende der Besuchszeit im Krankenhaus sein.

Angela blieb im Türrahmen stehen und blickte in vier Gesichter. Eve und Mr. Bailey, Susie und Sally saßen auf den Stühlen, die an der Wand aufgereiht standen, und starrten sie verständnislos an, als fragten sie sich, wer sie sei und was sie wolle. Ians rechtes Bein war eingegipst und wurde von einem Flaschenzug in die Höhe gehalten. Am Bett hing ein Katheter, sein Rücken und sein Hals waren fixiert. Er hatte die Augen geöffnet und starrte an die Decke.

Du lieber Gott, Angela, was hast du denn erwartet, wenn du einfach so in das Einzelzimmer, das den Baileys selbstverständlich zusteht, hineinstolperst? Hast du wirklich gedacht, das wäre der Moment, in dem die Baileys dich mit offenen Armen in die Familie aufnehmen?

Angela versuchte, möglichst tapfer zu lächeln. Sie trat ein, stellte sich ans Bett und präsentierte die Chrysanthemen. Als sie bemerkte, dass Ian sie nicht sehen geschweige denn die

Arme danach ausstrecken konnte, hielt sie ihm die Blumen direkt vor die Augen und stützte den Topf auf seiner Brust ab. Die anderen betrachteten sie ungerührt. Eve Baileys Gesicht war gerötet, ihre Augen blutunterlaufen. Sie erwiderte Angelas Lächeln nicht. Mr. Bailey hob kurz die Hand, ein halbherziges Winken, das Angela nicht einordnen konnte. Bedankte er sich für die Chrysanthemen, oder wollte er sie aus dem Zimmer scheuchen? Sie wusste es nicht.

Sie wusste nur, dies war die Szene, die sie in so vielen Filmen und Fernsehserien zum Weinen gebracht hatte, und nun wollte sie sie selbst erleben. Die treu liebende Frau, die sich von den Umständen nicht unterkriegen lässt und dem Verletzten tapfer zur Seite steht. Abgesehen vom Rattern der Schiebewagen draußen auf der Station und dem fernen Stimmengemurmel war es im Zimmer absolut still. Angela setzte ihr herzlichstes Lächeln auf und beugte sich über das Bett.

»Ich bin hier«, flüsterte sie.

Ians Augen funkelten. Spuckebläschen sammelten sich in seinen Mundwinkeln, als er zu sprechen versuchte.

»Verpiss dich.«

Sie kam zu mir nach Hause. Ich hörte sie die ganze Nacht weinen.

* * *

»Ist es möglich, dass Ian Bailey einen Groll gegen Angela hegte? Seine Verletzungen waren schwer, nicht wahr?«

»Warum sollte er ihr die Schuld geben?«

»Manche Leute brauchen eben einen Schuldigen, egal, wie ungerecht das ist. Möglicherweise hatte der Unfall ja Langzeitfolgen.«

Er sah sich im Zimmer um. Er wirkte distanziert und gelangweilt. »Das ist unwahrscheinlich. Ich sehe keinen Sinn darin, das weiterzuverfolgen.«

»Ich könnte ihn aufsuchen. Herausfinden, wie es ihm seither ergangen ist, und ob seine Familie immer noch in Foxton lebt. Ich könnte mit ihnen sprechen, wenn ich nächste Woche dort bin.«

Er zuckte die Achseln. »Die Zeit ist gleich um«, sagte er und schaute zur Wanduhr.

»Wir haben noch zehn Minuten«, sagte ich. »Ich werde Sie nicht noch einmal besuchen können, bevor ich abreise. Vor meiner Tour brauche ich noch ein paar Informationen. Gibt es noch irgendetwas, das Sie mir sagen wollen?«

Wieder sah er auf die Uhr.

Ich wurde wütend. Frustriert und entmutigt und verdammt wütend.

»Verdammt noch mal, Connor, irgendwas müssen Sie mir doch sagen. Denken Sie nach.«

»Ja, da war noch etwas«, sagte er, »aber ich glaube nicht, dass es von Belang ist.«

»Was?«

»Das ist vertraulich.«

»So verdammt vertraulich, dass Sie es mir nicht verraten können und stattdessen für immer hier eingesperrt bleiben?«

Er zuckte zusammen und starrte auf seine Hände. *Verdammt. Verdammt. Ich habe es übertrieben.* »Es tut mir leid«, sagte ich. »Ich wünschte mir einfach nur, ich hätte irgendeinen Anhaltspunkt, das ist alles.«

»Ich bin Ihnen keine große Hilfe, nicht wahr?« Er sah mir direkt in die Augen, und ich erkannte seine Hoffnungslosigkeit.

»Ich weiß, Sie geben Ihr Bestes.« Ich versuchte zu lächeln. »Es ist nur so frustrierend, das ist alles. Connor, Sie sagen also, die Sache ist vertraulich. Können Sie mir wirklich nichts verraten?«

»Jetzt ist es auch egal«, sagte er langsam. »Es hatte mit meiner Forschung zu tun. Es ist eine lange Geschichte, und ich kann Ihnen natürlich nicht alle Details erzählen, aber ursprünglich arbeitete ich daran, ein recht gängiges Medikament zu verbessern. Je länger ich daran arbeitete, desto deutlicher stellte sich heraus, dass es da offenbar Nebenwirkungen gibt – schwere Nebenwirkungen, ehrlich gesagt. Seltsamerweise schienen sie nur manche der Versuchstiere zu betreffen. Ich merkte, dass es nur die männlichen Tiere traf, die aber in großer Zahl. Ich wollte unbedingt verstehen, warum das Medikament diese Wirkung hatte und ob es auf den Menschen einen vergleichbaren Effekt hatte.«

Er unterbrach sich.

Was zum Teufel hatte das mit dem Mord an Angela, Rowan und Sam Dickson zu tun?

»Und, haben Sie es herausgefunden?«

»Ja, das habe ich. Es handelt sich um einen Wirkstoff, der in vielen Medikamenten gegen Gelenkschmerzen und Arthritis vorkommt.«

»Ich verstehe nicht ganz.«

»Ich forschte weiter und fand heraus, dass männliche Patienten, denen der Wirkstoff verabreicht worden war, tatsächlich an ähnlichen Nebenwirkungen litten.«

»Welche?«

»Polycythämie. Eine Art Verdickung des Blutes. Wenn sie unbehandelt bleibt, führt das zu Schlaganfällen, Thrombosen und Herzinfarkten.«

»Sie wollen sagen, dass Patienten an dem Medikament gestorben sind?«

»Nicht alle, aber ein ungewöhnlich hoher Anteil der männlichen Patienten, die mit dem Medikament behandelt wurden, sind entweder gestorben oder wurden später wegen eines Herzinfarktes oder eines Schlaganfalls behandelt.«

»Du liebe Güte, Connor. Aber …«

»Nun fragen Sie sich bestimmt, was das mit Angela zu tun haben soll, richtig? Nun ja, es mag weit hergeholt sein. Ich wurde bedroht.«

»Wer sollte Sie bedrohen? Könnte Ihre Entdeckung nicht Menschenleben retten?«

»Es wäre schön, wenn die Welt so funktionieren würde, Rebecca«, sagte er, »aber das tut sie leider nicht. Eines müssen Sie verstehen: Sollte sich das Ergebnis meiner Forschungen als richtig herausstellen – und es sah ganz danach aus –, hätte es für die großen Pharmakonzerne enorme Konsequenzen.«

»Es käme zu Klagen?«

»Möglicherweise. Vor allem müsste man alle Medikamente, die diesen speziellen Wirkstoff enthalten, vom Markt nehmen und die Produktion stoppen. Die Folge wäre ein Chaos.«

»Wollen Sie mir damit sagen, dass die Pharmaindustrie Sie bedroht hat?«

»Sagen wir es so: Auf mich wurde im privaten wie auch im beruflichen Umfeld Druck ausgeübt.«

»Im beruflichen Umfeld?«

»Vorsichtig formulierte Warnungen über mögliche Budgetkürzungen für das Labor. Sachen in der Art.«

»Wie haben die Firmen davon erfahren, und wie können sie Einfluss auf das Budget nehmen?«

»Die Informationen sind durchgesickert. Diese Konzerne sind sehr mächtig.«
»Als Ihr Vorgesetzter also gegen Sie ausgesagt hat …«
»Greg Williams hatte ein eigenes Interesse daran, mich loszuwerden.«
»Was ist mit den privaten Drohungen? Sie wurden doch nicht etwa körperlich bedroht, oder?«
»Das nicht, dennoch wurde ich bedroht. Ich habe die Warnungen ignoriert und einfach weitergemacht. Zu oft hat man versucht, mich einzuschüchtern. Hören Sie, wahrscheinlich hat es überhaupt nichts mit meiner Situation zu tun, aber wo Sie schon einmal dabei sind, in alle Richtungen zu ermitteln …«
»Sie sprechen von vertraulichen Informationen, an die Dritte aber offensichtlich gelangt sind. Warum haben Sie mir nichts davon erzählt?«
Für eine Weile schwieg er. »Falls das tatsächlich mit dem Verbrechen in Verbindung steht, wollte ich nicht, dass Sie mit hineingezogen werden. Das ist alles.«
»Ich fasse es nicht.« Ich starrte ihn an. »Diese Firmen produzieren womöglich weiterhin Medikamente, die Menschen umbringen, nur um ihre Gewinne einzufahren? Sie wurden bedroht – und Sie glauben sogar, dass es mit dem Verbrechen an Angela in Zusammenhang steht? Connor, wir sind hier in Neuseeland!«
»Es handelt sich um große internationale Konzerne«, sagte er leise. »Rebecca, Sie wollten wissen, ob es da noch irgendetwas gibt, und ich habe es Ihnen erzählt. Ich will nur helfen.«
Er sah so unglücklich aus, dass ich unwillkürlich seine Hand ergriff. Der Wachmann schaute zu uns herüber und setzte sich in Bewegung.

»Seien Sie bitte vorsichtig«, flüsterte Connor. »Ich könnte es nicht ertragen, wenn Ihnen meinetwegen etwas zustoßen würde.«

* * *

Früh am Samstagmorgen fuhr ich los. Endlich machte ich mich auf den Weg nach Palmerston North. Greg Williams, Connors ehemaliger Chef, hatte sich bereit erklärt, mit mir zu sprechen, und außerdem hatte er ein Treffen mit einer Laborantin arrangiert, die mit Connor zusammengearbeitet hatte. Ich hoffte, weitere Personen zu treffen, die Kontakt zu Connor gehabt hatten. Aber zunächst würde ich nach Foxton Beach fahren und versuchen, die Nachbarn von damals ausfindig zu machen.

Ich liebe es, auf der Schnellstraße an der Küste von Kapiti entlangzufahren, vorbei an riesigen Keulenlilien und den buschigen Blütenständen des Pampasgrases, vorbei an den Häusern, die von dunklem Buschwerk umgeben sind und in deren Fenstern sich die Morgensonne spiegelt. Ich erhaschte einen Blick auf den Hafen, hinter dem die Wolkenkratzer mit dem stabilen Betonfundament und den silbrig glitzernden Fassaden in den Himmel ragten.

Wellington ist eine elegante Stadt. Bei Sonne strahlt sie. Hier wurde ich geboren, hier bin ich am glücklichsten. Wann immer ich Wellington verlassen muss, denke ich an mein kleines Haus auf den Klippen, und obwohl ich weiß, dass es absurd ist, bekomme ich schon bei der Abreise Heimweh. Mein Haus. Meine Stadt. Wie könnte ich jemals woanders leben?

Gestern noch hatte ich die ganze Welt verabscheut, den Kommerz und die skrupellosen Geschäftemacher, denen

Menschenleben egal waren. Ich hatte Mike Mackey – ja, auch bei Zenith gab es einen Rechercheur, wenn auch nur in Teilzeit – gebeten, alles über Polycythämie bei männlichen Patienten herauszufinden, die Medikamente gegen Arthritis und Gelenkschmerzen einnahmen. Er sollte einen Mediziner ausfindig machen, der Connors Aussagen bestätigen würde. Ich glaubte Connor Bligh; ich wusste, dass manche Großkonzerne über Leichen gingen. Es gab genug Beispiele dafür. Aber nun, als die Sonne auf meine Windschutzscheibe knallte, erschienen mir alle düsteren Gedanken an Korruption und Erpressung weit entfernt. Neben mir auf dem Beifahrersitz lagen Saftflaschen und Müsliriegel, und mein iPod spielte Jace Everett. Ich war nicht sicher, wo ich übernachten und wie lange ich bleiben würde, und das fand ich ganz wunderbar. Ich freute mich, mit leichtem Gepäck unterwegs zu sein, mir eine Übernachtungsmöglichkeit suchen zu müssen, neue Cafés zu entdecken und neue Menschen kennenzulernen.

Während der Fahrt dachte ich über das Gespräch mit Connor nach. Und über die Warnung, die David und Anna mir mit auf den Weg gegeben hatten. Okay, ich war sauer gewesen, aber ich wusste, sie meinten es nur gut mit mir. War ich Connor und seiner Geschichte so nah gekommen, dass ich mir nicht mehr unvoreingenommen eine Meinung bilden konnte? Ich wusste aus Erfahrung, dass manche Menschen absolut überzeugend wirken, während sie in Wahrheit ganz eigene Interessen verfolgen. Ich musste Greg Williams und allen anderen Beteiligten vorurteilsfrei entgegentreten, ich musste ihnen aufmerksam zuhören, um herauszufinden, ob sich ihre Geschichten mit der von Connor deckten.

Denn erste Unstimmigkeiten hatte es gegeben, als ich mit Ian Bailey telefoniert hatte – in den wenigen Minuten, die er mir

gab, bevor er auflegte. Ian Bailey arbeitete inzwischen als Börsenmakler in Christchurch. Er war sehr erfolgreich, was auch seine Wohnadresse in Merivale verriet. Er konnte sich kaum noch an Angela Bligh erinnern. *Das Mädchen, das in der Apotheke angestellt war?* Eine Beziehung? *Natürlich nicht.* Der Unfall sei lange her und längst vergessen. *Connor Bligh?* Er zögerte.
»Er ging zur selben Zeit auf die Palmerston North Boys' High wie Sie. Können Sie sich gar nicht an ihn erinnern?«
Klick.
Wem sollte ich also glauben?
In Levin legte ich eine Kaffeepause ein. Es war warm genug, um draußen zu sitzen, und ich beobachtete die Passanten. Als kleines Kind hatte ich immer gedacht, Levin hieße Live-in, der perfekte Name für so eine kleine, nette Stadt. Ich sang pausenlos *Live-in, Live-in,* wenn wir hindurchfuhren, was David furchtbar auf den Wecker ging. *Es heißt Levin. Mum, sag ihr, sie soll aufhören. Es heißt Levin.* Ich steckte mir die Finger in die Ohren und sang einfach weiter.
David war älter und wusste immer alles besser als ich. Vielleicht galt das bis heute. Als Kinder stritten wir uns ständig. Nicht, dass wir uns nicht geliebt hätten. Im Laufe der Zeit kehrte Harmonie ein, und inzwischen hatten wir kaum noch Meinungsverschiedenheiten. Ich schätze, die meisten Geschwister treffen sich einmal im Jahr zu Weihnachten bei ihren Eltern – *öfter muss ich das wirklich nicht haben* –, aber ich konnte mir ein Leben ohne David nicht vorstellen. Ich konnte mir nicht vorstellen, ohne die Telefonate mit ihm zurechtzukommen, in denen er mir aufmerksam zuhörte, kluge Ratschläge gab und über meine Probleme nachdachte. David war mein bester Freund. Selbst als ich noch ein kleines

Mädchen war und ihn hasste, war er mein bester Freund. In letzter Zeit musste ich mich jedoch öfter daran erinnern; über seine Ermahnungen und seine Ratschläge hatte ich mich mehr als einmal geärgert. Ich war immer schon diejenige in der Familie gewesen, die sich, wie meine Mutter es ausdrückte, Hals über Kopf in alles hineinstürzte.

David war mein bester Freund. Und Angela war Connors beste Freundin gewesen. Auch deswegen hatte ich angefangen, ihm Glauben zu schenken. Er hätte Angela und Rowan und Sam niemals ermorden können, denn das wäre so, als würde ich Anna und David und Lily und Ted etwas antun, die ich doch mehr liebte als alles auf der Welt.

War ich dabei, meine Objektivität zu verlieren? War ihr Verhältnis tatsächlich so gewesen wie das zwischen David und mir? Hatten sie nicht in völlig anderen Verhältnissen gelebt?

Während ich weiterfuhr, dachte ich über die Unterschiede nach. David und mich trennen achtzehn Monate, wohingegen Angela viele Jahre älter als Connor gewesen war und sich um ihn gekümmert hatte wie eine Mutter. David und ich hatten Eltern, die uns liebten und beschützten, wir hatten viele Freunde.

Die Einsamkeit, in der Connor und Angela aufgewachsen waren, dieses Gefühl, gemeinsam gegen den Rest der Welt zu kämpfen. Die Situation änderte sich, als sie älter wurden und ihr Leben selbst in die Hand nahmen, aber war nicht wahrscheinlich, dass die Nähe bestehen blieb? Dann wiederum hing alles davon ab, ob ich Connor und seinen Erzählungen vertrauen konnte.

Hatte er die Nähe der Geschwister übertrieben dargestellt? Oder war die Nähe selbst schon zu viel gewesen? Hatte einer von ihnen jemals das Gefühl gehabt, nicht mehr frei atmen, sich nicht mehr bewegen zu können? Hatten sie einander so nahe gestanden, dass die geringste Störung von außen als Katastrophe empfunden werden musste?

Aber Angela hatte schon vor vielen Jahren geheiratet, sie hatte Kinder bekommen; zwangsläufig musste ihre Liebe zu Connor sich verändert haben, nun, da sie eine eigene Familie hatte. Connor hatte jahrelang mit ihnen zusammengewohnt – allem Anschein nach friedlich. Nun, das behauptete er, aber wenn es anders gewesen wäre, hätten Angela und Rowan ihn wohl zum Auszug gedrängt.

Sicher hatte er sich daran gewöhnt, Angela mit anderen zu teilen. Er sagte, er habe Rowan gemocht, und die Kinder auch, auf seine eigene Weise. Er hatte sein eigenes Leben und eigene Interessen, und als Angela starb, wohnte er längst in seinem eigenen Haus.

Ich war es nicht.

Und dieses Medikament? Hatte es womöglich mit den Morden zu tun?

Enorme Konsequenzen für die großen Pharmakonzerne ... Ich wurde bedroht.

Enorme Folgen? Wie enorm? Standen Millionen von Dollar auf dem Spiel? Milliarden? Genug, um dafür zu töten?

Aber warum seine Familie ermorden? Warum nicht ihn selbst?

Weil das zu offensichtlich gewesen wäre? Weil sie ihn zum Schweigen bringen wollten, ohne dass der Gegenstand seiner Forschungen jemals an die Öffentlichkeit kam? Oder hatten sie ihm nur Angst einjagen und ihn mundtot machen wollen? Vielleicht hatten sie gar nicht vorgehabt, jemanden zu töten, vielleicht war die Sache außer Kontrolle geraten.

Falls das tatsächlich mit dem Verbrechen in Verbindung steht, wollte ich nicht, dass Sie mit hineingezogen werden. Das ist alles.
Schwebte ich möglicherweise in Gefahr?
Ich begann, den blauen Mazda im Rückspiegel zu beobachten, der mir folgte – seit wann eigentlich? Ich fuhr langsamer, der Abstand zwischen uns verringerte sich, bis er schließlich überholte und davonfuhr.
Zwei Frauen mit Eistüten in der Hand, auf dem Rücksitz ein Kleinkind in der Babyschale.
Reiß dich zusammen.
Rücksichtslose, mörderische Großkonzerne. Das Ganze kam mir lächerlich vor in dieser Umgebung, rechts und links von mir die grasenden Kühe auf den Weiden, und über allem der blaue Himmel.
Und wenn doch?

* * *

Angela kündigte bei Bailey's Apotheke und trat eine neue Stelle im Blumenladen an. Sie war die einzige Bewerberin gewesen, obwohl der Arbeitgeber eine Ausbildung zur Floristin anbot und darüber hinaus viel mehr bezahlte als der Apotheker.
Vermutlich hatte sich wegen des Ladenbesitzers Tony Wallace niemand gemeldet. »Gruselig«, so wurde er beschrieben, die Leute flüsterten seinen Namen und schüttelten sich. Niemand wollte seine Tochter bei ihm arbeiten lassen, was ich nicht ganz verstand, waren Frauen in Tonys Nähe doch garantiert sicherer aufgehoben als bei jedem anderen Gewerbetreibenden in Foxton. Er war nach langer Abwesenheit in

den Ort zurückgekehrt, und alle hatten sich über ihn empört: »Ich habe es ja immer gewusst.«
Erst später begriff ich, wie sehr er die allgemeine Empörung genoss. Unter gewöhnlichen Umständen – zu Hause oder in seinem Büro im hinteren Teil des Blumenladens – führte er sich vollkommen normal auf. Ganz anders aber, wenn er in seinem langen, schwarzen Mantel die Hauptstraße entlangschritt, die Baskenmütze schief auf dem Kopf und den weißen Seidenschal mit den langen Fransen um den Hals geschlungen. Wann immer ein Kunde den Laden betrat und die Türglocke schellte – sie war klein, silber und mit einem rosa Blütenblatt verziert, und ihr Ton war hell –, blinzelte er uns verschwörerisch zu. Er hatte seinen Auftritt. Showtime.
Wir hörten vom Büro aus zu. Seine Stimme schwang sich empor und hallte in einem zittrigen Falsett durch den Laden. *Meine Liebe, halten Sie doch für einen Moment inne, um diese göttlichen Anemonen zu betrachten.* Wir hörten die knappen, verschüchterten Antworten.
Ja, er genoss es, Empörung hervorzurufen, und er war geübt darin. Wenn es um Blumen ging, war er ein Künstler. Die Leute brauchten ihn für ihre Hochzeiten und Beerdigungen und runden Geburtstage. Den Gerüchten nach war er steinreich. Angeblich war er Einzelkind gewesen, und seine Eltern hatten ihm ein Vermögen vermacht. Er war intelligent, fleißig und weitgereist, bevor er sich in dem Haus niederließ, in dem er schon als Kind gewohnt hatte. Seine Blumensträuße – wenn man noch von Sträußen sprechen konnte – waren unübertreffliche Arrangements von Farben und Formen, von Blüten, Blättern und Zweigen, die von Drahtschlingen und bunten Stofffetzen zusammengehalten wurden. Ich glaube, den Blumenladen betrieb er zum reinen Vergnügen.

Ich glaube außerdem, dass es für ihn kein Zuckerschlecken gewesen war, in Foxton aufzuwachsen. Als reicher Mann zurückzukehren und sich unmöglich aufzuführen, war seine Art der Rache.

Aber er war nicht der oberflächliche, affektierte Mann, über den der ganze Ort lästerte. Er war körperlich fit, und in intellektueller Hinsicht – nun ja, ich habe nie einen regeren Geist kennengelernt. Er joggte jeden Tag über den Strand, mühelos und mit langen Schritten federte sein schlanker, schlaksiger Körper über den Sand. Vom Frühlingsanfang bis tief in den Herbst ging er täglich im Meer schwimmen. Und er las. Er las und las und las. Er konnte Vorträge zu jedem beliebigen Thema halten.

Er wurde Angelas neuer Mentor. Ehrlich gesagt war es Tony, der Angela die Augen öffnete. Über den Stil von Eve Bailey urteilte er mit kalter Schonungslosigkeit – die karierten Blusen, die Jeansröcke. *Angela, Liebes, warum bestehst du darauf, Kleider zu tragen, in denen du aussiehst wie eine alte Jungfer?* Und die Gesichtscreme, ganz besonders diese Gesichtscreme. Er imitierte sehr gekonnt Kate Bush, *Heathcliff, it's mee-ah, Kathee-ah,* wann immer Angela mit ihrem grünstichigen Teint zur Tür hereinkam, bis sie es schließlich aufgab und ihr Gesicht wieder rotwangig und weniger gespenstisch war.

Angela konnte damit umgehen – sie war kein nachtragender Mensch. Auch sie konnte andere gekonnt imitieren und lieferte einen perfekten Tony Wallace ab, wozu sie die Hände in die Hüften stemmte, die Augenbrauen hochzog und ihre Stimme sich vor Empörung überschlug. *Angela? Wenn du dieses furchtbare Tuch nicht sofort abnimmst, werde ich es dir vom Hals reißen müssen. Meine Liebe, was hast du dir nur*

dabei gedacht, als du deinen armen Körper heute Morgen damit *verhüllt hast?*
Ich konnte mich kaum halten vor Lachen. Zu jener Zeit lachten Angela und ich viel zusammen. Zu meiner großen Erleichterung hörte ich sie nachts nicht mehr weinen. Ich war ebenso erleichtert, von den Baileys nichts mehr zu hören und zu sehen. Tony war so viel interessanter, und Angela schloss ihn in ihr Herz. Wir beide schlossen ihn ins Herz.
Die Blusen und die Röcke wurden entsorgt, die blonden Strähnchen abgeschnitten, und heraus kam eine neue Angela. Eine schlichtere Angela in schmalen Jeans und Blazern, mit schicken kleinen Hüten und glänzendem, dunklem, zu einem kurzen Bob geschnittenem Haar. Sogar ihre Stimme veränderte sich, und sie bewegte sich insgesamt anmutiger. Wie ich schon sagte, Angela war sehr anpassungsfähig.
Ich frage mich, wie die anderen über unser Verhältnis dachten. Nach der Schule machte ich oft in Foxton halt, um mit Angela und Tony Tee zu trinken. Sie und ich besuchten ihn regelmäßig zu Hause. Das erste Mal lud er uns ein, um den Garten zu besichtigen. Lange, bevor ich ihn persönlich kennenlernte, war ich mit dem Fahrrad an seinem Haus vorbeigefahren und hatte durchs Tor gespäht. Die große Backsteinvilla mit der mächtigen Mauer, an der sich Efeu hochrankte, war ungewöhnlich imposant für Foxton.
Eines Tages kam Angela nach Hause und sagte: »Tony hat uns eingeladen, den Garten zu besichtigen. Er sagt, er will einen kleinen Imbiss für uns vorbereiten.« Sie sah erschreckt aus. Zu jemandem nach Hause eingeladen zu werden, noch dazu zum Essen, kam für uns einer Sensation gleich. Wir waren noch niemals irgendwohin eingeladen worden.
Ich wollte hingehen, und gleichzeitig wollte ich es nicht. Zu-

nächst weigerte ich mich. Kurze Unterhaltungen mit Tony im Laden waren das eine, ihn privat zu besuchen etwas völlig anderes. Was sollten wir tun? Wie sollten wir uns benehmen? Was fand er an uns? Niemals zuvor waren wir gebeten worden, uns einen Garten anzusehen. Wir kannten uns mit Gärten nicht aus. Unser eigener Garten bestand aus einer traurigen, halb verdorrten Geranie, die neben der Hintertür wuchs und die der Vorbesitzer vor langer Zeit gepflanzt haben musste, oder vielleicht unsere Mutter. Wie sollten wir uns über Tonys Garten äußern, ohne uns vollkommen lächerlich zu machen?

Aber Angela bestand darauf, dass ich mitkam. Sie sagte, Tony sei so nett zu ihr, und sie habe schon eine Menge über Blumen gelernt. Sie wollte ihn nicht enttäuschen.

Ich ließ mich nur langsam umstimmen. Sie müssen verstehen, dass mir der Besuch von Tonys Zuhause wie ein biblischer Kraftakt vorkam. Tony war gebildet und eloquent. Verdammt, ich sehnte mich danach, von ihm akzeptiert oder gar respektiert zu werden. Ich will nicht selbstmitleidig klingen, aber er war der einzige Erwachsene, der mir so etwas wie Interesse entgegenbrachte. Meine Mutter hatte mich alleingelassen, der Alte hasste mich, meine Lehrer machten einen Bogen um mich.

Ich musste diese Prüfung irgendwie bestehen, und so holte ich mir Bücher aus der Bücherei und las alles über Gärten. Ich war entschlossen, bei meinem Besuch alle Pflanzen benennen zu können und mit Sachkenntnis zu glänzen. Anstatt mich aufgrund meines Intellekts überlegen zu fühlen, war ich, und das ist bis heute so geblieben, anderen Menschen gegenüber furchtbar nervös und ängstlich. In der Schule hatte ich gelernt, das zu überspielen. Der Konflikt mit Ian und seiner Clique hatte mir zwar meine eigene Verletzlichkeit bewiesen, aber letztendlich war nichts davon nach außen gedrungen. Inzwischen hatte die Lage sich beruhigt, und meine Begabung mit der Gitarre und beim Volleyball verschafften mir Anerkennung. Ich konnte dennoch nie ganz abschütteln, wie unbehaglich und unzulänglich ich mich in der Grundschule gefühlt hatte. Wollte ich also Tonys Zuneigung gewinnen, musste ich mich gründlich vorbereiten.

Angela und ich erschienen pünktlich, gebürstet und gestriegelt. Die Villa war weitläufig und der Garten wunderschön, voller Osterglocken und Rosen und Tulpen. Die Bäume rechts und links der Einfahrt waren schlank und hochgewachsen, dahinter erhob sich eine Wand aus Rhododendren mit dunkelrosa Blüten. Ich sah einen mächtigen Walnussbaum mit dickem Stamm, darunter einen penibel gepflegten Rasen. Der Vormittag war warm, und die Luft schien verändert, sobald wir durchs Gartentor getreten waren. Sie war lau, schwer und duftend.

Wir stiegen die breite Treppe zur Veranda hinauf. Zögerlich klopfte Angela an. Wir warteten schweigend.

»Sicher hast du dich im Tag geirrt«, sagte ich. Ich war wütend auf Angela, mich hergeschleppt zu haben, sich geirrt zu haben, mir diesen Ort gezeigt zu haben, der mich verunsicherte und doch so faszinierte.

Und dann kam Tony ums Haus herumgelaufen. Als er vor der Veranda stehen blieb und zu uns heraufschaute, sah er aus wie eine Figur aus dem Buch von Somerset Maugham, das wir in der Schule gelesen hatten. Mit dem Panamahut, dem strahlend weißen Hemd und der hellen, lässig geschnittenen Leinenhose wirkte er wie ein englischer Gentleman in Tropenbekleidung. Er war viel älter als ich, aber als ich ihn so sah, mit lockerer Kleidung, die seinen schmalen, aufrechten Körperbau betonte, seine schlanken Hände und das gebräunte Gesicht mit den hellwachen, dunkelblauen Augen, in denen Humor und eine Spur von Schadenfreude aufblitzte, leuchtete mir ein, wie man sich in einen Mann verlieben konnte.

Ich trug die schwarze Hose, dic ich sonst nur zu Auftritten der Schülerband anzog, und dazu mein bestes Hemd, und noch während ich ihn betrachtete, verstand ich, wie man sich mittels Kleidung in den Menschen verwandeln kann, der man sein möchte. Von jenem Tag an durchstreifte ich die Secondhand-Läden auf der Suche nach Leinenhemden, Westen, einem langen, schwarzen Burberry-Mantel. Ich ließ meine Haare wachsen. Ich bildete mir ein, geheimnisvoll und tiefgründig auszusehen.

Wie durchstreiften den Garten, saßen unter dem Walnussbaum und tranken Sekt, wir aßen würzigen Käse und Trauben und Brot mit zentimeterdicker Kruste. Wir gingen ins Haus, und verstohlen beäugte ich die Gemälde und die Teppiche und die Bücher, lauschte der Musik. Auf dem Rückweg sprachen wir kein Wort.

Hatte er sich einen Spaß daraus gemacht, zwei verwilderte Kinder einzuladen? Hatte er es darauf angelegt, mich zu verführen? Ich glaube, keines von beidem traf zu, außerdem hatte er es wahrlich nicht nötig, sich mit zwei Kindern abzugeben, die so ungehobelt waren, dass man sie mit Schleifpapier hätte behandeln müssen. Aus irgendeinem Grund hatte er uns ins Herz geschlossen. Vor allem Angela. In Tonys Gegenwart blühte sie auf, und ihre Talente, von denen ich immer gewusst hatte, kamen zum Vorschein. Unter anderen Umständen wäre aus ihr vielleicht eine gefeierte Schauspielerin geworden. Sie konnte mühelos jeden Akzent imitieren und spielte ausdrucksvoll die unterschiedlichsten Charaktere nach.

Wenn Tony zuhörte, wie Angela Anekdoten über die Stammkunden zum Besten gab, blitzte eine gemeine Freude in seinen Augen auf. Anfangs traute ich mich in seiner Gegenwart nicht, den Mund zu öffnen. Aus Angst, mich lächerlich zu machen, redete ich mit kaum jemandem außer Angela. Eines Tages entdeckte Tony mein beschämendes Geheimnis. Er fragte mich beiläufig, was ich gerade las, und ich sagte es ihm. Er sagte, er habe gar nicht gewusst, dass das Buch in englischer Übersetzung erhältlich sei, und ohne nachzudenken, antwortete ich: »Das ist es auch nicht.«

Er sah mich ungläubig an. »Ich wusste gar nicht, dass man an neuseeländischen Schulen Russisch unterrichtet.«

»Con hat es sich selbst beigebracht«, warf Angela ein. »Er kann einen Haufen Sprachen.«

»Nein, das stimmt nicht.« Mein Gesicht glühte.

»Doch, kannst du wohl«, sagte Angela. »Du kannst Japanisch und Französisch und Spanisch und Deutsch.«

»Das hast du dir selbst beigebracht?« Tony starrte mich an.

Ich zuckte die Achseln. »Französisch und Japanisch lernen wir in der Schule.«

»Con ist sehr schlau«, sagte Angela.

Tony starrte immer noch. »Du hast dir selbst Russisch, Spanisch und Deutsch beigebracht? Wie?«

»Mit Büchern. Und mit Kassetten aus der Bücherei.«

»Du musst sehr schlau sein, Connor. Sehr schlau. In der Tat.«

Er brachte mir alles über Musik bei. Besonders interessierte mich die Geige, immerhin war Einstein ein ziemlich begabter Geiger gewesen. Tony behandelte mich wie ein ebenbürtiger

Gesprächspartner und hörte mir geduldig zu. Abgesehen von Angela war er der einzige Mensch, der das tat.

Ein gutes Jahr verstrich; es wurde wieder Sommer. Noch mehr Weintrauben, Käse und knuspriges Brot. Noch mehr Sekt. Ich legte meine letzten Prüfungen ab und hatte die Schule gerade beendet, demzufolge war der Sekt besonders gut, und bei Tony gab es jede Menge davon.

Es war einer jener Tage, an denen die Sonne so hell scheint, dass alle Konturen überdeutlich hervortreten. Die Rosen und die Bäume schienen von innen zu leuchten, und der Rasen war weich wie grüner Samt. Tony brachte Sitzkissen und breitete eine gestreifte Baumwolldecke unter dem Walnussbaum aus. Aus der Stereoanlage kam Elgars Cello-Konzert in der Interpretation von Jacqueline du Pré; die Musik drang durch die geöffneten Terrassentüren zu uns heraus.

Da da-da da. Da da-da da.

Er sang mit, ich nahm einen Zweig und dirigierte, und Angela kicherte.

»Arme Jackie«, sagte er. »Das waren noch Zeiten.«

Ja, das waren Zeiten. Zum Zeitpunkt der Aufnahme war sie mit Barenboim verheiratet gewesen, er hatte dirigiert. Sie hatte nicht gewusst, was sie erwartete, aber wer wusste das schon? Sie hätte mir leidtun sollen, so wunderschön, begabt und todgeweiht, aber ich fühlte nichts, nicht an jenem heißen Tag, als mir von der Musik und dem Sekt schwindlig war.

Wir kicherten, wir redeten Unsinn und ließen uns angeduselt in die Kissen sinken. Angela und Tony schliefen ein. Ich lag zwischen ihnen. Die Musik verstummte, und ich hörte das träge Summen der Bienen in den Lavendelbüschen. Einen Moment lang war ich still und reglos, ich dachte nichts und fühlte nichts außer mein großes Glück. Über mir zogen

Wolken über den Himmel. Das Licht sickerte durch das Blätterdach auf uns herunter und malte bewegliche Flecken auf den Rasen. Ich reckte meine Hände in die Höhe, streckte die Finger aus und betrachtete das Muster auf meiner Haut. Ich lauschte dem leisen Atem, dem Summen der Bienen und dem Rascheln der Blätter in der sanften, warmen Brise.

* * *

Foxton ist eine jener Kleinstädte, die lange Zeit ein Anziehungspunkt für die Farmer im Umkreis von vielen Meilen waren. Bis heute kann man die alten Ladenschilder an den Gebäuden entlang der Hauptstraße sehen, der Tuchladen, das Schuhgeschäft, Damenoberbekleidung, der Metzger. Die Sattlerei von 1899, die Stadtverwaltung, das Foxton Hotel. Heute gibt es nur noch einen Supermarkt und leerstehende Ladengeschäfte mit ausgeräumten Schaufenstern.

Ich fuhr an den Strand. Äcker und Weiden, eine kleine Siedlung, dann die Molkerei, die Bäckerei, der Imbiss, vor dem sich Jugendliche in Shorts und weißen T-Shirts tummelten. Sie hielten Trinkflaschen und weiße Papiertüten mit Fleischpasteten in der Hand.

Zu meiner eigenen Überraschung bemerkte ich, dass ich ein talentierter Volleyballer war – ich hatte mich in der Grundschule in keiner Sportart hervorgetan, deswegen war ich sehr verblüfft. Dieser Satz. Er brachte mich zum Lächeln, und gleichzeitig versetzte er mir einen Stich ins Herz. Trotz all seiner Beteuerungen, nicht mit Menschen umgehen zu können und kein Interesse an Freundschaften zu haben, schien mir Connors Begeisterung für Volleyball sein Versuch, an der Gemeinschaft teilzuhaben. Nicht Rugby, nicht Kricket, nicht einmal Fußball oder Tennis, sondern Volleyball – die letzte Sportart, die sich ein echter Mann ausgesucht hätte. Ich musste lächeln. Ich stellte mir Connor vor, wie er geduckt und hochkonzentriert am Netz lauerte und darauf wartete, den Ball zurückzuschlagen.

Langsam fuhr ich durch die Ortschaft. Die Siedlung war, wie Connor geschildert hatte, flach und langweilig, eine weitläufige Ansammlung von Wohnbungalows und Ferienhäusern mit Rasenflächen. Dahinter erstreckte sich der Kiefernwald, der angeblich wie Stacheldraht war. Wolken waren aufgezogen, und alles lag in einem trüben Grau da. Ich entdeckte ein Schild, das zur Grundschule wies. Ich fuhr hin und hielt vor dem Gebäude.

Niedrige Fertigbauten, die auf einer Betonfläche um das Hauptgebäude herumstehen. Daneben die kahlen, von spärlichem Gras bewachsenen Sportplätze. Ich stieg aus dem Auto und lief herum, spähte in die Klassenzimmer. An den Wänden sah ich Poster und Diagramme, von den Deckenbalken hingen Mobiles, und alles in allem machte der Ort einen freundlichen, einladenden Eindruck. Ich fragte mich, wie die Klassenzimmer zu Connors Zeiten eingerichtet gewesen sein mochten. In der Bücherei waren die Jalousien heruntergelassen, so dass ich kaum mehr erkennen konnte als ein paar Bücherregale und Lesetische.

Es gab einen kleinen Spielplatz mit einer Rutsche und Schaukeln, und ich blieb stehen, um die spielenden Kinder zu beobachten. Der Spielplatz meiner Grundschule hatte ein Klettergerüst gehabt, unter dem das Gras platt getrampelt und die nackte Erde zu sehen war, steinhart im Sommer und im Winter von Eis bedeckt. Wenn man fiel, tat man sich weh, und so lernten wir früh, uns gut festzuhalten. In fast jeder

Pause hing ich kopfüber am Gerüst, die Beine um die Stäbe gehakt. In meinen Kniekehlen bildeten sich Blasen, aus den Blasen wurden im Laufe der Zeit Schwielen.
Heutzutage sind die Spielplätze sicherer, denn alle sind bemüht, die Kinder vor Unfällen zu bewahren. Es gibt Haltegurte, und wenn man fällt, fällt man auf ein Gummipolster. Ich konnte mich jedoch noch gut an die Mischung aus Nervenkitzel und Angst erinnern, an das aufgeregte Kribbeln in meinem Bauch, wenn ich kopfüber im Gerüst schaukelte, so hoch ich konnte, weit unter mir der harte Boden.
Sobald ich das Schaukeln perfektioniert hatte, suchte ich nach neuen Herausforderungen. Nur ein- oder zweimal hatte ich ältere Kinder das Kunststück vollbringen sehen, und ich wusste, es war schwierig: Ich kletterte die Leiter hoch, hockte mich auf das Gerüst, und dann richtete ich mich leicht schwankend auf. Ich streckte die Arme aus, um das Gleichgewicht zu halten. Einen Fuß nach dem anderen. Vorsichtig mit den Zehen vorantasten. Die Zehen krümmen. Nicht nach unten schauen. Ich schwankte, stolperte fast, und mein Herz raste. Ich fixierte einen Punkt am Ende der Stange.
Das Gleichgewicht halten. Meine gekrümmten Zehen an der harten Eisenstange. *Geh weiter, immer weiter. Nicht nach unten schauen. Durch die Luft.*
Ich hatte es fast bis ans andere Ende geschafft und wollte wieder in die Hocke gehen, als ich einen kurzen Blick nach unten riskierte. Ich wusste, da standen die anderen Kinder und schauten zu mir herauf. Ich wollte lässig winken, ihnen zulächeln. Ihre Gesichter waren weit, weit weg.
Auf einmal befiel mich die Angst, meine Beine wurden steif, und starr vor Schreck und unfähig, mich zu rühren, kippte ich seitwärts und fiel. Ich schlug auf dem Boden auf, blieb

mit geöffneten Augen auf dem Rücken liegen und fragte mich, ob ich noch am Leben war. Keiner rührte sich, niemand sprach ein Wort. Ringsum nichts als Schweigen, und schließlich setzte ich mich auf und stellte in verwunderter Orientierungslosigkeit fest, dass Blut aus meinem Arm heraustropfte. Ein Knochen schien aus der Haut herauszuragen. Und dann ereilte mich ein unvorstellbarer Schmerz. Er war schlimmer als alles, was ich jemals zuvor erlebt hatte, und ich brachte keinen Ton heraus. Und dann erbrach ich eine Mischung aus Orangensaft, Sandwich und Schokoladenkuchen, und es war egal, ob die anderen es sahen.
Meine Mutter verbrachte zwei Tage und zwei Nächte an meinem Bett im Krankenhaus, und David und mein Dad kamen zu Besuch und brachten mir Hühnchen von Kentucky Fried Chicken und Eiscreme, und alle anderen kamen mit Karten und Geschenken. Nach dem Krankenhaus und der Operation kehrte ich als Heldin in die Schule zurück, und meine Freundinnen schrieben ihren Namen auf den glatten, weißen Gips. Ich wurde geliebt. Es war so selbstverständlich, dass ich nicht weiter darüber nachdachte. Ich glaubte, dass es bei allen Kindern so war.
Ich stellte mir Connor in dieser Schule vor, wie er sich in die schummrige Bibliothek zurückgezogen hatte, und ich bekam ein schlechtes Gewissen. Mir war immer alles geschenkt worden, und nun schnüffelte ich hier herum, weil ich ihm misstraute? Ich fühlte mich wie damals auf dem Klettergerüst, ich hatte kurz nach unten geschaut, und nun brachte mein Zweifel alles ins Wanken.

30.

Gary Ryan hatte mir gesagt, er würde das Wochenende im Haus seiner Mutter verbringen, um ein wenig aufzuräumen. Er habe nichts dagegen, mir mehr über Bligh zu erzählen, ich könne gern vorbeischauen. »Heißt das, ich komme ins Fernsehen?«

Ich fuhr zur Flussmündung, bog nach links ab, so wie er es mir erklärt hatte, und folgte der Straße. Die Häuser hier wirkten viel wohlhabender, und die meisten waren erhöht gebaut, der besseren Aussicht wegen, mit weitläufigen Terrassen und riesigen Panoramafenstern, die in der Sonne blitzten. Dahinter erstreckte sich das kahle Land, und dann begann das Grundstück, das früher den Blighs gehört hatte. Einige der Häuser waren gerade erst fertig geworden, auf dem Rollrasen lagen noch die Sägespäne, während andere sich noch im Rohbau befanden. Ganz hinten, am Rand der Siedlung, entdeckte ich das Haus, das der Familie Bligh gehört haben musste. Ich stieg aus dem Auto und lief an der Absperrung entlang. *Baustelle, kein Zutritt.* Vermutlich lagerten die Bauarbeiter hier ihre Werkzeuge ein. Aber ich hatte Glück, es stand noch, für ein paar Außenaufnahmen würde es reichen.

Ich fuhr weiter und folgte der Straße, bis ich das Häuschen entdeckte, das Gary mir beschrieben hatte. Es stand abseits der Straße in einem Garten voller Obstbäume. Es war ein Haus mit Gesicht, wie ich es nannte: eine kantige Tür in der Mitte, rechts und links davon je ein kleines Fenster. Ich hörte das Kreischen einer Kettensäge und lief um das Haus herum. Ein Mann, vermutlich Gary, zersägte Brennholz. Er trug Ohrenschützer und bemerkte mich nicht.

Schließlich ließ er die Kettensäge sinken und drehte sich zu mir um. »Du liebe Güte«, sagte er. »Seit wann stehen Sie da?«
Ich ging auf ihn zu und streckte meine Hand aus. »Rebecca Thorne, tut mir leid, Sie zu stören.«
Sein Gesicht war gerötet, er schwitzte. »Rebecca, ja? Habe Sie nicht bemerkt, sorry. Ähm, möchten Sie einen Tee? Ein Bier?«
»Einen Tee, bitte«, sagte ich.
»Kommen Sie mit.«
Ich folgte ihm ins Haus. Über dem Kaminsims hing ein Kruzifix, an den Wänden verblichene Familienfotos. Es roch modrig und feucht, obwohl es draußen warm war.
Er sah sich im Zimmer um. »Dieses Haus war immer schon kalt. Wenn ich den Tee aufgesetzt habe, können wir uns wieder nach draußen setzen, wenn Sie möchten.«
»Gern.«
Wir nahmen Stühle mit hinaus und setzten uns auf den Betonsockel hinter dem Haus.
»Wenn es nach mir ginge, würde ich das Ding einfach abreißen und das Grundstück verkaufen, bevor die Preise wieder fallen«, sagte er. »Aber solange die alte Dame noch lebt, ist daran nicht zu denken.«
»Wie geht es Ihrer Mutter?«, fragte ich. »Wäre es sinnvoll, mit ihr zu sprechen?«
»Nein«, sagt er. »Meistens weiß sie nicht einmal, was für ein Tag gerade ist.«
»Das tut mir leid.«
»Früher hat nichts sie umgehauen«, sagte er. »So ein Leben wünscht man niemandem.«
»Sind Sie hier aufgewachsen?«
»Ja, wir waren zu siebt – unvorstellbar, nicht wahr? Mum und Dad und fünf Kinder in diesem winzigen Haus.«

»Die Blighs waren Ihre nächsten Nachbarn?«

»Ja, aber wir kannten sie nicht besonders gut. Wir Kinder besuchten eine andere Schule. Wissen Sie, wir sind katholisch, deswegen gingen wir in Foxton ins Konvent.«

»Sind Sie ungefähr in Angelas Alter?«

»Ein bisschen jünger.« Er grinste. »Als sie anfing zu arbeiten, habe ich immer gesehen, wie sie an unserem Haus vorbei zur Bushaltestelle lief.«

»Haben Sie mit ihr geredet?«

»Ich war ein Schuljunge. Damals hatte ich Angst vor Mädchen.« Er zwinkerte mir zu.

»Und davor? Haben Sie und die Blighs je miteinander gespielt?«

»Nein, nicht oft. Wir haben sie manchmal gesehen, aber wir hatten eigene Freunde, und sie blieben unter sich.«

»Was war mit dem Vater?«

»Hauptsächlich wegen Dick Bligh hatten wir nichts mit denen zu tun. Mein Bruder Jimmy war einmal mit dem Fahrrad rübergefahren. Er hatte sich nach der Schule mit Angela getroffen, offenbar war er ein bisschen in sie verknallt. Damals waren sie noch ganz jung. An dem Tag war der Alte zu Hause und hat Jimmy hochkant rausgeschmissen, mit einem Arschtritt.«

»Er hat ihn getreten?«

»Er hat es versucht. Jimmy war zu schnell für ihn. Ein fieser Kerl, der alte Bligh, er hat die Kinder chronisch vernachlässigt, hat meine Mutter immer gesagt. Angela hat sich um Connor gekümmert, so gut sie konnte. Dem alten Bligh war das scheißegal.«

»Kannte Ihre Mutter Mrs. Bligh?«

»Sie hat nicht viel über sie geredet.«

»Was hat sie gesagt?«
Er zuckte die Achseln. »Nur, dass sie ein hübsches Ding war. Zu gut für Dick Bligh, hat sie immer gesagt.«
»Ich frage mich, wie sie an einen wie den geraten konnte«, sagte ich.
»Diese Frage stellt man sich doch öfter, nicht wahr? Das war jedenfalls lange vor meiner Zeit.«
»Ihre Mutter sagte, Bligh vernachlässige die Kinder. Was genau hat sie Ihrer Meinung nach damit gemeint?«
»Er war ständig unterwegs, um zu saufen, und als er jünger war, hatte er einen Haufen Freundinnen. Die Kinder waren ganz offensichtlich sich selbst überlassen. Wie die aussahen … na ja, ziemlich zerlumpt. Bis Angela älter wurde und lernte, zu waschen und Kleider zu flicken. Ich weiß nicht, was aus Connor geworden wäre, wenn sie nicht gewesen wäre.«
»Sie standen sich nah?«
»Ja, und wie. Als sie kleiner waren, habe ich sie kaum einmal getrennt gesehen.«
»Wissen Sie, ob Dick Bligh den Kindern gegenüber gewalttätig war?«
»Darauf würde ich wetten. Er war ganz schön jähzornig, der alte Bligh, keine Frage. Meine Mutter hatte Angst vor ihm. Sie sagte, sie hätte am liebsten das Jugendamt angerufen, aber sie hatte Angst vor seiner Reaktion. Ich glaube, nur deswegen wurde er nie belangt. Keiner hatte den Mumm, ihn anzuschwärzen.«
»Ich frage mich, warum er die Kinder bei sich behalten wollte.«
»Aus Stolz, würde ich sagen. Wahrscheinlich wollte er nicht, dass die Leute mit dem Finger auf ihn zeigen, weil er seine Kinder weggegeben hat.«

»Okay, Dick Bligh hat Angela und Connor vernachlässigt. Was wissen Sie noch?«

»Jeder weiß, dass seine Mutter sich im Meer ertränkt hat. Das wussten Sie wahrscheinlich schon? Nun ja, meine Mutter sagte, sie hätte das gemacht, weil der alte Bligh sie so widerlich behandelt hat. Er war wirklich ein Schwein, dem nicht zu trauen war. Bei der Arbeit hat er gepfuscht – seine Zäune sind umgekippt und so –, und zuletzt wollte ihn keiner mehr beschäftigen. Abgesehen davon, na ja, wie gesagt, die sind unter sich geblieben. Ich glaube nicht, dass Sie jemanden finden werden, der Ihnen viel über die Familie erzählen kann.«

»Connor hat eine Freundin von Angela erwähnt, Cheryl Walker. Kennen Sie die?«

»Ja, die Walkers kenne ich. Sind vor etwa fünfzehn Jahren von hier weggezogen. Ich weiß nicht, wohin.«

»Connor sagt, zwischen seinem Vater und Cheryl habe ein sexuelles Verhältnis bestanden. Wissen Sie etwas darüber?«

»Nein. Zuzutrauen wäre es ihm.«

»Dann hatten Sie und Ihre Familie mit den Blighs also tatsächlich überhaupt nichts zu tun, obwohl Sie Nachbarn waren?«

»Dick Bligh hat Mum von seinem Grundstück gejagt. Sie hätte den Kindern gern geholfen, aber sie hatte, wie gesagt, große Angst vor ihm, außerdem hatte sie mit uns fünfen genug zu tun. Tut mir leid, aber mehr kann ich Ihnen nicht sagen.«

»Das entspricht mehr oder weniger dem, was Connor mir erzählt hat. Ach, und kannten Sie Tony Wallace? Er hat in Foxton einen Blumenladen besessen.«

»Der alte Kerl, der ertrunken ist?«

»Das wusste ich gar nicht … er ist ertrunken?«

»Ja. Er ging oft schwimmen. Er schwamm weit hinaus. Wir haben ihn oft beobachtet – er hatte es wirklich drauf. Aber an dem Tag kam er nicht zurück. Man hat vermutet, dass ihn eine Welle erwischt hat, oder vielleicht war es ein Herzinfarkt. Die Rettungsschwimmer sind raus und haben ihn an den Strand geholt, aber es war zu spät.«

Warum hat Connor mir nichts davon erzählt?

»Connor hat erwähnt, Tony sei mit ihm und Angela befreundet gewesen.«

»Davon weiß ich nichts. Der war doch eine Schwuchtel, oder?«

Ich stand auf und streckte meine Hand aus. »Vielen Dank für Ihre Mühe. Ich rufe Sie an, falls mir noch etwas einfällt.«

»Tut mir leid, dass ich Ihnen nicht mehr erzählen konnte«, sagte er. »Wir hatten mit den Blighs nicht viel zu tun. Ehrlich gesagt war ich kein bisschen überrascht, das in den Nachrichten zu sehen.«

Ich verzog keine Miene und sprach mit freundlicher, fester Stimme. »Ach, wirklich? Warum sagen Sie das?«

»Man sieht es den Leuten irgendwie an, nicht wahr? Wie sie sich verhalten und so. Mit Connor war irgendwas nicht in Ordnung. Angela war anders. Sie war freundlich und offen und hat immer gelächelt. Ich glaube nicht, dass ich Connor je lächeln gesehen hätte, kein einziges Mal.«

Und weil er nicht gelächelt hat, ist er ein Mörder?

»Wirklich?«, fragte ich. »Er hat nie gelächelt?«

»Mum hat das Gleiche gesagt. Sie hat gesagt, der Junge sieht verschlagen aus.«

»Wie sein Vater?«, fragte ich leichthin.

»Nein, so nicht. Eher … unheimlich. Er ist schon ein komischer Kauz. Mum hat immer gesagt, sein Verstand ist so scharf, er wird sich noch dran schneiden. Außerdem war Dick Bligh so breit wie der Baumstamm dahinten. Auch äußerlich kam Connor kein bisschen nach ihm.«

»Nun ja«, sagte ich. »Vielen Dank. Würden Sie vor der Kamera wiederholen, was Sie mir über Dick Bligh und die Vernachlässigung der Geschwister erzählt haben?«

Er sah mich ungläubig an. »Ich komme ins Fernsehen?«

»Ja«, sagte ich. »Wobei ich möchte, dass Sie sich an die Fakten halten. Es geht dabei nicht um Ihre persönliche Meinung.«

31.

Im Kreuzverhör wollte die Staatsanwaltschaft nachweisen, dass ich mich während des Studiums seltsam benommen hätte, da ich mich an keinerlei studentischen Freizeitaktivitäten beteiligt hatte. Für mich stand damals das Studium im Vordergrund, ich wollte die Seminare hinter mich bringen und meine Ziele erreichen. Im ersten Jahr nahm ich wahllos an Kursen teil, danach entschied ich mich für Mikrobiologie und Genetik als Hauptfächer. Ich besuchte die Vorlesungen, reichte Hausarbeiten ein, schrieb Klausuren und stellte eigene Forschungen an.

Rowan Dickson war ein stämmiger Kerl, und er war mehr als hartnäckig, als es darum ging, Angela für sich zu gewinnen. Er war hergezogen, um am Manawatu College Werkunterricht zu erteilen, und eines Tages war er in den Blumenladen gegangen, um einen Strauß für seine Mutter zu kaufen.

Zu jener Zeit beschwerte sich Angela bei mir darüber, dass er sie nicht in Ruhe lasse. Er war ein paar Jahre älter als sie, und sie fand ihn langweilig. Irgendwann ließ sie sich breitschlagen, mit ihm auszugehen, und nach einer Weile fand sie ihn wohl ganz nett, auf eine unaufgeregte Art. Jedenfalls klebte sie keine Fotos an die Wand und weinte nachts nicht.

Ich glaube, ich war so mit meiner Arbeit beschäftigt, dass ich nicht mitbekam, wie sich die Beziehung zwischen Rowan und meiner Schwester vertiefte. Als ich eines Samstagmittags nach Hause kam, saßen Rowan und Angela und der Alte mit einer halbleeren Flasche Wein am Küchentisch.

»Deine Schwester ist verlobt«, sagte der Alte.

Rowan stand auf. Ich schüttelte seine Hand. Ich sah Angela an, sie wirkte ganz zufrieden.

Zwei Monate später heirateten sie standesamtlich, mitten während meiner Prüfungen, deswegen konnte ich nicht hingehen.

Kurz darauf verließ ich den Ort, den ich als mein Zuhause bezeichnet hatte. War es das überhaupt je gewesen? Als Kind hatte ich in einem alten Buch eine Illustration gesehen, die *Häusliches Leben* untertitelt war. Es erschien mir wie ein Rätsel. Ein Mann und eine Frau, ein Junge und zwei Mädchen saßen um ein Kaminfeuer herum. Sie aßen Kuchen und lächelten. *Häusliches Leben.*

Ich hatte mir ein Auto gekauft, einen ziemlich verbeulten Toyota. Eines Morgens packte ich meine Sachen und war weg, bevor er nach Hause kam. Bevor ich verschwand, ging ich noch einmal in sein Zimmer. An dem Morgen war es heiß und der Himmel knallblau, aber die schwarzen Jalousien waren heruntergelassen und die Fenster wie immer geschlossen. Das Zimmer stank nach dreckigen Laken, nach Alkohol und den selbstgedrehten Zigaretten, die er im Bett rauchte. Die Decke lag auf dem Fußboden neben dem Bett, neben Zeitungen und leeren Bierdosen. Sein Zimmer war die reinste Müllgrube, ich fragte mich, was meine Mutter an ihm gefunden hatte. Vielleicht lag es an seinem Aussehen. Er war groß und dunkelhaarig, und ich konnte mir vorstellen, dass Frauen ihn attraktiv gefunden hatten. Cheryl zum Beispiel. Auf unserem Kaminsims hatte vor Jahren das Hochzeitsfoto meiner Eltern gestanden, er hatte darauf überraschend gut ausgesehen, frisch gewaschen und in einem Anzug.

Ich zog die Schubladen der Kommode auf und wühlte in seinen Socken, Unterhosen, Unterhemden und Tabakpäckchen. Es war noch da. Ich hatte erwartet, er hätte es ins Feuer geworfen, so wie er es mit dem Hochzeitsfoto getan hatte. Vielleicht hatte er es einfach nur vergessen.

Ich schlug das dünne Seidenpapier zurück. Wer mochte ihr das geschenkt haben? Seit ich auf der Welt war, hatten wir nie Besuch bekommen. Meine Mutter hatte Angela und mich früher damit spielen lassen, Angela in einem langen weißen Nachthemd als Brautkleid und mit einem weißen Tuch auf dem Kopf, das ihr als Schleier diente. Einen Bräutigam gab es nicht, wir brauchten keinen, aber ich spielte den Pagen mit Fliege um den Hals, der den Haarreif brachte. Ich schritt langsam auf Angela zu, die in der provisorischen Laube stand, die wir unter der Wäschespinne gebaut und mit Löwenzahn und Gänseblümchen geschmückt hatten. Ich musste sehr langsam gehen, mich verbeugen und Angela das Schmuckstück überreichen, und sie nahm es mit einem anmutigen Knicks entgegen.

In meiner Erinnerung handelte es sich um einen strahlend schönen Gegenstand, makellos weiß, seidig und mit Spitze besetzt. Nun stellte ich fest, was für ein armseliges, hässliches Ding es war. Der billige Satin war abgewetzt und verzogen, so dass man die Pappe darunter erkennen konnte. Die Spitze war voller Staub und an manchen Stellen vergilbt. Als ich den Haarreif ans Gesicht hob, roch er modrig, fast Übelkeit erregend.

Und doch war er für uns unendlich kostbar gewesen. So wie das zweite kleine Päckchen in Seidenpapier. Auch das wickelte ich auseinander. Dünnes, gelocktes, hellbraunes Haar. Angelas Babylocke.

Ich steckte beides ein, bevor ich verschwand. Als Reliquien.

* * *

Ich fuhr die Küste entlang und mietete mich in einem Motel ein. Ich stellte meine Tasche im Zimmer ab und brach zu einem Spaziergang auf, der mich am Flussarm entlang und zum Hauptstrand führte. Ein schwacher Wind kam auf, die kabbeligen Wellen warfen sich auf den grauen Sand und hinterließen kleine Schaumkronen am Ufer. Ich zog meine Schuhe aus und lief barfuß. Überall waren Jogger unterwegs und Leute, die mit ihren Hunden spazieren gingen.

Ja, ich konnte Gary Ryans Aussage gebrauchen. Die Leute würden seine riesigen Hände und sein breites, ernstes Gesicht sehen und wissen, er war ein ehrlicher Neuseeländer, auf dessen Wort Verlass war. Wenn er sagte, Connor sei von seinem Vater misshandelt worden, würde jedermann ihm Glauben schenken. Und wenn ich ein bisschen nachhalf, würden sie ihm auch glauben, wie nah Angela und Connor sich gestanden hatten.

Sie war diejenige, die sich um Connor gekümmert hatte. Keine

Ahnung, was aus ihm geworden wäre, wenn sie nicht gewesen wäre. Als sie kleiner waren, habe ich sie kaum einmal getrennt gesehen.

Ich hatte jenen Teil des Strandes erreicht, wo der Fluss ins Meer mündete. Ich setzte mich auf den Sand und starrte aufs Wasser. Der Wind hatte aufgefrischt, so dass ich meine Jacke schließen und mir die Kapuze über den Kopf ziehen musste. Draußen überschlugen sich die Wellen.

Connors Mutter war hier gestorben. Und Tony Wallace ebenfalls. Warum hatte er mir nichts davon erzählt?

Garys Bericht beunruhigte mich. Er hatte mich misstrauisch gemacht. Ich schloss die Augen. Bei meinem letzten Besuch hatte Connor alles andere als gut ausgesehen. Er hatte dunkle Augenringe gehabt, sein Gesicht war ungewöhnlich bleich gewesen. »Die Grippe«, hatte er achselzuckend gesagt. »Nichts Ernstes. Mir geht es gut.«

Gut? Er hatte seine Mutter und seinen Freund und seine ganze Familie verloren. Er hatte sein Zuhause verloren, seine Arbeit, einfach alles – und ich zweifelte an ihm, weil er mir ein Detail nicht erzählt hatte? Wahrscheinlich hatte er es mir erzählen wollen und dann vergessen. Außerdem, war es überhaupt wichtig? Letztendlich hatte Gary alles bestätigt, was Connor mir erzählt hatte.

Trotzdem gingen mir manche Sätze nicht mehr aus dem Kopf.

Ich war kein bisschen überrascht, als ich aus den Nachrichten davon erfuhr.

Verschlagen.

So scharf, dass er sich eines Tages dran schneiden wird.

Ich lief zum Hotel zurück. Ich schenkte mir ein Glas Wein ein und setzte mich auf dem Balkon in die Sonne.

Warum hatte er es mir nicht erzählt? Was hatte er mir noch verschwiegen?
Der Himmel begann, sich zu verfärben. Die zarten Lilatöne verwandelten sich in ein kräftiges Rot. Ein dunkles, tiefes Rot mit Goldrand.
Nun, in diesem Punkt hatte er nicht gelogen. Der Sonnenuntergang am Foxton Beach war tatsächlich atemberaubend schön.
Ein kleiner Junge und ein dunkelhaariges Mädchen. Die Lichtstrahlen, in denen sie baden.
Recke die Hände in die Höhe. Recke die Hände in die Höhe und fang die Farben ein.

* * *

Es mag seltsam erscheinen, dass Angela mir anbot, bei ihnen zu wohnen, aber es war gar nicht so abwegig. Man hatte Rowan eine Stelle an der Freyberg Highschool in Palmerston North angeboten. Er hatte im Laufe der Jahre genug Geld gespart, um eine Anzahlung für ein Haus zu leisten, und ich konnte mich an den Kosten beteiligen, indem ich Miete zahlte. Zudem war Rowan abends oft damit beschäftigt, den Unterricht vorzubereiten, Klausuren zu korrigieren oder an der Abendschule zu unterrichten. Ich würde Angela Gesellschaft leisten, wenn sie sich einsam fühlte.
Ich kann, ohne zu zögern, bestätigen, dass Angela und ich uns so nahestanden wie eh und je. Wenn Rowan außer Haus war, saßen wir zusammen auf dem Sofa, ich las, Angela strickte oder sah fern, und wir unterhielten uns, so unbeschwert wie immer. Sie legte ihre Füße in meinen Schoß, damit ich ihre Fußgelenke und ihre geschwollenen Zehen massierte.

Im Mai kam Katy zur Welt. Angela gewöhnte sich schnell an die Mutterrolle, sie war, wie man so schön sagt, ein Naturtalent.

Ich stürzte mich in meine Forschungen, Angela in die Kindererziehung. Das Haus wollte neu gestrichen werden, es fehlten Tapeten und Teppiche. Angela genoss diese Arbeit, sie hielt mir die Farbmuster vors Gesicht: »Was sieht besser aus, Con, chinesisches Elfenbein oder dunkles Creme?« Wir waren glücklich, vielleicht zum ersten Mal im Leben hatten wir das Gefühl, angekommen zu sein, ein echtes Zuhause zu haben. Ich machte meinen Master und trat eine Doktorandenstelle an.

Sie müssen verstehen, wie wichtig mir regelmäßige Abläufe waren. Jeden Morgen befolgte ich dasselbe Ritual. Katy wachte gegen fünf Uhr auf, dann frühstückte ich mit Angela und machte mich um sechs auf den Weg. Ich parkte meinen Wagen in einiger Entfernung von der Massey Universität, um den Rest der Strecke zu Fuß zurückzulegen.

Auf diesen morgendlichen Spaziergängen konnte ich in aller Ruhe über meine Arbeitsergebnisse vom Vortag nachdenken und über meine Pläne für den kommenden Tag. Auf dem Weg lag ein Café, das schon früh öffnete, und ich ging jeden Morgen hinein, um mir einen doppelten Espresso mit Zucker zu kaufen. Ich trank ihn im Gehen, aus einem Pappbecher. Ich fing an, die Jogger wiederzuerkennen, die mich jeden Morgen überholten, und ich achtete auf die hübschen Gärten hinter den Zäunen. Mit der Jahreszeit änderte sich auch der Geruch der Luft. Der Duft der regennassen Straße. All das fehlt mir hier drinnen.

Ich benutzte meine Ausweiskarte, um ins Gebäude zu gelangen, trat durch die Schiebetür aus Glas und lief die Treppe hinauf. Meine Schritte hallten durch das Treppenhaus. Später am Tag gingen diese Geräusche im Gemurmel und Getrampel der vielen Menschen unter, aber zu so früher Stunde war ich ganz allein im Institut. Ich benutzte meine Karte noch einmal, um auch durch die nächste Glastür zu kommen. *Zutritt nur für befugtes Personal.* Jedes Mal, wenn ich an diesem Schild vorbeilief, empfand ich ein Triumphgefühl; für mich war es eine Quelle unbeschreiblichen Stolzes, zum *befugten Personal* zu gehören. Vorbei an der riesigen Kühltruhe, vorbei an den Ausstellungskästen, in denen die erfolgreichen Forschungsprojekte des Instituts präsentiert wurden, und dann durch die letzte Glastür.

Meine Gewohnheiten. Der Mensch, zu dem ich geworden war. Ich war nicht mehr der dreckige, kleine Junge. Ich war kein Freak mehr.

Aber vielleicht war mein Stolz, an diesen Ort zu gehören, genau das, was manche Kollegen dazu brachte, mich nicht zu mögen. Wissen Sie, für mich war das Labor so wichtig, dass ich es kaum ertragen konnte, während der Arbeit mit banalen Nebensächlichkeiten abgelenkt zu werden. Ich wollte mich nicht vom geselligen Kaffeetrinken am Morgen und am Nachmittag stören lassen, und das Geplauder der anderen ertrug ich kaum. Ich kümmerte mich nicht um Zerwürfnisse, Eifersüchteleien und Rivalitäten, und niemals versuchte ich, um die Aufmerksamkeit der Professoren zu buhlen – anders als viele meiner Kollegen. Ich erinnere mich an das alberne Gehabe eines bestimmten Mitarbeiters, der sich immer aufführte wie ein Streber, wenn der Professor, der das Institut seinerzeit leitete, an seinem Büro vorbeikam; er hatte es sich zum Ziel gesetzt, gelobt zu werden, statt seine Arbeit zu machen. Ich mag abgehoben und arrogant gewirkt haben, aber das war nie meine Absicht. Ich diskutierte meine Pläne oder Ergebnisse mit niemandem, weil es meine Konzentration gestört hätte.

* * *

Greg Williams hatte den Wunsch geäußert, mich in seinem Büro zu treffen, da er sonntags oft arbeiten musste. Wir waren für zwei Uhr nachmittags vor dem Institut für Biochemie verabredet. Am Wochenende waren sämtliche Gebäude abgeschlossen, und man brauchte einen Sicherheitsausweis, um hineinzukommen. Punkt zwei trat er durch die gläserne Schiebetür und streckte mir seine Hand entgegen. »Rebecca Thorne? Ich bin Greg Williams. Ich kenne Sie natürlich von *Saturday Night*. Eine tolle Sendung. Schade, dass sie nicht mehr läuft.«

Er war gutaussehend. Dunkles, ordentlich geschnittenes Haar; braune, wache Augen. Er sah genau so aus, wie ich mir einen Professor am Wochenende vorstellte – sorgfältig gebügelte, beige Leinenhose, braun-weiß kariertes Hemd mit Buttondownkragen, dazu ein Jackett.

Er führte mich durch die Tür und die Treppe hinauf, plauderte auf dem Weg über dieses und jenes – das Wellington Arts Festival, das schöne Wetter, sein Unbehagen darüber, an einem sonnigen Wochenende im Büro zu sitzen und Förderungsanträge schreiben zu müssen. *Meine Frau ist auf dem Golfplatz, und ich sitze hier und bettele die Regierung um Gelder an, nur damit wir weiterforschen können.*

Er war fraglos sehr charmant, und seine Stimme und sein Auftreten verrieten die gute Schule und wohlhabende Eltern. Sofort war mir klar, dass er im Gerichtssaal absolut überzeu-

gend gewirkt haben musste: gut informiert, verlässlich, ehrlich. Wenn sein Wort gegen das von Connor stand, würde sich die Jury fraglos für ihn entscheiden.
Er hielt mir die Tür zu seinem Büro auf, bat mich herein und zeigte auf zwei kleine Sofas mit einem Tischchen. »Ich habe dahinten eine Kaffeemaschine. Ich halte mich so viel in diesem Büro auf, dass ich eine brauche.«
»Ein Kaffee wäre wirklich schön.«
»Wie trinken Sie ihn?«
»Schwarz, bitte.«
»Stark oder schwach?«
»Oh, bitte nicht zu stark.«
Er lächelte mich an. »Schwarzer Kaffee, nicht zu stark, kommt sofort.«
Während er nebenan war, schaute ich mich in seinem Büro um. Auf dem Schreibtisch stand das gerahmte Foto einer attraktiven Frau, wahrscheinlich seine Ehefrau; die wenigen Unterlagen auf dem Tisch wirkten geordnet. An der Wand hing ein Schwarzweißfoto, das auf dem Meer aufgenommen war. Der Umriss eines Ruderbootes, die silbrige Wasseroberfläche.
Er kam zurück und stellte einen schlanken, weißen Porzellanbecher vor mich hin. »Wie ich sehe, haben Sie das Bild entdeckt. Meine Frau interessiert sich sehr für Fotografie.« Er deutete auf ihr Porträt. »Jennifer.«
»Es ist wunderschön. Wo hat sie es aufgenommen?«
»Waikanae. Wir haben da ein kleines Häuschen.« Sein Lächeln war entwaffnend. »Ein Wochenendhaus. Wobei ich natürlich nur selten Gelegenheit habe, hier rauszukommen. Meistens muss ich mich darauf beschränken, sehnsüchtig das Foto zu betrachten.«

Langsam übertrieb er es mit den Andeutungen über sein Arbeitspensum. »Sicher ist es schön dort.«
»Und wie.« Er griff zu seinem Kaffeebecher. »Was ist mit Ihnen, Rebecca? Fahren Sie am Wochenende raus aus der Stadt?«
»Nun ja, ich wohne direkt am Strand, es gefällt mir sehr gut dort, deswegen bleibe ich am Wochenende meistens in Wellington.«
»Ja, natürlich«, sagte er lächelnd. »Sie sind jung. Das Stadtleben hat seinen Reiz. Nun denn, es geht also um Connor Bligh. Was möchten Sie wissen?«
»Wie ich Ihnen am Telefon erklärt habe, arbeite ich gerade an einem Dokumentarfilm über den Fall.«
»Eine schreckliche Geschichte. Absolut schrecklich. Aber das ist alles schon so lange her, ich bin überrascht, dass irgendjemand eine Doku darüber drehen möchte.«
»Möglicherweise kommt es zu einer neuen Verhandlung.«
»Dann würde ein Dokumentarfilm auf großes Interesse stoßen?«
Ich nickte. »Davon gehen wir aus.«
»Für welchen Sender?«
»Zenith.«
»Zenith. Ach so.« Er warf mir über seinen Kaffeebecher hinweg einen neugierigen Blick zu. »Dann arbeiten Sie jetzt also für Zenith?«
»Übergangsweise.«
»Wie interessant.« Vorsichtig setzte er den Becher ab. »Ich bin mir nicht sicher, wie ich Ihnen weiterhelfen kann, Rebecca. Ich glaube, ich habe alles, was es zu dem Fall zu sagen gibt, vor Gericht ausgesagt.«
»Ja, ich habe die Protokolle gelesen. Ich hatte jedoch gehofft,

dass Sie mir ein wenig mehr über Ihre persönlichen Erfahrungen mit Connor Bligh berichten können. Er hat ja eine ganze Weile hier gearbeitet. Nach allem, was er mir erzählt hat, hatte er hohe Achtung vor Ihnen.«

Williams zog die Augenbrauen hoch. »Hat er das tatsächlich gesagt? Ich bin überrascht. Connor hat immer den Eindruck gemacht, dass er vor nichts und niemandem Achtung hat.«

»Könnten Sie das näher erläutern?«

»Er war unhöflich zu den Kollegen, geradezu arrogant. Andere Meinungen und Vorschläge hat er abgetan. In einem Labor kommt es auf die reibungslose Zusammenarbeit an, da ist ein gutes Arbeitsklima besonders wichtig.«

»Und Connor Bligh hat nicht hineingepasst?«

»Er war unnahbar. Teamwork kam für ihn nicht in Frage. Ich musste mich ständig mit Beschwerden der Laboranten befassen, weil er sich weigerte, die gemeinsam genutzten Geräte abzutreten.«

»Was war mit seinen Forschungen?«

»Er ging darin auf, und er war ein fähiger Mitarbeiter. Aber das habe ich bereits vor Gericht gesagt.«

»Er hat mir berichtet, seine Forschungen hätten gewisse Konsequenzen gehabt.«

»Konsequenzen?«

»Er hat gesagt, seine Forschungsergebnisse könnten den großen Pharmakonzernen schaden.«

Er zog eine Miene, die wohl bedeuten sollte: *Kleines, Sie haben ja keine Ahnung, wovon Sie reden.* »Ich kann nicht ausschließen, dass er auch privat geforscht hat, aber den Berichten zufolge, die er hier regelmäßig einreichen musste, kann ich so etwas mit ziemlicher Sicherheit ausschließen.«

»Sie sagen also, dass er nicht die Wahrheit erzählt hat?«

»Sieht ganz danach aus.«

Verschlagen. Der Junge sieht verschlagen aus.

»Können Sie mir verraten, woran er gearbeitet hat?«

»Damit würde ich gegen die Schweigepflicht verstoßen. Tut mir leid.«

»Er hat mir erzählt, zwischen Ihnen wäre es zum Zerwürfnis gekommen, nachdem er mit einer Kollegin Probleme bekam. Alison ...«

»Alison Butterworth. Ja, aber das war wirklich nur der sprichwörtliche Tropfen, der das Fass zum Überlaufen gebracht hat. Der Vorfall war dennoch verstörend. Alisons Forschungsteam stand kurz vor dem Abschluss, und Connor meldete sich freiwillig, um in der Endphase zu helfen. Er legte sich mit anderen Teammitgliedern an, bis sie sich weigerten, mit ihm zusammenzuarbeiten. Alison hatte keine andere Wahl, als eine Dienstbeschwerde auf den Weg zu bringen. Das ganze Projekt versank im Chaos, und die arme Alison war in Tränen aufgelöst. Das Ganze hat sie so mitgenommen, dass sie kurze Zeit später gekündigt hat. Wir haben eine hochbegabte junge Wissenschaftlerin verloren.«

»Und Sie sagen, Connor habe sich freiwillig bei dem Team gemeldet?«

»Ja, und zu meinem großen Bedauern habe ich ihn darin auch noch bestärkt. Er war ein Experte auf dem betreffenden Gebiet, und das Team lag im Zeitplan zurück.«

»Warum hat er sich freiwillig gemeldet? Sie haben gesagt, er hätte Teamwork verabscheut.«

»Was seine Motive betrifft, so habe ich meine eigene Theorie. Alison machte sich am Institut sehr gut, und ganz offenbar beneidete er sie darum.«

»Sie wollen sagen, er hat ihr Projekt absichtlich sabotiert?«

»Genau das glaube ich. Und er hat es geschafft. Immerhin hat sie uns verlassen.«

»Standen sie unter Zeitdruck? Sie sagen, das Team habe im Zeitplan zurückgelegen?«

»Ja, leider gibt es diese unsinnigen Regeln. Die Forschungsprojekte müssen innerhalb einer gewissen Frist abgeschlossen sein. Die staatlichen Geldgeber übersehen, dass diese Art von Arbeit manchmal einfach länger dauert als geplant.«

»Ich kenne mich damit nicht aus, aber wäre es nicht möglich gewesen, um eine Verlängerung zu bitten?«

»Es ist nahezu unmöglich, die Fördergelder aufstocken zu lassen, also kam das nicht in Frage.«

»Es gab keinen Aufschub?«

»Nein.«

»Alison war eine kompetente Teamleiterin? Alle waren bei der Sache?«

»Oh, keine Frage. Überhaupt keine Frage. Alison war eine hochbegabte Wissenschaftlerin und auch im Umgang mit den Mitarbeitern sehr kompetent. Alle haben ihr Bestes gegeben.« Er warf einen Blick auf seine Armbanduhr. »Tut mir leid, Rebecca, aber ich furchte, wir müssen zum Schluss kommen. In einer Stunde habe ich den nächsten Termin, und bis dahin muss ich noch einiges an Arbeit wegschaffen.«

»Nur, damit ich Sie richtig verstanden habe, Greg. Ihrer Meinung nach war Connor ein fähiger Wissenschaftler, jedoch unfähig, mit den Kollegen auszukommen?«

»*Unfähig* würde ich es nicht gerade nennen. Er hat sich keinerlei Mühe gegeben.«

»Und Sie glauben nicht, dass seine Forschungsarbeiten einen ernstzunehmenden Einfluss auf die Pharmaindustrie hätten haben können?«

»Das ist an den Haaren herbeigezogen.« Wieder blickte er auf seine Uhr.
»Rein interessehalber: Falls einer Ihrer Mitarbeiter eine Entdeckung machen würde, die negative Konsequenzen für eine gewisse Branche hätte … würde sich das auf dieses Labor auswirken?«
Er sah mir in die Augen und sprach mit Nachdruck. »In diesem Labor herrscht absolute wissenschaftliche Freiheit. Es gibt keine Einschränkungen unserer Forschungsziele, und die Politik nimmt keinen Einfluss.«
»Ich danke Ihnen, dass Sie sich Zeit für mich genommen haben.«
Er begleitete mich aus seinem Büro und die Treppe hinunter, wobei er mich leicht am Rücken berührte. Als wir vor dem Gebäude standen, zog er einen Zettel aus der Brusttasche seines Hemdes, auf der in ordentlicher Handschrift ein Name und eine Telefonnummer notiert waren. »Ich habe Linda Evans gebeten, mit Ihnen zu sprechen. Sie ist Laborantin und hat jahrelang hier gearbeitet. Sie kennt Connor gut.«
»Gibt es noch andere Wissenschaftler, mit denen ich sprechen kann?«
»Inzwischen ist keiner mehr hier, tut mir leid. Die meisten sind jetzt im Ausland.«
»Gibt es vielleicht Unterlagen, aus denen hervorgeht, wohin sie gegangen sind?«
»Das bezweifle ich. Nicht nach so langer Zeit. Außerdem würden die meisten sich meiner Meinung zu Connor Bligh ohnehin anschließen.« Er drehte sich zur Tür um. »Ich bin jedenfalls sicher, dass Linda Ihnen weiterhelfen kann.«

* * *

Beruflich war ich erfolgreich. Ich schrieb meine Doktorarbeit und bewarb mich für ein Postdoktorandenstipendium im Labor, und später lud man mich ein, als Fellow zu bleiben. Die Forschungsprojekte, die ich als Doktorand begonnen hatte, liefen weiter, ich stand kurz vor einem wichtigen Durchbruch und konnte dem Labor mit meinen Erfolgen Geldmittel sichern. Meine Konferenzbeiträge und die Artikel, die ich in verschiedenen Fachzeitschriften veröffentlichte, wurden mit großem Interesse aufgenommen, und mit der Zeit schneiten Einladungen für Vorträge auf internationalen Kongressen herein. Verschiedene Universitäten waren an mir interessiert, eine im Ausland, die mir Posten im Fachbereich Biologie anboten. Mit meiner Karriere ging es scheinbar steil bergauf.

Ich sage *scheinbar*. Während ich mit meinem Forschungsprogramm gute Fortschritte machte, musste ich feststellen, dass die zwischenmenschlichen Spannungen im Labor immer größer wurden. Wie ich schon sagte, bin ich seit jeher außergewöhnlich unempfindlich gegen die Sorgen und Belange meiner Mitmenschen. Vielleicht lässt sich das mit der Isolation erklären, in der meine Familie lebte, und mit meiner Abgrenzung von den anderen Grundschulkindern, durch die ich nie in jene sozialen Gefüge hineingewachsen bin, die andere Menschen mühelos erkennen und deuten können. So fiel es mir beispielsweise schwer, in den Personalraum des biochemischen Labors zu gehen und mir einen Kaffee zu holen, wenn dort viele andere Kollegen saßen. Es war mir geradezu unmöglich, mich mit einem Kaffee und einem Sandwich zu anderen Leuten an den Tisch zu setzen, egal ob ich sie kannte oder nicht. Wenn es von mir verlangt wurde, konnte ich Fachvorträge mit Klarheit, Stil und, wenn es angebracht war, einer Prise Witz abliefern. Wenn ich in der Band spielte, entwischte mir das eine oder andere Lächeln, es gelang mir sogar, mich auf der Bühne zu bewegen. Ich war also durchaus in der Lage, öffentlich aufzutreten. Wenn es von mir verlangt wurde, funktionierte ich. Es waren vielmehr die alltäglichen, gewöhnlichen Begegnungen, die alle anderen so mühelos bewältigen, mit denen ich überfordert war. Mit Angela war es natürlich anders, und auch mit Tony. Es war einfach so, dass andere Menschen mich nervös und unsicher machten und ich nicht in der Lage war, mich als freundlichen Zeitgenossen zu präsentieren.

Während der Gerichtsverhandlung wurde ich für meine Abneigung gegenüber der Teamarbeit kritisiert. Man warf mir meinen Egoismus vor. Ich gebe zu, ich war sehr ehrgeizig. Ich gebe auch zu, dass ich so auf meine Arbeit konzentriert war, dass ich nicht wahrnahm, was die anderen von mir brauchten oder erwarteten. Ich war rücksichtslos, ich mag unfreundlich gewesen sein, aber ich wollte einfach nur die beste Arbeit abliefern. Ich ging ganz in meiner Tätigkeit auf, denn ich wusste, dass ich vor einer großen Entdeckung stand. Obwohl ich mir der wachsenden Spannungen bewusst war, nahm ich meinen eigenen Anteil daran nicht wahr. Ich war schockiert und verletzt von den Kommentaren meiner Kollegen, ganz besonders von Greg Williams, meinem Vorgesetzten und Doktorvater, der mich als *unnahbar* bezeichnete. Das Verhältnis zu meinen Kollegen sei schlecht gewesen, ich sei zunehmend *konfrontativ* gewesen.

Ich kann mich an mehrere Zwischenfälle erinnern, Vorkommnisse, die eigentlich unerheblich waren, in der aufgeheizten Atmosphäre eines Labors aber unendlich bedeutsam erschienen. Die meisten von uns mussten sich den Vorwurf gefallen lassen, nach getaner Arbeit nicht anständig aufzuräumen und Instrumente zu benutzen, die eigentlich anderen gehörten. Auch ich bildete da keine Ausnahme. Während eines Seminars brüskierte ich einen Doktoranden damit, dass ich seine Ideen hartnäckig hinterfragte. Bei einer anderen Zusammenkunft – ich hielt einen Vortrag – war ich für die Kommentare und Vorschläge der anderen angeblich taub.

Der schwerwiegendste Vorwurf, von dem ich, wie ich hinzufügen möchte, freigesprochen wurde, kam von Alison Butterworth. Ich muss außerdem hinzufügen, dass die Erinnerung an diesen bestimmten Vorfall mich immer noch mit Bitterkeit erfüllt, weil er für mich ein folgenreiches Nachspiel hatte. Bis zu jenem Zeitpunkt hatte ich mir eingebildet, ein gutes Verhältnis zu Greg Williams zu pflegen und seine volle Rückendeckung zu haben. Er gab mir stets positive, ja begeisterte Rückmeldungen zu meiner Arbeit.

Was war vorgefallen? Ich will versuchen, mich an die Details zu erinnern. Alison Butterworth arbeitete an einem Forschungsprojekt, das für das Institut sehr wichtig war und für das wir umfangreiche Geldmittel erhalten hatten. Diese Geldmittel waren bereits einmal aufgestockt worden, aber nun lief die Förderung aus, und es war entscheidend für den Ruf unserer Abteilung, die Forschungsarbeiten innerhalb eines gegebenen Zeitraums zu beenden oder mindestens nachzuweisen, dass wir bedeutende Fortschritte erzielt hatten. Ich möchte hinzufügen, dass die Frage des guten Rufes hier nicht zu unterschätzen ist. Falls eine Abteilung es nicht schafft, die gesteckten Forschungsziele zu erfüllen, wird die Förderung eingestellt. Und eine Forschungsabteilung ohne Förderung ist nicht mehr arbeitsfähig.

Ehrlich gesagt war ich überrascht zu hören, dass Alison

Butterworth zur Leiterin des Projektes ernannt wurde. Sie war sicherlich intelligent, sehr sogar, aber sie arbeitete offen gesagt nachlässig, und wie die Erfahrung gezeigt hatte, ging sie neue Projekte mit großem Enthusiasmus an, um dann schnell das Interesse zu verlieren. Sie hatte kein Durchhaltevermögen, und sie arbeitete unsauber, was einer wissenschaftlichen Karriere wahrlich nicht zuträglich ist. Ich wusste, dass sie ungewöhnlich lange gebraucht hatte, um ihre Doktorarbeit zu verfassen, und dass sie die Fristen mehrere Male verlängert hatte. Ich kann mir vorstellen, dass Greg Williams, der auch ihre Arbeit betreute, ihr unter die Arme griff, immerhin hatte sie ein Stipendium erhalten. Ihr Scheitern hätte Konsequenzen für die Institutsleitung gehabt.
Obwohl ihre Schwächen für jedermann offensichtlich waren, galt Alison im Labor als eine Art Star. Sie war attraktiv und zierlich, fast schon zerbrechlich, und sie hatte seidenweiches, glattes, schwarzes Haar. Sie sprühte vor Energie und war freundlich zu jedermann, schwebte morgens mit einem breiten Lächeln herein und erkundigte sich nach unserem Wochenende, machte Scherze, brachte die anderen zum Lächeln, sogar zum Lachen. Auch ich mochte sie – man musste Alison einfach mögen –, aber sie nahm ihre Arbeit nicht ernst und war der Aufgabe nicht gewachsen. Als der Druck zu groß wurde und die Arbeitsergebnisse ausblieben, brach sie zusammen. Gerüchten zufolge hatte Alison »persönliche Probleme«, sie war angeblich vollkommen gestresst und stand kurz vor dem Burn-out.
In dem Moment kam ich ins Spiel, obwohl ich es eigentlich besser hätte wissen müssen. Greg Williams rief mich zu sich und bat mich, in der Endphase der Forschungsarbeiten in Alisons Team einzusteigen. Ich sagte ihm, ich wüsste sehr

wohl, dass das Projekt weit vom Abschluss entfernt sei, und ich bat ihn, mir die Lage in aller Ehrlichkeit zu schildern. Er zögerte und erklärte mir dann, was zu tun sei, gefolgt von ein paar spitzen Kommentaren zur Zusammenarbeit innerhalb des Labors und der Notwendigkeit, die Kollegen zu unterstützen.

Ich wusste, dass Alison seit Monaten herumgetrödelt und nicht genug Zeit in ihre Arbeit gesteckt hatte, und ich sah nicht ein, warum ausgerechnet ich ihre Fehler ausbügeln sollte. Ich erklärte Greg, dass meine eigene Arbeit für mich an erster Stelle stehe und ich keine weiteren Aufgaben annehmen wolle.

Nun hatte er zum ersten Mal ein Problem mit mir. Ich sah den Ärger in seinem Gesicht. Er beharrte darauf, meine Mitarbeit sei absolut notwendig, da es sich um mein Fachgebiet handele und ich schnell und genau arbeite. Ich konnte nicht anders, als einzuwilligen.

Was nun folgte, war ein Alptraum. Die Laboranten, die an dem Projekt saßen, waren schlecht informiert und angeleitet, das Ganze lag quasi in Trümmern. Ich arbeitete bis spät in den Abend und widmete mich nachts meiner eigenen Arbeit. Alison war keine Hilfe, sondern behinderte meine Arbeit noch. Irgendwann blieb sie dem Labor ganz fern, so dass mir nichts anderes übrigblieb, als allein weiterzuarbeiten. Abgesehen von den beruflichen Problemen bekamen wir auch Schwierigkeiten auf der persönlichen Ebene. Ich mag es nicht, wenn fremde Leute mich anfassen. Ich finde die Sitte, flüchtige Bekannte zu umarmen und sogar zu küssen, einfach nur widerlich. Alison hatte die Angewohnheit, ihren Arm um meine Schulter zu legen, mich zu tätscheln und nach meiner Hand zu greifen. Ich bat sie, damit aufzuhören. Ich

erklärte ihr, dass ich das nicht ertragen könne. Danach redete sie kaum noch ein Wort mit mir.
Ein paar Wochen später bat Greg mich ein weiteres Mal in sein Büro.
Alison hatte eine offizielle Beschwerde eingereicht. Ich hätte die Mitarbeiter im Team verärgert. Ich hätte das Projekt an mich gerissen. Ich verhielte mich unhöflich und rücksichtslos.
Natürlich wies ich die Vorwürfe zurück, und letztendlich wurden sie fallengelassen. Alison war draußen, Devon Rawley übernahm die Leitung des Projekts und beendete es mit großem Erfolg. Ich war zu meiner großen Erleichterung wieder in der Lage, mich meiner Forschung zu widmen.
Die Sache hatte jedoch einen Keil zwischen mich und Greg getrieben. Von nun an sprach er nur noch mit mir, wenn es um Berufliches ging. Das war nicht fair, aber ich beschloss, es zu akzeptieren. Kein Wunder, dass Alison mit ihren zierlichen Händen und den großen Augen jedes Männerherz erweichen konnte. Ich beruhigte mich, indem ich mir sagte, das Beste für sie und das Labor gegeben zu haben. Ich glaube, sie war einfach nur in ihrer Eitelkeit gekränkt und wollte sich für ihre Nachlässigkeit rechtfertigen; nur deswegen war sie zu Greg und zur Personalabteilung gerannt. Aber weil sie kurz darauf ihre Kündigung einreichte, wurde der Vorfall weiter aufgeblasen.
Man beschreibt mich als unsensibel, dabei ist es für mich genauso wichtig wie für jeden anderen Menschen auch, von meinen Kollegen geschätzt und akzeptiert zu werden. Der Vorfall belastete mich so sehr, dass ich ernsthaft daran dachte, eines der Angebote einer anderen Universität anzunehmen. Ich stand in fast täglichem Kontakt mit Berkeley und

nahm deren Angebot genau unter die Lupe. Ich hatte das Gefühl, nicht nur an einer anderen Uni, sondern in einem anderen Land neu anfangen zu müssen. Außerdem hoffte ich, in einem neuen Umfeld eine andere Persönlichkeit entwickeln zu können. Mein Selbstbewusstsein war auf dem Nullpunkt angelangt, und während es mir vorher immerhin möglich gewesen war, mir einen Kaffee aus dem Personalraum zu holen, wenn dort nicht allzu viel los war, und einigermaßen unbefangen mit den Laboranten zu kommunizieren, fiel es mir nun schwer, den Weg zur Herrentoilette zurückzulegen. Ich fühlte mich unter Dauerbeobachtung, unter feindseliger Dauerbeobachtung, so dass ich manchmal den Tränen nah war.

Ich war schon fast entschlossen, am Ende des Semesters zu gehen. Ich erklärte Angela meine Situation – was geschehen war, und wie sehr es mich belastete. Angela weinte und bat mich zu bleiben. Ich sei ihr Bruder, sagte sie, sie brauche mich. Zwar liebe sie Rowan und die Kinder sehr, aber das sei nicht dasselbe. Wir hätten einander immer unterstützt, wir seien nie getrennt gewesen, und sie könne den Gedanken nicht ertragen. Sie meinte, die Sache wurde sich schon beruhigen. Auch sie habe im Blumenladen Probleme gehabt, als sie nur Teilzeit dort arbeitete. Eine Frau habe sich mit einer anderen nicht verstanden, sie habe Angela in die Sache hineingezogen und ihr zuletzt die Schuld gegeben. Es würde sich beruhigen, ganz bestimmt, so laufe es immer.

Also beschloss ich zu bleiben. Und es war, wie Angela vorhergesagt hatte, meine Kollegen beruhigten sich. Bald zerrissen sie sich über neue Skandale das Maul – Ted Barnes wurde vorgeworfen, ein Plagiator zu sein, Majorie Smith outete sich als Lesbe, und einer der Doktoranden trank bei einer gesel-

ligen Zusammenkunft mit Wein und Erdnüssen so viel, dass er sich übergab und schließlich ohnmächtig wurde. Mein Selbstbewusstsein kehrte langsam zurück, ich war wieder fähig, mich frei im Labor zu bewegen und hin und wieder mit den Kollegen über berufliche Fragen zu diskutieren.
Ich frage mich jedoch, ob es nicht besser gewesen wäre, die Kündigung einzureichen, als ich die Gelegenheit dazu hatte.

* * *

Ich suchte mir ein Motel, stellte meine Tasche ab und lief bis zum nächsten Café. Die Panini schmeckten nach Pappe, der Käse schlug Blasen und klebte als gelbe Masse am Teller. Ich schob das Essen beiseite und trank den Wein, den ich bestellt hatte. Und noch ein Glas.
Greg Williams zufolge gab es keine Forschungsergebnisse, die die großen internationalen Pharmakonzerne in Schwierigkeiten hätten bringen können. Williams zufolge waren die Geldmittel für Alice' Forschungsprojekt niemals aufgestockt worden, anders als Connor behauptet hatte, außerdem habe er sich freiwillig gemeldet und sei keineswegs überredet worden zu helfen. Alison sei kompetent und fleißig, sie habe sich prima gemacht.
Connor sei neidisch gewesen.
Er war neidisch auf Alison. Die Polizei war der Meinung, er sei auch auf seine Schwester unendlich neidisch gewesen.
In unserem Telefonat wiederholte Linda Evans, was Greg Williams gesagt hatte: *unkommunikativ, unkooperativ*. Was stand gleich noch auf dem T-Shirt, das David als Teenager am liebsten getragen hatte? *Verträgt sich nicht mit den anderen Kindern.*

Ich rief im Sekretariat der Uni an und bat um eine Adressenliste aller Personen, die im Jahr 2002 oder kurz davor im Labor gearbeitet hatten.

Das verstößt gegen unsere Datenschutzvorschriften.

Ich fuhr zum Lincoln Court und sprach mit den Nachbarn auf beiden Straßenseiten, und sie wiederholten, was sie bereits am Telefon gesagt hatten. *Angela war immer so nett und freundlich, was für ein entsetzliches Verbrechen, niemand hätte gedacht, dass so etwas in dieser Straße passiert.* Lynne Struthers führte mich auf die Terrasse hinter ihrem Haus, um mir den Bungalow der Dicksons zu zeigen, den man nur von hier aus sehen konnte.

»Hinter der Einfahrt, sehen Sie, hinter den Bäumen. Von uns aus ist das Haus kaum zu sehen, deswegen war mir damals nicht aufgefallen, dass die Lichter das ganze Wochenende brannten. Nicht, dass das irgendwas verhindert hätte. Die Polizei hat bestätigt, dass alle am Freitagabend umgekommen sind. Eine schreckliche Sache. Was für eine wundervolle Familie. Eine glückliche Familie, das kann ich Ihnen versichern. Nur diesen Bruder fand ich immer seltsam.« Ich fuhr weiter. *Die sind ja alle bloß erpicht darauf, ins Fernsehen zu kommen. Anständige Bürger, dicht dran an der Tragödie.*

Meine Story bekam riesige Löcher, und in zwei Wochen war Drehbeginn.

Bleib objektiv.

Man darf sich nicht persönlich hineinziehen lassen. Man darf sich nicht hineinziehen lassen.

* * *

Ich gebe offen zu, ich kann mit Menschen nicht umgehen, oft nehme ich nicht wahr, was um mich herum passiert. Beispielsweise war ich sehr überrascht, als mir Angela, ich steckte mitten in meiner Doktorarbeit, mitteilte, dass sie wieder schwanger war. Als ich sie fragte, ob sie sich denn ein zweites Kind wünsche, reagierte sie pikiert. »Es wäre doch nicht schön für Katy, als Einzelkind aufzuwachsen.«

»Aber Katy ist glücklich, oder? Unser Leben ist doch schön so, wie es ist.«

»Es wäre trotzdem gut für sie, einen Bruder oder eine Schwester zu haben. Jedenfalls möchte ich noch ein Baby. Rowan möchte noch ein Baby. Er sagt, dann wäre die Familie komplett.«

»Er hält die Familie für defizitär?«

Sie schrie mich an. »Ich will so was nicht hören, Con. Hör sofort auf damit.«

Gegen Ende des Jahres kam Samuel auf die Welt. Er hatte Rowans Gesicht und Angelas Locken.

Ich bemühte mich sehr, mich interessiert zu geben, aber im Umgang mit kleinen Kindern fehlte mir die Sicherheit. Sam war besonders lebhaft und unberechenbar. Während man Katy ohne Schwierigkeiten im Arm halten konnte, war das mit Samuel ein Problem. Man konnte nie wissen, wann er sich durchbiegen, strampeln oder mit den Armen um sich schlagen würde. Ich fürchtete ständig, ihn fallen zu lassen, einmal passierte es sogar. Ich hielt ihn im Arm, und im nächsten Moment lag er reglos auf dem Boden. Ich war wie erstarrt vor Schreck. Angela kam herein und riss ihn an sich, und er schnappte nach Luft und fing zu brüllen an.

Während Katy schon früh zu sprechen angefangen hatte, fand ich es fast unmöglich zu erraten, was Samuel sagen wollte. Aber Rowan kümmerte sich mittlerweile mehr um die Familienangelegenheiten, und ich hielt mich zurück. Ich erinnere mich an sein Grinsen, als ich sanft, aber bestimmt Samuels mit Marmite beschmierte Pfote von meinem Hosenbein schob. »Du bist einfach nicht der Typ für kleine Kinder«, sagte er. Genau so war es. Ich war nicht der Typ für kleine Kinder.

* * *

Er hat ein Baby fallen lassen. Wie kann ich jemandem vertrauen, dem ein Kind runterfällt?
Das kann jedem passieren, jeder macht mal Fehler.
Verdammt. Oh verdammt, verdammt, verdammt.

32.

Ich hatte den Alten seit meinem Auszug nicht mehr gesehen. Angela fuhr manchmal hin. Sie informierte mich darüber, erzählte aber weiter nichts. Einmal fragte ich sie, was sie sich davon verspreche, den Kontakt aufrechtzuerhalten. Zu jener Zeit war er meistens betrunken, und wenn Angela ihn besuchte, war sie größtenteils damit beschäftigt, zu putzen und aufzuräumen. Sie sagte, sie empfinde es als ihre Pflicht, nach ihm zu sehen. »Immerhin ist er unser Vater«, sagte sie.
Dabei war er uns nie ein Vater gewesen. In der Schule hatte ich gesehen, wie richtige Väter aussehen. Ich bin zynisch genug zu glauben, dass der Schein meistens trügt, aber wenn

ich damals beobachtete, wie Kinder furchtlos die Hand ihrer Väter hielten, versetzte es mir einen Stich.

Väter, die um den Sportplatz herumstanden, Väter, die im Auto vor dem Schultor warteten, wenn es in Strömen goss, Väter, die bei Preisverleihungen in der Aula auf winzigen Holzstühlen saßen und die Arme vor der Brust verschränkten.

Molly Ryan rief an. Sie hatte seit Jahren nicht mehr mit dem Alten geredet, ihn aber im Blick behalten, weil Angela sie darum gebeten hatte. Sie hatte den Lieferwagen schon längere Zeit nicht mehr gesehen. Unter dem Briefkasten stapelten sich die Werbeprospekte.

Nein, auf keinen Fall wollte sie das Grundstück betreten und nachsehen.

Ich vermutete, dass er auf einer Sauftour gewesen war und seinen Rausch ausschlief oder sich bei einem seiner Kumpel einquartiert hatte. Aber Angela wollte unbedingt hin. Sie war wild entschlossen, und ich sollte sie begleiten. Sie wollte die Kinder nicht mitnehmen, für den Fall, dass etwas nicht stimmte. Rowan sollte auf die Kinder aufpassen, und sie wollte nicht allein fahren. Ich musste mit.

Ich schlug ihr vor, Jack Hayes anzurufen, den Dorfpolizisten, und ihn hinzuschicken. Er kannte den Alten gut genug, um einfach anzuklopfen. Aber das wollte Angela nicht, sie hatte es sich in den Kopf gesetzt, selbst hinzufahren, und ich sollte sie begleiten. Es müsse sein, sagte sie. Sie wolle sich mit eigenen Augen überzeugen. »Immerhin ist er unser Vater.«

Wenn Angela sich etwas in den Kopf gesetzt hatte, ließ sie sich nicht mehr davon abbringen. Ich erklärte ihr, ich würde im Auto sitzen bleiben. Sie müsse allein ins Haus gehen.

Ehrlich gesagt machte es mir gar nicht so viel aus, sie zu begleiten. Ich hatte nur noch selten die Gelegenheit, allein mit Angela zu sein, und so genoss ich die einstündige Fahrt. Es war mitten im Frühling. Die Bäume blühten, alles war grün. Die Stimmung war feierlich – unterwegs aßen wir Eis, und dann hielten wir am Supermarkt in Foxton, um Brot, Käse, Oliven und zwei Flaschen Wein zu kaufen. Angela würde nach dem Alten sehen, und dann wurden wir an den Strand gehen und picknicken, bevor wir uns auf den Heimweg machten.

Wir hielten vor dem Grundstück, neben dem Tor. Ich schaute zu, wie Angela über den Kiesweg zum Haus lief. Ich hatte mir Notizen zu einem Aufsatz mitgenommen, den ich schreiben musste, und ich wollte sie durchgehen, während Angela drinnen war. Ich rechnete damit, dass sie dem alten Mann einen Tee kochen und das Haus aufräumen würde. Ich zog die Unterlagen aus meinem Rucksack und kurbelte das Fenster herunter.

Ich konnte mich nur schlecht konzentrieren und packte meine Sachen schließlich wieder ein. Die Sonne knallte auf die Windschutzscheibe, es war viel zu heiß im Auto, um mit der nötigen Aufmerksamkeit zu lesen. Ich schaute zum Haus hinüber. An manchen Stellen war die Farbe vollkommen abgeblättert, so dass man das darunterliegende Holz sehen konnte. Es war ausgetrocknet und rissig. Ich musste an meine Mutter denken. Was hatte sie gedacht, als sie dieses Haus zum ersten Mal sah? Hatte sie sich gefreut, hatte sie das Häuschen mit dem verwilderten Grundstück und dem Meerblick romantisch gefunden? Oder hatte sie sich gefragt, auf was zum Teufel sie sich da eingelassen hatte?

Angela kam zum Auto zurück. Er sei nicht im Haus, sagte sie, und drinnen herrsche das totale Chaos. Ich sagte, dass es ihm sicher gutgehe und er irgendwo seinen Rausch ausschlafe, aber Angela bestand darauf, den Polizisten anzurufen und um Hilfe zu bitten. Erst dann hätten wir alles getan, was in unserer Macht stand.

»Bitte komm mit rein«, sagte sie. »Bitte, Con. Nur, bis ich das Telefonat erledigt habe. Ich will da drin nicht allein sein.«

Ich folgte ihr ins Haus. Sie stellte sich an den Telefontisch im Flur, und ich ging in die Küche. Der Raum lag an der Südseite des Hauses und bekam nie Sonnenlicht ab. Die Vorhänge waren zugezogen, verschlissen und verblichen, an manchen Stellen fast weiß. Die Finsternis und die Kälte fuhren mir dermaßen in die Knochen, dass ich am Vorhang riss und plötzlich einen Fetzen in der Hand hielt. Der Herd und die Arbeitsplatte waren von einer dicken Fettschicht überzogen, im Spülbecken staute sich trübes Wasser, auf dem Tisch lagen alte Zeitungen.

Sitz da nicht rum mit deinen blöden Büchern, beweg deinen Arsch und geh Holz hacken.

Ich wollte draußen auf Angela warten.

Ich lief ein bisschen herum, um mich in der Sonne aufzuwärmen. Da erst hörte ich das hohe, summende Geräusch aus dem Schuppen. Ich stieß die Tür auf. Die Fliegen und der Gestank wälzten sich wie eine Wolke auf mich zu.

Die Klotür stand offen. Er saß auf der Toilette, rückwärts an die Wand gelehnt, die Hose war ihm bis an die Knöchel gerutscht. Erbrochenes und Kot bedeckten den Boden, sein Mund stand offen, und die geschwollene, blauschwarze Zunge ragte heraus. Seine toten Augen starrten mich an. Ich knallte die Tür zu, stützte mich dagegen und fing zu würgen an.

Es dauerte einige Stunden, bis Jack Hayes und der Arzt alles Nötige erledigt hatten, und dann kam der Bestatter und schaffte den Leichnam fort. Obwohl es ganz offensichtlich war, dass der Alte an einem Herzinfarkt oder einem Schlaganfall gestorben war, mussten sie in solchen Fällen ein Verbrechen ausschließen.

Inzwischen war es Abend geworden, es wurde dunkel, und wir beide waren vollkommen erschöpft. Angela rief Rowan an, der ihr sagte, den Kindern gehe es gut, sie lägen schon im Bett, und für uns wäre es wohl das Beste, über Nacht zu bleiben. Ich wollte nicht, aber die ganze Strecke zurückzufahren, schien mir ebenso unmöglich.

Das ganze Haus stank nach Fett und Schmutz und Alkohol, sämtliche Oberflächen waren verdreckt. Die Vorstellung, hier zu essen und zu schlafen oder sich einfach nur aufzuhalten, war unerträglich.

Also fingen wir an zu putzen. Ohne Plan zunächst, wir schoben die Zeitungsstapel vom Sofa und wischten die Arbeitsplatte ab, aber dann legten wir richtig los. Ich hielt mir einen Stofffetzen vor den Mund, um mich vor dem Gestank zu schützen, und spritzte den Schuppen von innen mit dem Schlauch ab, alle Wände und den Betonboden. Weil ich kein Desinfektionsmittel finden konnte, kippte ich eine alte Dose Natronlauge ins Klo. Wir rissen alle Fenster auf, scheuerten die Küche, warfen leere Flaschen, Zeitungen und Konservendosen hinaus und wischten alles ab. Ich fand den Staubsauger und fuhr einmal durch alle Zimmer. Angela suchte saubere Laken und bezog die Betten neu. Wir zündeten ein Kaminfeuer an.

Als die Arbeit getan war, waren wir hungrig, wir kamen um vor Hunger. Wir befanden uns in dem rauschhaften Zustand, der sich manchmal nach einer großen Anstrengung einstellt.

Wir aßen den Käse, die Oliven und das Brot und wärmten Spaghetti aus der Dose auf. Wir leerten eine Flasche Wein und öffneten die zweite.
Du liebe Güte, was haben wir an jenem Abend gelacht; wir lachten über schlichtweg alles. Wir tranken den Wein aus und machten uns dann über den Whisky her, den wir unter der Spüle gefunden hatten. Ich erinnere mich, dass ich versuchte, das Gesicht des Toten zu imitieren, indem ich meine Wangen mit den Händen herunterzog. Angela musste lachen, bis sie sich beinahe in die Hose machte.
Wir gingen erst um fünf Uhr ins Bett, als es draußen schon dämmerte. Das Kaminfeuer war ausgegangen. Ich legte mich in das Bett, in dem ich mein halbes Leben geschlafen hatte, spürte das hölzerne Fußteil an meinen Füßen und die alten, kaputten Bettfedern in meinem Rücken. Die kratzigen Laken waren kalt, ich zitterte.
Angela kam herein. »Verdammt, ist das kalt hier, rutsch rüber.« Ich drehte mich auf die Seite, mit dem Gesicht zur Wand, und sie schlüpfte unter die Decke. Ich spürte ihr weiches Baumwoll-T-Shirt an meinem Rücken und den groben Jeansstoff ihrer Shorts an meinen Beinen. Sie schlang ihren Arm um meine Taille, und ich schlief ein.
Wie sehr liebst du mich?
Bis zum Himmel und zurück.

33.

Sie hatten einander nahegestanden, so nah. Connors Liebe zu Angela und Angelas Liebe zu Connor setzte sich in meiner Vorstellung fest. Angesichts der offenen Fragen und der vielen Zweifel war diese Liebe die eine Wahrheit, auf die ich immer wieder stieß.
Wie hätte er seine Schwester umbringen können, wo er sie doch so sehr liebte?

* * *

Ich blieb der Beerdigung nicht aus Bosheit fern, und auch nicht, weil ich, wie Angela sagte, wieder einmal *bockig* gewesen wäre. Ich hätte es nicht ertragen, zwischen all diesen ehrenwerten Bürgern aus Foxton Beach zu stehen, die sich garantiert einfinden würden.
Ich möchte nicht eingebildet erscheinen, und ich halte mich nicht für überlegen – aber wenn ich etwas nicht ertragen kann, dann ist es Heuchelei. Vielleicht, weil ich als Kind damit konfrontiert war. Auch wenn ich das Wort damals noch nicht kannte, registrierte ich trotzdem unbewusst, was vor sich ging. All diese gütigen, am Gemeinwohl interessierten Leute hatten uns nicht geholfen, als wir es so dringend gebraucht hätten. Foxton Beach ist klein – alle mussten gewusst haben, was bei uns los war. Ich erinnere mich an die Frau aus dem Lebensmittelladen, die Angela und mich betont freundlich behandelte, und die uns dann mit dem Auto überholte, als wir die schweren Tüten die Landstraße entlangschleppten. *Am besten mischt man sich da gar nicht ein.*

Einmal wartete ich draußen auf Angela, weil sie hinter dem Laden pinkeln wollte. Ich erinnere mich an die gedämpften, aufgeregten Stimmen. »Die armen kleinen Dinger, habt ihr gesehen, wie sie angezogen sind? Kein Wunder, dass der Junge nicht ganz richtig im Kopf ist.« Heiße Tränen strömten über meine Wangen. Ich hatte noch nicht gelernt, stumm zu weinen, und begann zu schluchzen. Angela sagte, das wären dumme Kühe. Sie sagte es ganz laut. Sie kaufte mir einen Himbeerlolli, und die klebrige, rosa Süßigkeit vermischte sich mit der Rotze in meinem Gesicht.
Ich frage mich, ob sie die blauen Flecken nicht gesehen haben. Ganz unabhängig davon will sich mir der Sinn einer Beerdigung einfach nicht erschließen. Offensichtlich hat der Mensch, um den es dabei in erster Linie geht, keine Gelegenheit, die Zeremonie wahrzunehmen oder ihren Verlauf zu beeinflussen. Meiner Meinung nach gehen Leute aus vier verschiedenen Gründen zu einer Beerdigung. Die ersten beiden, gesellschaftliches Pflichtgefühl und Neugier, sollten nicht als Erklärung gelten dürfen. Trauer ist etwas sehr Privates, das nicht in der Öffentlichkeit ausgelebt werden muss. Der einzige Grund für mich, der Beerdigung des Alten beizuwohnen, wäre der vierte: die Genugtuung, den Menschen, der einem so viel Leid zugefügt hat, in der Erde liegen zu sehen. Ich besuchte stattdessen den nächstgelegenen Pub und betrank mich mit Whisky und Bier.
Ich hatte gewonnen. Ich hatte durchgehalten und es ausgesessen und schließlich gewonnen.
Trotzdem war es der Alte, der das letzte Wort behielt. Angela erzählte es mir. »Es tut mir schrecklich leid, Connor. Ich weiß gar nicht, wie ich es dir sagen soll. Er hat alles mir vermacht.«

So hatte der Alte also getan, was in seiner Macht stand, um mich bis zuletzt zu ärgern, über den Tod hinaus. Es ist mir wichtig festzuhalten, dass ich Angela zu keiner Zeit böse war deswegen. Er hatte sie benutzt wie einen Bauern beim Schachspiel. Der alte Mann hatte alles, was er besaß, ihr vererbt, nicht aus großer Zuneigung, sondern nur um mich zu bestrafen. Wahrscheinlich rieb er sich die Hände, nachdem er sein Testament unterschrieben hatte, und freute sich diebisch über den Unfrieden, den er zwischen Angela und mir stiften würde.

Weil er nicht fähig war zu lieben oder auch nur einen Hauch von Großzügigkeit besaß, konnte er unmöglich ahnen, was dann geschah. Der Verkauf brachte weitaus mehr ein, als wir gedacht hätten. Zu jener Zeit standen Grundstücke in Strandnähe hoch im Kurs, und die Bauunternehmer, die dort eine exklusive Wohnsiedlung errichten wollten, überboten einander und trieben den Preis zusätzlich in die Höhe. Sobald sie das Geld hatte, kaufte Angela den Blumenladen, in dem sie arbeitete, und dann kaufte sie mir mein Haus.

Ich hatte schon länger darüber nachgedacht, mir etwas Eigenes zu suchen, ich hatte mir sogar Wohnungen in der Nähe der Universität angesehen, aber bislang hatte sich nichts ergeben. Ich war zu beschäftigt mit meiner Arbeit, und ehrlich gesagt gefiel mir unsere Wohnsituation sehr. Mir fehlte der Antrieb, mich zu verändern.

Aber nun wurden Angelas Kinder immer größer und benötigten mehr Platz; Sam brauchte ein eigenes Zimmer. Angela sagte, sie wolle mir helfen, und zusammen besichtigten wir Immobilien.

Rowan schlug vor, eine Wohnung zu suchen, aber von der Idee verabschiedeten wir uns bald. Die Apartments, die wir

besichtigten, waren zu hellhörig und lieblos eingerichtet. Das Haus in der Ferry Street sechsundzwanzig, das wir schließlich zusammen fanden, war ein Bungalow mit Holzverkleidung, die dringend einmal gestrichen werden musste. Aber der Bau war solide – Betonfundament, sagte der Makler und zeigte auf den Sockel –, und ich sah mit einem Blick, dass sich die hintere Veranda unter wenig Aufwand verglasen und in ein Arbeitszimmer umbauen ließe.
Angela unterschrieb den Kaufvertrag, und das Haus gehörte mir.

* * *

Ich fand die Ferry Street und parkte dem Haus gegenüber. Ich konnte verstehen, was Connor daran gefallen hatte. Die Holzverkleidung war blassgrün gestrichen und die Fensterrahmen dunkelgrau. Klare, gerade Linien und drum herum ein üppiger Garten aus sattem, von weißen Blüten durchsetztem Grün. Jasmin wucherte über den dunklen Holzzaun, weiter hinten sah ich weiße Rosen und weiße Lilien.
Ich klopfte bei den Nachbarn an, aber niemand machte mir auf. Ich versuchte es auf der anderen Seite, mit dem gleichen Resultat. Ich entdeckte ein weiteres Haus, das hinter dem von Connor stand. Ich fand den Durchgang, klingelte, und ein älterer Mann öffnete mir die Tür. Ich erklärte, wer ich war und was ich wollte. »Über ein Gespräch mit Ihnen würde ich mich sehr freuen«, sagte ich.
»Na dann«, sagte er. Er hatte leuchtend blaue Augen und zwinkerte mir zu. »Wann habe ich denn schon einmal die Gelegenheit, mich mit einer so attraktiven jungen Dame zu unterhalten. Kommen Sie herein. Kann ich Ihnen einen Tee

anbieten? Übrigens, mein Name ist Barry Cull. Nennen Sie mich Barry.«
Er streckte mir seine Hand entgegen, und ich schüttelte sie.
»Angenehm.«
Wir gingen in ein sonniges Zimmer, an dessen hinterem Ende eine Küchenzeile war. Alles war tadellos sauber, der Fußboden frisch gesaugt, die Kacheln gewischt, die Möbel und die Holzpaneele an der Wand poliert. Er bot mir einen bequemen Sessel an, brachte den Tee auf einem Tablett. Teekanne, passende Tassen und Untertassen, Zucker, Milch, ein Teller mit Keksen. »Ich bin gut erzogen«, sagte er.
»Das sehe ich.«
»Ich habe vor einigen Jahren meine Frau verloren«, sagte er.
»Das tut mir leid.«
Er zwinkerte mir grinsend zu. »Das muss es nicht«, sagte er.
»Mittlerweile lebe ich sehr gern allein.«
»Oh.« Ich wusste nicht, was ich darauf antworten sollte.
»Connor zog ein paar Jahre nach Carols Tod nebenan ein. Er stand im Garten, ich rief ihm über die Hecke etwas zu, und wir kamen ins Gespräch. Er wollte wissen, ob ich allein hier wohne. Ich sagte dasselbe zu ihm wie zu Ihnen: ›Ich habe vor einigen Jahren meine Frau verloren‹, und da sagte Connor: ›Wie nachlässig von Ihnen.‹ Er war ja so schlagfertig. Der Kiefer klappte mir herunter, und dann lachte ich mich halbtot. Ich werde das nie vergessen.«
»Haben Sie sich oft mit Connor unterhalten?«
»Wenn wir beide im Garten waren, plauderten wir immer ein bisschen. Connor war ein interessanter Gesprächspartner. Er interessierte sich für Politik, sehr sogar. Während der Gartenarbeit höre ich mir oft die Parlamentsdebatten an, und wir sprachen über die aktuellen Themen. Manchmal tranken wir

Tee zusammen, im Sommer auch mal ein Bier. Connor braute sein eigenes Bier. Er konnte das sehr gut.«
»Dann fanden Sie Connor freundlich?«
»Ja. Das habe ich der Polizei auch gesagt. Er war sehr freundlich, und er hat mir immer geholfen, wenn ich etwas Schweres heben musste oder so. Nicht, dass ich ihn darum gebeten hätte, aber wann immer er sah, dass ich mich mit etwas abmühte, kam er herübergesprungen. Das meiste schaffe ich allein, aber als Achtzigjähriger ist man nicht mehr so agil wie mit dreißig.«
»Fast jeder, mit dem ich gesprochen habe, hat Connor als arrogant und unnahbar bezeichnet.«
»Dann haben Sie wohl mit den falschen Leuten geredet. Der Connor, den ich kenne – und ich schreibe ihm und besuche ihn, wann immer ich bei meiner Tochter in Wellington bin –, hat nichts mit dem Bild zu tun, das die Polizei von ihm gezeichnet hat. Überhaupt nichts. Er war der freundlichste und interessanteste Nachbar, den ich mir wünschen konnte. Wissen Sie, wenn man alt ist, sehnt man sich manchmal nicht nur nach Gesellschaft, sondern nach *intelligenter* Gesellschaft. Ich vermisse Connor sehr.«
»Aber wenn man sich die Protokolle durchliest und die Zeugenaussagen, erscheint Connor wenig liebenswürdig.«
»Ich habe bei der Polizei genau das ausgesagt, was ich Ihnen auch gesagt habe. Ich hatte beinahe das Gefühl, sie hätten ein Interesse daran, ihn schlecht dastehen zu lassen. Sie haben sich nie wieder bei mir gemeldet.«
»Hatte Connor Freunde?«
»Gelegentlich bekam er Besuch. Seine Schwester natürlich, und manchmal auch Arbeitskollegen. Ein paar von denen sagten vor Gericht aus. Obwohl …«

»Obwohl?«
»Ich weiß nicht genau, wie ich das formulieren soll. Ich will ja keinen Rufmord betreiben, aber wenn es Connor hilft … Nun ja, ich hatte den Eindruck, dass seine Kollegen sich mehr für ihn eingesetzt hätten, wenn der Leiter des Labors nicht gewesen wäre, Professor Williams. Ich habe den Mann natürlich nie kennengelernt, und Connor hat nicht viel über seine Arbeit geredet. Aber nach allem, was gesagt beziehungsweise verschwiegen wurde bei den zwei oder drei Abendessen, zu denen Connor mich und ein paar seiner Kollegen eingeladen hat … Sie müssen wissen, Connor ist ein ausgezeichneter Koch.«
»Connor kann kochen?«
»Ja. Jedenfalls hatte ich den Eindruck, dass dieser Professor Williams über das Labor herrschte wie ein Despot und dass die Kollegen nicht zu Connors Gunsten aussagen wollten, weil sie Angst hatten, in Ungnade zu fallen. Offenbar hat Williams das Sagen, wenn es darum geht, ob man seinen Job behält.«
»Aber warum sollte er irgendjemanden davon abhalten, Connor zu helfen?«
»Ich habe keine Ahnung, und vielleicht irre ich mich auch, aber da gab es ein paar junge Männer, ganz besonders an einen kann ich mich erinnern, die regelmäßig bei Connor zu Besuch waren, vor Gericht aber nicht ausgesagt haben.«
»Ich habe mich mit Professor Williams unterhalten, und er hat mir erzählt, dass es zu einem unangenehmen Zwischenfall zwischen Connor und einer Kollegin gekommen sei. Wissen Sie etwas darüber?«
»Nein, ich glaube nicht …«
»Connor sollte mit ihr zusammenarbeiten, und Greg Williams

sagt, er habe sich unmöglich benommen und das Projekt sabotiert.«
»Das kann ich mir nicht vorstellen.«
»Sie haben eben von einem jungen Mann gesprochen, der oft zu Besuch war. Wissen Sie, wie er hieß?«
»Alan Norman. Ganz bestimmt kann er Ihnen erzählen, was im Labor los war.«
»Dann werde ich versuchen, ihn ausfindig zu machen«, sagte ich. »Wahrscheinlich können Sie sich nicht mehr an den Tag erinnern, an dem die Morde geschahen?«
»Das hat die Polizei mich auch gefragt. Ich weiß noch, dass ich Connor an dem Nachmittag im Garten gesehen hatte, aber mehr nicht. Wissen Sie, damals ging es ja schon auf den Winter zu, es war sehr kalt, und ich ging früher als sonst ins Haus zurück, um ein Kaminfeuer anzuzünden.«
»Sie haben mir sehr geholfen.« Ich stand auf. »Danke, dass Sie so offen mit mir gesprochen haben.«
Ich folgte ihm an die Tür, und er hielt sie für mich auf. Wir standen zusammen auf der Veranda. »Wären Sie bereit, sich für meine Dokumentation filmen zu lassen?«, fragte ich.
»Ja, unbedingt«, sagte er. »Ich tue, was ich kann. Wissen Sie, Rebecca, ich bin absolut überzeugt, dass er zu Unrecht im Gefängnis sitzt. Ich habe Connor mit seiner Schwester im Garten beobachtet. Sie haben geplaudert und gelacht. Die beiden haben sich unheimlich gut verstanden. Connor hat mit diesem schrecklichen Verbrechen nichts zu tun. Dafür lege ich meine Hand ins Feuer.«

* * *

Anfangs fühlte es sich seltsam an, getrennt von Angela zu wohnen. Schließlich waren wir unser Leben lang zusammen gewesen. Nach einer Weile fing ich jedoch an, die Ruhe und Stille in meinem Haus zu genießen. Ich hatte nie viel auf meine Umgebung geachtet. Das Haus, in dem Angela und ich mit dem Alten gewohnt hatten, war so kalt und hässlich und dreckig gewesen, dass ich möglichst keinen Gedanken daran verschwenden wollte, und später bei Angela hatte sie sich um die Einrichtung gekümmert. Sie mochte knallige Farben und wilde Muster, und ihre Möbel waren konventionell und funktional – Polstergarnitur im Wohnzimmer, Sitzgruppe im Esszimmer, Schrankwand im Schlafzimmer.
Aber nun, da ich ein eigenes Haus hatte, sah ich mir alles genau an und begriff, dass die Einrichtung wichtig für das eigene Wohlbefinden war. Für eine Weile tat ich nichts, als zu beobachten, wie und wann das Licht in welche Zimmer des Hauses einfiel. Nach und nach sah ich, welche Farben den jeweiligen Effekt betonen würden.
Ich fing damit an, die alten Tapeten herunterzureißen. Ich lernte neue Vokabeln: Innenputz, Grundierung, Flüssigmakulatur. Ich arbeitete langsam und allein und mit der größten Sorgfalt, um ein perfektes Ergebnis zu erzielen. Ich strich die Räume nach und nach in einem blassen Grün, in Cremeweiß mit einem Stich ins Gelbe und in einem kühlen, hellen Grau, und dann strich ich alle Wandschränke mattweiß an. Ich riss die alten Teppiche heraus, schliff und lackierte die Bodendielen, legte Läufer aus und befestigte transparente weiße Gardinen an den Fenstern. Beim Einzug hatte ich nichts besessen als ein neues Bett und einen Schreibtisch, eine Stereoanlage, einen alten Sessel, den Angela nicht mehr haben wollte, und Küchenutensilien. Ich fing an, bei Versteigerungen

und auf Flohmärkten nach Möbeln zu suchen. Ich brachte mir bei, alte Stücke zu restaurieren, ich versuchte mich sogar am Aufpolstern. Angela sagte, ich hätte Talent.
An warmen Abenden saß ich draußen im Garten auf der kleinen Steinterrasse, die ich vor dem Wohnzimmer angelegt hatte, und las, bis es dunkel wurde. Oft stand ein Glas Wein auf dem Tisch neben mir. Ich war stolz auf meinen Garten. Ich riss die wahllos verteilten, wild wuchernden Stauden des Vorbesitzers aus und reduzierte die Farben im Garten auf verschiedene Grüntöne und gelegentliche Einsprengsel aus Weiß und Blau – weiße Lilien, Rosen, Jasmin über der Veranda, ein blühender Lavendelbusch. Ich saß draußen, bis das letzte Tageslicht verblasst war, und dann ging ich hinein. Manchmal ging ich von Zimmer zu Zimmer und schaltete nacheinander alle Lampen ein. Das Haus kam mir perfekt vor. Die schimmernden Wände, die kleinen Schmuckstücke, die ich ergattert hatte. Die Möbel, mit denen ich mir solche Mühe gegeben hatte und die ich in den Räumen herumschob, bis sie ihren Platz gefunden hatten.
Als die Polizei kam und mein Haus durchsuchte, regte mich das über alle Maßen auf. Es war für mich schlimmer als die sinnlosen, endlosen Verhöre, schlimmer als Schuhe und Gürtel abgeben zu müssen, schlimmer als der Tag, an dem sich die Gefängnistür hinter mir schloss und ich meines Lebens und meiner Freiheit beraubt wurde.
Wissen Sie, obwohl ich mich bei Angela und Rowan wohl gefühlt hatte, war es doch nicht mein eigenes Heim gewesen, und das davor konnte man wohl kaum als Zuhause bezeichnen. Mein Haus wurde inzwischen verkauft, und das Geld ist in die Familienstiftung eingeflossen, die Angela gegründet hat. Aber damals gehörte es mir. Dass die Polizisten durch

alle Zimmer trampelten, Schubladen und Schränke aufrissen, meinen Schreibtisch und die Küchenregale ausräumten, kam einer Schändung gleich.
Wonach suchten sie? Nach dem Messer, mit dem Angela getötet worden war? Nach blutverschmierten Kleidern? Nach einem Tagebuch, in dem ich den Plan, meine Schwester und ihre Familie zu ermorden, aufgeschrieben hatte? Natürlich fanden sie nichts. Allein der Gedanke war lächerlich. Jeder halbwegs intelligente Mensch würde darauf verzichten, ein blutiges Messer im Küchenschrank zu verstecken.
Als sie fertig waren, war das Haus nicht mehr der vertraute Ort, den ich mit so viel Geduld und voller Hoffnung geschaffen hatte. Wann immer ich eine Schublade öffnete oder einen Schrank, hatte ich vor Augen, dass ein Polizist mit dicken Fingern darin herumgewühlt, den Blick über meine Besitztümer hatte schweifen lassen und mich danach beurteilt hatte. »Was ist das für ein Spinner, der so lebt?«
Die Nummer sechsundzwanzig in der Ferry Street war mein Bollwerk gegen die Außenwelt gewesen. Und nun war sie eingedrungen.
Was wollten sie von mir? Warum hatten sie beschlossen, mich zu verdächtigen? Ich glaube, es gab mehrere Gründe. Zum Teil waren es dieselben, die die Kinder in der Sunshine Beach Primary dazu gebracht hatten, mich zu beschimpfen und herumzuschubsen und zu schlagen.
Der Freak. Der Außenseiter. Der Junge, der nicht ganz richtig im Kopf ist.
Der verrückte Wissenschaftler, der nicht mit Menschen umgehen kann. Der enterbte Sohn. Der Onkel, der nicht wusste, wie man ein Baby hält und wie man mit Kindern spielt. Der Bruder, der seiner Schwester viel zu nah stand.

»Nur ein Kauz wie der wäre zu so etwas fähig. Wer sonst sollte es getan haben?«
Ich weiß es ja selbst nicht. Wer würde einen so lieben Jungen wie Samuel ermorden? Oder Rowan, der ein so gutmütiger Mensch war? Wer hat meine geliebte Schwester Angela ermordet?
Wer? Was für einen Grund könnte er gehabt haben?
»Er war verbittert wegen der Erbschaft. Er konnte das einfach nicht vergessen. Er war neidisch und hasserfüllt. Und eines Tages ist er durchgedreht.«
Können Sie sich vorstellen, wie es ist, im Gerichtssaal zu sitzen, die Hände zu Fäusten geballt? Wenn man am liebsten aufspringen und schreien möchte, weil das Ganze so absurd ist? »Sie reden Unsinn. Sie haben ja keine Ahnung.«
Wenn man seine Schwester verloren hat.
Ich habe alles aufgeschrieben, was mir einfiel. Ich habe Angela geliebt. Ich hätte ihr niemals weh getan.
Ich war es nicht.

34.

Alan Norman zu finden war ganz einfach. Ehrlich gesagt musste ich nicht mehr tun, als meinem Bauchgefühl zu folgen: Greg Williams war nicht so vertrauenswürdig, wie es den Anschein hatte. Ich rief einfach im Labor an und verlangte Norman zu sprechen. Er klang ein wenig überrascht. »Rebecca Thorne? Die Rebecca Thorne aus dem Fernsehen?« Ich erklärte ihm, was ich von ihm wollte. Er druckste

ein wenig herum, erklärte sich aber letztendlich bereit, mich nach der Arbeit in einem Café zu treffen.
Dann hatten also doch nicht alle Kollegen das Institut verlassen. Irgendetwas stimmte nicht.
Außer mir saßen in dem Café nur zwei oder drei Pärchen, aber er beäugte die anwesenden Gäste misstrauisch, als er auf meinen Tisch zukam.
Ich stand auf und streckte ihm die Hand entgegen. »Alan? Rebecca Thorne«, sagte ich. »Vielen Dank, dass Sie gekommen sind.«
»Ich habe Sie sofort erkannt«, sagte er und setzte sich.
»Möchten Sie einen Kaffee? Oder ein Glas Wein? Ich lade Sie ein.«
»Oh, danke. Wie wäre es mit einem Bier? Ein Pils.«
Ich ging an die Bar, bestellte und setzte mich wieder zu ihm.
»Wie ich hörte, hat Connor sein eigenes Bier gebraut«, sagte ich fröhlich. »Haben Sie es je probiert?«
Er sah mich überrascht an. »Ja, das habe ich.«
»Hat es geschmeckt?«
»Ja, sehr. Aber nicht, dass wir uns falsch verstehen«, fügte er schnell hinzu. »Ich war nur ein-, zweimal bei ihm zu Hause. Ich kannte ihn gar nicht so gut. Außerdem, was wollen Sie von mir? Sie sagten, Sie arbeiten da an etwas?« Er wirkte fahrig und sah sich immer wieder nervös um.
Ich sprach langsam und ruhig. »In letzter Zeit ist das Interesse an Connors Fall wieder gestiegen, und wir wollen einen Dokumentarfilm über ihn drehen. Ich versuche, mir einen Gesamteindruck zu verschaffen und mit Menschen zu reden, die Connor Bligh persönlich kannten, egal, ob gut oder nur flüchtig. Unter anderem fiel Ihr Name. Ich dachte, wo ich schon hier in Palmerston North bin, schaue ich mal vorbei.«

»Wer hat Ihnen meinen Namen genannt?«

Ich versuchte, nachdenklich auszusehen. »Oh, ehrlich gesagt weiß ich das gar nicht mehr so genau. Ich erledige die Recherchen nicht persönlich. Vermutlich war es die Polizei. Es gibt da eine Liste von Kollegen, Freunden und Bekannten. Wahrscheinlich stehen Sie darauf.«

»Ich möchte nicht vor der Kamera auftreten.«

»Sicher. Das ist völlig in Ordnung.«

Der Kellner kam mit dem Tablett. Ich hob das Weinglas, das ich bestellt hatte. »Prost«, sagte ich und lächelte freundlich. Er griff zu seinem Bier. »Ja. Prost.« Er sah mich an und schlug dann die Augen nieder. »Wahrscheinlich hören Sie das ständig, aber ich kann es einfach nicht fassen, dass ich hier mit Rebecca Thorne sitze. Ich habe keine Ausgabe von *Saturday Night* verpasst.«

»Das freut mich sehr, Alan.«

»Im Fernsehen sehen Sie irgendwie anders aus.«

Ich lächelte zerknirscht. »Die wollen natürlich, dass man perfekt aussieht. Jede Menge Make-up, Sie wissen schon.«

»Nein, nein. Ich wollte damit sagen, Sie sehen besser aus als im Fernsehen. Jünger.«

Er trank einen Schluck und sah mich wieder an. Gut. Offenbar taute er auf.

»Oh, vielen Dank!« *Immer schön weiterlächeln, Rebecca, spiel das kleine Mädchen.*

»Dann machen Sie jetzt Dokumentarfilme statt *Saturday Night?*«

»Ich arbeite für Zenith. Na ja, wenn alles klappt wie geplant. Ehrlich gesagt habe ich ein bisschen Angst. Ich muss … also, ich muss mich erst beweisen. Es ist mein erster Dokumentarfilm, und ich möchte, dass er wirklich gut wird.« Ich ver-

suchte, ein Gesicht zu machen, das Schwäche und Verzagtheit verriet. »Er muss unbedingt gut werden.«
Er wirkte verblüfft. »Aber Sie sind gut. Sie wirken immer so selbstbewusst.«
»Oh«, sagte ich. »Kann sein, dass ich so rüberkomme, Alan. Aber ehrlich gesagt bin ich alles andere als selbstbewusst. Gerade jetzt.«
Meine Mutter, die immer versucht hatte, mir ihre feministischen Prinzipien von Würde, Autonomie und Integrität mit auf den Weg zu geben, hätte mich für dieses Verhalten geohrfeigt. Ich fragte ihn über seine Arbeit und sein Privatleben aus, ich hing an seinen Lippen und kicherte, wann immer er einen Witz machte. Ich kaufte uns noch mehr Drinks. Ich nahm begeistert seinen schüchternen Vorschlag an, noch ein bisschen zu bleiben und etwas zu essen. »Die Pizza hier ist wirklich gut.«
Ich wartete, bis er bei seinem dritten Bier war, bevor ich meine Frage wie beiläufig fallenließ. »Er ist immer so still, nicht wahr? Ich fand es wirklich schwer, ihn besser kennenzulernen. Aber vermutlich wissen Sie viel mehr über ihn als ich, immerhin haben Sie mit ihm zusammengearbeitet.«
Sofort klappte sein Visier wieder herunter. »Nein, so gut kannte ich ihn nicht. Er war immer sehr schweigsam.«
»Das sagen alle«, seufzte ich. »Es ist ja so schwierig, Statements für meinen Film zu sammeln, die nicht schon zigmal abgegeben wurden.«
»Nun ja, ich kannte ihn kaum, also …«
Ich beugte mich vor und riss die Augen auf. »Das Ganze muss so ein Schock für Sie gewesen sein. Ich meine, Sie waren ja damals sein Kollege.«
Er trank einen weiteren Schluck Bier. »Ja, es war ein Schock.

Ich erfuhr es aus den Fernsehnachrichten, die Morde und alles. Ich hatte gar nicht richtig hingesehen, bis Angelas Gesicht auf dem Bildschirm erschien und ich dachte, du liebe Güte, das ist ja Connors Schwester.«

»Dann haben Sie Angela also kennengelernt? Wie war sie?«

»Nett. Na ja, sie war einfach eine sehr nette Frau.«

»Du lieber Gott, sich das vorzustellen. Wo haben Sie sie kennengelernt?«

»Sie war bei Connor zu Besuch. Da habe ich sie getroffen, nur dieses eine Mal.«

»Sie waren bei Connor Bligh zu Hause?« Ich betrachtete ihn, als wäre er der mutigste und faszinierendste Mann, dem ich je begegnet war. »Haben die beiden sich gut verstanden? Ist Ihnen irgendwas aufgefallen?«

»Nein, gar nichts.«

»Alan, ich hoffe, es macht Ihnen nichts aus, dass ich Sie frage, aber Sie kannten ihn persönlich. Halten Sie ihn für den Täter?«

Die Pizza war vor einer Weile serviert worden, aber keiner von uns hatte sie angerührt. Ich sah, wie er sehnsüchtig die Augen danach verdrehte, und so griff ich nach einem Stück und knabberte es an. »Gute Wahl«, sagte ich ermutigend.

Er bediente sich, biss in sein Stück und kaute. Er war auf der Hut, wägte den nächsten Satz vorsichtig ab. Er schluckte und leerte sein Bierglas.

»Noch eins?«, fragte ich und zeigte lächelnd auf das Glas.

»Nein, lieber nicht.«

»Es tut mir leid. Ich hätte die Frage nicht stellen dürfen.«

»Doch, das ist doch normal. Ehrlich gesagt denke ich oft darüber nach. War Connor der Täter? Eigentlich kann ich es mir nicht vorstellen, und doch wurde er schuldig gesprochen, außerdem schien er der einzige Tatverdächtige zu sein. Aber …«

»Sie haben Ihre Zweifel?«

»Ich glaube … nun ja, ich muss zugeben, ich kannte ihn ein bisschen besser, als ich gesagt habe. Ich hätte eine Aussage über seinen Charakter machen können. Ich frage mich, ob das etwas am Urteil geändert hätte. Ich war nicht der Einzige, der sich in Schweigen hüllte, und letztendlich blieben dann nicht mehr viele Unterstützer übrig.«

»Mitarbeiter aus dem Labor, meinen Sie?«

»Ja.«

»Warum wollten Sie nicht für Connor aussagen?«

»Nun ja, das ist eine lange Geschichte.«

»Hat es etwas mit Professor Williams zu tun? Ich habe nämlich den Eindruck, er hatte nicht viel für Bligh übrig.«

»Keine Frage. Williams hatte Connor auf dem Kieker. Nicht, dass er das jemals offen ausgesprochen hätte, aber wir alle im Labor hatten das deutliche Gefühl, dass es besser wäre, uns rauszuhalten. Jedenfalls war Williams ein Zeuge der Anklage, also …«

»Also hätte es, wenn Sie für die Gegenseite ausgesagt hätten, so ausgesehen, als wären Sie gegen ihn?«

»Ja, genau so ist es.«

»Aber ganz sicher hat Greg Williams Connor nicht so verachtet, dass er ihn hinter Gitter bringen wollte?«

»Das kann ich mir auch nicht vorstellen. Ich glaube, es war eher so, dass er nicht wollte, dass irgendjemand aus seinem Team – so nennt er uns – einen seiner Gegner unterstützt.«

»Aber was hatte er gegen Connor?«

Alan zuckte die Achseln. »Alles Mögliche.«

»Ich glaube, Connor wurde auch deswegen verurteilt, weil er

als asozial und abgehoben dargestellt wurde, als kaltherziger Psychopath. Williams hat seinen Teil zu diesem Image beigetragen.«

Er sah besorgt aus. »Sie glauben, dass seine Aussage eine dermaßen große Wirkung gehabt hat?«

»Ja«, sagte ich. »Das glaube ich. Das offensichtliche Fehlen gegenteiliger Aussagen hat die Geschworenen maßgeblich beeinflusst. Trotzdem kann ich nicht ganz verstehen, warum Greg Williams sich so gegen Connor gestellt hat. Connor war ein fähiger Mitarbeiter und extrem fleißig. Ging es wirklich nur um den Streit mit dieser Frau, Alison …?«

»Alison Butterworth. Dann wissen Sie also darüber Bescheid?«

»Ich weiß nur, dass sie und Connor wegen eines Projektes in Streit gerieten und Williams hinzugezogen wurde.«

Er schaute in sein leeres Glas und seufzte. »Hören Sie, ich glaube, ich möchte doch noch ein Bier.«

Er trank einen Schluck und sah mich an. »Okay. Das haben Sie jetzt nicht von mir. Sie verstehen doch, wie ich das meine?«

»Ein Journalistin gibt ihre Quelle niemals preis«, sagte ich.

»Gut. Sie wissen vielleicht nicht, dass Greg Williams und Alison Butterworth für ein paar Monate eine ziemlich heiße Affäre am Laufen hatten, vielleicht sogar für ein ganzes Jahr. Sie hatte ihn zu Konferenzen begleitet und so, und alle wussten, dass die beiden manchmal mit knallroten Gesichtern aus seinem Büro kamen. Ja, sie hatten ein Verhältnis, und Alison hatte monatelang mit ihrem Projekt herumgetrödelt. Williams hatte ihr schon zusätzliche Mittel organisiert, aber auch die liefen aus. Trotzdem war sie noch weit von der Fertigstellung entfernt, und die ersten unangenehmen Fragen kamen auf. In dem Moment wurde Connor hinzugerufen, und ich muss Ihnen sagen, er hat alles getan, um das Projekt zu retten. Williams' Version der Geschichte ist erstunken und erlogen. Wie Sie sicherlich wissen, ist Connor überdurchschnittlich intelligent. Er hat sich reingehängt, und ihm hat kaum jemand geholfen. Er hat sich wirklich bemüht, Williams' Gunst nicht zu verlieren, er hat alles Erdenkliche dafür getan.«

»Und dann beschwerte sich Alison Butterworth über ihn, kündigte und verschwand. War Williams deswegen wütend auf ihn? Weil er Alison vertrieben hatte?«

»Nicht ganz. Als alles vorbei war, als das Projekt beendet war und die Personalabteilung Connor von allen Vorwürfen freisprach, beruhigte sich die Lage wieder. Bis Williams' Frau einen anonymen Brief erhielt, in dem die Affäre aufgedeckt wurde. Darin standen sogar konkrete Daten und Orte, so dass sie das Ganze problemlos nachprüfen konnte. Bei Williams zu Hause war die Hölle los, und dann erst hat Alison gekündigt.«

»Woher wissen Sie das alles?«

Er grinste. »Aus sicherer Quelle. Wissen Sie, es war ganz offensichtlich, was da los war. Ständig klingelte sein Telefon, und manchmal blieb er tagelang weg, während Alison heulend durchs Labor rannte. Aber Williams gab Connor die Schuld an dem Brief. Er war überzeugt, dass er ihn aus Rache geschrieben hatte.«

»Und was glauben Sie?«

»Könnte sein, aber ich bezweifle das. Connor war gegenüber allem, was nicht direkt mit seiner Arbeit zusammenhing, vollkommen blind. Ich glaube nicht einmal, dass er gemerkt hat, was da zwischen Williams und Alison lief. Mir gegenüber hat er es jedenfalls nie erwähnt.«

»Dann war Williams' Aussage so eine Art Abrechnung mit Connor?«
»Vielleicht.«
»Connor hat an einer Sache gearbeitet, die möglicherweise von größter Bedeutung war und die eine Bedrohung für gewisse Pharmakonzerne darstellte. Wissen Sie etwas darüber?«
»Nein, gar nichts. Connor war immer sehr verschwiegen, wenn es um seine Arbeit ging.«
»Wenn es tatsächlich so bedeutend war und ernsthafte Konsequenzen hätte haben können, hätte Williams doch sicher um den Ruf des Laboratoriums gefürchtet. Vielleicht war das ein weiterer Grund, Connor loszuwerden.«
Er zog die Augenbrauen hoch. »Da könnten Sie recht haben. Hängt natürlich davon ab, was es war. Aber das und die Sache mit Alison könnten dazu geführt haben, dass Williams Connor unter allen Umständen loswerden wollte. Das ist nicht nett, aber so sieht es fast aus.«
»Jedenfalls haben Sie mir genug Informationen geliefert, um Williams das Leben ein bisschen schwerer zu machen.«
Er streckte die Hand aus. »Ich muss los. Es war nett, dass doch noch die echte Rebecca Thorne durchgekommen ist.«
»Wie bitte?«
»Die Flirterei. Sie waren ganz gut, aber Sie haben es nicht durchgehalten. Sie sind ein bisschen zu intelligent für diesen Job, könnte das sein?«
»Offensichtlich nicht intelligent genug, um Sie hinters Licht zu führen.«
»Aber es hat ganz gut funktioniert. Sie haben, was Sie wollen, und ich hatte eine Gelegenheit, es loszuwerden. Die Sache hat mich seit der Verhandlung belastet, und wenn es Ihnen etwas nützt, umso besser. Wie geht es Connor eigentlich?«

»Er … na ja, ganz gut.«
»Er ist in Ordnung. Ein bisschen seltsam, aber dabei ganz in Ordnung. Sie wissen doch sicher, wie ich das meine? War schön, Sie kennenzulernen, Rebecca.«
»Ja, gleichfalls. Vielen Dank.«
Ich bestellte einen Kaffee, um wieder nüchtern zu werden, bevor ich zum Motel zurücklief. Darüber, dass er mich beim Flirten durchschaut hatte, musste ich laut lachen. Da ärgerte ich mich über Janets schamloses Gehabe und war selber nicht einmal in der Lage, überzeugend zu flirten.
Aber Connor hatte mir die Wahrheit erzählt. Und mit dieser neuen Information war ich in der Lage, Williams' Zeugenaussage zu pulverisieren.

35.

Am nächsten Morgen checkte ich aus dem Motel aus. Ich fuhr langsam, und all die Gespräche schwirrten mir durch den Kopf.
Man sieht es den Leuten irgendwie an, nicht wahr? Wie sie sich verhalten, und so. Er konnte einem nicht in die Augen sehen.
Connor hat immer den Eindruck gemacht, dass er vor nichts und niemandem Achtung hat.
Er war der freundlichste und interessanteste Nachbar, den ich mir wünschen konnte.
Wie Sie sicherlich wissen, ist Connor überdurchschnittlich intelligent. Er hat sich reingehängt, und ihm hat kaum jemand geholfen. Er hat sich wirklich bemüht.

Was hatte ich? Gary Ryan würde bestätigen, was Connor über seinen Vater und seine Kindheit gesagt hatte. Barry würde für Connor aussagen, und ich konnte einige von Alans Statements verwerten, *ein ehemaliger Kollege, der nicht namentlich genannt werden will.* Und dann noch die Affäre. Eine *Affäre.* Ich konnte nicht fassen, wie viel Glück ich hatte.
Hatte Connor den Brief tatsächlich geschrieben? War er so bösartig?
Aber war er Williams gegenüber nicht immer loyal gewesen? *Er hat sich wirklich bemüht, Williams' Gunst nicht zu verlieren, er hat alles Erdenkliche dafür getan.*
Um wessen Gunst hatte sich Connor noch bemüht? Ich fragte mich, vor wie viele Karren er sich hatte spannen lassen, um ein bisschen Anerkennung zu bekommen.
Hatte er versucht, Dick Bligh zu gefallen? Warum hat Bligh seinen Sohn so gehasst? Denn offenbar hatte er das getan. Genug, um ihn zu enterben. Was sagt das aus? *Selbst nach meinem Tod sollst du nichts von mir bekommen. Du bedeutest mir nichts, und du sollst es wissen, auch wenn ich schon tot bin.*
Warum hat er Connor so gehasst? Es hatte offenbar schon angefangen, als Connor noch ein kleiner Junge war, es konnte also unmöglich daran liegen, dass Connor etwas getan hatte. Vielleicht ähnelte er seiner Mutter zu sehr. Vielleicht war die Ähnlichkeit in den Augen des Vaters eine ständige Erinnerung und ein ständiger Vorwurf.
Dennoch schien es verrückt, ein Kind, das nichts dafürkonnte, dermaßen abzulehnen. Und auch wenn nicht jeder Vater gut mit seinem Nachwuchs auskam, bewahrte ein Gerechtigkeitsempfinden die meisten doch davor, das Kind vollkommen abzulehnen.

Angela war anders. Sie hatte dieses freundliche, offene Gesicht. Und sie hat immer gelächelt.

Angela war eher praktisch veranlagt. Sie hatte nichts von Connors außerordentlicher Intelligenz oder seiner großen Empfindsamkeit.

Wie ihr Vater. Mist, warum war ich nicht früher darauf gekommen? *Dick Bligh war so breit wie der Baumstamm dahinten.* Der Mann, der angeblich sein Vater war. *Connor sah ihm kein bisschen ähnlich.*

Connor war nicht der Sohn von Dick Bligh? Das würde erklären, warum der Alte ihn so abgelehnt hatte.

Hübsches Ding. Zu gut für Bligh.

Obwohl Ruth Bligh recht isoliert gelebt hatte, musste sie dennoch Kontakt zu anderen gehabt haben. Ich wusste, es war weit hergeholt, trotzdem bat ich Mike Mackey, Kopien von Connors und Angelas Geburtsurkunden zu besorgen. Mike war ein ehemaliger Polizist und konnte seine Verbindungen spielenlassen, um schneller ans Ziel zu kommen. Zwei Tage später lagen mir alle Unterlagen vor.

Angelas voller Name war Angela Ruth Bligh, Vater: Richard Edward Bligh.

Auf Connors Geburtsurkunde stand: Connor Wilson. Wilson war der Mädchenname seiner Mutter.

Vater: unbekannt.

Ich rief Joe an. Ich hatte seit Wochen nicht mit ihm gesprochen. Wir tauschten Höflichkeiten aus. *Wie geht es dir? Und dir?* Ich erkundigte mich nach Michelle, und er sagte, es gehe ihr schon besser.

Ich hörte sein Misstrauen; er war so wachsam und höflich, dass es mir einen Stich ins Herz versetzte.

Ich atmete tief ein. *Es ist vorbei. Es ist vorbei, und ich kann damit leben.*

»Joe, der Grund meines Anrufes ... Du weißt doch, dass ich gerade an einem Dokumentarfilm über Connor Bligh arbeite? Du hast mir nicht erzählt, dass er nicht der Sohn von Dick Bligh ist.«

»Wie bitte?«

»Das hast du nicht gewusst? Ich habe entdeckt, dass in seiner Geburtsurkunde der Nachname seiner Mutter steht.«

»Das höre ich zum ersten Mal. Und es sind keine guten Nachrichten.«

»Was soll das heißen?«

»Nun ja, mein erster Gedanke ist, dass es das Motiv der Eifersucht noch wahrscheinlicher macht. Falls er es erst nach dem Tod von Dick Bligh herausfand, und falls Angela die ganze Zeit davon wusste. Du liebe Güte, Rebecca, die Konsequenzen wären unabsehbar.«

»Wie kann es sein, dass du nichts davon wusstest?«

»Ich habe mir seine Geburtsurkunde nie angesehen. Ich hatte keinen Grund dazu, und Bligh hat es mir nicht erzählt. So einfach ist das. Ich bin mir sicher, die Staatsanwaltschaft weiß nichts davon, aber wenn sie das Dokument in die Finger kriegen, werden sie es gegen ihn verwenden.«

»Was macht die Berufung?«

»Ehrlich gesagt sieht es nicht gerade vielversprechend aus. Die Anhörung wird immer wieder verschoben, und ich bezweifle, dass wir das Berufungsgericht überzeugen können, uns eine neue Chance zu geben.«

»Du hast doch gesagt, es wäre ein weiterer Verdächtiger ins Spiel gekommen.«

»Das habe ich nie behauptet, Rebecca, ich kann dir nur so viel sagen: Unsere Vermutung hat sich nicht bestätigt, und die alte Beweislage bringt uns nicht weiter. Ein weiterer Sargnagel.«

»Und ihr müsst es öffentlich machen?«

»Ja, tut mir leid.«

Wir schwiegen beide. Ich wollte nicht auflegen. *Vermisst du mich?*

»Tja, dann«, sagte er. »Mach's gut.«

»Danke. Du auch.«

Als ich Connor am nächsten Tag besuchte, wusste ich nicht, ob ich ihn auf die Sache ansprechen sollte. Womit sollte ich anfangen? Der Tod von Tony Wallace? Die Affäre von Greg Williams? Dass er gar nicht Dick Blighs Sohn war?

Was, wenn er es selbst nicht wusste? Was, wenn ich ihn mit dieser so bedeutenden Information überrumpelte und er anschließend in seine Zelle zurückgehen und allein damit fertig werden musste? Aber ich hatte keine Wahl. Ich musste es ihm sagen.

Inzwischen hatte ich gelernt, dass er, wenn wir uns längere Zeit nicht gesehen hatten, zunächst ein bisschen spröde war und Zeit brauchte, um aufzutauen und lockerer zu werden. Also plauderte ich über die Fahrt, über die zahlreichen Neubauten am Foxton Beach, über das derzeit so belebte Palmerston North. Er beobachtete mich und sagte kaum etwas, bis er mich mit gepresster Stimme und ernster Miene unterbrach.

»Irgendwas stimmt nicht. Was ist denn los?«

»Hören Sie, ich … ich weiß nicht, wie ich es Ihnen sagen soll. Ich habe etwas herausgefunden. Ich hoffe, o Gott, hoffentlich wissen Sie es bereits. Ich habe mir Ihre Geburtsurkunde angesehen. Dort steht der Name Ihrer Mutter, ihr Mädchenname, deswegen …«

Er lehnte sich zurück. »Natürlich weiß ich davon.« Er lachte. »Und ich dachte schon, es wäre etwas Schreckliches passiert.«
»Ich verstehe nicht ganz.«
»Da gibt es nichts zu verstehen. Ich habe es herausgefunden, als ich zum ersten Mal zu einer Konferenz im Ausland eingeladen war. Ich musste eine Kopie meiner Geburtsurkunde einreichen, um einen Reisepass zu bekommen, und dann gab es große Schwierigkeiten, weil auf all meinen Kreditkarten und Tickets und Dokumenten Bligh stand, nicht Wilson wie auf der Geburtsurkunde. Letztendlich blieb mir nichts übrig, als meinen Namen standesamtlich ändern zu lassen.«
»Und Sie waren nicht am Boden zerstört, als Sie davon erfuhren?«
»Am Boden zerstört? Ich war verdammt erleichtert zu erfahren, dass ich nicht mit diesem Schwein verwandt war.«
Auf einmal war ich wütend auf ihn. Weil ich eine solche Angst gehabt hatte, es ihm zu sagen. Weil er mir einen so wichtigen Umstand verheimlicht hatte. »Warum zum Teufel haben Sie mir nichts davon erzählt?«
Er wirkte verwirrt. »Wissen Sie, ich dachte, ich hätte es Ihnen gesagt. Es ist mir nicht weiter wichtig, da muss ich wohl vergessen haben, es zu erwähnen.«
»Sie haben es *vergessen?* Angela haben Sie es doch wohl erzählt.«
»Nein, das habe ich nicht. Ich hatte Angst, sie würde sich zu sehr aufregen. Sie hat unsere Mutter sehr geliebt, und ich wollte ihrem Ansehen nicht schaden. Weil sie etwas mit einem anderen Mann hatte, meine ich.«
»Sie glauben also, Angela hat nichts geahnt?«
»Zu mir hat sie nie etwas gesagt.«
»Aber verstehen Sie denn nicht, wie das jetzt aussieht? Jeder

wird annehmen, Sie hätten es absichtlich verschwiegen, und der Staatsanwalt wird sagen, es wäre ein weiteres Motiv, Sie seien neidisch auf Angela gewesen und …«

»Ich weiß es schon lange. Das kann ich beweisen. Warum sollte ich Jahre später neidisch werden?«

»Es sieht dennoch so aus, als hätten Sie wichtige Fakten verschwiegen.«

Er zuckte die Achseln. »Ich wurde nie danach gefragt.«

»Connor«, sagte ich. »Als wir angefangen haben, sagte ich Ihnen, ich müsse alles wissen. Egal, ob es Ihnen wichtig erscheint oder nicht. Diese Sache ist so wichtig, ich kann nicht fassen, dass Sie sie mir verschwiegen haben.«

Er sah zerknirscht aus. »Ich dachte, ich hätte es Ihnen gesagt. Ich muss es einfach versäumt haben.«

»Ich bin nicht die Einzige, für die das Konsequenzen hat«, sagte ich. »Haben Sie ebenfalls versäumt, es Joe Fahey zu erzählen?«

»Was hat er damit zu tun?«

»Ich habe es ihm gesagt. Er verteidigt Sie, schon vergessen?«

Er sah mich mit zusammengekniffenen Augen an. Dann wendete er das Gesicht ab. »Ich werde mit ihm sprechen.«

»Wissen Sie«, sagte ich, »jetzt muss ich mich wirklich fragen, was Sie mir noch alles verschwiegen haben. Ich habe auf einmal das Gefühl, Sie kein bisschen zu kennen. Beispielsweise haben Sie mir nie gesagt, wie es mit Ihren Beziehungen aussah. Ihren Freundinnen. Oder Freunden?«

»Ich bin nicht schwul.«

»Okay. Dann hatten Sie sicher eine Freundin.«

»Nichts Ernstes. Niemals.«

»Ich möchte keine bösen Überraschungen mehr erleben.«

»Ich hatte gar keine Zeit für so was.«

»Da gibt es noch ein paar Fragen, die ich Ihnen gerne stellen würde. Zunächst einmal, was wissen Sie über die Affäre zwischen Greg Williams und Alison Butterworth?«
»Wer hat Ihnen das erzählt?«
»Alan Norman. Was ist mit dem Brief an Williams' Ehefrau?«
Er schüttelte den Kopf.
»Angeblich macht Williams Sie für einen Brief an seine Frau verantwortlich, durch den die von der Affäre erfuhr.«
»Ich weiß nichts von einem Brief. Ich wusste ja nicht einmal von der Affäre.«
»Wie können Sie nichts von der Affäre gewusst haben, wenn sie sich direkt vor Ihrer Nase abgespielt hat und sämtliche Kollegen Bescheid wussten?«
»Sie kennen mich doch. So etwas fällt mir einfach nicht auf.« Er beugte sich vor. »Rebecca, es tut mir leid. Das mit dem Alten wollte ich Ihnen erzählen. Ich weiß auch nicht, wie es mir durchrutschen konnte. Ich wollte Sie nicht wütend machen. Jetzt fürchte ich, Sie vertrauen mir nicht mehr. Sie glauben mir doch, oder?«
Ich zögerte. Ich hörte die Unsicherheit und den Schmerz in seiner Stimme, konnte sie ihm vom Gesicht ablesen. *Jeder macht Fehler. Jeder vergisst mal etwas.*
»Ich möchte Ihnen glauben«, sagte ich, »aber da ist noch etwas anderes. Tony Wallace. Sie haben mir nicht erzählt, dass er ertrunken ist.«
»Darüber möchte ich nicht reden.« Er stand auf und winkte den Wärter herbei.
Ich fuhr nach Hause. Was war passiert? Hatte ich ihn zu sehr bedrängt?
Zwei Tage später bekam ich wieder einen Brief.

36.

Angela und ich waren mit Tony am Strand, bevor er ins Wasser ging. Als er nicht zurückkam, verständigte ich die Rettungsschwimmer. Sie zogen ihn an Land, legten ihn in den Sand und versuchten, ihn wiederzubeleben.

Die Leute standen um ihn herum und glotzten. Seine Augen waren weit aufgerissen, sein Körper sah aus wie graues Gummi. Schließlich gaben sie auf, und ich bedeckte ihn mit dem Strandtuch, auf dem wir gesessen hatten. Ich wusste, er hätte es gehasst, für jeden sichtbar mit offenen Augen, aufgedunsenem Bauch und entblößter Scham dazuliegen. Zum Schwimmen suchte er sich am liebsten eine Stelle weitab der beiden Rettungstürme, um seine Ruhe zu haben. »Ich mache mir schon lange nicht mehr die Mühe, mein bestes Stück in eine Badehose zu packen, meine Lieben. Schon lange«, hatte er gesagt.

Ich kniete nieder, zog ihm das Tuch über Schultern und Beine. Er war so kalt. Ich strich ihm das Haar aus der Stirn. Am Morgen hatte er noch gesagt, seine Frisur sitze nicht, er müsse dringend zum Friseur. Es war störrisch und strähnig vom Salzwasser, und ich sah die silbernen, ungefärbten Ansätze an seiner Kopfhaut.

* * *

Ich hielt den Brief in der Hand. Ich stellte mir vor, wie er in seiner Zelle saß und schrieb. Ich spürte, was für Gefühle diese knappen Sätze beim Niederschreiben in ihm hervorriefen, den Kummer, den er in den letzten Satz gegossen hatte.

Wäre Angela nicht gewesen, ich hätte nicht weiterleben wollen.
Dieser Satz brachte mich zum Weinen, und ich warf meine letzten Zweifel über Bord. Connor war kein manipulativer Psychopath. Er war fähig zu lieben. Er hatte Tony geliebt und Angela, und wenn die Polizei ihre Arbeit richtig gemacht hätte, wenn sie aufgedeckt hätte, was Angela und Connor als Kinder erdulden mussten, wären sie nie auf die Idee gekommen, ihn anzuklagen. Wie konnte man ihn für schuldig halten, wenn man seine Lebensgeschichte kannte?
Ich habe Angela geliebt. Ich hätte ihr niemals weh getan. Ich war es nicht.
Ich wusste, er sagte die Wahrheit.
Mein Dokumentarfilm musste den Leuten die Augen öffnen. Er musste beeindruckend genug sein, ihr Interesse zu gewinnen. Ich würde zeigen, wie verletzlich Connor unter seinem Schutzpanzer war, und dass sich darunter nicht der eiskalte Killer verbarg, als den die Polizei und die Medien ihn dargestellt hatten. Ich musste beweisen, dass der wahre Connor diese Tat niemals begangen haben konnte.
Nächste Woche sollten die Dreharbeiten beginnen. Foxton Beach, Palmerston North, Wellington. Was hatte ich in der Hand? War es genug, um Aufmerksamkeit zu bekommen? Ich musste den Menschen zeigen, wie wichtig Connor Angela gewesen war, er, der ohne Liebe und Zuneigung aufgewachsen war, drangsaliert und abgelehnt. Wie sehr er sie geliebt hatte. Ich würde die Information verwenden, dass Dick Bligh nicht Connors Vater war. Das war vielleicht riskant, aber immerhin würde die Staatsanwaltschaft es so nicht aus anderer Quelle erfahren und gegen uns verwenden. Es würde Connor weitere Sympathien sichern, und zudem würde ich den

Umstand, dass er seiner Schwester nichts gesagt hatte, als Beweis für seine Empfindsamkeit und Sorge präsentieren.
Da war der wunderbare Barry, der es gar nicht erwarten konnte, ein Loblied auf Connor zu singen, außerdem durfte ich Alans Aussagen verwenden, solange ich seinen Namen nicht nannte. Alle hatten von der Affäre gewusst, sagte er, also hätte ich auch auf anderem Wege davon erfahren können. Das Ganze war ein Knaller. Ich würde Greg Williams' Zeugenaussage demontieren und beweisen, dass Connor keinen fairen Prozess bekommen hatte.
Ich fragte den Juristen des Senders, ob Williams uns wegen übler Nachrede verklagen könnte. Er sagte mir, Williams könne uns anzeigen, wenn wir Unwahrheiten über ihn verbreiteten. Ich müsse sicherstellen, dass meine Behauptungen stimmten. Gerüchte reichten nicht aus.
Ich glaubte nicht, dass Williams die Gerüchte bestätigen würde, aber ich rief ihn dennoch an. Er legte sofort auf. Dann schrieb er mir einen Brief, in dem er mit rechtlichen Konsequenzen drohte. Der einzige Mensch, der mir jetzt noch weiterhelfen konnte, war Alison Butterworth.
Google verriet mir, dass sie inzwischen an der Universität von Miami unterrichtete. Schnell fand ich ihre Handynummer, ihre Telefonnummern im Institut und zu Hause heraus. Es war zu erwarten, dass sie über einen Anruf wenig erfreut sein würde, und so überlegte ich, welches der günstigste Zeitpunkt wäre. Bei der Arbeit anzurufen wäre taktlos, und wenn ich frühmorgens bei ihr zu Hause anrief, war sie womöglich in Eile. Also versuchte ich es am frühen Abend, dortiger Zeit. Vielleicht hatte sie schon einen Drink intus und war entspannt. Hoffentlich. Ich hoffte außerdem, dass Williams sie nicht schon vorgewarnt hatte.

Sie war sofort am Apparat. *Hier ist Ali.* Ich redete langsam und ließ meine Stimme so warm und freundlich wie möglich klingen. Ich hörte sie leise atmen, während ich sanft auf sie einredete und abzuschätzen versuchte, wie sie es aufnahm. *Rebecca Thorne. Dokumentarfilm. Connor Bligh. Großes Interesse, möglicherweise Berufung.*

»Ich verstehe nicht, warum Sie mich anrufen.«

»Wie ich hörte, haben Sie mit Connor Bligh zusammengearbeitet.«

»Ja, aber ich kannte ihn kaum. Ich konnte ihn nicht leiden, wenn Sie es genau wissen wollen.«

»Ich weiß, Sie haben sich sogar bei seinen Vorgesetzten über ihn beschwert.«

»Ja, das war … damals war die Situation bei der Arbeit wirklich sehr angespannt. Ehrlich gesagt möchte ich nicht mehr über die Sache sprechen. Ich glaube nicht, dass ich Ihnen helfen kann.«

»Wollen Sie damit sagen, dass es Ihnen inzwischen leidtut?«

»Ich verstehe immer noch nicht, was das mit Connor zu tun haben soll.«

»Professor Williams hat vor Gericht thematisiert, was zwischen Ihnen und Connor vorgefallen ist, und das hat die Geschworenen negativ beeinflusst. Er hat den Eindruck vermittelt, Connor hätte sich unangemessen verhalten und sei als Kollege unerträglich gewesen.«

»Als das passierte, war ich schon hier in Florida.«

»Hat man Sie vorgeladen, um eine Aussage zu machen?«

»Nein, nie.«

»Hätten Sie die damaligen Ereignisse ebenso negativ bewertet wie Professor Williams?«

»Hören Sie, das Ganze ist zu lange her, ich kann Ihnen nur

sagen, dass ich mich damals bei der Arbeit nicht besonders wohl fühlte und viel um die Ohren hatte.«

»Wollen Sie damit sagen, dass Sie es heute anders sehen und Sie keine Beschwerde gegen Bligh hätten vorbringen sollen?«

»Connor war in der Tat unangenehm.«

»Alison, ich werde Ihnen sagen, was man mir zugetragen hat. Ein ehemaliger Kollege aus dem Labor hat gesagt, Sie und Professor Williams hätten eine Affäre gehabt, und seine Frau habe einen anonymen Brief erhalten, kurz bevor Sie die Kündigung einreichten. Mir wurde außerdem zugetragen, dass Williams Bligh für den Brief verantwortlich machte und dass sein Auftritt vor Gericht möglicherweise ein Racheakt war.«

Ihre Stimme klang tonlos. »Mist, verdammt.«

Ich hörte ein Klicken in der Leitung. Sie hatte aufgelegt. Ich zählte langsam bis zehn, bevor ich noch einmal anrief.

Diesmal war der Anrufbeantworter dran. »Alison, bitte gehen Sie ran. Es ist sehr wichtig für mich, dass Sie das Gerücht bestätigen oder richtigstellen.«

Nichts. Ich kreuzte meine Finger. »Alison, wenn Sie nicht mit mir reden, muss ich mich auf das verlassen, was meine anderen Informanten mir zugetragen haben.«

Stille. Dann nahm jemand den Hörer ab, und ich hörte ihre Stimme, schrill und panisch. »Was, wenn ich jeden Kommentar verweigere?«

Meine Finger verkrampften sich. »Ich denke, es wäre in Ihrem Interesse, das Ganze richtigzustellen, andernfalls könnte man Sie mit Williams' falscher Zeugenaussage in Verbindung bringen.«

»Was werden Sie mit meiner Aussage machen? Falls ich Ihnen überhaupt etwas sage.«

Du hast sie fast am Haken. Bleib jetzt ganz ruhig. Du musst sie trösten.

»Ich möchte einfach nur hören, was damals wirklich passiert ist. Ich erwarte nicht von Ihnen, vor der Kamera aufzutreten. Ehrlich gesagt liegt der Fokus ganz auf Williams, nun, da sich herausgestellt hat, dass er vor Gericht nicht die Wahrheit gesagt hat.«

Ich wartete. Ich lauschte ihrem rasselnden Atem.

»Ich verspreche Ihnen, Alison, ich werde Sie nicht weiter in die Sache hineinziehen, als unbedingt nötig ist.«

»Oh Mist, so ein Mist«, sagte sie. »Oh Mist, jetzt ist es auch egal. Schließlich bin ich weit weg. Hören Sie, ich war damals dumm. Er hat mich umworben, das hat mir gefallen. Ich dachte, ich wäre verliebt. Er hat mir Versprechungen gemacht. Sie wissen schon. Er wolle Jennifer verlassen, er liebe sie nicht mehr, er könne ohne mich nicht leben, der ganze Mist. Seine Frau bekam den Brief, und er machte am selben Tag Schluss mit mir. Das Arschloch hat mich rausgeschmissen, und ich wusste nicht, wohin.«

»Er hat Sie rausgeschmissen?«

»Rätselhafterweise wurde mein nächstes Forschungsprojekt, das so gut wie in trockenen Tüchern war, in letzter Sekunde doch nicht bewilligt.«

»Das klingt ja furchtbar.«

»Es war furchtbar. Er hat mich in sein Büro gerufen und mir Vorhaltungen gemacht. Ich hätte die ganze Zeit gewusst, worauf ich mich einließ, und nun habe *diese Sache* seine Ehe in Gefahr gebracht. Er hat mich behandelt wie eine Nutte von der Straße. Wir waren zwei Jahre zusammen.«

»Oh, Alison, das ist schrecklich.«

»Es braucht seine Zeit, über so etwas hinwegzukommen,

aber ich bin jetzt sehr glücklich hier, ich mag meine Arbeit, und ich bin gut darin. Hören Sie, Greg hat mich damals angewiesen, die Beschwerde gegen Bligh einzureichen. Ich war dumm genug, ihm zu gehorchen.«

»Was glauben Sie, warum er Sie dazu genötigt hat?«

»Er hatte einfach etwas gegen den Typen. Ich glaube, er war neidisch. Fachlich war Connor Bligh ihm weit überlegen.«

»Alison, noch etwas ... Connor hat mir erzählt, er habe an einer Sache geforscht, die möglicherweise die großen Pharmakonzerne in Bedrängnis hätte bringen können. Auch für das Labor hätten sich womöglich negative Konsequenzen ergeben. Wissen Sie irgendetwas darüber?«

»Nein, aber es würde mich nicht überraschen. Connor war clever und sehr ehrgeizig.«

»Und hätte Williams ihn in dem Fall loswerden wollen?«

»Er wollte ihn ohnehin loswerden. Er hat es ihm so schwergemacht wie möglich und alle gegen ihn aufgehetzt. Ich dachte immer, es sei bloß der Neid, aber wer weiß, vielleicht steckte noch mehr dahinter.«

»Darf ich alles, was Sie mir gerade erzählt haben, für meine Doku verwenden?«

»Ja, absolut. Würde mich freuen, wenn jemand das Arschloch zur Strecke bringt.«

Ich legte auf und schaltete mein Diktiergerät ab.

Erwischt, Greg Williams.

37.

Ich unterhielt mich mit Dawn Robbins, die mit Angela in dem Blumenladen gearbeitet und ihn inzwischen übernommen hatte. Sie erklärte sich bereit, vor der Kamera über das enge Verhältnis der Geschwister zu sprechen. Ich überzeugte Connors Kollegen, die sich schon vor Gericht freundlich über ihn geäußert hatten, über seine Integrität und Verlässlichkeit zu sprechen. Auf diese Weise könnte ich Sympathie für Connor wecken und beweisen, wie nah er und Angela sich auch als Erwachsene noch gestanden hatten, und damit Zweifel am Prozessausgang säen. Alles sah gut aus. Ich hatte dennoch den Eindruck, noch weiter gehen zu müssen und zumindest einen Teil der Indizien, die die Polizei für den Tag des Verbrechens zusammengetragen hatte, zu entkräften.

Angeblich war Connor in der Nähe von Angelas Haus beobachtet worden. Katys Aussage legte sogar nahe, dass er sich im Haus aufgehalten hatte. Das von ihm angegebene Alibi konnte nicht überprüft werden. Er hatte ausgesagt, morgens im Labor gewesen zu sein und am Nachmittag zu Hause gearbeitet zu haben. Am frühen Abend sei er zum Supermarkt gefahren, um einzukaufen, und dann habe er sich spontan entschlossen, essen zu gehen. Die Kassiererinnen im Countdown konnten sich nicht an ihn erinnern, genauso wenig die Kellnerinnen in dem Pub, in dem er gegessen haben wollte. Obwohl einer der Barmänner Connor Bligh, der das Lokal an den Wochenenden regelmäßig besuchte, als Gast identifizieren konnte, konnte er nicht sagen, ob Bligh an jenem Freitagabend da gewesen war. Nichts und niemand bestätigte Connors Alibi.

Aber war das so überraschend? Wer kann schon mit absoluter Sicherheit nachweisen, wo er zu einer bestimmten Zeit gewesen ist? *Ich bin alleine ins Kino gegangen. Ich bin Bus gefahren. Ich bin etwas trinken gegangen.* Lebt man allein, wird es noch schwieriger. *Wo waren Sie am Sonntagabend?* Zu Hause. *Können Sie das beweisen?* Natürlich nicht.

Als die Polizei die Kellnerinnen und das Supermarktpersonal befragte, waren längst Hunderte Menschen ein und aus gegangen; du liebe Güte, es ging immerhin um einen Freitagabend. Ich fand heraus, dass der Pub wegen der günstigen Grillbuffets am Freitagabend besonders beliebt war. Vielleicht sollten wir einen Kameramann hinschicken, der aufnahm, wie chaotisch es dort am Wochenende zuging.

Ich sprach mit dem Besitzer des kleinen Ladens in der Straße, in der auch das Haus der Dicksons stand. Hier waren die Aufnahmen der Überwachungskamera entstanden, die angeblich Connor an jenem Freitagabend zeigten. Er hatte ausgesagt, ein Mann, der Connor Bligh ähnlich sehe, sei an dem Abend in seinem Laden gewesen.

Sein Englisch sei schlecht, sagte er mir, und der Auftritt vor Gericht sei nervenaufreibend gewesen. Das scharfe Verhör und das schnelle Sprechtempo der anderen habe ihn verwirrt. Vor der Kamera wollte er erklären, dass er sich nicht sicher sei, ob Connor tatsächlich an jenem Abend in seinem Laden gewesen war. Wir würden außerdem die Bilder aus der Kamera zeigen, um zu beweisen, wie undeutlich die Aufnahme war.

Außerdem konnte ich das Indiz der Fingerabdrücke von Connor entkräftigen, die überall im Haus der Dicksons gefunden wurden, obwohl er wochenlang nicht dort gewesen war. Ich hatte einen Experten aufgetrieben, der sagte, Fingerabdrücke hielten sich auf manchen Oberflächen für unbestimmte Zeit. Niemand könne mit Sicherheit sagen, wie alt sie seien.

Ich hatte außerdem beschlossen, ein paar Andeutungen zu Connors Forschungsarbeit einzustreuen. Ich hatte einen Wissenschaftler gefunden, der bestätigte, dass ein Labor sehr wohl mit drastischen Konsequenzen zu rechnen habe, wenn es tatsächlich mit derart brisanten Forschungsergebnissen aufwarten konnte. Ich wollte erzählen, dass Connor bedroht worden war. Obwohl ich niemanden konkret verantwortlich machen konnte, wollte ich die Leute wenigstens dazu bringen, die Dinge zu hinterfragen.

Am meisten hatte Connor natürlich die Aussage von Katy Dickson belastet. Ich musste mit ihr sprechen, aber sie stand nicht im Telefonbuch, und auch im Wählerverzeichnis von Wellington war sie nicht zu finden; vielleicht war sie weggezogen. Am einfachsten wäre es, sie über ihre Familie ausfindig zu machen, und so versuchte ich noch einmal, Kontakt zu ihrer Tante Frances Jennings aufzunehmen, auch wenn die bereits erklärt hatte, sie wolle mit dem Film nichts zu tun haben, genauso wenig wie Katy.

Er hat einen fairen Prozess bekommen, ein Urteil wurde gesprochen, und damit ist die Sache erledigt.

Sollte ich sie anrufen? Oder sollte ich zu ihrem Haus fahren und sie abpassen? Als Journalistin musste man sich ein dickes Fell zulegen. Man musste außerdem überzeugend sein, und ich hatte die Erfahrung gemacht, dass es den meisten Menschen leichter fiel, am Telefon einfach aufzulegen, als einem die Tür vor der Nase zuzuschlagen. Wenn ich vor ihrem Haus auftauchte, würde sie vielleicht sehen, dass ich ein vernünftiger Mensch war.

Die Tür ging auf, noch bevor ich geklingelt hatte, und eine Frau mit entschieden unfreundlichem Gesicht stand auf der Schwelle. Ich streckte die Hand aus. *Immer weiterlächeln.*
»Sind Sie Frances Jennings?«, fragte ich. »Ich bin Rebecca Thorne und ich …«
Sie ignorierte meine Hand. »Ich weiß, wer Sie sind«, sagte sie mit lauter Stimme, »und ich habe der Frau am Telefon bereits gesagt, dass ich nicht mit Ihnen sprechen werde. Gehen Sie bitte. Sofort.«
»Ich weiß, das ist sehr schwierig für Sie«, sagte ich, »aber das Interesse an dem Fall ist zurzeit recht groß, und Sie würden mir sehr weiterhelfen, wenn Sie …«
»Ich fasse es nicht«, sagte sie kopfschüttelnd. »Ihr Journalisten, ihr seid doch wie die Bluthunde. Machen Sie, dass Sie von meinem Grundstück runterkommen.«
»Mrs. Jennings, wir wollen einfach nur über die Tatsachen berichten. Wir möchten unvoreingenommen bleiben. Ihre Meinung wäre für uns von unschätzbarem Wert.«
»Hören Sie«, sagte sie. »Hören Sie mir gut zu. Der Schuldige sitzt im Gefängnis.«
»Mrs. Jennings, vielleicht wäre Ihr Mann bereit, mit mir zu reden?«
»Mein Mann wohnt hier nicht mehr. Versuchen Sie einmal, den Druck auszuhalten, unter dem man steht, wenn man auf der Straße angestarrt wird und ständig Reporter vor dem Haus lauern. Versuchen Sie mal, so zu leben, dann reden wir weiter.«
»Können Sie mir Katys Telefonnummer geben?«
»Halten Sie sich von Katy fern.«
»Mrs. Jennings, ich kann verstehen, dass …«
Sie kam einen Schritt auf mich zu. Ihr Gesicht war dunkel-

rot, und Spucketröpfchen flogen mir entgegen, als sie schrie: »Haben Sie es immer noch nicht kapiert? Versuchen wir es einmal so: Drei Menschen sind an jenem Abend gestorben, und ich war diejenige, die die Leichen identifizieren musste. Denken Sie darüber nach, Sie blöde Kuh.«

Die Tür knallte zu. Einer der Nachbarn war aus dem Haus gekommen und tat so, als jäte er Unkraut in seinem Vorgarten. Ich ging zurück zum Auto. Eine andere Nachbarin stand auf ihrer Terrasse und starrte zu mir herüber. Ich spürte ihre feindseligen Blicke.

Ich versuchte, würdig und gelassen auszusehen, als ich die Autotür öffnete, einstieg und davonfuhr. Ich hielt neben einem öffentlichen Park am Ende der Straße, atmete tief durch. Meine Hände zitterten.

Drei Menschen sind an jenem Abend gestorben. Ich hatte die Fotos gesehen. Die Bilder von Sam hatte ich nicht vergessen. Der kleine, wehrlose Körper, die riesige, hässliche Schnittwunde. *Drei Menschen sind gestorben.* Ich hatte mich so sehr in Connors Verteidigung hineingesteigert, dass ich die Opfer vergessen hatte.

Aber ich musste sachlich bleiben. Ich durfte nicht zulassen, dass das entsetzliche Verbrechen einen Schatten auf meine Rechercheergebnisse warf, auf meine Überzeugung. Ich hatte sie mir hart erarbeitet, indem ich alle Informationen Stück für Stück überprüft hatte. Oder nicht?

Was, wenn nicht?

Ich hatte das schon erlebt: Manche Leute trauerten so sehr, dass sie nicht mehr neutral urteilen konnten. Frances Jennings konnte gar nicht anders, als Connor die Schuld zu geben. Sie brauchte jemanden, den sie hassen und beschuldigen konnte. Würde seine Unschuld bewiesen, hätte sie ihren ganzen Hass

auf dem falschen Menschen entladen. Es würde bedeuten, dass der wahre Täter entkommen war.
Ich fragte mich, ob Len Jennings ebenfalls so wütend war. Vielleicht würde er mit mir sprechen. In den Gerichtsakten stand, dass er Autohändler war. Ich fand seinen Namen im Telefonbuch. Er war bei einem Autohaus, das europäische Fabrikate verkaufte. Ich hätte hinfahren können, aber ich wollte ihm keine Gelegenheit geben, mir eine Szene zu machen, deswegen rief ich vorher an.
Er klang freundlich. Ja, er würde sich mit mir treffen. Er müsse bis halb fünf arbeiten, danach könne er mich in einem Café in der Nähe seiner Arbeit treffen. Ob ich das Time-out kenne?
»Ich habe schon gehört, dass Sie bei Frances waren«, sagte er und rührte Zucker in seinen Kaffee. »Sie hat mich heute Nachmittag angerufen und mir gesagt, dass ich nicht mit Ihnen reden sollte. Sie klang sehr aufgebracht.«
»Ist schon gut«, sagte ich. »Ich kann schon verstehen, dass sie nicht darüber sprechen will.«
»Frances ist vollkommen verbittert. Wir haben uns vor zwei Jahren getrennt. Sie schiebt alles, was schiefgelaufen ist, auf dieses schreckliche Ereignis.«
»Sie ist sehr von Blighs Schuld überzeugt. Was glauben Sie?«
»Damals hielt ich ihn für den Täter.«
»Und heute?«
»Ich hätte Connor zu so etwas fähig gehalten, dann wiederum kann man den Leuten ja nicht in den Kopf schauen, oder? Einer der Polizisten hat uns erzählt, dass sie vor Gericht doppelt so viel Beweismaterial präsentieren müssen, wenn der Mordverdächtige nicht wie ein typischer Verbrecher aussieht. Sobald ein normal wirkender Mensch vor den Ge-

schworenen steht, können sie nicht glauben, es mit einem Mörder zu tun zu haben.«

»Was war mit den Beweisen?«

»Das meiste waren nur Indizien, und was das Motiv betrifft …« Er zuckte die Achseln. »Der einzige richtige Beweis, den sie gegen ihn hatten, war das Telefonat von Katy mit ihrer Mutter.«

»Lassen Sie uns noch einmal über das Motiv sprechen. War Connor neidisch auf Angela?«

»Kann schon sein. Aber viele Leute sind neidisch auf ihre Geschwister, ohne gleich zum Mörder zu werden, nicht wahr?«

»Frances sagte vor Gericht, dass Connor exzentrisch und launisch war.«

»Frances konnte Connor nicht ausstehen. Sie konnte ihn nie leiden. Sie fand ihn überheblich, sie konnte sich einfach nicht mit ihm unterhalten. Frances mag es, wenn Menschen *normal* sind. Sie hat etwas gegen Intellektuelle. Übrigens auch gegen Agnostiker, Musiker, Künstler und Schriftsteller. Und gegen Katholiken. Ehrlich gesagt mag Frances nur die wenigsten Menschen.«

»Mochte sie Angela?«

»Nicht besonders.« Er lächelte. »Sie meinte, Angela käme aus schlechten Verhältnissen. Das hat sie auch Rowan gesagt. Normalerweise hörte er auf sie, aber nicht in diesem Fall. Er war schon lange in Angela verliebt, und als sie endlich ja sagte, schleppte er sie unverzüglich aufs Standesamt. Zumindest kam es uns so vor. Kurze Zeit später wurde Katy geboren, was Frances in ihrer Ansicht bestärkte, dass Rowan reingelegt worden war.«

»Angela war bereits schwanger, als sie und Rowan heirateten?«

»Jawohl.«
»Waren Rowan und Angela glücklich?«
»Kann man das jemals wissen? Sie waren ganz glücklich, in meinen Augen. Anfangs lebte Connor noch bei ihnen. Auch das gefiel Frances nicht, aber alle kamen gut miteinander aus. Anscheinend.«
»Anscheinend?«
»Ich habe noch keine zwei Geschwister erlebt, die einander so nahestanden wie Angela und Connor. Als Rowan hinter Angela her war und sie ihm die kalte Schulter zeigte, fürchtete er, dass Connor dahintersteckte. Er glaubte, wenn er Connor dazu brachte, ihn zu mögen, hätte er auch bei Angela eine Chance.«
»Connor hat Angelas Freunde abgesegnet?«
Er lachte. »So sah es aus. Rowan wollte Angela, Connor bekam er gleich dazu.«
»Und das hat funktioniert?«
»Anscheinend schon – die drei haben lange genug zusammengelebt. Dann hat Angela den Alten beerbt, und Connor hat ein eigenes Haus bekommen.«
»Und sein Auszug geschah einvernehmlich?«
»Es sah danach aus.«
»Wissen Sie irgendetwas über einen Streit zwischen Angela und Connor? Die Staatsanwaltschaft hat die Sache ziemlich aufgebauscht.«
»Von einem Streit wusste ich nichts. Und wenn man die zwei kannte, war das auch nur schwer vorstellbar. Wissen Sie, manchmal hat man einfach nicht so viel Zeit, seine Verwandten zu besuchen. So ist das nun mal.«
»Vor Gericht hat Frances ausgesagt, zwischen Connor und Angela wäre es zum Bruch gekommen.«

»Ach, Frances … sie hätte alles getan, um ihn hinter Gitter zu bringen. Deswegen rede ich ja mit Ihnen. Seit Jahren habe ich das Gefühl, dass es damals vor Gericht nicht ganz fair zuging. Frances hat Connor gehasst, und als Rowan ermordet wurde, gab es für sie kein Halten mehr. Connor musste der Täter sein, fertig.«

»Aber Sie waren sich da nicht so sicher? Obwohl Katy sagte, ihre Mutter habe am Telefon seinen Namen ausgesprochen?«

Das Café war mit einer Vielzahl von Uhren dekoriert. Sie alle tickten, sie alle zeigten die richtige Uhrzeit an. Len warf einen Blick auf die nächstbeste. »Hey, tut mir leid, aber ich muss los …«

»Len, Sie sagten, Sie hätten das Gefühl, damals vor Gericht sei es nicht fair zugegangen. Wenn Connor unschuldig ist, sollte er nicht im Gefängnis sitzen. Falls Sie irgendetwas wissen, sagen Sie es mir bitte. Ich kann Ihnen versprechen, Ihre Aussage vertraulich zu behandeln.«

»Sie haben recht«, sagte er. »Ich weiß, Sie haben recht, aber hören Sie … Katy ist ein liebes Mädchen. Sie hat eine schlimme Zeit hinter sich, und …«

»Und Sie wollen ihr nicht noch mehr zumuten. Len, wenn Sie glauben, dass Katy sich damals geirrt hat, dann müssen Sie darüber reden. Das Ganze wäre ja vollkommen verständlich, niemand würde es dem Mädchen verübeln. Vielleicht hat sie selber Zweifel und wagt nicht, darüber zu reden.«

»Ich glaube, Katy ist sich ihrer Sache ganz sicher. Dennoch hat sie alles schrecklich mitgenommen. Sie konnte nicht mehr klar denken. Manchmal hatte ich den Eindruck, dass sie sich an diese Geschichte klammerte, weil es die einzige Möglichkeit war, ihrer Familie irgendwie zu helfen.«

»Warum hat sie Connor beschuldigt?«

»Das weiß ich nicht. Ich weiß nicht ansatzweise, was im Herzen der Kleinen vorging. Aber sie war völlig durch den Wind. Frances ging in ihr Zimmer, und dann saßen sie stundenlang flüsternd hinter der geschlossenen Tür.«

»Wollen Sie damit sagen, Frances habe auf Katys Zeugenaussage Einfluss genommen?«

»Sobald Katy zu weinen anfing, war Frances zur Stelle.« Er schüttelte den Kopf. »Ich weiß ja nicht, wie man sich in einem solchen Fall verhalten soll, woher kann man das auch wissen, aber so, wie es lief, war es nicht in Ordnung. Als der Prozess eröffnet wurde, hatten die beiden sich so in den Hass auf Connor hineingesteigert … sie hätten ihn umgebracht, hätten sie die Gelegenheit gehabt. Ich kann Frances verstehen. Sie hat Rowan geliebt, und sie hat immer gedacht, Angela wäre nicht gut genug für ihn. Und Katy … Katy ist so ein liebes Mädchen, aber die Familie so vorzufinden … der Kummer und das Trauma waren zu groß.«

»Aber Connor ist ihr Onkel.«

»Katy sagt, dass er ihre Mutter für sich allein haben wollte.«

»So sind Kinder«, sagte ich. »Ich war auch eifersüchtig, wenn meine Mutter sich um meinen Bruder kümmerte. Aber vor Gericht zu lügen …«

»Ich habe nicht behauptet, sie hätte gelogen«, sagte er schnell. »Sie war fest überzeugt von dem, was sie erzählt hat.«

»Und sie war von Connors Schuld überzeugt.«

»Ja«, sagte er. »Keine Frage.«

»Und dann?«

»Sobald die Verhandlung vorbei war und Connor eingesperrt, wollten Katy und Frances nicht mehr darüber reden, nie wieder. Katy erwähnte ihre Mum oder ihren Dad oder Sam einfach nicht mehr. Soweit ich weiß, tut sie es bis heute nicht. Sie hat ihren Namen geändert. Sie sagt, zu viele Leute würden sie wiedererkennen, aber sie will alles vergessen. Sie heißt jetzt Kate Jennings.«

»Würden Sie mir ihre Telefonnummer und ihre Adresse geben?«

Ich hielt ihm einen Zettel und Stift hin. Er zögerte, dann schrieb er die Adresse und eine Nummer auf.

»Was macht Katy?«, fragte ich. »Wie geht es ihr?«

»Ganz gut. Sie macht einen ziemlich starken Eindruck, geradezu tough. Sie studiert Jura an der Victoria University. Und sie macht sich wirklich gut. Sie hat sich vom Erbe ein Haus gekauft und mit ein paar netten Mädchen eine WG gegründet. Es geht ihr gut, aber mein Gott, wer weiß schon, wie es hinter der Fassade aussieht …«

»Würden Sie das vor der Kamera wiederholen?«

Er seufzte und starrte auf die Tischplatte. »Was soll ich denn sagen?«

»Nur, dass Katy damals traumatisiert war.«

»Okay. Das kann ich machen.«

»Ich werde mich bei Ihnen melden. Und falls Ihnen in der Zwischenzeit noch etwas einfällt …«

Ich gab ihm meine Visitenkarte. Er steckte sie ein.

38.

Ich war bei Mum und Dad eingeladen. Wir spielten mit den Kindern, danach legten Anna und David sie im Gästezimmer zum Schlafen, und wir setzten uns zum Abendessen. David regte sich furchtbar über den Emissionshandel auf.
»Aber, David, wir sind ein winziges Land am anderen Ende des Planeten«, sagte Mum. »Wir verursachen im Vergleich zum Rest der Welt kaum Treibhausgase, warum also …« So ging es endlos weiter. Dad äußerte seine juristische Ansicht dazu, Anna die ihre. Mum sagte, man müsse der Öffentlichkeit das Konzept der Emissionsrechte erklären; sie war der Meinung, dass man es als Laie unmöglich verstehen konnte, obwohl das Thema doch so wichtig war. Und so weiter und so fort.
Und so fort.
Und dabei brannte ich darauf, über meine Doku, *meine Doku* zu sprechen. Denn langsam nahm die Sache Gestalt an. Eine wunderschöne Gestalt. Ich hatte Greg Williams am Wickel. Ich hatte Barry. Ich hatte den Ladenbesitzer, ich hatte den Wissenschaftler, der sich über die Fingerabdrücke geäußert hatte. Mit dem, was Len über Katy sagen würde, konnte ich Katys Aussage anzweifeln. Ich hatte eine Psychotherapeutin kontaktiert, die auf Traumatherapie spezialisiert war. Sie war sehr bekannt, verfügte über jahrelange Erfahrung und würde vor der Kamera erklären, dass Menschen in extremen Belastungssituationen besonders anfällig dafür waren, sich Vorfälle einzureden, die in Wirklichkeit gar nicht geschehen waren.
Aber nein, wir redeten über *Emissionen*.

In einer Gesprächspause drehte Mum sich endlich zu mir um. »Was macht die Arbeit, Liebes?«

Ich schilderte den Stand der Dinge. Dass ich in Foxton und Palmerston North gewesen war. Bei Greg Williams. Ich erzählte von der Begegnung mit Len Jennings. »Das wird richtig gut. Wenn ich alles richtig mache, hat es möglicherweise einen Einfluss auf Connors Verfahren.«

Alle schwiegen. Mum beobachtete mich besorgt. »Und alles, was du gerade erzählt hast, willst du für deinen Film verwenden?«

»Ja, natürlich.«

»Auch die Affäre des Professors und die Aussage dieses Jennings über Katy Dickson?«

»Mum, ich weiß, das ist alles nicht nett, aber ich muss die Indizien widerlegen, die vor Gericht angeführt wurden.«

»Ich dachte, du wolltest objektiv bleiben«, ging David dazwischen.

»Seht ihr denn nicht«, sagte ich, »dass alles, was ich recherchiert habe, seine Unschuld beweist?«

Mum runzelte die Stirn. »Was meinst du mit *nicht nett*, Rebecca?«

»Gar nichts. Es ist nur so …«

»Meinst du wirklich, ich will, dass die Dinge *nett* sind? Wie du sehr wohl weißt, lege ich großen Wert auf Ehrlichkeit und Fairness, und ich halte es für alles andere als fair, intime Informationen über Menschen zu verbreiten, die sich nicht dagegen wehren können. Ganz besonders, wenn die Informationen möglicherweise falsch sind.«

»Was soll das heißen?«

»Nun ja, dieser Alan Norman, mit dem du gesprochen hast, möchte Greg Williams vielleicht nur eins auswischen und hat unter Umständen nicht die ganze Wahrheit erzählt. Das Gleiche trifft auf Alison Butterworth zu.«

»Warum sollte sie eine Lüge verbreiten, die zudem ein schlechtes Licht auf sie wirft?«

»Ich behaupte nicht, dass sie gelogen hat. Aber es ist nun mal ihre Sicht der Dinge. Natürlich ist sie Williams gegenüber verbittert. Aber stell dir mal vor, was so eine Enthüllung für seine Ehefrau und seine Kinder bedeutet.«

»Mum, die Wahrheit tut manchmal eben weh. Das heißt doch nicht, dass man sie unter den Teppich kehren darf.«

»Aber wie ehrlich sind solche Enthüllungen, wenn die Informanten eigene, zweifelhafte Absichten hegen? Len Jennings ist vielleicht wütend auf seine Ex-Frau, wegen der Trennung. Vielleicht will er sich an ihr rächen. Denk mal an Katy, an das, was sie durchgemacht hat. Stell dir vor, was es für sie bedeuten muss, wieder in die Öffentlichkeit gezerrt zu werden.«

Nun war Dad an der Reihe. »Rebecca, was willst du mit diesem Dokumentarfilm eigentlich erreichen?«

»Ich will den Leuten zeigen, dass Connor Bligh ungerecht behandelt wurde.«

»Das ist allein die Aufgabe des Gerichts«, sagte er. »Du musst dem Justizapparat vertrauen.«

»Der Apparat hat ihn im Stich gelassen. Wie so viele andere Menschen. Es ist … entschuldigt, aber verdammt noch mal, der Justizapparat ist vollkommen überholt. Das Ganze ist doch nur noch ein krankes Spiel.«

David sah mich kopfschüttelnd an. »Rebecca …«

»Nein. Komm mir nicht so, David. Wir haben es hier mit einem hochintelligenten Mann zu tun, der seinen Beitrag für die Gesellschaft leisten könnte – was ihm im Gefängnis seit

Jahren verwehrt bleibt. Und es gibt Anwälte, die aus seiner Not auch noch ihren Profit schlagen, während nichts passiert. Es ist eine *Schande.*«
Mit zittrigen Händen griff ich nach meinem Weinglas. »Kommt schon, ihr wisst doch alle, dass es so ist.«
Dad sprach mit sanfter Stimme. »Bitte sei vorsichtig bei allem, was in diesem Film gesagt wird. Was du uns gerade erzählt hast, könnte rechtliche Konsequenzen haben.«
»Dad, ich bitte dich. Ich weiß, was ich tue. Ich habe mich juristisch beraten lassen.«
»Möchtest du, dass ich es mir auch noch einmal ansehe? Kann doch nicht schaden, sich eine zweite Meinung einzuholen.«
Mum ergriff meine Hand und drückte sie. »Tut mir leid, dass du dich angegriffen fühlst. Aber ich musste ehrlich zu dir sein.«
Ich zog meine Hand weg. »Ich kann es nicht glauben. Ich kann nicht glauben, dass ihr mich immer noch bevormunden wollt. Ich bin erwachsen, seht das endlich ein! Ich arbeite an einer großen Sache, die sehr wichtig für mich ist, und ich arbeite verdammt hart. Ich finde, ihr könntet mich ein bisschen mehr unterstützen.«
»Mein Schatz«, sagte Mum. »Mein Schatz, beruhige dich und versuche, …«
»Nein«, sagte ich. »Nein, ich fahre nach Hause.«

Am Ende der Woche rief David mich an. Ich war zu stolz gewesen, ihn anzurufen, aber ich war unglaublich erleichtert, von ihm zu hören. Nach dem Familientreffen hatte ich ein schlechtes Gefühl. Außerdem hatte ich einen Brief erhalten.

Wie ich erfahren habe, haben Sie meinen Sohn angerufen und ihn zu Angela Bligh befragt. Sie war für kurze Zeit in unserer Apotheke angestellt. Sie kam aus schlechten Verhältnissen, und wir wollten ihr eine Chance geben, aber wir mussten sie entlassen, weil wir mit ihren Leistungen unzufrieden waren und sie meinem Sohn völlig unangemessene Avancen gemacht hatte.
Mein Sohn hat Angela Bligh in keinster Weise dazu ermutigt, er wollte nie etwas mit ihr zu tun haben. Ich hege keinen Zweifel daran, dass sie und ihr Bruder Connor von Neid und Hass getrieben waren und für den Unfall verantwortlich waren, an dessen Spätfolgen mein Sohn bis heute leidet.
Angela und Connor Bligh waren ein boshaftes, hinterhältiges Paar, und meiner Meinung nach haben beide bekommen, was sie verdient haben.

»Hast du dich beruhigt?«, fragte David.
»Ja, ich weiß, ich habe überreagiert, aber …«
»Becks, ich muss es dir sagen. Diese Sache mit Connor Bligh scheint einen schlechten Einfluss auf dich zu haben. Ich weiß, wie sehr du an deinem Projekt hängst, aber …«
»Aber was?«
»Du bist ja wie besessen von ihm.«
»Wenn besessen bedeutet, dass ich mein Bestes gebe, um einen Unschuldigen aus dem Gefängnis zu befreien, dann hast du recht.«
»Ich will damit nur sagen, dass du zu tief in der Sache drinsteckst und die Dinge offenbar nicht mehr klar siehst. Das ist uns allen schon passiert.«
»Danke für deine Sorge, aber ich weiß, was ich tue.«
»Ja, aber wenn du damit deine Familie vor den Kopf stößt …«

»Meine Familie hat *mich* vor den Kopf gestoßen! Ich hätte mir mehr Unterstützung von meiner Familie erhofft. Kann ja sein, dass meiner Familie das Leben eines unschuldigen Mannes scheißegal ist …«

Okay. Okay. Ich hätte das nicht sagen sollen, aber ich war wütend. Normalerweise lässt David es mir durchgehen, weil er so locker ist und meine divenhaften Ausbrüche kennt, aber verdammt, als seine Stimme lauter wurde, wusste ich, das gibt Ärger.

Er regt sich wirklich fast nie auf. Er wird nur sehr selten ärgerlich, aber wenn es so weit ist, lassen seine messerscharfen Kommentare und glasklaren Beobachtungen sein Gegenüber zu einem Häuflein Elend zusammenschrumpfen. Danach tut es ihm leid. Furchtbar leid. Sofern man sich bei ihm entschuldigt hat. Ich weiß noch, wie ich als Kind in der Ecke stand und mir die Augen ausheulte, während David immer neue Süßigkeiten anschleppte, um mich zu trösten.

Jeder, der David gut kennt, weiß, dass seine Wutausbrüche die Ausmaße eines Tropensturms annehmen können. Wenn es losgeht, sollte man sich gut festhalten.

Was mir einfiele, die Justiz als Spiel zu bezeichnen? Was mir einfiele, einen Beruf an den Pranger zu stellen, dem Dad, Anna und Mum ihr Leben gewidmet hatten? Für wen ich mich eigentlich hielte, Mum und Dad sitzenzulassen, sie, die mich immer mehr unterstützt hatten, als ich es je verdient hatte? Ob ich überhaupt wisse, wie sehr Mum sich auf das gemeinsame Abendessen gefreut hatte, welche Mühe sie in das Essen stecke, wenn ich endlich mal Zeit für einen Besuch fand? Ich nahm das alles selbstverständlich hin, ich betrachtete meine Familie als selbstverständlich, ich nahm und nahm, ohne jemals etwas zurückzugeben. Wie viel Zeit ich in

den letzten Monaten mit Mum verbracht hätte? Oder mit Dad? Und was war mit Anna? Auch für sie hatte ich keine Zeit mehr. Für die Kinder übrigens auch nicht. Und Anna sei schwanger. Die Schwangerschaft sei nicht einfach, sie sei sehr erschöpft. Und müsse dennoch arbeiten und zwei Kinder versorgen.
Was dachte ich mir dabei, aus dem Fall dieses Connor Bligh eine Art öffentliche Gerichtsverhandlung zu machen? War mir nicht klar, wie skrupellos so etwas war? War es mir wirklich ernst damit? Konnte ich mit meinem Hintergrund so etwas gutheißen? Wollte ich wirklich an die niederen Instinkte der Zuschauer appellieren – etwas, das die ganze Familie rigoros ablehnte?
Ein Teil von mir wusste, er hatte recht. Ein Teil von mir wollte in Tränen ausbrechen und sich entschuldigen, es stimmte ja, der Fall hatte mich völlig vereinnahmt. Aber ich glaubte an Connor Bligh, ich wollte, dass die anderen ihn so sahen, wie ich ihn sah.
Ein Teil von mir wollte das alte Spiel spielen. Er regt sich auf. Ich entschuldige mich. Wir vertragen uns wieder. Sobald ich mich entschuldigt hätte, wäre alles wieder gut.
Aber da war noch ein anderer Teil von mir, den ich spürte wie einen schwarzen, harten Knoten in meinem Bauch. Ein Gefühl der Lähmung breitete sich aus, stieg aus meinem Unterleib durch die Lunge und das Herz bis in meinen Hals und meinen Kopf.
Als David fertig war, brachte ich vor Wut kaum noch etwas heraus.
»Mein Gott«, sagte ich, »mein Gott, du bist so selbstgerecht, seit du im Parlament sitzt. Du bist ja so verdammt blasiert, ich erkenne dich kaum noch wieder.«

Ich hörte ihn nach Luft schnappen. »Das beruht auf Gegenseitigkeit.«
Ich legte auf.
Und dann weinte ich und wollte ihn zurückrufen und um Verzeihung anflehen. Ich wollte zum Auto laufen und zu ihnen fahren und mich vor ihnen auf den Boden werfen, mich selbst geißeln und versichern, wie leid es mir tue. Ich wollte zu meiner Mutter laufen und mein Gesicht beschämt in ihrem Schoß vergraben.
Ich starrte auf das Telefon. Verdammt noch mal, David war wirklich selbstgerecht. Unerträglich und selbstgerecht und fies und gemein. Okay, vielleicht widmete ich meiner Familie nicht so viel Zeit wie früher, aber mussten sie alles immer so genau nehmen? Was war, wenn Anna in Arbeit versank oder wenn David Sitzungen bis spät in die Nacht hatte oder im Ausland war oder Wahlkampf machte? Wie oft bekam ich ihn dann zu sehen?
Verdammt noch mal, ich hatte ihnen erzählen wollen, was mich beschäftigte, aber sie wollten nur über ihre blöden CO_2-Emissionen reden.
Alles dreht sich immer nur um David.
Oh, es war in der Tat nicht nett, unbequeme Wahrheiten ans Licht zu zerren und die Leute damit zu konfrontieren. Es war nicht nett, die Justiz zu kritisieren, wo sie doch ganz offensichtlich die Außenseiter der Gesellschaft diskriminierte – diejenigen, die nicht weiß waren, die nicht der Mittelschicht angehörten. Die Ungebildeten und jene, die mit wenig Geld und/oder Verstand gesegnet waren.
Und es war auch nicht nett, wegen eines Verbrechens, das man nicht begangen hatte, im Gefängnis zu versauern.
Du musst dem Justizapparat vertrauen. Ja, klar.

Mein Handy klingelte, ich zog es aus der Tasche. Ich wünschte mir, dass Mum oder Dad oder Anna oder David anriefen. Ich wollte mich vertragen. Ich wusste, dass ich mir selbst etwas vormachte.

Aber dann war es Len Jennings. Ich nahm das Gespräch an.

»Hier ist Rebecca. Len?«

»Störe ich?«

»Nein.«

Er wird mir erklären, warum er doch nicht vor der Kamera auftreten kann. Verdammt, das hat mir gerade noch gefehlt.

»Ich habe nachgedacht. Letzte Woche habe ich Sachen gesagt, die ich nicht hätte sagen sollen.«

Ich hatte es gewusst. Ich wollte etwas Beruhigendes sagen. Aber mir fiel nichts ein. Ich fühlte mich erschöpft, ich war völlig ausgelaugt davon, ständig die ausgeglichene, ermutigende, aufmerksame und so verdammt *liebenswürdige* Gesprächspartnerin zu spielen.

»Sind Sie noch dran?«

»Ich bin hier.«

Und jetzt würde Len mich im Stich lassen, und außerdem, was sollte ich mit diesem verdammten Brief von Eve Bailey machen?

»Wie gesagt, ich hätte mich letzte Woche nicht so äußern dürfen. Was Sie über Connor im Gefängnis gesagt haben …«

Eve Bailey hatte über den Unfall ihres Sohnes geschrieben – was, wenn es stimmte? Wie hatte Connor sich ausgedrückt? *Wir kannten jeden Winkel des Strandes und der Flussmündung – den Neuseelandflachs und das zittrige Gras, die Trampelpfade in den Dünen, jeden Hügel, jede Biegung und jede Senke.*

Verdammt.

»Rebecca?«

»Es tut mir leid. Die Verbindung ist sehr schlecht. Hören Sie, wollen Sie sich immer noch interviewen lassen?«

»Wie bitte? Ja, ja, natürlich. Ich mache keinen Rückzieher. Aber da ist noch etwas anderes. Vielleicht ist es unwichtig und ich sollte es Ihnen gar nicht erzählen. Aber wo ich schon einmal dabei bin, reinen Tisch zu machen … da ist etwas, das Katy gesagt hat. Sie hat Frances erzählt, sie hätte Streit mit Sam gehabt, und jetzt könne sie sich niemals mehr mit ihm versöhnen. Sam hatte ihr erzählt, er habe Angela mit einem fremden Mann in einem Auto sitzen sehen, der Mann habe sie im Arm gehalten. Katy hatte Sam geboxt und einen Lügner genannt. Ich wollte es der Polizei erzählen, aber Frances wollte nichts davon wissen. Sie wollte nicht, dass ihr Bruder durch den Dreck gezogen würde.«

»Sie wollen sagen, dass Angela möglicherweise eine Affäre hatte?«

»Nun ja, falls es so war … manchmal eskaliert so etwas ja.«

Ich legte auf. Mein Gott, auf was hatte ich mich nur eingelassen? Noch eine unbequeme Wahrheit. Wieder etwas, über das die Leute sich aufregen würden. Len hatte mir die Information auf dem Silbertablett serviert. Was sollte ich damit anfangen? Auf keinen Fall konnte ich es ignorieren.

Ich musste mit jemandem reden. Es ging nicht anders. Ich griff zum Telefon und wählte Joes Nummer. Ich platzte heraus. »Es ist wegen Connor Bligh. Ich habe noch etwas herausgefunden. Triffst du dich auf einen Kaffee mit mir?«

Er klang misstrauisch. »Ich habe in dieser Woche keinen Termin mehr frei.«

»Ich werde noch verrückt. Ich muss unbedingt darüber reden. Bitte, Joe.«

»Also gut.« Ich hörte ihn in seinem Terminkalender blättern. Früher hatten wir darüber gelacht. Ich hatte ihn angerufen und um einen Termin gebeten. *Warten Sie, Miss, ich schaue in meinen Terminkalender.*

Und dann hatte er gesagt: *Es gibt da zwar eine Meinungsverschiedenheit zwischen meinem Terminkalender und mir. Ich bin trotzdem in einer Stunde bei Ihnen.*

»Ich könnte heute früher Schluss machen. Wie wäre es um halb sechs im Caspar's?«

Ich verbrachte eine halbe Ewigkeit damit, zu duschen, mich zu schminken, mir die Haare so zu frisieren, wie er es am liebsten mochte. Alles nur, um mich abzulenken. Ich bügelte das Kleid, das ihm gefiel, schlüpfte in High Heels, benutzte das Parfüm, das er mir zum Geburtstag geschenkt hatte, und legte die Ohrringe von Weihnachten davor an.

Er stand auf und küsste mich flüchtig auf die Wange. Er sah älter aus, abgemagert und gehetzt. »Gut siehst du aus«, sagte er. »Kaffee? Oder möchtest du lieber Wein?«

Joe hat die blauesten Augen, die ich kenne, so blau wie der Himmel, aber als ich ihn jetzt ansah, war es, als hätte er das innere Leuchten ausgeknipst.

»Hör mal, Joe«, sagte ich, »ich wollte dich nicht unter irgendeinem Vorwand treffen. Ich bin nicht gekommen, um mich auszuheulen und dich zu bitten zurückzukommen. Aber ich hatte wirklich einen beschissenen Tag. Ich brauche dich, und ich brauche Alkohol.«

Er lachte. »Dann also Wein.«

Ich erzählte ihm, was ich herausgefunden hatte, und er stellte Fragen. Ganz besonders interessierte er sich für Greg Williams' Affäre, und für Len Jennings' Einschätzung von Katys Zeugenaussage.

»Die Geschworenen waren damals von Williams sehr beeindruckt, und Katys Aussage hat letztendlich alles entschieden.«

»Sie wird aber kaum von ihrer ursprünglichen Aussage abrücken.«

»Nein, aber dass Jennings bereit ist auszupacken, ist ein Glücksfall. Wenn er seine Aussage vor Gericht wiederholt, könnte er uns enorm weiterhelfen.«

»Ich glaube, das würde er tun. Was macht das Berufungsverfahren?«

»Alles geht zu langsam«, seufzte er. »Du kennst ja die Justiz.«

»Deswegen hatte ich gerade erst Streit mit meiner Familie.« Ich erzählte ihm davon. Meine Stimme zitterte, und ich knetete meine Hände. »Und dann habe ich diesen Brief bekommen.« Ich reichte ihm das Schreiben, und er las es.

»Bitter«, sagte er. »Was soll das Ganze?«

Ich erzählte ihm, was Connor über Angela und Ian Bailey gesagt hatte. »Was, wenn es stimmt? Was, wenn Connor für den Unfall verantwortlich ist? Wenn er mich angelogen hat?«

»Sieh dir den Brief doch an«, sagte Joe. »Sie mag es glauben – bewiesen wurde nichts. Gleichzeitig streitet sie ab, dass ihr Sohn jemals etwas mit den Blighs zu tun hatte. Aus irgendeinem Grund scheint sie einen Groll zu hegen, aber die Wahrheit sagt sie ganz offensichtlich nicht.«

»Und was fange ich jetzt mit dem Brief an?«

Er lächelte. »Ich an deiner Stelle würde ihn wegwerfen.«

»Manchmal«, sagte ich, »manchmal wünschte ich, ich hätte mich nie auf die Sache eingelassen. Ich hätte bei meinem alten Sender bleiben können und zusammen mit Janet Beardsley die beschissenen *Courageous Leaps* moderieren können.«

Die Tränen stiegen mir die Augen, meine Kehle schnürte sich zu. Die Weinflasche war fast leer, ich hatte weder zu Mittag gegessen noch gefrühstückt, ich war angetrunken und machte mich vollkommen lächerlich.

»Du bist übermüdet«, sagte Joe. »Du siehst nicht, wie gut du dich schlägst. Was du herausgefunden hast, könnte der Sache die entscheidende Wendung geben. Du solltest stolz auf dich sein.«

Nun brachen alle Dämme. Die Tränen liefen mir über die Wangen. Ich ließ den Kopf hängen und tupfte mir die Augen mit einer Serviette ab. »Ich halte es kaum noch aus. Ich vermisse dich so sehr.«

Wir fuhren zu mir. Schlugen die Tür hinter uns zu und verriegelten sie. Wir küssten uns, zogen uns langsam aus, legten uns auf das Bett und sahen einander in die Augen. Wir berührten uns, küssten uns, kuschelten. Finger, Zehen, der Schwung von Taille und Hüfte, die lange Strecke zwischen Hüfte und Kniekehlen.

Wir liebten uns langsam und zärtlich. Ich sah in seine blauen, glühenden Augen, und dann schloss er sie und stöhnte leise, und ich presste mich an ihn. Ich hielt ihn fest; ich hatte meine Beine um ihn geschlungen und würde ihn nie wieder loslassen. So lagen wir eine lange Zeit da.

»Ich habe dich vermisst«, sagte er. »Jeden einzelnen Tag habe ich dich vermisst.«

Michelle, sagte er, ging es sehr schlecht. Die Operation war hart gewesen. Es war zu einer Wundinfektion gekommen. Nun machte sie eine Chemo. Wenn man eine Chemotherapie macht, muss man nach dem Toilettengang zweimal spülen, so giftig ist das Zeug. Ihre Haare waren ausgefallen. Sie übergab sich ständig.

»Dann denke ich an dich und sehne mich nach dir und schäme mich dafür.«
Wir lagen auf dem Rücken, unsere Hüften berührten sich, er hatte seinen Arm um mich gelegt. Mir war egal, was er sagte. Ich wollte nur seine Stimme hören und spüren, wie sein Brustkorb sich hob und senkte.
Er sagte zwei oder drei Mal, er müsse jetzt gehen. Er blieb.
Das hätte nicht passieren dürfen, ich wollte das nicht, aber als ich dich gesehen habe …
Michelle wird nichts erfahren. Es kann sie nicht verletzen, wenn sie nichts davon weiß.
Ich brauche dich.
Ich liebe dich.
Am nächsten Morgen rief er mich um sechs Uhr aus dem Krankenhaus an. Als er nach Hause gekommen war, hatte Michelle ohnmächtig im Badezimmer gelegen. Sie hatte sich krampfartig übergeben müssen und hatte versucht, ihn über das Handy zu erreichen, aber es war ausgeschaltet gewesen. Sie hatte verzweifelt gewürgt, bis sie ohnmächtig geworden war. Er hatte ihr versprochen, früher nach Hause zu kommen. Sie hatte sich furchtbar aufgeregt.
Das durfte nicht noch einmal passieren. Wenn ich sehen könnte, wie krank Michelle war. Sie brauchte ihn. Wir würden uns nicht wiedersehen.

39.

Ich besuchte Connor. Ich erzählte ihm von meinen Gesprächen mit Frances und Len, und er hörte aufmerksam zu. Ich erzählte ihm, was Len über Katys Zeugenaussage gesagt hatte, und er nickte. »Was sie gehört zu haben glaubt, hat sich so tief eingegraben wie eine echte Erinnerung. Hier gibt es Typen«, sagte er leise und sah sich um, »die absolut von ihrer Unschuld überzeugt sind, obwohl die Beweise das Gegenteil belegen.«

Ich legte den Kopf schief, und er grinste. »Ich gehöre nicht dazu.«

»Da ist noch etwas. Len hat mir gesagt, Angela habe möglicherweise jemanden kennengelernt. Vielleicht hatte sie eine Affäre.« Ich erzählte ihm, was Len gehört hatte.

Er schüttelte den Kopf. »Sie hätte mir davon erzählt.«

»Aber es wäre doch möglich, und das würde ein völlig neues Licht auf die Sache werfen. Denken Sie mal drüber nach. Vielleicht ist ihr Geliebter vor Eifersucht durchgedreht. Vielleicht kam es zu einem Streit …«

»Angela hatte keine Affäre.«

Meine Stimme wurde schrill. »Viele Leute haben eine Affäre.« Ich unterbrach mich und schluckte. »Mal sehen, was ich herausfinden kann.«

»Sie vergeuden Ihre Zeit.«

»Das können Sie gar nicht wissen.«

»Was ist los?«, fragte er. »Was regt Sie so auf?«

»Sie haben eine sehr festgelegte Vorstellung von Angela, aber davon darf ich mich nicht beeinflussen lassen. Wenn die Möglichkeit besteht, dass sie einen Mann kennengelernt hat, muss ich der Sache nachgehen, ob es Ihnen nun gefällt oder nicht. Okay?«

»Warum stört es Sie so, dass ich davon überzeugt bin, dass Angela keine Affäre hatte?«

»Mir gefällt einfach nicht, dass Sie davon ausgehen, dass Angela niemals so unmoralisch gewesen wäre, sich auf eine Affäre einzulassen. Wenn wir uns von unseren Vorurteilen diktieren lassen, ob ein bestimmter Mensch zu diesem oder jenem fähig ist, bringt uns das nicht weiter.«

»Ich habe nicht gesagt, dass es gegen ihre Prinzipien verstoßen hätte. So habe ich das überhaupt nicht gemeint.«

»Wie haben Sie es dann gemeint?«

»Ich wollte einfach nur sagen, dass sie mir davon erzählt hätte.«

»Warum sind Sie sich so sicher? Vielleicht wollte sie es Ihnen nicht sagen. Vielleicht wollte sie jemanden schützen. Hören Sie, lassen wir das. Ich werde ja sehen, was ich herausfinden kann.«

»Haben Sie eine Affäre, Rebecca? Regen Sie sich deswegen so auf?«

Er sah so hilflos und ehrlich betrübt aus, als wollte er irgendetwas tun oder sagen, hätte aber nicht die leiseste Ahnung, was das sein könnte. Warum sollte ich es ihm verschweigen? Ich wusste alles über ihn. Warum sollte er nicht auch etwas über mich erfahren?

»Ich hatte eine«, sagte ich.

»Was ist passiert?«

»Es ging zu Ende, so wie die meisten Affären. Lassen Sie uns nicht darüber reden.«

»Was ist passiert?«

»Er war der Meinung, sich zwischen mir und seiner Frau entscheiden zu müssen. Er hat sich für seine Frau entschieden.«

»Wollten Sie denn, dass er seine Frau verlässt?«
»Nein. Nun ja. Natürlich wollte ich das, aber ich wusste, er würde es niemals tun.«
»Warum nicht?«
»Weil er ein anständiger Mann ist. Sehr treu.«
»Aber er hatte eine Affäre. Mit Ihnen.«
»Ja, das stimmt, aber manchmal rutschen selbst anständige Menschen in so etwas hinein. Letztendlich hat er wohl das Richtige getan. Seiner Frau geht es nicht gut. Jedenfalls ist es vorbei.«
Er schüttelte den Kopf. »Ich verstehe von diesen Dingen nichts. Aber es tut mir sehr leid für Sie. Ich wünschte, ich könnte Ihnen helfen.«
»Das tun Sie doch schon«, sagte ich. »Anstatt herumzujammern, zerbreche ich mir lieber den Kopf darüber, wie ich Sie hier rausholen kann.«
»Sie denken über mich nach?« Er betrachtete mich verwundert.
»Natürlich. Wenn ich die Wahl habe zwischen einem Verbrecher und einem Arschloch, das mich sitzengelassen hat, nehme ich mit Kusshand den Verbrecher.«
Er musste laut lachen. Ich auch. Die Zeit war um.

Ich beschloss, noch einmal nach Palmerston North zu fahren und mit Dawn Robbins zu sprechen. Bislang hatten wir nur telefoniert. Vielleicht könnte ich noch mehr aus ihr herausbekommen.
Der Laden war wunderschön, die Wände waren in einem hellen Cremeton gestrichen, und das Schaufenster war mit elfenbeinfarbener Seide ausgeschlagen. Der Duft von Frühlingsblumen in weißen Weidenkörben, deren Blütenblätter

mit Wassertropfen benetzt waren, erfüllte den Raum. Auf dem Tresen stand eine gläserne Vase mit samtigen, blutroten Rosen.

Die Frau hinter dem Tresen lächelte mich an. »Sie sind Rebecca Thorne, nicht wahr? Ich bin Dawn.«

»Ja, ich war zufällig in der Nähe und dachte mir, ich schaue mal vorbei und sprechen mit Ihnen über den Dokumentarfilm«, sagte ich. »Wie wunderschön es hier ist. Ich glaube, in so einem tollen Blumenladen war ich noch nie.«

»Ja, ist es nicht wunderbar? Wenngleich ich nicht dafür verantwortlich bin. Connor hat damals die Farben ausgesucht, und Angela hat die Einrichtung gestaltet. Sie hatte ein Händchen für Blumen. Ich führe nur weiter, was sie angefangen hat.«

»Und offenbar sehr erfolgreich. Hätten Sie Zeit für ein kurzes Gespräch?«

Sie warf einen Blick auf ihre Armbanduhr. »In zwanzig Minuten kommt eine Kundin vorbei, um über eine Hochzeit zu sprechen, aber bis dahin kann Jenny mich vertreten. Möchten Sie einen Tee?«

Ich folgte ihr in ein Zimmer im hinteren Teil des Ladens, wo sie Teewasser aufsetzte. »Nun denn«, sagte sie und setzte sich zu mir an den Tisch.

Wie konnte ich sie zum Reden bringen? »Dawn, wie Sie wahrscheinlich wissen, gibt es im Falle Bligh noch jede Menge unbeantworteter Fragen, und wie es aussieht, wird die Verhandlung wieder aufgerollt.«

»Ich muss Ihnen gestehen, dass ich meine Probleme damit habe. Man sollte die Toten in Frieden ruhen und die Lebenden nach vorne schauen lassen, wenn Sie mich fragen.«

»Das kann ich gut verstehen. Aber Sie haben Angela fast täg-

lich gesehen, Sie kennen sie vermutlich besser als die meisten anderen.«
»Damit mögen Sie schon recht haben. Aber ich habe Ihnen alles erzählt, was ich weiß. Angela war ein ganz besonderer Mensch und eine wunderbare Chefin. Eine schlimme Vorstellung, dass das Ganze wieder breitgetreten wird und sie nicht in der Lage ist, sich zu verteidigen.« Sie sah mich hilflos an.
»Deswegen brauche ich Ihre Hilfe, um ein möglichst ausgewogenes Bild von ihr zu zeichnen. Sie sagen, Angela sei ein besonderer Mensch gewesen, und am Telefon haben Sie erzählt, sie und ihr Bruder hätten ein sehr spezielles Verhältnis gehabt.«
»Ja, die beiden haben aneinandergeklebt wie Pech und Schwefel.«
»Dawn, die Polizei hat immer wieder von einem Streit zwischen den beiden gesprochen. Hat Angela Ihnen je erzählt, sie hätte mit Connor gebrochen?«
»Nein, nicht dass ich wüsste. Das Ganze ist schon so lange her. Ich glaube nicht, dass Angela etwas gesagt hat.«
»Ist Ihnen denn etwas aufgefallen?«
»Sagen wir so, es schien sich etwas verändert zu haben.«
»Könnte es daran gelegen haben, dass die beiden viel zu tun hatten und sich deswegen weniger oft sehen konnten?«
»Ja, könnte schon sein.«
»Ich weiß, das Ganze ist lange her, aber hat Angela vielleicht aufgewühlt gewirkt?«
»Das habe ich vor Gericht gesagt. Ich hatte das Gefühl, irgendetwas würde sie beschäftigen.«
»Muss es zwangsläufig mit Connor zu tun gehabt haben? Hatte sie vielleicht Sorgen wegen der Kinder oder Rowan? Oder sogar wegen des Geschäfts?«

Wie weit kann ich gehen?

»Rowan war der unkomplizierteste Mann, den ich je kennengelernt habe, und die Kinder waren lieb. Am Geschäft kann es auch nicht gelegen haben. Das ist immer gut gelaufen.«

»Aber das muss doch nicht unbedingt bedeuten, dass sie Streit mit Connor hatte?«

»Nun ja, wo sie sich doch seltener trafen und so ...«

»Alle glaubten also, Angela und Connor hätten gestritten? Das ist es, Dawn. Sie bringen es auf den Punkt.«

»Ich ...« Sie sah mich mit offenem Mund an.

Ich sprach leise und vertraulich. »Weil Angela offenbar keinerlei Probleme hatte. Nur deswegen haben alle mit dem Finger auf Connor gezeigt. Angela hat Connor geliebt, das wussten alle, aber sie trafen sich seltener, und daraus schloss die Polizei, dass es zum Bruch gekommen sein musste. Aber denkbar wäre doch – und ich sage nur, es *könnte* so gewesen sein –, dass die Polizei sich so sehr auf den vermeintlichen Streit zwischen den Geschwistern konzentriert hat, dass sie sich nicht gründlich genug nach anderen Verdächtigen umgeschaut hat.«

»Aber die Polizei ...«

»Ich will die Arbeit der Polizei nicht kritisieren. Sie leistet wirklich viel, und der Fall ist schwierig, aber jeder macht mal einen Fehler. Dawn, Sie sagten eben, man solle die Toten in Frieden ruhen lassen, aber wie kann man das tun, wenn Connor für ein Verbrechen im Gefängnis sitzt, das er nicht begangen hat, und der wahre Täter frei herumläuft?«

Das war schlicht und einfach emotionale Erpressung. Sie hatte den Blick abgewendet, ihr Gesicht sah verkrampft und verschreckt aus, und ihre Hände zitterten.

Sie wusste etwas. Ich war mir ganz sicher. Sie wusste etwas, und ich musste sie dazu bringen, es mir zu sagen. Aber ich musste besonnen vorgehen. Ganz behutsam.

»Sie kannten Angela doch, Sie kannten sie wirklich gut. Ist da etwas vorgefallen in den letzten Monaten ihres Lebens, an das Sie sich erinnern können? Irgendetwas?«

Sie sprach zögerlich. »Bei der Arbeit machte sie öfter Pause und ging weg.«

»Gut. Das ist doch ein Anfang. Hat sie Ihnen gesagt, wohin sie ging?«

»Sie hat gesagt, sie müsse zur Bank, ein paar Dinge regeln.«

»Dann hatte sie vielleicht doch finanzielle Probleme?«

»Ich weiß nicht.«

»Könnte es sein, dass sie sich von den falschen Leuten Geld geliehen hat? Ich weiß, das klingt weit hergeholt, aber alles wäre denkbar.«

Sie schwieg bekümmert. »Das glaube ich nicht«, sagte sie schließlich. »Ich glaube nicht, dass sie überhaupt bei der Bank war.«

»Wie kommen Sie darauf? Haben Sie etwas gesehen?«

»Ich hätte es taktlos gefunden, darüber zu sprechen, wo sie doch alle auf so furchtbare Weise umgekommen sind. Ich wollte nicht, Sie wissen schon, dass die Zeitungen gemeine Sachen über Angela schreiben. Wahrscheinlich war es sowieso nichts.«

Jetzt kommt's.

Ruhig, sanfte Stimme. »Sagen Sie mir einfach, was Sie wissen, Dawn.«

»Aber Sie hängen es doch nicht an die große Glocke, oder? Ich möchte auf keinen Fall …«

»Natürlich nicht.«

»Ich habe sie mit jemandem gesehen. Mit einem Mann. So etwa drei oder vier Mal. Gegenüber vom Blumenladen steht so ein Verkehrsspiegel, darin kann man die ganze Straße sehen. Der Mann hat sie mit dem Auto abgeholt und später wieder abgesetzt.«

»Kam er jemals in den Blumenladen?«

»Vielleicht. Ich habe ihn nie gesehen.«

»Wahrscheinlich ... wahrscheinlich können Sie sich nicht mehr an das Auto erinnern?«

»Doch, das kann ich. Es war einer dieser riesigen Wagen. Wie nennt man die gleich? SUV, oder? Er war dunkel. Dunkelblau. Ich weiß das noch so genau, weil wir uns damals ein neues Auto anschaffen wollten und Don unbedingt einen Wagen mit Allradantrieb wollte. Es war die Sorte Auto, die wir uns in jener Zeit angesehen haben. Ich weiß nicht, wer der Mann war. Vielleicht hatte sie geschäftlich mit ihm zu tun. Wer weiß. Jedenfalls habe ich das beobachtet.«

Volltreffer.

40.

Ich gab die Information an Mike Mackey weiter. Sein Kontaktmann bei der Polizei würde ihm weiterhelfen, und ich wusste, er würde sich Mühe geben. Mike war ein anständiger Kerl, und ich mochte ihn, obwohl er mir die Hölle heißmachte dafür, dass ich Bligh unterstützte. *Du bist auf dem Holzweg, Mädchen, nie und nimmer ist der Kerl unschuldig.* Aber seine Vorwürfe waren nie so böse gemeint, dass sie

mich verletzt oder zu ernsthaftem Streit geführt hätten. Wir hatten Gefallen daran gefunden, einander zu necken, außerdem leistete er gute Arbeit.
Ich musste unbedingt mit Katy sprechen. Ich musste es wenigstens versuchen. Ich wusste außerdem, dass die Chancen, sie zum Reden zu bringen, größer waren, wenn ich ihr persönlich entgegentrat.
Gleichzeitig steckte mir Frances Jennings' unverhohlene Feindseligkeit immer noch in den Knochen. Ich wollte nicht noch einmal attackiert werden. Ich hatte mir als Journalistin zwar ein dickes Fell zugelegt, doch derlei Begegnungen konnten mich immer noch aus der Fassung bringen. Mir war es egal, wenn es um einen miesen Verbrecher ging, der die Ersparnisse ahnungsloser Menschen verspekuliert und es gleichzeitig geschafft hatte, seine Yacht, seine Ölgemälde, seinen Mercedes und seinen Lamborghini zu behalten. Wenn so einer mir die Tür vor der Nase zuschlug, ließ es mich kalt.
Aber wenn gute, ehrbare Mitmenschen sich über meine Fragen empörten, war es etwas anderes. Und Frances Jennings war höchstwahrscheinlich ein guter Mensch – sie hatte es bewiesen, indem sie sich um ihre traumatisierte Nichte kümmerte –, und ihre Wut entsprang einem tiefen Kummer. Der Verlust war zu groß gewesen. Ihr Bruder, ihre Schwägerin, ihr Neffe – und zuletzt auch ihr Ehemann. Und wenn dann Leute wie ich kamen und in der Vergangenheit wühlten, rissen die alten Wunden wieder auf.
Und für Katy musste es noch schlimmer sein. Immer, wenn ich darüber nachdachte, wie ich sie ansprechen sollte – *Wann gehe ich am besten hin? Was sage ich zu ihr?* –, zuckte ich innerlich zusammen.

Drei Menschen sind an jenem Abend gestorben. Ihr Journalisten, ihr seid doch wie die Bluthunde.
Ich wusste, ich würde Katy Schmerzen zufügen, aber ich hatte keine Wahl.
Len Jennings hatte gesagt, dass Katy Jura studierte. Mir war schon früher aufgefallen, dass Kinder, die Gewalterfahrungen machten, sich später sozial engagierten, Polizist oder Anwalt wurden, sich also für Berufe entschieden, in denen man etwas bewegen konnte. Katys Erbe war ihr an ihrem zwanzigsten Geburtstag ausgezahlt worden, sie hatte ein Haus gekauft und die leeren Räume mit Mitbewohnerinnen gefüllt. Trotz ihrer furchtbaren Vergangenheit hatte sie sich ein neues Leben aufgebaut. Ich fragte mich, wie viel sie verdrängte.
Sie war dreizehn gewesen. Sie war bei ihrer Freundin gewesen, um DVDs anzuschauen, Schokolade und Eiscreme und Kartoffelchips zu essen, zu kichern und über Jungs zu reden. Und währenddessen war ihre Familie ermordet worden.
Gegen fünf Uhr nachmittags, als ich davon ausgehen konnte, dass sie von der Uni zurück war, fuhr ich hin. Ich trug Jeans und ein T-Shirt, hatte mir das Haar zum Pferdeschwanz zurückgebunden und auf Make-up und hohe Schuhe verzichtet. Ich wollte nett und gewöhnlich aussehen und so jung wie sie. Während ich mich anzog, überlegte ich mir eine harmlose Begrüßung. *Hallo, ich bin Becks. Ich war gerade in der Nähe, und da dachte ich mir …*
O Gott.
Als ich die Jeans und das gelbe T-Shirt mit den blauen Blumen überzog, hasste ich mich selbst. Ich gab mich freundlich und aufrichtig, wo es mir doch in Wahrheit darum ging, in das Privatleben dieses armen Mädchens einzudringen. Ich

würde dieser jungen Frau, die schon so viel erlitten hatte, zusätzlichen Kummer bereiten.
Aber ist es nicht so, dass der Zweck die Mittel heiligt? Sitzt nicht ein Unschuldiger im Gefängnis?
Katy hatte sich nicht weit fort gewagt. Ihr Haus stand nur wenige Straßen von dem der Jennings entfernt. Es war die Art von Gebäude, die Immobilienmakler als »schlicht« bezeichnen, und ich stellte mir vor, wie Len seinerzeit die Ziegelmauern, das gedeckte Dach, das Betonfundament der Veranda vor dem Haus begutachtet hatte. *Ganz ordentlich. Du wirst nicht viel reinstecken müssen, und wenn du was brauchst, sind wir gleich um die Ecke.*
Kate. Sie heißt jetzt Kate. Kate Jennings. Als ich auf den Klingelknopf drückte, zerriss ein schrilles Geräusch die Stille. Die Tür ging auf, und ein Mädchen stand vor mir. Dunkle Locken. Sie sieht aus wie Angela, dachte ich. Sie lächelte mich an. Vielleicht würde es gar nicht so schwierig werden.
»Kate? Ich bin ...«
»Ich bin nicht Kate«, sagte sie.
»Tut mir leid«, sagte ich. »Ist sie zu Hause?«
»Ich glaube, sie ist unter der Dusche.« Sie drehte sich um und rief ins Haus hinein. »Kate? Du hast Besuch.« Sie öffnete mir die Tür und sagte: »Kommen Sie herein.« Ich folgte ihr durch den langen Flur; links und rechts davon lagen Zimmer, deren Türen offen standen. Auf den Fußböden lagen Bücher und Klamotten verstreut, von den Türknäufen hingen Schals und Ketten.
»Das erinnert mich an meine eigene WG-Zeit«, sagte ich. »Wir waren vier Frauen und hatten einen Höllenspaß.«
»Ich wohne auch lieber mit Mädchen zusammen«, sagte sie. »Jungs sind so dreckig. Wollen Sie hier warten? Ich glaube,

Kate braucht nicht lange. Wenn Sie möchten, bringe ich Ihnen einen Kaffee.«

»Danke, nein.«

Mein Magen grummelte. Wie würde Katy reagieren, wenn sie mich hier in ihrem Wohnzimmer entdeckte?

Ich drehte mich um, und sie kam herein. Sie erkannte mich sofort. Ich sah auch, dass sie so groß und schlank und blass wie Connor war.

»Scheiße.«

»Hallo, ich bin Rebecca Thorne, und ich …«

»Wie zum Teufel haben Sie rausgefunden, wo ich wohne?«

»Kate, es ist sehr einfach, eine Hausbesitzerin ausfindig zu machen. Die Stadtverwaltung führt eine Liste der Grundstückseigner.«

»Aber ich habe meinen Namen geändert, verdammt.«

»Dass Sie den Namen Ihrer Tante angenommen haben, war leicht zu erraten.«

Sie wurde bleich, ihre Augen füllten sich mit Tränen. »Raus.«

»Ich wollte Sie nicht aufregen. Ich will einfach nur mit Ihnen reden, ganz kurz, ich möchte Ihnen nur ein paar Fragen stellen.«

»Ich habe Ihnen nichts zu sagen. Sie haben nicht das Recht, hier hereinzuschneien.«

»Kate, als Sie damals vor Gericht standen, waren Sie noch so jung, das muss alles schrecklich für Sie gewesen sein und …«

Sie schrie mich an. »Ich weiß, was Sie jetzt sagen werden. Ich habe die Wahrheit gesagt. Ich habe die verdammte Wahrheit gesagt!«

»Vielleicht können Sie …« Ich hielt ihr meine Visitenkarte entgegen, aber sie schlug sie mir aus der Hand.

»Vergessen Sie es.«

Das Mädchen, das mich hereingelassen hatte, tauchte im Türrahmen auf. »Was ist hier los?«
»Schaff sie hier raus. Sofort. Leute wie Sie sind doch der letzte Dreck! Warum können Sie mich nicht einfach in Ruhe lassen?«

41.

Nur noch fünf Wochen, um alles unter Dach und Fach zu bringen. Ich fuhr mit dem Kamerateam nach Palmerston North und nach Foxton, dann kamen wir nach Wellington zurück und filmten die Interviews mit Bruce Carter, Len Jennings, mit einer Psychotherapeutin, mit Glenn Brownlie, einem Experten für Fingerabdrücke, und mit der Wissenschaftlerin Eleanor Davis, die mir bis ins kleinste Detail erklärte – wir würden es irgendwie auf drei Minuten zusammenschneiden müssen –, dass sich Connors Forschungsergebnisse tatsächlich negativ auf die Geschäfte der Pharmaindustrie hätten auswirken können.
Und dann saßen wir im Schneideraum, sichteten das Material und wählten aus. Wir mussten alles nahtlos aneinanderfügen. Das Tempo durfte nicht nachlassen, damit der Zuschauer sich nicht langweilte und zur nächstbesten Heimwerker- oder Shoppingsendung umschaltete.
Wenn ich nicht gerade im Schnitt saß oder draußen auf einem Dreh war, besuchte ich Connor. Ich machte mir Sorgen um ihn. Er sagte, er fühle sich wie ein Hamster im Laufrad. Er lief und lief, aber es führte zu nichts, und genauso wenig

konnte er aussteigen. Anhörungen. Anträge. Die vielen Gespräche, die Versprechungen, der ganze Mist.
Ich sagte ihm, er solle die Hoffnung nicht aufgeben. Alle gaben ihr Bestes. »Alle stehen hinter Ihnen«, sagte ich. »Alle tun, was sie können, um Sie hier rauszuholen.«
»Ja, klar, ich komme hier raus«, sagte er, »sobald ich meine Zeit abgesessen habe. Sobald ich meine Schuld eingestehe und bereue. Solange ich an der Wahrheit festhalte, komme ich hier nicht weg.«
Er war fahrig, verschränkte immer wieder die Arme vor der Brust, kaute an seinen Fingernägeln.
»Connor, Sie müssen jetzt durchhalten.«
»Sie geben mich doch nicht auf?«
»Nein«, sagte ich.
»Niemals?« Seine Augen wurden glasig, so als würde er gleich zu weinen anfangen.
»Nein«, sagte ich, »niemals.«
Er wollte wissen, ob ich mit Katy gesprochen hätte, und ich erzählte ihm, dass sie nichts mit mir zu tun haben wollte. Wie sah sie aus, was machte sie beruflich, wie sah ihr Haus aus? Er stellte ganz normale Fragen, die Fragen, die ein Onkel stellen würde.
»Was, wenn ich freikomme?« Er schien mit sich selbst zu reden. »Ich weiß nicht, warum Katy der Ansicht ist, dass ich der Täter bin, aber ich fürchte, sie wird ihre Meinung niemals ändern. Sie hasst mich, dabei ist sie meine einzige Verwandte. Wohin soll ich gehen?«
Ich musste es einfach sagen. »Connor, Sie können bei mir wohnen. Bis Sie etwas Eigenes gefunden haben, meine ich. Ich habe ein Gästezimmer, und …«
Seine Augen füllten sich mit Tränen. Er stand auf, stützte

sich schwer atmend auf den Tisch, und dann kam der Wärter und führte ihn weg. Ich hörte ihn schluchzen, als die Tür sich hinter ihm schloss.

Und dann hatte ich wieder Glück. Ich hatte an die Gefängnisleitung geschrieben, um Connor in der Haft filmen zu können. Das Ganze war heikel. Die Vorschriften sahen vor, dass Strafgefangene nicht für Unterhaltungssendungen gefilmt werden durften. Ich musste den Antrag so verfassen, dass eine Bedingung erfüllt wurde. Entweder musste der Film das öffentliche Verständnis über das Strafsystem fördern oder die Wiedereingliederung eines Straftäters in die Gesellschaft erleichtern.
Connor zu filmen, würde zu seiner Resozialisierung beitragen. Connor würde offen und ehrlich über das Verhältnis zu seiner Schwester sprechen. Ein offenes Gespräch war der Einsicht förderlich, und Einsicht befähigte zu Reue und Besserung. Ich zitierte Smithers und Morse: »Die stringente Fortführung der eigenen, persönlichen Erzählung hat therapeutische Effekte und begünstigt die Resozialisierung.« Ich rief alle Akademiker an, die ich kannte, und streute die neuesten politisch korrekten Schlagworte in meinen Text ein. Das Ganze verpackte ich in einer dunkelblauen Mappe, ein Kunstwerk an sich. Ich war dennoch überrascht, als die Gefängnisleitung darauf hereinfiel.
Damit hatte ich die Gelegenheit, Connor, wie ich ihn kannte, der Öffentlichkeit zu zeigen.
Wir begleiteten ihn Schritt für Schritt durch die Dreharbeiten. »Was wir brauchen«, sagte ich zu ihm, »sind Emotionen, Connor. Ich weiß, wie sehr Sie Angela geliebt haben und wie sehr Sie sie vermissen. Ich sehe es in Ihrem Gesicht und höre

es in Ihrer Stimme. Ich weiß, Sie können das. Sie müssen nichts weiter tun, als in die Kamera zu sprechen. Erzählen Sie von Ihrer Kindheit. Erzählen Sie, dass Angela und Rowan und Katy und Sam Ihre Familie waren. Mehr müssen Sie nicht tun. Reden Sie einfach. Egal, wenn Sie sich versprechen oder verheddern, das können wir immer noch schneiden. Reden Sie einfach mit mir, Connor.«
Wir hielten die Kamera auf ihn gerichtet, und wann immer ihm nichts mehr einfiel, brachte ich ihn mit einer Frage wieder auf den richtigen Weg. Er machte sich prima. Er sah gut aus. Dann und wann brachte ihn eine Erinnerung zum Lächeln. Manchmal mussten wir beide lachen. Und manchmal war er den Tränen nahe.
Wir sichteten das Material im Schneideraum, das ganze Team. Er war gut. Er war wirklich gut. Seine Ungeschicklichkeit und Hilflosigkeit, die vor Gericht so hinderlich gewesen waren, schienen wie weggezaubert. Damals hatte er wie ein linkischer Junge gewirkt, aber nun hatte er sich in einen charmanten Mann verwandelt – warmherzig, ehrlich, unkompliziert und voller Liebe.
Mit meiner Familie hatte ich mich immer noch nicht ganz ausgesöhnt. David und ich hatten kurz telefoniert und uns einmal zum Kaffee getroffen, wobei wir über alles andere als Connor Bligh und das Justizsystem geredet und auch sonst alle heiklen Themen gemieden hatten. Ich hatte meine Familie in letzter Zeit kaum zu Gesicht bekommen. Ich war so verdammt beschäftigt, und sobald ich einmal eine freie Minute hatte, schien es wichtiger, Connor zu besuchen, ihn aufzumuntern, ihn darin zu bestärken, dass es irgendwie weitergehen würde.
Und dann setzten die Alpträume ein. Ich wusste, ich arbei-

tete zu viel, und hoffte, die Träume würden aufhören, sobald es ruhiger würde. Nacht für Nacht fand ich mich in einem engen Raum wieder, dessen Wände auf mich zurückten; ich verlief mich im Dunkeln, und manchmal schrie ich, bis der heisere Klang meiner eigenen Stimme mich weckte. Ich war ständig nervös und bedrückt, ich konnte nicht mehr schlafen und war so im Stress, dass ich kaum noch zum Essen kam. Ich entdeckte immer öfter ein Auto am Ende der Straße, einen silbergrauen Kleinwagen, recht sportlich, und irgendwann bildete ich mir ein, darin säße jemand und beobachte mich. Ich sah Gespenster. Ich war erschöpft. Ich war vollkommen überarbeitet.

Noch drei Wochen.

Als Dad anrief und mich zum Mittagessen einlud, fand ich zunächst keinen freien Termin, und zwei Mal musste ich unsere Vereinbarung verschieben. Ich freute mich dennoch über die Einladung, und auch Dad wirkte froh, mich zu sehen. Es war schön, sich hinzusetzen und in Ruhe zu essen. Er lud mich zu einem Lunch ein, wie er es am liebsten mochte: ein ausgiebiges Mittagessen mit Wein, mit Messer und Gabel und Stoffserviette auf dem Schoß, gefolgt von Kaffee und einem Stück Kuchen mit Schlagsahne.

Ich fürchtete, dass er mir einen Vortrag darüber halten würde, wie wichtig die Familie und ein gesunder Lebenswandel seien. Manchmal schickte Mum ihn vor, um nachzusehen, ob es mir gutging. Aber Dad schien ernstlich an meiner Doku interessiert zu sein. Was für ein Mensch war dieser Connor Bligh? Glaubte ich wirklich an seine Unschuld, oder hegte ich Zweifel? Wen hatte ich interviewt?

Ich war gleichermaßen geschmeichelt und überrascht. Überrascht, weil mein Vater zwar grundsätzlich an meiner Arbeit interessiert war, meistens aber nach spätestens zehn Minuten das Thema wechselte und über die aktuelle Bildungspolitik oder einen aufsehenerregenden Fall dozierte, mit dem er gerade beschäftigt war.

Aber diesmal fütterte er mich mit Fragen, die ich dankbar beantwortete. Ich steckte mir ein zuckriges Stück Zitronenkuchen in den Mund, als er sich vorbeugte. »Du hast gar nichts dazu gesagt«, meinte er, »aber sicher hast du schon davon gehört. Was hältst du davon, dass Joe Fahey den Fall abgeben musste?«

Ich merkte, wie meine Wangen rot anliefen und mein Herz heftig klopfte. Ich senkte den Kopf und tat so, als hätte ich Schwierigkeiten, eine Ecke des Kuchenstücks auf die Gabel zu spießen. »Ich wusste das gar nicht.« Es gelang mir, mit fester Stimme zu sprechen.

»Das ändert doch für dich hoffentlich nichts?«

»Natürlich bin ich überrascht«, sagte ich. »Wie ich gehört habe, ist seine Frau schwerkrank. Hat es etwas damit zu tun?«

»Sie ist wirklich sehr krank«, sagte Dad. »Deine Mutter besucht sie oft.«

»Ich wusste gar nicht, dass die zwei befreundet sind.« Mein Mund wurde trocken. Auf einmal war mir übel.

»Das waren sie auch nicht, aber Michelle hat erfahren, dass deine Mum Krebs hatte, und so rief sie eines Tages an und bat um ein Gespräch. Es scheint ihr eine Hilfe zu sein, mit jemandem zu reden, der etwas Ähnliches durchgestanden hat. Aber Joe hat sich nicht deswegen von dem Fall zurückgezogen. Michelle geht es schon viel besser, es sieht gut für sie aus. Er hat den Fall auf Wunsch seines Mandanten niedergelegt.«

»Connor Bligh hat ihn gefeuert?«

»Ja, sieht ganz danach aus.«

»Aber keiner kennt den Fall besser als Joe.«
»Nun ja, das mag sein, aber offenbar will Bligh ihn nicht mehr, und letztendlich ist es seine freie Entscheidung. Er hat sich schon einen Ersatz gesucht. Eine junge Frau, Sue Cathall. Eine Freundin von Anna, nicht wahr?«
»Kriegt sie das hin?«
»Sie ist bestimmt sehr kompetent.« Er warf einen Blick auf seine Armbanduhr. »Es tut mir leid, Liebes, aber ich muss los. Du kommst uns doch hoffentlich in den nächsten Tagen besuchen? Deine Mum vermisst dich sehr.«

Warum hat er es mir nicht gesagt?
Und jetzt waren Mum und Michelle Freundinnen. Ich hatte das Gefühl, dass um mich herum alles zusammenbrach.
Nachmittags fuhr ich nach Rimutaka. Ich schäumte vor Wut. Es wäre wichtig gewesen. Und er hatte mir nichts davon gesagt. Noch etwas, von dem er mir nicht erzählt hatte. Joe war ein guter Anwalt; er hatte vor Gericht eine gute Figur abgegeben, er war immer drangeblieben.
Und doch musste ich mir zu meiner Schande eingestehen, dass ich mich über diese Niederlage freute. Ich wollte nicht, dass er triumphierend in die Kameras lächelte, wenn Connor freigesprochen wurde.
Connor sagte, er sei überrascht, mich zu sehen, und er verzog den Mund zu einem Lächeln. Er hatte mich erst morgen erwartet. Er fing zu reden an. Ich mochte seine Erzählweise, jetzt, wo er mir vertraute und mir immer gleich berichtete, was ihn beschäftigte. Er sagte, er habe viel gelesen; bislang hatte er immer Fachliteratur vorgezogen, doch nun hatte er sich Romane aus der Gefängnisbibliothek ausgeliehen. An manchen Tagen schaffte er zwei Bücher. Er hatte sich nie zu-

vor für Belletristik interessiert. Als kleiner Junge hatte er mit Kindergeschichten nichts anfangen können, denn die Figuren und ihre Lebensumstände waren ihm absolut unsinnig vorgekommen. Was ich von Dickens hielt? Ob ich Hemingway und Updike und Steinbeck gelesen hatte? Er las gerade *Krieg und Frieden* in der Übersetzung und hatte beschlossen, das russische Original zu lesen und die beiden Versionen zu vergleichen. Möglicherweise könnte man die Bücher im Internet bestellen.

Ich lauschte fasziniert. Es war schön zu sehen, dass er sich wieder gefangen hatte und sich überhaupt für irgendetwas interessierte. Ich sagte ihm, dass ich Dickens sehr möge und Steinbeck besser fände als Hemingway, auch wenn ich mit dieser Meinung ziemlich allein dastand. Was Updike anginge, so fände ich seine Frauenfiguren irritierend. Wenn er wollte, würde ich ihm eine russische Ausgabe von *Krieg und Frieden* besorgen.

Er schien die Unterhaltung so sehr zu genießen, dass ich Schwierigkeiten hatte, ihn zu bremsen. Wie so oft in meinen Gesprächen mit Connor hatte ich das Gefühl, mich in zwei Rebeccas aufzuspalten: die Rebecca, die aufmerksam zuhörte, und eine zweite, die oben im Raum schwebte, hinunterblickte und sich fragte, wie zum Teufel es dazu gekommen war, dass sie in einem Gefängnis saß und mit dem intelligentesten Mann sprach, den sie je getroffen hatte.

Das Gespräch kam zum Erliegen. Ich riss mich zusammen und sah ihm in die Augen. »Wie ich gehört habe, haben Sie Joe Fahey entlassen. Sie hätten mir das erzählen sollen.«

Er wirkte aufrichtig überrascht. »Aber das habe ich Ihnen doch geschrieben.«

»Sie haben mir geschrieben?«

»Ich wollte Ihnen die Gründe schriftlich darlegen. Hier drinnen fällt es mir manchmal nicht leicht zu reden, und am Telefon …«
»Ich habe keinen Brief bekommen.«
»Als Sie nichts weiter dazu sagten, dachte ich, Sie fänden es vielleicht unwichtig.«
»Natürlich ist es wichtig. Wir haben einen Drehtermin mit ihm vereinbart, und nun weiß ich nicht, wie ich mich verhalten soll. Abgesehen davon kann ich Sie nicht verstehen. Ich dachte, Sie wären mit seiner Arbeit zufrieden.«
»Das bin ich auch. Ich bin ihm sehr dankbar. Aber er und ich haben uns unterhalten und die Entscheidung gemeinsam getroffen. Er hat vorgeschlagen, dass Sue Cathall seine Arbeit fortführt, und ich war einverstanden.«
»Für mich klang es so, als sei das Ihre Entscheidung.«
»Wir sind zu dem Schluss gekommen, dass es für uns beide das Beste ist. Er hat mir erklärt, dass er im Moment anderes um die Ohren hat und dass ich jemanden brauche, der voll und ganz zu meiner Verfügung steht. Außerdem wäre es geschickter, mit einem neuen, unverbrauchten Anwalt in die Berufung zu gehen. Wir haben uns im Guten getrennt, Rebecca.«
»Vertrauen Sie Sue Cathall? Ist sie gut genug?«
»Auf jeden Fall. Joe sagt, die Geschworenen lassen sich manchmal von einer jungen Anwältin eher überzeugen. Vielleicht hat er recht.«
Das klang kein bisschen nach Joe. »Vielleicht«, sagte ich.
Er sah mich nervös an. »Sie glauben, das war keine gute Entscheidung?«
»Wenn Joe Ihnen diese Vorgehensweise vorgeschlagen hat, so wird es das Beste sein, da bin ich sicher«, sagte ich.

Auf dem Rückweg fuhr ich langsam. Ich war überrascht über Joe. Es schien so unwahrscheinlich, dass er den Fall in diesem entscheidenden Moment abgab, und doch bezweifelte ich nicht, dass Connor mir die Wahrheit gesagt hatte. Warum sollte er mich anlügen, warum sollte er Joe entlassen, es sei denn, er hatte einen triftigen Grund? Immerhin wollte er freikommen.

Vielleicht ging es Michelle schlechter, als Dad wusste. Vielleicht wollte Joe sich nicht in ein anstrengendes und langwieriges Verfahren stürzen, solange sie krank war. Kurzerhand beschloss ich, ihn auf dem Handy anzurufen. Ich wollte Connors Geschichte überprüfen, und gleichzeitig machte ich mir Sorgen.

Ich wurde auf den Anrufbeantworter umgeleitet. Ich versuchte es im Büro, wo ich der Sekretärin meinen Namen nannte – *Oh, hallo, Rebecca!* – und um ein Gespräch bat. Sie sagte, er sei im Büro, sie werde mich gleich durchstellen. Eine Minute später war sie wieder am Apparat. Ihre Stimme klang verändert. Sie habe sich geirrt, sagte sie. Mr. Fahey habe keine Zeit.

Zwei Wochen vor dem Sendetermin war alles fertig, es fehlte nur noch der letzte Feinschliff. Der Jurist von Zenith sah sich den Film mit mir gemeinsam an.

»Nichts, woraus man Ihnen einen Strick drehen könnte«, sagte er, »abgesehen von Greg Williams' Affäre. Aber anscheinend haben Sie Beweise? Machen Sie sich also keine Sorgen.«

»Was ist mit dem Verdacht, Angela Dickson könnte eine Affäre gehabt haben?«

»Eine Tote kann Sie nicht verklagen.«

»Katy?«
»Das kann ich mir nicht vorstellen, immerhin war sie diejenige, die das Gerücht in die Welt gesetzt hat. Außerdem, wie sollte sie beweisen, dass ihre Mutter *keine* Affäre hatte?«
»Schwierig.«
»Jedenfalls behaupten Sie ja gar nicht, dass es so war. Ich sehe da kein Problem. Machen Sie sich keine Gedanken, Rebecca.«
Ich hatte kein reines Gewissen. Die Toten können uns nicht verklagen, aber sie können sich auch nicht verteidigen. Es war traurig, aber ich brauchte so viel Munition, wie ich nur kriegen konnte.
Außerdem wurde ich schon im nächsten Moment abgelenkt. Mike rief mich an.
»Rebecca, Sie haben doch von einem Auto gesprochen? Der SUV, der in der Nähe von Angelas Blumenladen gesehen wurde?«

42.

Am Abend der Ausstrahlung feierten wir bei Zenith eine kleine Party. Sonntag, halb neun. Wir drängten uns im Empfangsbereich – Blake, Tim, das Filmteam und alle, die bei der Dokumentation mitgearbeitet hatten. Wir hatten Pizza bestellt und ein paar Flaschen Wein geöffnet. Alle hatten das Gefühl, Großes geleistet zu haben. Zenith hatte viel Zeit, Geld und Ressourcen hineingesteckt, und wenn der Film gut ankam, bedeutete das für uns alle einen wichtigen Schritt in die richtige Richtung.

Um Viertel nach acht fing mein Herz zu klopfen an. Ich hatte ein paar Gläser Wein intus, aber der Alkohol tat seine Wirkung nicht. Nun war es so weit. *Es war so weit.*
Wir hatten gute Vorarbeit geleistet. Im Laufe der letzten Wochen hatte Zenith die Sendung offensiv beworben. Wir hatten provokante Ausschnitte gewählt, um unsere *hochaktuelle und mutige Dokumentation über das Versagen der Polizei und die unrechtmäßige Verurteilung von Connor Bligh* anzupreisen.
Auch die Zeitungen zogen mit. Ich hatte viel Aufmerksamkeit bekommen – *Rebecca Thorne, das neue Gesicht von Zenith?* –, und vielleicht schalteten ja ein paar Zuschauer mehr ein, um zu sehen, ob ich mich behaupten oder komplett zum Narren machen würde. Die Dokumentation hatte im Fokus der Berichterstattung gestanden, so dass ich auf ein breites Publikum hoffen konnte. Die *Sunday Star-Times* hatte einen besonders kritischen Artikel gebracht: »Die Dokumentation verspricht, die Rechtmäßigkeit der Gerichtsverhandlung zu hinterfragen. Möglicherweise hat ein wichtiger Zeuge der Anklage falsche Angaben gemacht«, was alle großen Tageszeitungen des Landes sofort zitierten. Im *Listener* war ein Artikel von Will Grahame über seine persönlichen Erinnerungen an den Fall erschienen, in dem er von seinem Unbehagen an der Polizeiarbeit und dem Umgang in der Presse schrieb. Er betonte, er sei damals für seine Arbeit heftig kritisiert und auf Betreiben von Detective Inspector Angus Strode von der Berichterstattung ausgeschlossen worden, *womit in meinen Augen die Meinungsfreiheit und das Recht auf einen fairen Prozess ausgehebelt wurde.* Der Artikel schloss mit einem Satz, für den ich ihn am liebsten geküsst hätte: *Der Film von Rebecca Thorne versucht, endlich Licht*

ins Dunkel zu bringen. Falls es ihr gelingt, die polizeiliche Vorverurteilung und die unausgewogene Berichterstattung von damals aufzuarbeiten, stehe ich voll und ganz hinter ihr. Ich werde an diesem Sonntagabend Zenith einschalten und gespannt zuschauen.

Ich schien das Glück gepachtet zu haben. Andererseits kam es nicht darauf an, wie viel Interesse oder Zuspruch ich vor der Ausstrahlung bekam. Wenn meine Dokumentation die hohen Erwartungen nicht erfüllte, tja, dann wäre meine Karriere am Ende.

Das Problem war, dass ich, während ich da stand und ein Glas Wein nach dem anderen trank, nicht wusste, ob sie überhaupt gut war. Ich war zu dicht dran, hatte sie zu oft gesehen, um mir noch ein Urteil bilden zu können. Immerhin hatte ich mein Bestes gegeben. Ich hatte für Connor mein Bestes geben. Nun hatte ich es nicht mehr in der Hand.

Acht Uhr dreiundzwanzig. Der Abspann von *Als Tramper um die Welt*. Dann Werbung. Dann waren wir dran. Mein Mund wurde trocken, und mein Herz wollte in meiner Brust zerspringen. Tim griff zu einer Gabel und klopfte gegen sein Glas. »Es ist so weit. Holt euch was zu trinken und setzt euch hin!«

Ich ließ mich auf den nächsten Stuhl sinken und starrte zum riesigen Bildschirm hinauf. Die anderen klopften mir auf die Schulter, ich hörte sie tuscheln, *viel Glück*. Jemand reichte mir ein volles Weinglas.

Und dann fing es an.

Diesen Titel können wir nicht verwenden, Rebecca.

Warum nicht?

Weil er nicht sagt, worum es geht. Er macht nicht genug her.

Vertrau mir, Tim. Er macht genug her.

Als ich die Kinder beim Casting sah, wusste ich sofort, sie waren die Richtigen. Und wir hatten an jenem Drehtag großes Glück, wie durch ein Wunder war der Sonnenuntergang perfekt, die Farben explodierten, liefen ineinander und mischten sich.
Zunächst sehen wir sie von weitem, den kleinen Jungen und das stämmige Mädchen mit den dunklen Locken. Sie stehen vor der Wand des alten Farmhauses, und sie baden im Licht. Die Kamera kommt näher, sie heben die Hände, und die Farben tanzen über ihre Finger. Wir erblicken ihre Gesichter. Wir sehen, wie sie einander ansehen und lachen.
Dann der Titel.
Wie sehr liebst du mich?
Bis zu diesem Moment hatte ich Flüstern und Gläserklirren gehört, manche Kollegen waren unruhig auf ihrem Sitz herumgerutscht, aber nun wurde es totenstill. War es okay? War es gut? Ich wusste, der Anfang war gelungen: die Kinder, das Licht, die dunklen Wipfel der Kiefern, die süßen, glockenhellen Stimmen. Aber würde es reichen?
Schnitt. Das Haus der Dicksons. Davor die Streifenwagen. Die Struthers kommen zu Wort. Ein kurzer Überblick über die Berichterstattung, eine Zusammenfassung der Beweislage. Connor vor dem Gerichtsgebäude, die Nachricht von seiner Verurteilung. Seine Stimme, wir sind in Foxton, in Palmerston North, wir reisen zurück in der Zeit, und Schritt für Schritt, Satz für Satz, entfaltet sich die Geschichte von Connor Bligh und der Liebe zu seiner Schwester. Noch einmal die Beweise. Die Fingerabdrücke, das Blut, Williams' Zeugenaussage. Eine kurze Erläuterung von Connors Forschungsprojekt, die möglichen Konsequenzen.
Schritt für Schritt, Bild für Bild.

Ist der Aufbau gelungen, habe ich die richtigen Fragen gestellt, verdammt, alle sind so leise, was denken sie?
Katy Dickson vor dem Gerichtsgebäude, kraftlos lehnt sie an Frances Jennings. Dann spricht Len Jennings darüber, wie traumatisiert sie war, nachdem sie ihre ermordete Familie aufgefunden hatte. Gleich darauf die Psychotherapeutin. *Meiner Erfahrung nach sollte man sich nicht darauf verlassen, dass der Bericht eines zutiefst traumatisierten Menschen der Wahrheit entspricht.*
Wir nähern uns dem Ende. Zurück zu Len Jennings. Die Möglichkeit einer Affäre. Dawns Vermutung, es könnte einen anderen Mann gegeben haben. Das Auto. *Dunkel. Dunkelblau. Eines dieser großen Autos. Wie nennt man die gleich? SUV?*
Ich vor dem Gefängnis von Rimutaka. »Das Auto. Ein Auto, nach dem meines Wissens nie gefahndet wurde. An jenem Sonntagabend, als die Dicksons ermordet aufgefunden wurden, gab es eine weitere Leiche. In einem Vorort von Palmerston North wurde ein dunkelblauer Toyota Land Cruiser mit einer männlichen Leiche entdeckt. Die Autopsie ergab, dass der Tod irgendwann innerhalb der letzten achtundvierzig Stunden eingetreten war. Die Ursache: ins Auto geleitete Abgase. Ganz offenbar ein Selbstmord. Die Akte wurde geschlossen. Aber war es Selbstmord? Der Mann, der beschlossen hatte, in diesem blauen Toyota zu sterben, hieß Gary Sands. Sands war der Besitzer eines Blumengroßhandels in Feilding und belieferte die ortsansässigen Floristen mit Rosen und Nelken. Bestand hier ein Zusammenhang? Kannte er Angela? Hat die Polizei je nach einer Verbindung gesucht – hat sie überhaupt nach Verbindungen gesucht? Hat die Polizei je einen anderen als Connor Bligh, auf dessen Verurteilung alle so erpicht waren, als Täter ins Auge gefasst? Oder

waren die Ermittler so geblendet, dass sie alle Tatsachen übersahen, die die Schuld dieses komischen Kauzes, dieses Außenseiters in Frage stellten?«
Ich hielt inne und sah direkt in die Kamera. »In jener Nacht im Mai zweitausendzwei starben drei Menschen. Drei Leben gingen zu Ende. Aber ist Connor Bligh des Mordes schuldig? Oder sitzt er aufgrund von Vorurteilen und Gerüchten hier in Rimutaka ein? Ist Connor Bligh wirklich schuldig?«
Die Kamera entfernte sich. Niemand sprach ein Wort, niemand rührte sich, bis hinter mir jemand flüsterte und klatschte, und dann umarmten mich alle, klopften mir auf den Rücken. *Gut gemacht, Kollegin. Super, Rebecca. Gut gemacht.*
Dann kamen die SMS-Nachrichten, die Anrufe und die E-Mails. Tim las sie laut vor, und als er zu betrunken war, übernahm Blake. *Glückwunsch. Bemerkenswert. Schonungslos ehrlich. Knallhart. Aufrichtig.*
Justizfarce. Justizfarce. Justizfarce.
Ich trank noch mehr Wein, Tim schüttelte stürmisch meine Hand, ich wurde geküsst und umarmt, und Blake sagte mir, er habe schon immer gewusst, was in mir steckt. Irgendwann spät in der Nacht rief ich ein Taxi und fuhr nach Hause.
Mein Anrufbeantworter blinkte. Ich drückte auf den Knopf.
»Schön gemacht.« Mum.
»Faszinierend.« Anna.
»Nicht schlecht, Kleines.« David.
Dad, Margo, Barry.
Sue Cathall. »Glückwunsch, Rebecca. Wissen Sie, ich glaube wirklich, Sie haben uns damit sehr geholfen.«
Ich ließ meinen Kopf auf die Sofakissen sinken, schloss die Augen und badete im Lob. Ich hatte es geschafft. Verdammt, ich hatte es geschafft.

Bei Zenith war am nächsten Tag der Teufel los. Alle grinsten breit. Die Zuschauerquote war durch die Decke gegangen, und schon sah die ganze Welt viel freundlicher aus. Offenbar würden alle Arbeitsplätze erhalten bleiben, vielleicht würde es zu Beginn des nächsten Jahres sogar Neueinstellungen geben. Tim klopfte mir auf den Rücken und zeigte auf sein Büro.

»Okay«, sagte er, »was machen wir als Nächstes?«

Als ich sein Büro wieder verließ, hatte ich einen Zweijahresvertrag in der Tasche. Drei Dokumentationen pro Jahr, mit größerem Budget.

Mike saß an seinem Schreibtisch, und ich ging zu ihm. »Hey«, sagte ich, »wo warst du gestern Abend? Wir haben dich vermisst.«

»Sorry«, sagte er. »Ich habe es nicht geschafft. Ich habe es aber gesehen. Das hast du gut gemacht.«

»Und«, sagte ich grinsend, »gibst du nun auf und wechselst die Seiten?«

»Da muss noch eine Menge Wasser den Jordan runterfließen, bevor das passiert«, sagte er und grinste zurück. »Eine Menge Wasser.«

»Du bist ganz schön starrsinnig.«

»Und du bist ganz schön naiv.«

»Glaube mir, Mike, ich habe mir das reiflich überlegt.«

»Klar. Na ja, wie dem auch sei, pass auf dich auf, okay?«

Der warnende Unterton in seiner Stimme und sein mahnender Blick waren wie eine kalte Dusche, wo ich eben noch in warmer, süßer Anerkennung gebadet hatte.

Ich sagte mir, dass er nun mal ein Ex-Polizist war, und dass Polizisten generell zueinanderhielten. Und dann dachte ich nicht mehr daran. Alles war viel zu aufregend und passierte viel zu schnell, und ich ließ mich nur zu gern davon mitreißen. Die warnenden Hinweise eines Ex-Polizisten, sosehr ich ihn auch mochte, waren das Letzte, worüber ich mir den Kopf zerbrach.

Denn aus irgendeinem Grund war *Wie sehr liebst du mich?* beim Publikum eingeschlagen wie eine Bombe, und alle wollten mehr über Connor wissen. In den Wochen nach der Ausstrahlung wurde ich zu einer Art Medienstar. Zeitschriften, Zeitungen – sie alle wollten über mich berichten. Ich trat bei *Close Up* und im Frühstücksfernsehen auf, ich gab zahlreiche Radiointerviews, Sean Plunkett lud mich ein, und ich trat sogar bei Kim Hill in *Saturday Morning* auf.

»Rebecca, ich werde die Frage wiederholen, die Sie am Ende Ihres Dokumentarfilms gestellt haben. Ist Connor Bligh schuldig?«

»Nein, das ist er nicht.«

»Und da sind Sie sich absolut sicher?«

»Ja, das bin ich.«

Natürlich gingen auch E-Mails bei Zenith ein, in denen stand, ich würde mich irren, und in der ein oder anderen wurde ich beschimpft. *Du weißt ja nicht, wovon du redest, du Schlampe.* Ich bekam einen Brief von Frances Jennings, die mir vorwarf, mit unlauteren Methoden gearbeitet zu haben. Aber alles in allem hatte ich die Sympathien des Publikums gewonnen. Empörung und Wut machten sich breit über die Art und Weise, wie Connor behandelt worden war. Die Leute schrieben Leserbriefe und reichten Petitionen ein, verlangten Aufklärung, forderten Blighs unverzügliche Freilassung, eine Parlamentsdebatte. Wie konnte die Polizei so schlampig arbeiten?

Und die Zeitungen sprangen auf den Zug auf. *Bligh geht in*

Berufung. Der Fall Connor Bligh. Connor Bligh ist kein Killer, sagt Barry Cull. Anwältin Cathall: Wiederaufnahme so gut wie sicher. Im *Listener* wurde gemutmaßt, dass die Fahnder damals nur halbherzig ermittelt hatten, weil Faulheit und Arroganz in der Polizeibehörde Einzug gehalten hatten. Dieselbe Presse, die Connor Bligh in Grund und Boden geschrieben hatte, stellte sich nun hinter ihn. Auf den Bildschirmen und den Titelseiten erschien ein besonders unvorteilhaftes Foto von Angus Strode, bullig, böse, mit Doppelkinn. *Doku über Bligh ist eine Farce, sagt Strode*. Aber Angus Strode hatte nichts mehr zu melden. Connor Bligh war angesagt.

Und Connor? Connor las die russischen Klassiker im Original, um »nicht die Nerven zu verlieren«. Aber er hatte meinen Film gesehen und fand ihn »ganz spannend und clever gemacht«. Er hatte seine depressive Phase überwunden, was er den russischen Romanen zuschrieb. Sich mit den Problemen und Schicksalsschlägen fremder Leute zu beschäftigen, lenkte ihn offenbar von seinen eigenen ab.
»Rebecca«, sagte er, »Sie haben für mich getan, was Sie konnten. Nun bleibt uns nichts, als zu warten.«
Als ich ihn das nächste Mal besuchte, sprachen wir also über Kitty und Lewin und Anna und Raskolnikow und Porfiri und Sonja. Ich werde diese Gespräche nie vergessen. Wie wir da am Tisch saßen, umgeben von anderen Gefangenen, ihren Frauen und Kindern und Freundinnen und Freunden, und über Wronski redeten, als wäre er ein Bekannter von uns. Wir wussten nicht, ob wir ihn verachten sollten oder nicht. »Aber wie konnte er Anna im Stich lassen?«, fragte Connor verwundert. »Wie konnte er das nur tun?«

Seltsamerweise machte es mir gar nichts mehr aus, mich im Gefängnis aufzuhalten. Da draußen wurde ich ständig von Kameras und Reportern verfolgt, ich musste Anrufe entgegennehmen, die Leute wollten mich sprechen, mich festhalten und einspannen. Immer wieder sah ich den silbergrauen Wagen in meiner Straße. Sobald ich versuchte, auf der einen oder anderen Straßenseite darauf zuzuschlendern, unauffällig und unbekümmert, wie ich meinte, heulte der Motor auf, und das Auto raste davon.

Das Gefängnis wurde ein Ort der Ruhe für mich, meine Zuflucht. Hier durfte ich über russische Klassiker reden, während ich mich draußen mit meiner Arbeit befassen, tausend Fragen beantworten und den Leuten zuhören musste. Wo ich warten musste, während die Justiz im Schneckentempo arbeitete.

Dann rief Sue Cathall mich an.

»Rebecca? Wir haben es geschafft. Es gibt eine Wiederaufnahme. Der Termin für die Anhörung ist festgesetzt. Im Obersten Gerichtshof von Wellington, nächsten Freitag. Bis zum Verhandlungsbeginn wird es mindestens ein Jahr dauern. Aber möglicherweise besteht eine kleine Hoffnung, ihn auf Kaution freizubekommen.«

43.

Die Radionachrichten, immer zur vollen Stunde. Überraschenderweise hat ein Berufungsgericht das Urteil gegen Connor Bligh, der 2002 wegen Mordes an Rowan, Angela und Sam Dickson schuldig gesprochen wurde, einkassiert und eine Wiederaufnahme angeordnet.
Es war auf den Titelseiten aller Zeitungen. Es war die Topmeldung in allen Nachrichtensendungen. *Neues Verfahren für Bligh. Neue Beweislage überzeugt Gericht.*
Die alten Bilder von Connor vor dem Gerichtsgebäude. Das Haus der Dicksons. Rowan. Angela. Sam.
Drei Menschen sind in jener Nacht gestorben.
Ich besuchte Connor. Er lächelte, aber als ich begeistert erzählte, wie wunderbar ich das alles fand, wie unglaublich, *die Anhörung ist nächste Woche*, schloss er die Augen und schüttelte den Kopf.
»Ich möchte nicht darüber reden. Ich habe zu große Angst.«
»Aber Connor, das sind *gute* Nachrichten. Endlich wird Ihnen Gerechtigkeit widerfahren. Wovor haben Sie Angst?«
Er öffnete die Augen und starrte mir ins Gesicht. »Alles, was man hört und liest darüber, wie es im Gefängnis zugeht, entspricht der Wahrheit. Und nun, wo die Möglichkeit besteht freizukommen, wage ich es nicht, mir Hoffnungen zu machen.«
So etwas hatte er noch nie zu mir gesagt. Ich war erschüttert.

Ich besuchte Mum und Dad und blieb zum Abendessen. Es war schön, bei ihnen zu sein, Mums Hühnchenauflauf zu genießen und mich verwöhnen zu lassen, weil ich zu dünn sei und müde aussehe. Es war schön, in dem großen, warmen Wohnzimmer mit den vertrauten Büchern und Möbeln und Kunstwerken zu sitzen. Ich sprach über mein neues Projekt, eine Doku über Migrantenkinder.

»Oh«, lächelte Mum mich an, »das klingt *nett.*«

Ich lächelte zurück. »Ich werde versuchen, einen großen Bogen um unschöne Themen zu machen, Mum. Nur dir zuliebe.«

Doch musste ich immer wieder an den Ausdruck in Connors Augen denken.

Alles, was man hört und liest darüber, wie es im Gefängnis zugeht, entspricht der Wahrheit.

Als ich in meine Straße einbog, war es schon dunkel, dennoch konnte ich das silberne Auto unter der Straßenlaterne erkennen. Ich fuhr in den Carport, lief eilig die Stufen zu meinem Haus hinauf und hielt den Schlüsselbund fest umklammert, mit der Schlüsselspitze nach vorne, wie ich es im Selbstverteidigungskurs gelernt hatte. Ich hörte eine Autotür zuschlagen. Ich zitterte, und meine Finger wollten mir nicht gehorchen, als ich versuchte, den Schlüssel ins Schloss zu stecken. Und dann hörte ich jemanden rennen.

Ich warf mich gegen die Tür und drehte im selben Moment den Schlüssel um. Jemand stürzte durch die Dunkelheit auf mich zu. Ich ließ mich ins Haus fallen, schlug die Tür hinter mir zu und lehnte mich dagegen. *Mist. Oh, Mist. Was nun?*

Jemand hämmerte an die Tür.

Ich starrte durch das Guckloch. Ich öffnete die Tür. »*Sie* sind das? *Sie* haben mich beobachtet? Warum haben Sie das getan?«

»Ich wollte wissen, was Sie tun.«

»Sie hätten mich doch einfach fragen können, Katy«, sagte ich so sanftmütig wie möglich. »Ich beantworte Ihnen jede Frage.«

»*Ich beantworte Ihnen jede Frage*. Sie sind ganz schön von sich überzeugt, was? Sie reden einen Haufen Scheiße.«

»Hören Sie«, sagte ich, »was wollen Sie? Warum kommen Sie nicht rein und …«

»Ich werde keinen Fuß in Ihr blödes Schickimickihaus setzen. Ich will Ihnen nur sagen, was ich von Ihnen halte. Ihr verdammten Reporter, ihr tut doch alles für eine Story. Ist euch doch egal, wer dabei zu Schaden kommt. Ihr geht über Leichen, und dann sucht ihr euch das nächste Opfer, das ihr aussaugen könnt!«

Ihr Gesicht war dunkelrot, sie schrie mich an und stocherte mit dem Finger in die Luft. Auf einmal wurde ich furchtbar wütend. »Ich muss mir so etwas nicht bieten lassen«, schimpfte ich. »Sie kennen mich gar nicht, Sie wissen überhaupt nichts über mich.«

»Was ist mit Mum? Was ist mit Dad und Sam? Sie werfen mit Dreck um sich, und die können sich nicht einmal wehren. Sie würden alles tun, nicht wahr? Sie würden lügen, bloß um Ihren Namen abgedruckt zu sehen.«

»Das stimmt nicht. Ich glaube an meine Arbeit. Ich glaube an Ihren Onkel.«

»Sie wollen mir erzählen, Sie würden ihm tatsächlich glauben?«

»Ja, das tue ich.«

Sie ging rückwärts, ohne mich aus den Augen zu lassen. »Sie müssen verrückt sein«, flüsterte sie. »Onkel Con hat Mum und Dad und Sam ermordet. Ich weiß es, und er weiß es auch.«

»Ich will nicht mit Ihnen streiten«, sagte ich. »Aber denken Sie mal drüber nach, Katy. Nur ganz kurz. Was, wenn Sie sich irren?«
Sie wich zurück. »Nein«, sagte sie, »auf keinen Fall. Ich weiß genau, was ich gehört habe. Das wird Ihnen noch leidtun. Es wird Ihnen so schrecklich leidtun. Am Ende werden Sie mit Ihrem Leben dafür bezahlen.«
Ich knallte die Tür zu und schloss ab.
Sie war aufgebracht und wütend und verbittert, verdammt noch mal, so wütend. Ich schloss die Augen.
Am Ende werden Sie mit Ihrem Leben dafür bezahlen. Das war ja so verrückt, so vollkommen irre, dass ich beinahe zu lachen anfing. Connor mit der sanften Stimme und der Vorliebe für russische Klassiker sollte es auf mein Leben abgesehen haben?

Sonntagabend schaltete ich den Fernseher ein. Die anderen Sender legten sich ins Zeug, um den Vorsprung, den Zenith in Sachen Bligh gewonnen hatte, aufzuholen. TV3 versprach ein Interview mit Bruce Carter, und TV2 brachte ein Feature über Justizirrtümer in Neuseeland. Ich fragte mich, was Harry und Paul sich hatten einfallen lassen – *tja, nun tut es ihnen bestimmt leid, mich gefeuert zu haben* –, und schaltete um.
Eine Sondersendung. Neue Fakten. *Ach ja?*
Ich schenkte mir ein Glas Wein ein, machte es mir auf dem Sofa gemütlich und schaute zu. Eine Zusammenfassung der Ereignisse. Die alte Leier. In der Werbepause holte ich mir einen Teller mit Käse und Crackern und goss mir Wein nach.
Mein Gesicht füllte den Bildschirm aus. *Rebecca Thorne, verantwortlich für die jüngsten Enthüllungen.* Okay, das

Bild war nicht schlecht, das Rot stand mir wirklich gut. *Aber woher hatten sie ihre Informationen?*

Eine Aufnahme von Joe, wie er auf das Gerichtsgebäude zuläuft. Wir beide zusammen bei der Eröffnung des Kunstfestivals, zu dem wir beide eingeladen worden waren. Ich schaue zu ihm auf. Ich sehe vollkommen verzückt aus.

Wie wir herausfinden konnten. Freundschaft zwischen Rebecca Thorne und Joe Fahey.

Thornes Enthüllungen, neuer Verdächtiger, wie unserem Sender zugetragen wurde.

Weitergabe von vertraulichen Informationen und Dokumenten.

Joe Fahey verschaffte Thorne Zugang zu Bligh, als er ihn noch verteidigte.

Wie zum Teufel hatten sie das herausgefunden?

Das Telefon klingelte. Dad. *O Gott, Dad.*

»Mach dir keine Gedanken, mein Schätzchen, die Medien stürzen sich auf alles und jeden, nur um eine Story zu haben. Niemand wird etwas darauf geben, schon morgen wird es vergessen sein. Was tun diese verrückten Leute nicht alles für eine Story.«

Ich sagte ja und nein und danke. *Ich kann es ihm unmöglich beichten, es wird ihm das Herz brechen.*

Anna. »Weißt du, du solltest dir einen Anwalt nehmen, das grenzt ja an Rufmord.«

»Ich werde es einfach ignorieren.«

»Nun ja, wenn ich dir einen kostenlosen Rat geben darf: Beantworte keine Fragen und gib keine Interviews. Okay?«

»Okay.«

Am nächsten Morgen ging ich wieder zur Arbeit. Zwei oder drei Leute warfen mir einen schiefen Blick zu. Tim kam grin-

send aus seinem Büro. »Gute Presse, schlechte Presse, ist doch egal, solange über uns berichtet wird.«
»Tim, ich …«
Er wich zurück, hob beide Hände. »Ich mische mich nicht in die persönlichen Angelegenheiten meiner Mitarbeiter ein, und es kümmert mich nicht, was sie tun, um an eine Sache ranzukommen. Solange sie es schaffen. Nicht wahr?«
Und dann rief Mum an. »Es stimmt, oder? Ich hab es in deinem Gesicht gesehen. Wie du ihn angesehen hast.«
»Mum, wir können uns nicht aussuchen, in wen wir uns verlieben, oder? Manchmal verliebt man sich einfach in den Falschen.«
»Aber man kann sein Handeln kontrollieren, Rebecca. Ich habe mich mit Michelle angefreundet. Sie hat entsetzliche Qualen hinter sich … diese schreckliche Behandlung, und das Gefühl, nicht mehr über seinen Körper bestimmen zu können. Hättet ihr nicht einen Moment nachdenken können, was ihr Michelle und den Kindern antut, bevor ihr das angefangen habt?«
»Es ist vorbei, Mum. Schon lange.«
»Aber es ist passiert. Ich werde deinem Vater nichts davon erzählen. Das kann ich ihm nicht antun. Aber ich bin … ich bin ja so enttäuscht von dir.«
»Mum, ich …«
»Ich will jetzt nicht weiterreden. Ich weiß nicht, was ich dir noch sagen soll.«

44.

Am Donnerstag vor der Anhörung arbeitete ich bis in den späten Abend im Sender. Ich war fahrig und unkonzentriert. Ich arbeitete an einem Skript, zumindest versuchte ich es. Immer noch besser, als allein zu Hause zu sitzen. Würde er freikommen?

Als ich nach Hause fuhr, war Nebel aufgezogen und hüllte mein Haus in dicke, graue Spinnweben. Ich schaltete alle Lampen ein, drehte die Heizung auf, schnitt Gemüse und Hühnchenbrust klein. Ich holte den Wok heraus. Ich hatte Hunger. Großen Hunger.

Ich hatte die Hälfte des Essens verschlungen, als das Telefon klingelte.

»Hier ist Mike. Rebecca, hast du eine Minute Zeit?«

»Hm.« Ich wollte essen, ich wollte eine DVD mit einer seichten Komödie anschauen, bei der ich einschlafen konnte. Morgen. Oberster Gerichtshof von Wellington. Morgen.

»Ich glaube …« Er zögerte. »Ich glaube, ich muss mit dir reden.«

»Okay.« Ich setzte meinen Teller ab. *Verdammt, Mike, kann das nicht warten?*

»Ich habe auf eigene Faust ein paar Nachforschungen angestellt. Wegen Connor Bligh, meine ich.«

Meine Güte, fängt er schon wieder damit an, kann er es nicht einfach gut sein lassen und zugeben, dass er im Unrecht ist?

»Ja.« Ich griff wieder zur Gabel, schob mir ein würziges Stückchen Hühnerfleisch in den Mund und versuchte, lautlos zu kauen.

»Ich habe ein paar alte Kontakte aktiviert, die mir noch etwas schuldig waren. Ich habe eine Kopie des Autopsieberichts aus der Rechtsmedizin bekommen. Der Autopsiebericht von Gary Sands. Er ist an einer Kohlenmonoxidvergiftung gestorben, keine Frage. Aber offenbar war da auch Alkohol im Spiel. Genau genommen hatte er so viel davon im Blut, dass er unmöglich selbst dorthin gefahren sein kann, wo man ihn gefunden hat.«

»Na und? Wahrscheinlich hat er sich erst im Auto betrunken.«

»Nun ja, da lag tatsächlich eine leere Wodkaflasche im Fußraum. Die Sache ist nur die …«

Noch ein bisschen Reis mit Kreuzkümmel, noch ein Hühnchenstreifen.

»In seinem Blut war Chloralhydrat.«

»Ich verstehe nicht ganz.«

»K.-o.-Tropfen. Man mischt sie in den Drink, um jemanden kampfunfähig zu machen.«

»Vermutlich hat er sie genommen, um nichts mehr mitzukriegen.«

»Der Rechtsmediziner hat wegen der Blutwerte seine Zweifel angemeldet, trotzdem wurde das Ganze schließlich als Selbstmord eingestuft.«

Ich fing an zu lachen. »Mike, du willst mir doch nicht etwa erzählen, Connor hätte Gary Sands ermordet?«

»Der Mann starb am Samstag. Vermutlich am späten Abend. Am Samstagmorgen wurde Sands Handy von einem öffentlichen Fernsprecher an der Massey Universität angerufen.«

Ich ließ den Hörer sinken. Es war nichts zu hören als das Rauschen der Wellen unten am Strand. Die Lichter der Startbahn waren nicht mehr zu erkennen. Der Nebel hatte die ganze Welt eingehüllt.

45.

Vor dem Gerichtsgebäude hatte sich, wie erwartet, eine große Menschenmenge versammelt. Kamerateams. Reporter. *Rebecca. Hallo, Rebecca!*

Connor sah hinreißend aus in dem Anzug, den seine Anwältin und ich für ihn ausgesucht hatten. Dunkelgrau, fast schwarz, perfekt geschnitten, und dazu trug er schicke, schwarze Schuhe und ein hellgraues Hemd mit schmalen, blauen Streifen, das wir ebenfalls für ihn gekauft hatten. Das Blau des Hemdes passte zu seinen Augen, und der dunkle Anzug bildete einen reizvollen Kontrast zu seinem blonden Haar, das unter den Neonröhren des Gerichtssaales noch heller als sonst wirkte. Sue beantragte eine Freilassung auf Kaution. Die Staatsanwaltschaft war dagegen. Richterin Macey verkündete ihr Urteil, und im Gerichtssaal brach Jubel aus. Johlen, Klatschen, Pfeifen.

Bligh kam auf Kaution frei.

Wir standen draußen vor dem Gericht im Blitzlichtgewitter.

Was haben Sie nun vor, Connor? Wie sehen Ihre Pläne aus?

Er lächelte und blinzelte ins Licht. Er ergriff meine Hand. »Ich glaube, Rebecca wird sich um mich kümmern.«

Wir bahnten uns einen Weg durch die Menge bis zum Auto, das Sue für uns bestellt hatte, und wurden zu einem Hotel gebracht, wo wir einen Festsaal reserviert hatten. Es gab Knabbereien und Sekt, und später ein Essen für Connors Unterstützer.

Alle Anwälte, Briefeschreiber, Kolumnisten und Gratulanten waren gekommen. Sue hielt eine kurze Rede und bedankte sich bei mir.

Ich lächelte. Mir wurde vor Lächeln ganz schwindlig. Ich sah Joe und Michelle in einer Ecke sitzen. Er nickte mir zu. Ich sah, wie er Connor die Hand schüttelte und anschließend mit Michelle am Arm den Raum verließ.

Um acht Uhr verabschiedeten wir uns. Ich nahm Connor mit zu mir. Er blieb in der Tür stehen. Während ich die Lichter einschaltete, sah er sich um.
»Es ist schön«, sagte er langsam. »So wunderschön.«
Er lief herum, blieb am Fenster stehen, überblickte den Ozean. Der Nebel hatte sich gelichtet, der Vollmond erleuchtete den ganzen Himmel.
»Wenn Sie möchten, können wir auf die Terrasse gehen«, sagte ich. »Sicher ist es warm genug. Gehen Sie schon mal raus. Ich habe etwas für Sie.«
Als ich hinauskam, lehnte er an der Balustrade. Ich hielt eine Flasche Champagner in die Höhe, zeigte auf den Tisch und die Stühle. »Wir sollten uns setzen und ein bisschen feiern. Ich habe die Flasche an dem Tag gekauft, an dem ich mich entschieden habe, Ihren Fall publik zu machen. Ich habe sie für Sie aufbewahrt.«
Ich reichte ihm die Flasche, und gekonnt entfernte er die Kappe und ließ den Korken herausgleiten.
»Wie geschickt Sie sind«, sagte ich und hielt ihm die Gläser entgegen. »Es sieht so aus, als gäbe es nichts, was Sie nicht können, Connor.«
»Danke, Rebecca.«
Er schenkte uns ein, und blasser Schaum stieg in den Gläsern auf. Wir stießen an. »*Budem sdorowy*«, sagte er. »Wussten Sie, dass die Russen seltsamerweise keinen einheitlichen Trinkspruch haben?«

»Und was bedeutet das?«
»*Lasst uns gesund bleiben.*«
»Darauf trinke ich gern«, sagte ich.
Ich beobachtete ihn. Sein schlanker, anmutiger Körper, seine Haare, seine funkelnden Augen in der Dämmerung.
»Ich mag Russisch«, sagte er. »Ich mag den Klang, und das Vokabular ist unglaublich umfangreich. Ich mag Russisch lieber als jede andere Sprache. Vielleicht gehe ich nach Russland. Da könnte ich genauso gut leben wie anderswo.«
»Liegt es daran, dass die russischen Klassiker Sie so beeindruckt haben?« Ich griff zur Flasche und schenkte ihm nach. »Dann sollten wir darauf trinken«, sagte ich. »Auf Trübsal, Tod und Unheil.«
Er lachte. »Sie haben recht. Auf Trübsal, Tod und Unheil!«
»Connor«, sagte ich, »da gibt es ein paar Fragen, die ich Ihnen stellen möchte. Als Sie mir sagten, dass alles, was man über den Gefängnisalltag sagt, wahr ist, habe ich mir Sorgen um Sie gemacht. So große Sorgen, dass ich den Gefängnisdirektor um ein Gespräch gebeten habe. Er rief die Wärter zu sich, die Sie bewacht haben, und sie haben mir versichert, niemand hätte Ihnen je ein Haar gekrümmt. Einer meinte sogar, man fasse Sie mit Samthandschuhen an.«
»Was sollten sie sonst sagen?«
»Sie wirkten sehr glaubwürdig. Und da ist noch etwas. Ich denke, Sie haben sich zusammengereimt, dass ich eine Affäre mit Joe Fahey hatte. Ich habe mich verraten, als ich sagte, dass seine Frau schwerkrank ist. Alle wissen, dass Michelle Fahey Krebs hat. Aber warum haben Sie meinem alten Sender geschrieben, dass Joe und ich eine Affäre hatten, dass er mich mit Informationen versorgt und ins Gefängnis mitgenommen hat?«

»Ich würde niemals etwas tun, um Ihnen zu schaden.«
»Ich habe Ihre Handschrift in dem anonymen Brief wiedererkannt, den Harry mir gezeigt hat.« Ich log natürlich, aber das Risiko ging ich ein.
Er seufzte. »Vielleicht hätte ich das nicht tun sollen. Aber er tat Ihnen nicht gut, Rebecca. Ich konnte sehen, wie aufgelöst Sie seinetwegen waren. Ich wollte Sie nur beschützen.«
»So wie Sie Angela beschützen wollten, als Sie den Stacheldraht über den Pfad in den Dünen spannten in der Hoffnung, Ian Bailey würde darüber stürzen?«
»Wie bitte?«
»Ich nehme es Ihnen nicht übel«, sagte ich. Ich hielt ihm lächelnd die Flasche hin. »Ich hätte genau dasselbe getan. Der Typ war doch ein Idiot.«
Er starrte mich an. Ich lächelte weiter, und er schenkte sich nach. »Er hat Angela verletzt. Ich musste ihn aufhalten.«
»Natürlich mussten Sie das, Connor. Sie haben richtig gehandelt. Und was ist mit Gary? Gary Sands. Wussten Sie über ihn und Angela Bescheid? Hat er Angela auch weh getan?«
»Gary Sands? Rebecca, warum stellen Sie mir diese Fragen? Ich verstehe nicht ganz.«
»Wissen Sie noch, was Sie ganz am Anfang zu mir gesagt haben? *Ich komme frei, und Sie werden berühmt.* Tja, nun ist es so gekommen, nicht wahr? Sie sind draußen, und ich bin berühmt. Wir haben beide bekommen, was wir wollten. Und jetzt möchte ich endlich wissen, was wirklich passiert ist. Wie haben Sie zum Beispiel von Gary Sands erfahren? Hat Angela Sie einander vorgestellt?«
»Ich kenne Gary Sands nicht. Ich habe ihn nie getroffen.«
»Aber Sie müssen ihn gekannt haben, Connor. Es gibt Be-

weise dafür, dass Sie ihn am Samstag, den vierzehnten Mai, morgens von Ihrem Handy aus angerufen haben.«

»Ich habe das Handy nie …«

Meine Güte, er war wirklich gut. So viel Zeit war vergangen, und dies war sein erster Fehler.

»Aber man hat Sie zusammen in dem Pub gesehen, den Sie angeblich am Freitagabend aufgesucht haben. Es war viel los, dort ist freitags *und* samstags Grillabend, deswegen ist es am Wochenende immer sehr voll. Man fällt in der Menge nicht auf, ist es nicht so? Aber einer der Kellner hat Sie beide gesehen. Jemand, der Gary kannte.«

Noch eine Lüge. Noch ein Risiko.

Er kniff die Augen zusammen, dann ließ er den Kopf hängen. »Ich habe mir solche Sorgen um Angela gemacht. Ich wusste, was da lief. Sie wollte Rowan verlassen und die Kinder mitnehmen. Sie wollte einfach nicht hören, deswegen habe ich mit ihm geredet, um ihn zur Räson zu bringen.«

»Aber da war Angela längst tot, nicht wahr? Und was ist mit dem Chloralhydrat, das Sie in Gary Sands' Drink gemischt haben?«

Ich stand auf und lehnte mich an die Balustrade, ohne ihn aus den Augen zu lassen. Inzwischen war es dunkel geworden, der Mond hinter den Wolken verschwunden. Ich hörte ein leises Klirren, als er zur Flasche griff und sich erneut nachschenkte.

»Ich wusste doch, Sie mögen Champagner«, sagte ich, »nach allem, was Sie mir über die Besuche bei Tony Wallace erzählt haben. Obwohl ich nicht mehr weiß, was ich Ihnen überhaupt noch glauben kann. Haben Sie Tony ebenfalls ermordet?«

»Tony ist ertrunken. Es war genau so, wie ich Ihnen gesagt

habe. Ich habe Tony geliebt. Und Angela habe ich auch geliebt.«
»Warum haben Sie sie dann umgebracht?«
»Ich habe es Ihnen doch gesagt. Sie wollte abhauen. Und die Kinder mitnehmen. Ich wollte einfach nur, dass sie mir verspricht, es nicht zu tun. Ich dachte, sie wäre an dem Abend allein. Dann ist alles schiefgegangen. Rebecca, sie wollte mich verlassen. Sie hat gesagt, sie liebt diesen ... diesen Gary Sands.«
»Ich verstehe nicht ganz. Angela hatte Sie doch bereits verlassen, als sie Rowan geheiratet hat. Sie liebte Rowan doch, oder?«
»Sie hat Rowan nie geliebt. Sie musste ihn heiraten, weil Katy unterwegs war. Katy ist meine Tochter. Angela wollte mir mein Kind wegnehmen.«
Ich schloss die Augen. Mein Kopf und mein Herz rauschten, mir wurde übel. *O Gott. O mein Gott.*
»Ich musste sie aufhalten. Das müssen Sie verstehen.«
Er leerte sein Glas und stand auf. Ich sah, wie er langsam zur Flasche griff und den Flaschenhals fest umklammerte. »Wissen Sie, Rebecca, sie wollte mir alles nehmen. So etwas darf man nicht zulassen, selbst wenn man liebt.«
Er kam mit einem Satz auf mich zu, und ich erstarrte.
Er stand dicht genug vor mir, um mich zu berühren. Dicht genug, um mich zu packen. Ich war reglos und schwach vor Angst, als er sich gegen mich drückte, mich gegen die Balustrade drückte, mit dem rechten Arm ausholte und die Champagnerflasche über seinen Kopf schwang.
Ich reagierte blitzschnell, schlüpfte zur Seite und öffnete den Riegel des Törchens, und als er ins Wanken geriet, versetzte ich ihm einen kräftigen Stoß.

Ich holte mein Handy und wählte den Notruf. Ich schaltete das Diktiergerät aus, nahm die Taschenlampe, kletterte über die Felsen hinunter, hob seinen Kopf aus dem Wasser und hielt ihn fest, bis Rettung kam.

46.

Wenn man etwas gründlich verbockt hat, gibt es eine Menge Leute, bei denen man sich entschuldigen muss. Zuerst bei Mum. *Natürlich liebe ich dich immer noch, wie könnte es anders sein.*

Dad, David, Anna.

Es tut mir so leid. So leid. Ich habe mich unverzeihlich benommen. Ich hätte auf euch hören müssen. Ihr hattet ja so recht.

Aber es gibt ein neugeborenes Baby in der Familie, ein kleines Baby, das sabbert und gluckst, und so geraten meine Fehltritte schnell in den Hintergrund.

Ich kann nur hoffen, dass die Menschen, die ich liebe, mir bald wieder vertrauen.

Sich bei Menschen zu entschuldigen, die man liebt, ist natürlich einfach. Bei Katy war das viel schwerer. Aber es musste sein.

Ich fuhr zu ihrem Haus, klingelte und wartete, bis sie herauskam. »Es tut mir leid, Kate. Es tut mir so leid. Ich habe mich geirrt. Ich erwarte nicht, dass Sie mir vergeben, nach all dem Schmerz, den ich Ihnen zugefügt habe. Ich wollte nur, dass Sie das wissen.«

Sie beobachtete mich mit vor der Brust verschränkten Armen.
Als ich fertig war, schwieg sie für einen Moment, und dann lächelte sie schief. »Am Ende haben Sie doch alles richtig gemacht. Sie haben das Schwein eine Klippe runtergestoßen, nicht wahr?«
»Na ja, eine Klippe war es nicht gerade.«
»Schade.«
Momentan arbeite ich an einem Dokumentarfilm über Gewaltopfer. Manche Leute beklagen, dass den Verbrechern die ganze Aufmerksamkeit geschenkt wird; die Therapien, die Weiterbildungsmöglichkeiten, die Vier-Sterne-Unterbringung. Was war mit den Opfern?
Nun gebe ich also den Opfern die Gelegenheit, ihre Geschichten zu erzählen. Die Dreharbeiten beginnen nächste Woche, und es ist ein besonders netter Kameramann dabei, den ich mit Kaffee und Muffins bedrängen werde, bis er es endlich kapiert und mich um ein Date bittet.
Und Katy hat eingewilligt, ihre Geschichte zu erzählen. Aus irgendeinem Grund hat sie sogar eingewilligt, meine Freundin zu sein, auch wenn ich ihre Freundschaft nicht verdient habe. Wir gehen zusammen Kaffee trinken. Manchmal koche ich für sie, in meinem blöden Schickimickihaus.
Wie ich schon sagte, ich bin ein Glückskind.

Wir wollten uns im Café Maranui treffen. Ich war vor ihr da und suchte uns einen freien Tisch draußen in der Sonne. Ich fand, dass sie blass aussah, und sagte ihr das auch. Ich fragte, ob alles in Ordnung sei.
»Ich habe Blut gespendet«, sagte sie. »Ich mache das immer, seit … seit damals.«

»Welche Blutgruppe hast du?« Es sollte beiläufig klingen, aber mein Herz klopfte wie wild.
»A positiv. Wie mein Dad.«
Ich wollte sie umarmen und fest drücken. Ich wollte laut lachen. Ich konnte nicht anders, als von einem Ohr zum anderen zu grinsen.
»Was ist denn?«, fragte sie. »Was?«
»Nichts«, sagte ich. »Es ist einfach nur schön, dich zu sehen. Es ist einfach … heute ist wirklich ein schöner Tag.«
Ein Flugzeug donnerte über die Startbahn, und das Meer und der Himmel glitzerten, während sie mir ihre Geschichte erzählte.

DANKSAGUNG

Mein Dank geht an Geoff Walker für die sachkundige Lektüre der Entwürfe, für seinen Rat und seinen Zuspruch, während ich an diesem Roman schrieb. Ich danke Katie Haworth für ihren Enthusiasmus und Einsatz, und dem wunderbaren Team bei Penguin.

Danke an Amie, meine Erstleserin, für ihre klugen Fragen und Antworten, und wie immer auch an Stephen Stratford für seine sachkundige Arbeit am Text und seine Unterstützung.

Mein Dank gilt Bill O'Brien, der immer gewillt ist, polizeiliches Hintergrundwissen bereitzustellen und zu erklären. Danke auch an Tony Reeve für seine Führung durch das Labor und dafür, dass er wissenschaftliche Fragen auch für den Laien verständlich macht. Mein Dank geht an die Beatsons, deren Haus in Foxton Beach mich inspiriert hat, und an alle anderen Menschen, die so bereitwillig ihr Fachwissen mit mir geteilt haben.

Und wie immer vielen Dank an Jim und meine Familie.